【2019 年首届吕梁文学季全记录】

从乡村出发的写作

欧阳江河 / 主编

山西出版传媒集团 北岳文艺出版社
BEIYUE LITERATURE & ART PUBLISHING HOUSE
·太原·

图书在版编目(CIP)数据

从乡村出发的写作 / 欧阳江河主编 . —太原 : 北岳文艺出版社， 2020.8

ISBN 978-7-5378-6257-8

Ⅰ . ①从… Ⅱ . ①欧… Ⅲ . ①纪实文学—中国—当代 Ⅳ . ① I25

中国版本图书馆 CIP 数据核字（2020）第 147248 号

从乡村出发的写作

欧阳江河 / 主编

选题策划
贾新田

责任编辑
李向丽

书籍设计
张永文

印装监制
郭勇

出版发行：山西出版传媒集团 · 北岳文艺出版社
地址：山西省太原市并州南路 57 号　邮编：030012
电话：0351-5628696（发行部）　0351-5628688（总编室）
传真：0351-5628680
网址：http://www.bywy.com　E-mail：bywycbs@163.com
经销商：新华书店
印刷装订：山西人民印刷有限责任公司

开本：787mm × 1092mm　1/16
字数：286 千字
印张：21
版次：2020 年 8 月 第 1 版
印次：2020 年 9 月 山西第 2 次印刷
书号：ISBN 978-7-5378-6257-8
定价：59.80 元

吕梁市位于山西省中部西侧，因吕梁山脉纵贯全境而得名。吕梁历史悠久，是中华文明重要的发祥地，境内旅游资源丰富，汾阳贾家庄、杏花村汾酒文化景区、北武当山、碛口古镇、庞泉沟、玄中寺等闻名遐迩。此外，临县道情、孝义皮影和木偶戏、中阳剪纸、临县伞头秧歌等国家级非物质文化遗产均出自吕梁。

吕梁文学季
Literature Festival
Fenyang·Lvliang·Shanxi

吕梁文学季由贾樟柯艺术中心发起创办，由诗人欧阳江河担任文学总监，是汇集众多作家、出版人及文学爱好者的盛大文学活动，每年举办一届。吕梁文学季围绕特定主题，于村庄中举行包括大家演讲、学术对话、校园日、写作工作坊、朗读会及电影交流放映、艺术展览、图书市集在内的一系列文化艺术活动。首届吕梁文学季于2019年5月9日至5月16日成功举办，莫言、余华、苏童、阿来、西川、叶兆言等文学大家汇聚乡村。

吕梁文学季致力于将文学与阅读氛围带入大众乡居生活，让文学大家为山西读者提供阅读指导和服务；倡导写作永不停止，希望能够扎根乡村大地，成为中国土地上的一粒文化种子。

【2019 年首届吕梁文学季主题】

从乡村出发的写作

乡村是中国文明的精神源头，是百年新文学最重要的文学隐喻，更是当代文学正在发生的现场。

2019 年首届吕梁文学季提出“从乡村出发的写作”，旨在将中国文学的乡土书写脉络，置于世界文学和当代文化的总体性语境中，予以反思、回溯、重塑、提升。

本届文学季的一系列活动都将围绕“从乡村出发的写作”这一主题进行组织策划。

相约吕梁　梦圆文学

李正印

最美人间四月天。在这个生机盎然的美好季节，我们迎来了首届吕梁文学季，这是吕梁市委、市政府深入贯彻习近平总书记关于文化强国战略重要论述的重大举措，是认真落实省委、省政府“把文化旅游产业打造为战略性支柱产业”的实际行动。在此，我代表吕梁市委、市政府向首届吕梁文学季的举办表示热烈祝贺！

吕梁人文历史厚重，远有初唐诗人宋之问，近有“山药蛋派”代表作家马烽等文学界知名人物。吕梁旅游资源丰富，有晋绥边区革命纪念馆、红军东征纪念馆、刘胡兰纪念馆等为代表的红色资源，有北武当山、碛口、杏花村、贾家庄等“山口村庄”为代表的独具特色的自然人文资源。唐代诗人杜牧曾留下“借问酒家何处有？牧童遥指杏花村”的千古名句，一部《吕梁英雄传》正是吕梁人民不畏牺牲、前赴后继的真实写照，《人说山西好风光》歌词就是乔羽先生在吕梁创作的。吕梁，是一个适合搞文学创作、能创作出文学精品的好地方。

习总书记指出，文化自信是更基本、更深沉、更持久的力量。当前，吕梁脱贫攻坚、乡村振兴、经济转型都迫切需要文学艺术家的关注支持。首届吕梁文学季以“从乡村出发的写作”为主题，就是坚持文艺为人民大众服务，让文学更贴近群众、反映人民生活，用文学的力量鼓舞人、启迪人，汇聚脱贫攻坚强大合力；就是要把优秀文化资源送到基层，丰富群众文化生活，用文化的力量促进乡村振兴；就是要以文学为载体，推进文旅深度融合，助推吕梁高质量转型发展；就是要以文为媒，扩大对外交流，提升吕梁知名度和美誉度。

在此，我想把2017年参加《人说山西好风光》竞演时的推介词《100秒夸吕梁》与大家分享：割股奉母，孝义唐朝得美名；牧童指处，汾阳自古酒醉人。兴县晋绥首府、文水胡兰故里、交口晋西会议，处处红色基因；方山北武当、交城庞泉沟、中阳柏洼山，都是人间美景；石楼奇湾、柳林孟门、临县碛口，大美黄河风情。岚县“土豆花开了”，土豆宴108种；离石，沟梁上的土疙瘩，地道美丽乡村。一代女皇武则天、一代廉吏于成龙，都是吕梁人。2017年6月21日，习总书记来到吕梁，他说“我心里一直向往着晋绥根据地”，吕梁遍地欢腾。吕梁——一个令人向往的地方！欢迎来吕梁，吕梁欢迎您！

吕梁市委、市政府将大力支持吕梁文学季活动的开展，真诚欢迎全国各地的作家、艺术家、文学爱好者前来参加。预祝首届吕梁文学季取得圆满成功！

（李正印，山西省政协副主席、吕梁市委书记）

新的奋斗孕育新的故事

王立伟

吕梁是一方文学的沃土，文学历史源远流长。千百年来，文人墨客将吕梁作为饮酒赋诗的圣地，留下了大量文学艺术作品。晚唐诗人杜牧的“借问酒家何处有？牧童遥指杏花村”，更让吕梁汾阳杏花村名扬天下。吕梁是一座英雄的山。抗日战争时期，人民作家马烽、西戎创作的长篇小说《吕梁英雄传》，谱写了红色吕梁与英雄吕梁的传奇。20世纪50年代，马烽先生在吕梁贾家庄体验生活，并在这片热土上创作了脍炙人口的经典电影《我们村里的年轻人》。吕梁是一座充满诗情画意的山。著名建筑学家林徽因女士的散文佳作《山西通信》、著名作曲家乔羽先生的“左手一指太行山，右手一指是吕梁”这首经典歌曲《人说山西好风光》以及民歌《汾河流水哗啦啦》，都是在吕梁创作的。

2019年5月，以“从乡村出发的写作”为主题的首届吕梁文学季，在贾樟柯导演和贾樟柯艺术中心的精心组织下，1位“诺贝尔文学奖”获得者、5位“茅盾文学奖”获得者、10位“鲁迅文学奖”获得者，共计60多位文学大师在一周多时间里走进美丽的贾家庄和碛口古镇，走进吕梁的大学、中学、小学课堂，先后举办了大家演讲、学术对话、校园日、公众开放日等60多场高品质的文学活动，评选出了《人世间》《袍哥》《大象十章》等一批有吸引力、感染力、生命力的年度优秀文艺作品，在吕梁大地掀起了文学潮，在三晋大地掀起了文学风，在神州大地发出了吕梁文学之声，更为吕梁大地撒下了一粒粒文化的种子。

当前，吕梁正沿着习近平总书记视察山西重要讲话重要指示，在转型发展的征程中奋勇争先。我们将持续不断把吕梁文学季举办下去，以文会友、以文兴业，让全国文艺界的大师更好地认识吕梁，让更多吕梁文学走向全国。真诚欢迎文艺界的朋友们常来吕梁，挖掘吕梁决战脱贫攻坚、决胜全面小康的感人故事，见证吕梁高质量转型发展的壮阔历程，创作出丰富多样的吕梁故事、吕梁人物、吕梁旋律。

（王立伟，山西省吕梁市委副书记、市长）

读写于我

贾樟柯

在我上小学的前一年，当语文老师的父亲开始教我背唐诗，这可以算作我最早的阅读经验。我最初并不通晓诗里的含义，只是靠音律和节奏来记忆。随着年龄的增长，我开始慢慢能够理解这些诗中的古意。之后我才了解到，小时候背诵的那些唐诗，竟然有很大一部分出自山西诗人之手，这让我感慨。唐代在当下的山西已经消失得无影无踪，但沧海桑田，最终留下来的，是这些诗句。它们永恒，具有穿越时间的能力。几百年前的古诗，也能够映衬此刻的感受，这是文学的魔力，这是文学不老的见证。

父亲是教语文的，但家里的书并不是很多，大多是古典文学。我最初读到的是《西游记》和《水浒传》。识字多了一点，也到了20世纪80年代中期文学热的时候，我开始接触当代文学。那个年代，即使是一个工厂的阅览室，也都会有《当代》《收获》《十月》这样的杂志。每个年代都有一两部小说，让我们瞬间成长。读每一篇小说、每一首诗，都像是认识一位智慧的人。他们启发我，感动我，让我变得丰富。

作家、诗人是一些通灵的人，他们能穿过社会迷雾，洞察灵魂深处。常听到有人说，今天的文学已经衰落了。但对我来说，看到现代出版物的数量，持续地阅读当代文学，就会发现中国文学的创造力一直旺盛，衰落的是我们透过文学了解自我、了解社会的热情。现在媒介多、信息多、娱乐方法多，文学不再是大众唯一的关注焦点。因此，在这样一个信息多元的时代，我们想透过一个文学季，让人们重新亲近文学，享受高质量的精神生活。

我们每个人都有一个职业，我做电影，有人做医生，有人是工程师，有人做工人，有人是农民。但是，唯独文字和文学才是我们看家的本领：阅读使我们不至于愚笨，写作使我们不至于沉默。

从乡村出发的写作

欧阳江河

之所以将首届吕梁文学季的主题确定为“从乡村出发的写作”，是基于三个层面的考虑。

第一个层面是乡村。一方面，它是吕梁大地上一个真实的处所，一个具体的、小小的地方：汾阳贾家庄。另一方面，它又是一个泛指，和劳动、和我们的存在方式、和中国古老的农耕文明传承相关，和童年经验、底层经验、祖辈脉络相关。

第二个层面是乡村跟文学写作的深度联系。哪怕写作已经从农耕时代推进到了当代，从乡村走向了城市、走向了世界，从简朴清贫走向了高科技、高消费，走向了当今世界上各种各样的压力、焦虑与不确定，哪怕在这样的语境中，我们的写作，依然跟乡村有着深不可测的、本源的、心灵的和隐喻上的联系。这个联系，不仅和往事、怀旧、乡愁有关，也为写作的当代性、日常性提供了一份现场的、活生生的见证。不仅写作通过乡村回溯过去、回溯童年和初心，写作也通过与乡村的联系看待当下和未来、看待自我与世界的复杂关联。写作和乡村，两相对看，能彼此看入深处的镜像，写作者能从中认出自己。这样一种目光，既是往事回溯的历史眼光，也是当下的眼光，甚至是含有未来考古学意味的眼光。

第三个层面，乡村不光是一种生活方式、一种劳动和养育，同时也是一个理念、一个象征和寄寓。乡村不仅被我们居住过、生活过，也被文学书写过、被电影拍过、在歌里被唱过。写作本身，反过来深深影响了作为理念、作为心灵沉淀的乡村。换句话说，不仅乡村的现实是什么，文学就写什么，这个决定论也可以奇迹般反转过来，文学怎么写，乡村或许就会怎么变。人写得有多深，就能活得多深。乡村作为一种写作理念，它对我们的召唤里面，包含着这样一种成分：我们写下的东西，不仅是我们已经是的样子，也包含了我们还不是、但正在变成的样子，其中包含了改变和塑造，可能性与创造性。

这三个层面的元素，汇集成我们称之为原点的乡村，文学的原乡，那样一种起源和初心。乡村关乎文学，关乎人心，关乎我们的栖居和处所。即使乡村已转换到大城市，投射到未来，但写作深处被照耀过、疼痛过、感恩过的那个乡村，不管我们走到哪里，不管写作与阅读变成什么样子，乡村也依然是出发的地方。

中国的文明说到底是一个乡土文明。我们提出“从乡村出发”，就是要回到写作的这个原点，就是要认识到我是谁，从哪里来，到哪里去。乡村和文学的相互认出和相互塑造，构成了某种特有的滋味和魅力，构成了一粒种子：大地上的一个逗点，春风中的一个逗点，李白《上阳台帖》书迹里的一个墨点。

种子落地，农作物生长，词语也生长。让我们一起见证这盛大的丰收吧。

欢迎来到贾家庄。

目录

【校园日】

【莫言研讨会】

【大家演讲】

一春夢雨常飄瓦

格非

乡村的消失意味着什么?

时　间｜ 2019年5月9日14:00—16:00

地　点｜ 贾家庄·贾樟柯艺术中心广场

演讲人｜ 格　非

开　场

欧阳江河： 今天下午四点，首届吕梁文学季的开幕式将正式开始。其间会朗读我写的一首诗，其中一句是：“但在开始之前，有更远的开始。”（《纸上的秋天》）更早的开始，就是在开幕式之前；更早的开始，就是现在，就是此时此地。由第一位大家演讲的主讲人格非先生，揭开我们整个文学季的序幕。现在大家欢迎格非先生。

在格非先生演讲之前，我简单地用贾樟柯导演给我规定的一分钟时间，介绍好格非老师，又不能占用他的时间。格非老师是中国当代小说最重要的小说家之一，是清华大学的教授，他的“江南”三部曲长篇小说《人面桃花》《山河入梦》《春尽江南》，获得了上一届的茅盾文学奖，高票当选，名列第一。在这之前他的中篇小说得过鲁迅文学奖，也得过老舍文学奖。他的长篇小说《人面桃花》还得了第三届华语文学传媒大奖年度杰出作家奖。而且根据官方数据的统计，到去年为止，大学院校以及其他学术研究机构中研究格非先生和其著作的硕士和博士论文数量超越其他所有的作家，升到第一位。格非先生成为大家学术追捧和研究的对象。

那么按照莫言老师的说法，格非老师是中国当代顶尖的小说家三位里面，除了是伟大的小说家之外，还是伟大的学者、思想家。第一位就是格非先生，第二位是韩少功，第三位就是阿来，这三位都是本届吕梁文学季的评委。明天这个时候的“大家演讲”是阿来先生。我现在已经超过一分钟了，我不能再多介绍了，现在我把话筒交给格非先生。他今天演讲的题目是：乡村的消失意味着什么。

据我所知，格非先生在 2017 年去纽约哥伦比亚大学演讲了一个类似的主题，也是讲到中国乡村的消失和城市化建设内部思想的、政治的、社会学的，以及文学的含义，那么今天我们用这样一个话题来开始我们整个的文学季，会一下子把开场提到一个非常高的学术的、文学的高度。格非先生有点担心他的话太专业了，但是我们认为这个担心是多余的。

乡村的消失意味着什么？

格非：江河的介绍不止一分钟，但是我还是希望他多讲一点，非常感谢江河的介绍。我也很高兴今天有机会受贾樟柯艺术中心的邀请，来到贾家庄，来跟在座的各位见面。我准备了一个题目，这个题目叫《乡村的消失意味着什么》，现在我先来解释一下这个题目，然后再来讲我今天的内容。

首先我要说明的是，所谓“乡村的消失”这个题目本身是不成立的。大家可能会问，你说乡村消失，乡村就消失了吗？中国那么多的乡村都还在，世界各地有很多不发达、欠发达的地区的乡村都还在，你怎么能说乡村消失了呢？我想要解释一下，我说的乡村消失是从乡村文明被城市文明所取代这个意义上来讨论的。所以，我想要把这个题目跟大家解释一下。

今天我主要讲两个问题：第一个问题是简单地回顾世界范围内乡村文明和城市文明交替的过程当中到底发生了什么事情，第二个问题是简单地讨论中国的城市化问题。

首先，我来讲第一个问题。大家都知道，所谓的乡村消失，即乡村文明被城市文明取代的过程，从世界范围内来讲，应该说已经延续四五百年了。这是一个非常漫长的过程。当然，我们说今天中国的城市化进程和西方国家的城市化进程之间有一个很重要的时间差。这个时间差，一方面是说西方的城市化发展变化是一个逐步缓慢、循序渐进的过程，这一过程持续了四五百年的时间，而中国可能才刚刚开始，这是一个时间差。二是西方国家历时四五百年才走到今天的大规模的城市化历程，中国在短短几十年时间内走完了，这也是一个时间上的错位。

西方有一个非常著名的说法叫作“上帝创造了乡村，人创造了城市”。千百年来，只要有人类社会，就有乡村存在。乡村不是哪个人建立起来的，它是伴随着人类发展的历程缓慢前进的，所以在某种意义上，西方人说，乡村是上帝恩赐的，它自古以来就是这样变化的。为什么说人创造了城市呢？城市的规范，完全是人为的，是人在某种文化的引导之下创造出来的新事物。如果我们来追溯城市化的过程，就可以知道，比如说英国、德国、法国、荷兰在 14 世纪末到 15 世纪初就已开始城市化进程，当然英国是最典型的。大家都知道圈地运动，什么叫圈地运动？大家知道由于羊毛的出口，毛纺织业的发展，由于工业革命，城市人口急剧增加，对粮食和肉类的需求在短时间内激增。这样一来，资本觉得有利可图，当时在英国的乡间很多地主就开始把土地从佃农手里收回，然后转租给贵族和资产阶级，这样的过程就叫圈地。在这个过程当中，地主通过把土地转租，然后来获得更大的利润。到了 18 世纪，英国政府开始直接介入圈地运动，从政府的层面来说，圈地合法化。这就是托马斯·莫尔在《乌托邦》这本书里说的“羊吃人”概念。

我相信在座的各位，可能有一些人看过简·奥斯汀的作品，例如《傲慢与偏见》，看过《理智与情感》，奥斯汀就是描写英国乡村的。大家在读奥斯汀的作品的时候，在很大程度上会为她乡村中田野牧歌似的元素所

迷醉，被所呈现的乡间的那种安静、优美的环境所吸引。但是大家有没有想过，这样的问题，在奥斯丁的笔下出现了大量的规则，以及新鲜的资产阶级，但是它里面完全没有出现农民。也就是说，最应该出现的人被奥斯汀给覆盖了，被她掩盖了。比如说大家知道贵族到了一起要吃饭、喝酒、喝茶，吃各种各样的美食，那么这些东西怎么来的？全部都是那些佃农、那些农民通过艰苦的劳动提供了这样的一种物质生活，但是这样的一些在乡村里的主角，在奥斯汀的小说里面是看不见的，所以我们说英国这样的一个国家在慢慢地发展过程中，通过圈地运动，然后就要开始扩大农民生产力，把乡村纳入资本主义的文化秩序中，对乡村进行了非常大规模的改造，这是城市化非常重要的开端，也是乡村文明发生巨大变化的时段。

城市要发展，离不开乡村，因为大量的农产品需要乡村来供给。但是到了 19 世纪，这个情况发生了根本的逆转。大家知道由于远洋贸易，由于海外的殖民地，英国人开始征服全球，他们在世界各地所获得的利益足以支撑英国现代城市的发展。也就是说，本来城市是依赖乡村的，但是到了19世纪之后就造成了很大的错觉，就是城市可以不依赖乡村而自行发展。那么它的条件是从哪里来的呢？是通过海外殖民地所获得的巨大的收益。我们说差不多到19世纪中期，英国的城市人口第一次超过了乡村人口。从这个意义上，我们也可以说到了19世纪中期，在世界范围内开始出现了城市文明取代乡村文明的一个标志性的过程。

接下来要讨论的一个问题是：这样一个历时四五百年的时代，它恰好是西方城市化的过程，恰好也是西方社会从传统社会迈向现代社会非常关键的时期。在当前这样巨大的社会变革中，蕴含着非常严重的价值观文化的二元对立，比如说传统和现代的对立、个人和社会的对立、文化和自然的对立、科学和宗教的对立。但是我认为在这些所有的对立背后隐藏着一个最大的问题，就是乡村与城市的对立。今天的人可能已经不太了解，当城市刚刚在西方出现的时候，或者说像巴黎和伦敦、法兰克福，或者说像英国的曼特斯特这样的城市慢慢出现的时候，英国的知识界、欧洲的知识界他们是怎么来看待城市的？我认为在西方的城市化的过程中，它一直伴随着一拨一拨地永不停息地对城市文化的反省、批判和抵抗。所以我今天首先要纠正大家的一个观点，不是说大家都采用了一种欢迎和接受的态度看待乡村文明被城市文明所取代，而是中间包含了非常强烈的怀疑、批判和反省。

举例来讲，美国作家爱默生认为，现代化的大都市在人类社会出现是一个巨大的阴谋，本来是不该有的，怎么会突然出现这么一个怪物呢？为什么会出现这么一个巨大的怪物？英国的重要作家托马斯·哈代把笔下的伦敦描写成一个怪物。我们来看看哈代是怎么写伦敦的。他把伦敦描写成有四百万颗头颅和八百万只眼睛所组成的一个怪物，伦敦不是由无数的个体所组成的一个群体，而是变成了一个有机的整体，一种和人类没有什么关系也没有任何相似之处的一个黑色的软体动物。也就是说，很多人对城市的出现，都感到强烈的愤怒和不适应。

我们再来看看奥地利作家对这个问题的看法。我最近还写了一篇文章来讨论奥地利一个非常重要的作家罗伯特·穆齐尔是如何描述1903年奥地利重要的城市维也纳的。他把维也纳描述成一个由无数个面孔、胳膊、大腿、牙齿所组成的一个漫无目的行进的大军。城市在作家的笔下变成了人类失去目标的一个象征，人们漫无目的地游荡，人与人之间缺乏交流，变成了这样一种象征。大家如果有兴趣，可以看一看穆齐尔的著名小说《没有个性的人》。

1844年恩格斯在《英国工人阶级状况》中描述城市时写道，在这种街头的拥挤中，已经包含了某种丑恶的、违反人性的东西。难道这些群集在街头的代表着各个阶级或等级的成千上万的人，不都是具有同样属性和能力、同样渴望幸福的人吗？可是他们彼此之间从身旁匆匆走过，好像他们之间没有任何共同的地方，好像他们彼此毫不相干，他们只在一点上达成了一种默契，就是行人必须在人行道上靠右行走以免阻碍迎面走来的人。城市里面一个个的个体互相之间漠不关心。有一个非常重要的学者第一次到日本的时候感到非常震惊，他看到在日本的地铁站里，来来往往的行人都穿着统一的黑色西装，都是上班族，他们打着领带，在地铁里面非常安静。日本人不说话，这个地铁站里面传来的是脚步声，每个人神色凝重，大家不交流，这个学者说这是什么？这不就是地狱吗？大家都不交流，匆匆奔向一个地方，这个地方不是死亡吗？这是对城市的一种描述。所以这个学者回到欧洲之后参与了欧洲共同体的创建，希望能够把欧洲古老的文明在欧洲保留下来。

我说了这么多，在座的各位也许会问我一个问题，你说了这么多对城市表示反感的，有没有作家、艺术家对城市表示好感的，认为城市是代表着未来的希望和活力呢？这样的作家也很多。我想最著名的例子是惠特曼，惠特曼有一首广为传颂的诗。这首诗写于1856年，叫《一路摆过布鲁克林渡口》，这是一首非常著名的表达对城市赞美的诗。他认为城市蕴含着巨大的希望，蕴含着自然的活力，象征着未来的发展。这里我就不一一列举了，的确有很多作家对城市所代表的未来充满了信心和希望。

我个人认为重要的并不是说对城市的厌恶还是赞美，这些都不重要，重要的是什么？重要的是需要有两种不同的视野来认识这个问题。一种视野，我们展望城市生活，通过城市生活展望未来，我把它称为一种向前看的视野，我们把目光看向远方。还有一种视野是不断地往回看，不断地去回溯乡村的历史，去了解我们的过往。这种对于乡村被城市取代，对于城市文明既抗拒又迎合的矛盾的运动，我认为特别重要。其实今天的中国人也是这样：一方面我们觉得不适应城市生活，觉得乡村很美好；一方面我们对未来又怀有巨大的希望，感恩城市给予我们就业，另外城市非常复杂的文化，我们怀有某种好奇，甚至年轻人有很多的热爱。这就交织着一种矛盾。这种矛盾在西方也延续了四五百年，而且这个过程一直到今天还没有结束。正是这样一种对未来的展望，或者说对过去的回望，这样一种既迎合又抗拒、批判、反省的双重视角所包含的矛盾运动，推动了现代思想和现代话语的产生，也推动了文学、艺术发生巨大变革，也推动了社会政治、文化发生巨大变革。

作家诺瓦利斯说，现代哲学就是起源于乡愁，起源于我们对过去生活失去的一种追忆、追溯。这是现代哲学产生的一个契机。大家知道马克思，只要读一读《共产党宣言》，就知道青年时代的马克思是一个有强烈的怀旧情绪的人，他为什么把资本主义看成是一个毛孔里渗透着鲜血的制度？马克思对于过去的生活、对于古希腊有一种非常强烈的怀旧的情感，我认为这种情感是马克思产生这种社会批判和社会思考、哲学思考一个非常重要的原因。

第一个部分，我简单地回顾了乡村文明被城市文明所取代的过程中，西方到底发生了什么？为什么会向前看，为什么会往后看？

我接下来讲第二个问题，中国和中国的城市化。一谈到中国的现代都市，我们第一个想到的就是上海。上海是中国近现代唯一的一个现代化大都市。你只要说中国的现代都市，中国只有上海，没有第二个城市。那么上海这个城市由于当时特殊的历史条件，国际、国内的基本政治格局，好像一夜之间就在地平线上出现了。

这是一个非常奇怪的城市。“上海”这个词，本来是一个地域名词，但是它所包含的文化内涵，如果我们用一个概念来概括就叫作摩登，摩登就是现代。上海就是现代的通译。上海这样的城市在中国的地平线上出现了，那么我认为这样一个事件掩盖了一个重大的问题，什么问题？我觉得在座的各位有没有想过，在中国五千年的文明史上，在中国文化的内部，中国传统的内部，难道中国人就没有发展出中国自己的城市观念吗？从宋元到明清，中国的城市一直在不断地强化，人口在慢慢地聚集，尤其到了明清两代，人口爆炸式地增长，城市人口也开始增长。

那么中国内部，中国自己的历程当中的城市化，到底是怎么回事？我们今天关心的是，以上海这样的城市为代表的西方的现代大都市，它在中国是怎么开始出现的？很少有人去关注中国的城市化，是怎么慢慢发展的？如果存在这样的城市化的过程，我们要问的是中国人的城市化，古代的城市化，它的基本的理念是什么？

我讲四点。

第一，中国过去的这种城市化是非常缓慢的、渐进的，从来就没有产生过城市和乡村的直接对立。它发展的时间非常长，人口自然聚集。我们到城市去干什么呢？第一打官司，去法院，家里有冤仇；第二做贸易，我们有农产品，拿到城市的集市上去做交换；第三到城里去做官，到城里去读书。这样的话，城市化这个过程是非常缓慢的。

第二，中国古代的城市化，它对城市的一个设想，是严格按照乡村的模式来推进的。郁达夫曾经说，你们看看中国的城市，你们看看过去的南京，你们看看建都之前的北平，你们看看杭州，你们看看成都，所有中国的城市，都具有强烈的乡村的特色。比如城市里面有大量的城市森林，有大量的园林，它是在模仿乡村，是对乡村的一种模仿。我有一个美国的朋友，这个朋友从来没有到过中国，他对美国的城市化深恶痛绝。美国有一本书说，美国人对中国充满了向往，他们认为美国的城市化是没有前途的，而反过来看中国居然做了两千年的农夫，中国人在发展城市，可是城市也是乡村，这个很了不起。

所以我的那个美国朋友就读《红楼梦》，他读到《红楼梦》里面写到了金陵，以为就是南京，所以他做梦都想到中国的城市来看看，大概是2017年，他在几个中国学生的陪同下到了南京。到了南京之后，晚上给我写了一封信，他说他非常痛苦，说他所有的希望都破灭了。为什么？他原来想象的中国的城市——南京，就是《红楼梦》里面所写的金陵，他的理解是错误的。他说金陵就在我的梦中，但是我到了真正的南京之后，发现南京比美国很多的城市还要发达得多，然后受到了沉重的打击。这个人现在在韩国教书，我们一直保持着通信。我要讲的意思就是，中国人古代建造城市是按照乡村的观点来建造的，但现在不是。

第三，在城市里，乡村的伦理要高于城市的伦理。中国是一个乡村国家，乡村社会，很多人当官，当了宰相，退休了之后到哪里去？还是要回到乡村。也就是说，乡村和城市的价值尚没有高下之分，如果说有，一定是乡村高于城市。我们很多城市的价值体系都是按照乡村的模型建立起来的，所以社会没有进行一个很大的分类，也没有造成这种严重的对立。

第四，城市和乡村是自由交通的，你可以随时来往。我在城里住几天，我也可以去农村。你们看《红楼梦》里面的贾雨村，他住在城里，可是他从城里走出去几步路，看见的就是乡野风光。《红楼梦》里面写到了乡村，乡村人进城很方便，所以来去无碍，这是中国过去非常重要的传统，不像现在的大都市，对农民有一种本能的排斥，对农民、对农民工有一种地位身份上的排斥，这个在过去是没有的。乡村的读书人当了大官，老了还是要到乡村去终老。

当然不管怎么说，1840 年以后，西方意义上的现代化的大都市，毕竟在中国出现了，那么这是一个非常重大的变革。这个时期之后，导致了一系列事情的发生。我们今天讲乡土文学，我在这里问大家一个问题，在中国现代以前，漫长的文化史里面中国有乡土文学吗？从来没有。中国没有乡土文学，因为中国没有形成乡土和城市的对立，乡村和城市是互相包容的、彼此交通的，所以中国没有必要出现乡土文学。《红楼梦》是城市文学吗？不是。是乡村文学吗？也不是，它可以来去自由。《水浒传》当然也写到城市，大部分内容是在乡村展开的故事。中国古代为大众熟知的章回体小说，大都无法明确区分内容是乡村小说还是城市小说，但是事实上，正是因为西方意义上的现代都市在中国出现，反过来刺激了中国人开始去寻找乡村。所以 1920 年以鲁迅为代表，出现了一个非常重要的运动，叫作乡土文学运动。该运动出现了两种不同类型的作家，一种鲁迅这样的人，还有一种沈从文这样的人。鲁迅大家都知道，我在清华大学给学生上课，经常问大家一个问题：为什么鲁迅这样的人到了南京、到了北京、到了厦门，最后在上海，他在城市里面生活的时间要远远超过绍兴，他在绍兴只待了十几年。那么我就问学生：为什么鲁迅所有的小说，写的都是乡村而没有写到城市？同样的问题，我们还可以问莫言，今年莫言要来，你们可以问莫言，莫言离开他的乡村到了城市，他在城市里生活的时间要比在乡村时间长很多。他很早就出来当兵，就了解程度而言，他对城市的了解要远远超过乡村，可是你们看到莫言写过城市小说吗？非常罕见。到去年为止，他写的很多中长篇小说还是在写乡村，这是为什么呢？大家有没有思考过这个问题。不管中国社会怎么变化，到目前为止，它还是一个乡村社会，基本的伦理价值观念非常强烈地维系在几千年的乡村文明的基础之上。当然今天的年轻人已经不一样了，我觉得中国的文学到今天面临一个非常重大的变化。

我在这里稍微地提一提，也没有时间展开了。在座的年轻人必须学会描述城市，而且写城市的作品越来越多，这个过程正在完成。

中国现当代文学里面的乡土文学运动，你们知道的还有沈从文。沈从文开始用田野牧歌的方式表达他对城市的厌恶，对北京的厌恶。他反观乡村，把湘西乡村淳朴的人与人之间的情感，当成中国在未来的现代化过程中非常重要的价值提取出来。这是沈从文写《边城》这样类型的小说时一个非常重要的初衷。当然，中国也出现了所谓意义上的关于“乡村中国”非常多的研究和思考，比如晏阳初、梁漱溟等，他们到乡村做的乡村建设。这些过程我认为都是在现代意义、西方意义上的城市化刺激之下所导致的中国文化的巨大变化。所以乡村与文化的关系，是中国文化史上非常重要的思考脉络。

新中国成立以后，由于我们国家确立了一个基本的发展模式，这个发展模式是通过乡村的积累来反哺城市。中国要推进现代化建设进程，现代化要发展工业，不能像英国人、美国人、德国人那样发动一场战争到海外去掠夺，中国人也做不到这点。那么如何奠定工业化的基础呢？工业化的基础在哪里呢？只有靠农民勒紧裤腰带，通过农民的粮食和其他农产品来支持城市的工业化发展，这是对新中国成立之后，城市工业化与乡村关系的一个主流的重要的解释。所以为了保障对城市的供应，中国社会加强了对乡村的社会主义改造，之后集体经济、合作社运动开始在农村全面推进、展开。但是，在相当长的一段历史时期当中，中国政府或者说中国社会并没有通过直接的、剧烈的城市化来改变乡村的面貌。中国真正意义上的城市化的过程是在改革开放到今天的几十年当中完成的。

我讲一个非常重要的概念，比如说我离开乡村到上海去读书的时候，城市对我来说，它就是一个他者。我一到上海，上海人什么都很熟悉，因为从小就生长在这个地方，而我第一次见到水龙头，还不会拧，城市对我来说是完全陌生的，然后我就开始进入这个城市。所以从我读书的那个年代，三十多年前，城市对于我这个年龄的人来说是一个神秘的他者，是一个陌生的东西。我们最了解的是乡村社会，但是想想看，时间才过去了三十年，你今天去问问中国大部分的年轻人，他们真正了解的是城市的价值，乡村反过来成了一个需要科普的、变得多少有点陌生化的一个存在。也就是说，原来城市是一个他者，是一个陌生化的东西，而今天城市经验已经变成我们经验的主体，乡村反而变成一个陌生化的东西，需要去寻找的，需要通过旅游去发现的东西。这个短短的过程只花了四十年，就造成了如此大的变化，这个过程也导致了非常多的问题。

很多人讲，中国当今的社会，遇到了各种各样的问题，那么这些问题是怎么产生的呢？当然你可以从社会学、社会政治学、经济学等各个领域去解释。我在这里提供一个思路，其实我们也可以从乡村文明跟城市文明互相交替的过程来解释今天中国社会遇到的所有问题。比如我们很多的中国人很任性，到了外面随地吐痰，这在中国乡村很常见。比如说到了香港，有的孩子随地大小便，在乡村里面随地大小便，那是人的自然的权利，你有这方面的需求，随便找一个树林子就解决了。但是在城市规范里当然不行，城市有城市的规范，但是对于我们这样一个迅速发展的国家来说，传统的伦理和价值正在面临解体，而城市化新的制度、新的规范、新的伦理还没有来得及完全建立，我们还没有受过很好的训练。日本则不同，日本农民进城，会有人给他培训，怎么过红绿灯、怎么过马路，怎么遵守城市的规范等。但是中国大多地方是城乡混杂，很多人离开农村没几天，然后就出国了，到了外面也不知道东南西北。比如说当他们看到飞机上有一个紧急出口，出于常见的好奇心理，就会去尝试打开这扇门，于是就把它拉开。这当中就造成了非常多的问题。

对于做文学的人来说，我不知道怎么来概括由于今天快速发展所导致的这种感觉，如果非要描述的话，我愿意将它称为一种失重感。失重，有两个意思。第一个意思大家都坐电梯，电梯突然下降，就会造成失重，造成人的眩晕。比如说我不太会用手机去购物，也不太会用手机 APP，就像用支付宝去交党费，我第一次听说交党费要通过支付宝，我就本能地感觉到很恐慌，我不会用，于是请了人来帮我。像我这个年龄的人，当新生事物，例如共享单车出现时，我就去学扫码，我就学不会。你要学会的东西不是一两件事，包括去银行，怎么去开通你的银行服务，怎么管理你的钱。这个社会的变化也没有问你说这么做行不行，直接就来了。你今天到银行去，还可以看见一个现象，什么现象呢？凡是在银行里面坐着等着排号的人，绝大部分是老人，年轻人都在手机上解决。这个事造成了社会的不同层次、不同年龄的群体，多多少少会出现某种不适应。社会快速发展所造成的失重感，这是我说的第一层意思。

第二层意思，这种失重我把它称之为真正地失去重量。怎么理解？按照我个人的理解，如果我们在座的各位有乡村生活的经验，你就会发现，对于整个中国传统文化来说，个人永远不是最重要的，最重要的不是个人，是什么呢？是个人背后所代表的那个群体。你们知道《春秋大义》吗？《春秋大义》里面讲过六个字：姓灭国，既绝史。什么意思？意思是，你们这一个姓要消亡了，一家就没有传承了。可见一个姓氏的保留是非常关键的。所以中国人说："不孝有三，无后为大。"对中国乡村人来说，最大的恐惧是，他的这个姓氏、家族没有办法维持，无以为继，中断了。中国人最可怕的一个概念叫什么呢？绝户，就是你这一户人家没人了。

所以我们中国过去讲，一个家族，它有资格、有责任慢慢地传承下去。在乡村的大家庭里面，一户人家生了七八个孩子，有一个孩子要出去读书，就有三四个孩子在乡村里面干活来供应这个最聪明的人到城里读书，这个人将来做了官，发了财，完全有义务去反哺这个家庭。也就是说，个人的背后涉及的是一个群体、一个家庭、一个家族、一个社会，甚至是一个国家，我说的是过去的国家。在中华大地上，过去有非常多的国家（是指古代中国小国林立时期），你们知道《赵氏孤儿》吗？例如《赵氏孤儿》里面为什么说讲到那么多人死掉了？只是为了保护一个婴儿的生命。大家能理解吗？放在今天我们不能够理解，那么多人的生命，难道不如那个小婴儿的生命重要吗？但是你要记住，那个小孩不是别人，是赵家的最后一根根苗，如果这个小孩死了，赵家就完了。赵家当时的两个门客，一个叫程婴，一个叫公孙杵臼，他俩坐在废墟里面，这两个门客就问了彼此一个问题。程婴就问公孙杵臼，我们赵家已经被灭了，听说赵家唯一的根苗，还在公主的肚子里，我们两个人活着就要把这个小孩保护下来，活着的目的就是为了保护这个孩子。然后公孙杵臼就问程婴一个问题说：一个人活在世界上是生容易还是死容易？程婴回答说：死是很容易的，生是很难的。然后公孙杵臼说：我的才华不如你，我来做容易的事情。活着的目的就是为了保护这个孩子，随后程婴就将这个孩子（赵家子孙）偷偷运出宫，又把自己的孩子献出来，假称自己的小孩就是这个被运出宫的孩子，之后派人去向屠岸贾告密，然后让自己的孩子代为受死，让对方误认为赵家的孩子已经死了。花了这么多的精力就为了把这个赵家子孙保留下来。由此可见，在古代，群体永远比个人要重要。

讲我们这一代人，或者说我们之前很多人，一个人长大成人之后，遇到一点困难随随便便就自杀了，那是不可能的，你无法随意处置自己的生命，你背后有那么多人，有抚养你的人，有那么多的群体，所以在过去的传统社会里，每个人的生存分量是非常重的。

今天的社会出现了一个新的问题，我们的存在变得非常轻，因为今天原子化的个人出现了以后，我就是我，我愿意为自己付出就付出，不愿意就不愿意，我可以不结婚，我管什么祖先、什么姓氏的继承，我不愿意结婚，我不愿意有负担，我就在家里面做肥宅族，我打发我自己的一生就可以了，生活变得特别轻。所以我认为中国社会现在年轻人当中，比如说精神类的疾病，包括忧郁症、神经官能症的蔓延，很重要的原因是我们的生活变得很轻。过去你要认识社会，你要了解社会，从小你的家庭中的兄弟姐妹的相处就是在模仿这个社会，家里有老大，大哥的话你能不听吗？父母都是封建家长制的，对你的要求非常严格，所以小孩就在一个社会化的过程进行模仿，等到他们成年了，进入社会之后，他们就变成了社会人。但是今天有一个问题，我们今天所有的小孩，都被父母保护得非常好。我们今天把儿童呵护得很好，把孩子捧在手心里，然后旁人也来尊重他、保护他，避免他受任何的伤害。成长在这样的理念下的儿童，等到他有朝一日一旦进入社会残酷竞争的时候，他根本来不及反应，会觉得晕（难以应对复杂的状况），我觉得这是造成今天这个社会出现各种各样精神问题非常重要的原因之一，所以我觉得今天我们的生存变得很轻，文学也变得很轻。你们说马烽先生，我非常敬佩他。你们读马烽先生的作品，你会觉得他的作品非常重，非常有分量。你们看今天的穿越小说，看大量的年轻人所写的消费主义小说，它非常轻，因这它不承担一个历史、一个民族、一个社会的使命。很多人也嘲笑我们，我儿子说，你们这代人太沉重了，压力太大了。压力大也有压力大的好处，虽然这当中也有各种各样的问题。我不反对文明现代化的进程，而是我们要思考这些问题，为什么今天的写作突然会变得那么轻？那么个人化？

所以我就觉得，中国社会之所以会选择这么一种方式短短几十年的时间走完西方几百年走完的路，我认为不是哪个人来决定的，是因为今天极其复杂的国际国内的基本的现实状况所决定的。也就是说，这个世界会留给我们安静、从容地发展几百年这样的机会吗？你们想想看。所以中国的发展非常快，在某种意义上是可以理解的。但是剧烈的社会变革在很大程度上也带来了一系列需要我们认真思考的问题，我认为这个当中最重要的问题，那就是乡村文明的消失与解体，对我们每个人来说，到底意味着什么？

本届吕梁文学季的主题叫：从乡村出发的写作。我特别喜欢这个题目，这个题目让我想起了我的同行，今天下午也许会到场的余华，余华在若干年前写了一篇很怪的小说，叫《十八岁出门远行》。这个作品据说已经被选入各个类别的教材，大家很多人都读过，但是我不知道大家有没有读懂。当然这个作品，你可以从很多的层面去解读，我的解读是什么呢？什么叫作出门？出门肯定是你要离开家的，离开家就叫出门。这个家是什么？是余华所生存的那个乡、那个镇。什么叫作远行？远行是去一个未来的敞开的世界。大家看这个小说的时候，你会看到余华小说里面所描写的道路，通向一个遥远的地平线，当时正好是落日时分，那条公路向海浪一样，向远方伸展。也就是说，余华建立了一个基本的起点，出门了。但是出门以后的世界，他写得非常隐晦。但是不管怎么说，《十八岁出门远行》是中国新世纪文学里面非常重要的象征性的作品。

封闭的乡村生活被打破，一个孩子要出门，要离开自己的故土，在公路上看见一辆车，车头的方向是朝向故乡的。然后这个车又往回开，我觉得特别有意思：一方面在出走，在向着一个遥不可及的远方在出发；一方面这个车又在往回走，向故乡回溯。这个也契合了我今天所讲的主题，我们的目光是伸向未来的，里面有种种的不安，但是同时我们这个车头又朝向了自己故乡的方向。余华的这个小说很短，很快就结束了，没有告诉我们那个小孩最后是回到了家乡还是住进了旅店。

我们也可以去了解贾樟柯的写作，比如贾樟柯的《小武》。我刚才说余华的小说是从时间上展开了对时间的思考，我出门，做出了这样的决断，这是一个非常伟大的姿态，一个象征性的姿态。贾樟柯的电影《小武》，我认为他是呈现了一个空间方面的巨大复杂性的叠加。比如说看《小武》这个电影的时候，他写的不是乡村，但是也不是城市。里面的那个孩子，那个年轻人在道路上闲逛，他穿的服装，喇叭里面放的歌曲，一个是香港的歌曲，城市文明已经横切过来，在一个小镇里面出现了非常多的空间性的因素，我认为这是贾樟柯当年特别敏锐地捕捉到的中国乡村或者说中国的乡镇极其复杂的空间上叠加的这么一个复杂的把控，我觉得很了不起。当然中国也有许许多多的作家对于21世纪以来中国城市化快速发展的过程，做出了非常多的回应。我这里还要说一个作家，这个作家是已经去世的路遥，大家都读过他的《平凡的世界》。《平凡的世界》写兄弟俩在乡村然后到城里面去。在路遥的小说里面，兄弟俩一直在城市和乡村里面穿梭，所以我称之为互相关照。他们进城的时候，就用乡村的眼睛来打量城市。当他回到乡村的时候，又用城市的眼光来打量乡村，所以叫作城乡互关。

那么路遥提出了什么问题呢？这个问题值得我们来思考，也是最有价值的问题。中国的文明史，中国的伦理价值，只有一个载体就是乡村，千百年来中国人怎么生活？中国人对生活什么态度？是什么样的情感？这些都附着在乡村这个基本的集体之上。你现在说，乡村解体，城市开始兴起，城市靠什么东西来立足？未来的城市，我们在城市里生活的每一个人，我们怎么来建立自身的这样一个价值系统？路遥在提出这个问题的时候，跟当年的沈从文一样，他也提供了某种答案，这个答案就是说，他希望将中国乡村里面那些最好的，比如说自然、淳朴，人与人之间的真诚、彼此真正的关心等等能够保留下来，并且在城市里延续下去，作为将来城市发展的非常重要的一个伦理的基石，这是路遥的优点，但是他也很悲观。因为他已经发现城里人都瞧不起乡下人，所以在这个前提下，路遥发现了现实中非常大的焦虑，这个焦虑就是我们几千年的文明所附着的乡村，它解体了之后最重要的价值体系没有了。我们依靠什么东西来建立城市文明、城市伦理这样的一个基础？这是我认为的一个特别重要的问题。所以我们今天作为作家，作为艺术家，还是像贾樟柯这样作为一个导演，电影艺术家，我觉得我们今天必须在路遥的问题之上，继续往前思考。

我认为一个作家写作的唯一目的，是为了回应时代所提出的问题，真正伟大的作家总是在跟时代提出的问题进行对话，建立某种关联，所以我觉得贾樟柯艺术中心今年举办这样一个活动，从乡村出发的写作，以此作为标题，来思考城乡的问题，来思考我们当今的文学、文化问题，这是一个非常伟大的、非常重要的开端。我的演讲到此结束，谢谢各位！

互动问答环节

主持人：我们先谢谢格非老师给我们精彩的分享，接下来是观众提问的环节。谁有问题可以举手，我们会有工作人员递麦。中间的这位。

问题一：老师您好，我想问一个问题，就是关于乡村和城市的文化冲突对立的问题。我最近看了一本书叫作《无缘社会》，这本书主要是讲日本老年人在死后几个月都没有人去管，没有人去收尸，所以最后就会演变成为非常重大的问题。在中国会不会面临这样的问题？如果出现了，怎么去解决这个问题呢？谢谢。

格非：非常好的问题，我觉得你还在思考中国社会的问题。你里面也提到了日本的视角，这个问题非常有价值。不要光说日本，在欧洲很多人死了以后好几天、好几个月才被人发现。不要说一般人，比如说大作家，法国有一个特别大的作家玛格丽特·杜拉斯，杜拉斯去世的时候没有人知道，她的遗体在房间里很多天，因为她一个人生活，这样的状况在欧洲、美国不是今天才出现的问题，老早之前就已出现。我们说个人的原子化，个人对个人负责，家庭的关系不是不存在，家庭的关系还存在，不是说父母不爱孩子，而是父母和孩子各有各的权利，彼此不反射。你们看美国的小说、加拿大的小说，看当今的长篇小说，大家都知道，在美国，孩子是怎么和父母打交道的。

当然在日本也出现了这样的状况，每个个人都是一个原子，他跟家庭的关系是知道存在，知道有父母在那里，也最多两三年去看一次，看完就完了，然后父母死了之后，回去奔丧，都是如此。中国传统社会里面建立的非常牢固的家庭关系，在今天也面临松动，我用了一个词叫作“松动”。

中国的情况，远远没有日本、欧洲那么严重。但是我可以告诉你的是，你也可以去思考一个问题，就是我们今天中国社会的家庭关系也在发生巨大的变化，你只要稍微敏感一些，你想想你的父母，你的父母和爷爷奶奶的关系，那么中国会不会出现你说的情况？我觉得这取决于我们这个国家里的大部分人，在这个问题上，做什么样的一种文化上的抉择。如果完全是个人独立，就是如此。父母的话，为什么要信呢？为什么我要挣那么多钱？我稍微有一点钱，我可以不结婚不生孩子，我只要对我自己负责就行了，今天很多年轻人是这样的立场。当然这当中也有一个新的问题出现，比如说中国的独生子女，因为中国的独生子女从父母那里接受了全部的爱，过去有很多孩子，今天只有一个孩子，父母在孩子出生的时候就在考虑他怎么上学，怎么上托儿所，考虑到他将来要步入社会，买不起房子，所以得考虑给他留点钱，让他出国，甚至给他付一个首付或者说全款买一个房子。所以今天的年轻人，独生子女家庭里面的这些孩子，跟父母建立的关系非常特殊，所以在今天就出现了所谓家庭关系铁三角，父母加一个孩子，是一个铁三角，这种关系我觉得也在变化，需要我们再进行观察它究竟会怎么演变。所以你提到一个非常好的问题，因为不管是中国社会、日本社会，还是美国社会，我觉得全世界都一样，我们需要重新来思考家庭在整个社会过程中它所扮演的作用。

我们知道过去一个人，他的人格养成，最重要的一个过程是在家庭里完成的。在今天，很多家庭不承担这样的义务。家庭只需要你好好读书，上一个名牌院校，然后将来竞争，在竞争中处于某种有利地位就行。家长父母很少去考虑你的人格的养成，所以我跟我儿子经常交换意见，这取决于文明的选择，我们选择一个什么样的价值观，选择什么样的家庭关系，以及家庭关系在未来的演变。我觉得中国现在还处在这样一个渐进的变化的过程中。谢谢！

问题二：老师您好，我想问您一个问题，是关于学术研究和文学创作之间的关系的。我们知道学术研究和文学创作都涉及文本的阅读，有的时候也涉及对素材的处理、历史文献的阅读理解。我想问一下，您如何处理学术研究和文学创作这两者的关系。谢谢老师。

格非：我觉得这是一个非常有意思的问题。你问的这个问题，我首先要问你，你所说的文学到底是什么意义上的文学？因为今天文学的概念太宽泛了。比如说有畅销书、流行文学、类型文学，当然也有非常严肃的我们认识上所谓的文学，就是你想要写什么样的作品。这个当中，我的回答是不一样的。比如说你要写那种流行小说、类型化的小说，写一般意义上能够给大家提供审美快感、能够提供娱乐的作品，我觉得你不需要做什么学术研究，不需要了解思想史、哲学史、文化史，但是如果你想要成为一个大作家，就是我刚才所说的，你想要回应时代赋予的问题，你希望通过文学来回答或者说回应这个问题，我认为文学的学术上的训练，在今天变得异常重要。

大家知道19世纪，一个作家靠基本的经验，就可以成为伟大的作家，不需要什么文化修养也可以，像高尔基这样的人，你也没有听说过他有多大的学问，也可以成为大作家。狄更斯也没有什么学问，甚至海明威，你觉得他有学问吗？他们都可以成为非常不错的作家。

但是在今天，如果你想要成为一个大作家，为这个社会的发展能够提供对话关系的大作家的话，你必须了解学术，必须了解思想史，为什么？今天的社会和过去的社会有一个非常大的不同。过去的社会是自然社会，今天的社会是已经被无数的话语所覆盖的社会。什么意思？你今天生下来，就会有无数的人告诉你，什么是好的？什么是不好的？应该做什么？不能做什么？你的耳朵里面听到了大量的陈词滥调。你会接触大量的书，很多的书是没有必要读的，但是它很畅销，由于某种时髦我们就读了。所以你在写作的时候，脑子里全部都是个人的见解，所以你对文化史、思想史没有了解的话，你根本没有办法去辨别，哪些观点是真正重要的，你根本就看不到社会的真实样子。因为这个社会已经被无数人解释了。你打开你的手机，打开你的微信，每天晚上都有人给你说，人应该怎么样。大量的观点，不同的政治派别，不同的政治立场，所有的人都在教训你，都在向你传播信息。你怎么保持一种状态，能够找到现实生活当中非常重要的真实的你，需要你有很好的判断力，而这个判断力基于你对社会史、思想史、文化史的了解。所以你想要当一个大作家，我劝你早点下功夫。

主持人：谢谢各位，今天格非老师跟大家的分享到此结束。

待从头、

收拾旧山河

阿来 2009.4.10.

乡村重建与士绅传统

时　间｜ 2019年5月10日 14:00—16:00

地　点｜ 贾家庄·贾樟柯艺术中心广场

演讲人｜ 阿　来

开　场

欧阳江河：各位嘉宾，各位读者朋友们，下午好。欢迎大家来到阳光下聆听阿来老师的“大家演讲”。今天“大家演讲”的题目是《乡村重建与士绅传统》，我不知道大家所预期的是什么样的讲座，我是非常期待这个讲座。昨天我在主持格非老师讲座的时候，已经提到了，我们这一次的嘉宾被莫言老师称为中国当代作家中最有学问的思想家和知识分子的几位大作家，其中格非老师、阿来老师都是这样的作家。那么阿来老师，上午我在他主持对话的时候，已经介绍了他的代表作《尘埃落定》《孤山》，而且还有他刚刚出版的书《云中记》，下午在这三本著作之外，我还要特别提到一本就是前几年阿来老师非常重要的著作《瞻对》，这个作品的写作，充满了阿来老师的知识，带有知识考古学和档案调查的学术功底。他在美国留学期间，做访问作家时，用了大量的时间去当地的图书馆，查到很多一手资料，然后写了这个作品。那么我为什么要专门提到这个呢？就是要让大家知道，阿来老师在文学写作的过程中，充满了他对资料、对历史真相、对学术材料的一些深挖，然后他以作家的敏感等等，把所有的这些都综合在了一起。另外阿来老师是藏族人，在作品中，他把种族的一些历史的追溯和经验都融合进去。不仅如此，阿来老师对植物学的兴趣也很大，他这方面的知识完全是一个博物学家，所以阿来老师真的是有很多方面的才能。介绍之后，我们有请阿来老师登场，开始他精彩的阳光下的演讲。

乡村重建与士绅传统

阿来： 在太阳伞下面，在乡村是有点苦的，大家晒晒太阳，体验一下。他们给了一个题目——《乡村重建与士绅传统》，今天中国的乡村重建确实是成了一个非常重要的工作，当我们在讲中国的进步，改革开放四十年以来的进步的时候，很多时候其实说的是我们工业的、服务业的城市的巨大进展。我们经常也把北京、上海跟纽约、巴黎相比较。从这些外在的指标来看，中国确实在短短几十年间，取得了非常巨大的进步。但是不得不承认，中国要成为一个现代化的强国，还有一个很重要的任务，就是三农问题的解决，乡村重建的完成。因为如果我们到美国、到欧洲，可能在城市里进行比较的时候，发现我们有一个巨大的荣耀，但是我们不能出城，因为出城二十里地、十里地，情形就发生了巨大的变化，产生了巨大的反差。但是在欧洲、在美国可能是另外的情形，我在美国印第安纳州，去到乡下，有一个美国朋友告诉我，你这才是来到了真正的美国，说这儿才是白色的美国。

什么意思呢？大家知道有两个意思，一个是人种上的肤色，说穷人、少数人种都在城里打工。我们有产业、住在乡下的，是白人。第二我们是农场主，不是蓝领，所以这也说明一个问题。中国的乡村建设是一个重大的课题，我们在发达的地方，国家提出来叫乡村振兴，在不够发达的地区叫脱贫攻坚。

中国的乡村建设，现在面临的这种挑战，其实大家知道的，是从鸦片战争以来就开始了，鸦片战争以来为什么开始了呢？过去中国农村的经济，是一个自给自足的经济状态，大部分乡村在大部分情况下并不跟外界发生实质性的交流，除了很少的必需品，大部分农业生产生产出来的东西是供自己消费的。但是今天这样的时代，我们和全球化接轨的时候，西方的工业品就来了。我们读过《江村经济》，它写的是20世纪一百年前的事情，那么它具体写了什么事情呢？西方发达的纺织业把他们机织的棉布销售到中国，机械化生产的东西有两个好处，一个是价格低廉，第二个质量稳定。今天我们特别喜欢手工，但是手工有一个问题就是生产出来的东西是不稳定的。

这个时候中国最发达的地方，费先生要研究的不是中国贫穷的山村，他研究的是长江三角洲地区，今天在中国也是最富裕的地带，江浙一带、上海郊区的经济形态，所以那个时候就带来了农民的破产，那要以什么样的方式来应对这样的挑战呢？就只有用外国人的发展，我们过去有一句话叫作“师夷长技以制夷”。其实从文学的观点看，我们把这本书看作是当时乡村的非虚构作品也未尝不可。

也就是说，从那个时代开始，中国的农村就已经不能够坚持原来的生产方式，随之农民与土地的关系、农民土地产出比的关系发生了改变，比如说改变了丰收的概念。过去说丰收很简单，包括今天很多地方，边缘乡村的农民，丰收的概念是什么呢？多了粮食，多摘了桃子，这棵树多了多少的枣，过去这就叫作丰收。但是今天农民生产的东西，大部分是要提供到市场上去，那么这个时候就有一个定价的机制。这个定价机制导致今天去卖枣、小麦、玉米，但这个价格不是卖东西的农民决定的。比如今天一亩地多打了两百斤麦子，因为全球小麦都丰收了，价格跌了两百块钱，你多收了两百斤和一斤跌了两毛钱之间相比较，算不上丰收。也许明年少打了两百斤麦子，小麦价格上去了两毛钱，所以价格会上升。所以我们过去关于丰收的概念，都发生了变化。而过去农民可以自己把握自己的命运，今年风调雨顺，我们自己又勤劳，没有刮大风、没有下冰雹、没有虫害，粮食都囤在家里，明年有灾荒也不怕。但是今天很少有人做这种储备，我们生产的目的就是要让它到市场上去流通，换成现金，再用现金去换取我们必需的东西。我们今天也不生产自己的大多数生活需要的那些东西，过去都是在乡村手工生产的，但是今天都是在城市里面机械化生产，我们大量的生活用品需要购买，所以生活形态发生这样的变化之后，农民的经济形态也发生变化。

第二，我们会讲到士绅传统。士绅传统过去是什么呢？就是乡下的地主田地比较多，他们不光种粮食，收租，还干别的事情。他们之所以作为绅，有一个重要的责任就是维系乡村的道德，尤其是维系乡村的教育，过去中国传统的知识分子不是到城里面去接受教育，而是在乡下自己家里。比如说我们四川，四川的情况我知道得多一点，但是我知道苏东坡、他的父亲、他的弟弟，他们在什么地方受的教育，就在自己家，家道比较殷实，有很好的田地，他们家又开辟了很好的水渠，不光解决了他们家农田的灌溉问题，不靠天吃饭，还惠及了很多的乡里。自身的教育问题解决之后，就在家里面办教育，办私塾学校，自己家的孩子在那里上学，旁边的村庄里别的人家，尤其是不太有钱的人家，单独请不起老师的人家，也在他们家私塾上学。

四川有一个人叫杨胜安（音），杨胜安的父亲在朝廷里面已经是宰相了，但是也没有把他的户口迁到京都来，让他上最好的公立学校或者私立学校，还是把他留在四川乡下成都新都县，现在是一个区了。今天我们去当地看，还能够看到他们家，贵府，大宅子。父亲在朝中当大宰相，他留在当地，就在家里面看书，也是二十来岁，一进京城考试，考上了状元。所以那个时候乡村士绅家庭，最重要的不光是有地、有钱，还有文化。所以那个时候中国主要的文化完成，是在那些有钱人家、有土地、有资产的人家完成的。

孟子有一句话是：人有恒产，则有恒心；人无恒产，则无恒心。所以有土地、有财产，就有恒心。所以恒心最重要的就是接受教育。所以有钱、有土地，还能惠及一方老百姓，这是绅。

绅是什么意思呢？汉字是很有意思的字，大家看“绅”这个字，旁边的“申”象征的是一个人的身体，为什么要加一个绞丝旁呢？那个时候人穿长衣服，腰间要束一根带子。绅就是穿上衣服，要束一根带子，表面的意思是说要衣冠整齐。一般的地主也不能够称为绅，是指在道德和教育上对自己有要求的，就像穿衣服会用一根腰带把衣服系起来一样，是有道德的文化的基本原则来修身齐家，能够约束自己，再加之本身有的财富，这种人才能够叫作绅，但是他不能够叫作士，士是什么？

士是知识分子，在乡村受到很好的教育，修身齐家，重要的还有后半句：治国平天下。然后还要进行考试，苏东坡到京城去考试，考的并不是诗。今天我们说苏东坡是“诗词双举”，但是宋朝的考试考的是策论，策论的内容是什么呢？给皇帝提建议。什么建议啊？怎么发展生产，发展生产是为了什么？第一老百姓生活安定，社会就安定。第二税收增加。北宋时期，大家知道文化很发达，但有一个问题，武功不行，边疆上老是被辽、金虎视眈眈。所以怎么样发展生产，发展生产增加税收，增加税收后加强军备，所以苏东坡考试得第二名，考的是这个内容，这才是知识分子核心的东西，所以这才叫作士。

孔子说：学而优则仕。我们今天读书特别喜欢背金句，老背金句有问题，因为学而优则仕，还有上一句话，我们似乎从来不说。我们鼓励自己的小孩就是好好学，学了之后事业发达，不一定当官，当董事长也可以，当首席科学家也可以，当导演也可以，是不是？“学而优则仕”，上面还有一句话，说仕对自己有要求，除了对国家的责任之外，为了更好地履行这个责任，就要继续学习。我们除了把事情办好，积累了经验之外，还要继续学习，“仕而优则学”，这才是士绅。

我们知道中国古代的士都是在乡村耕读传家的绅子。我们乡村，中国历史上那些有名的文化人，从城市家庭里面出身的其实不多。城市人口很少，杜甫也是乡下出身的，欧阳修也是乡下出身的，而他们告老以后，治国平天下成功不成功，还有一个词就叫作告老还乡。

中国乡村，近代以来，尤其是鸦片战争以来，就是刚才乡村经济里面所讲到的情况，我们就一直在面临现代性的挑战。现代性的挑战最大的一个问题是大量的工业品廉价地进入乡村，这个时候乡村的生产目的就改变了。过去大量的自给自足，但是今天我们必须把农产品换到大量的现金，来换取生活所需的工业品，不要也不行，因为它一来把你原来手工业生产的东西全部都摧毁了，你没有竞争力。

我们说东北有点衰落，除了东北传统的衰落，东北本来是可以大规模地集约化生产农产品的地方，但是我们的生产技术、生产规模有限，尤其是农民一家一户的生产方式，生产出来的东西，在国际定价上没有办法跟美国的农产品相抗衡，所以我现在开玩笑说，美国跟我们打贸易战，对有些人来说是好消息，比如东北农民。因为我们也可以提高大豆的关税、玉米的关税，所以一家一户的生产都和国际有变化。因为很多的大宗农产品的定价权大都不在中国，主要在那些外国的农产品生产国的手中，而他们完全是用现代化工业的方式来进行农业生产。中国乡村想要变化，从费先生就开始写的东西，到今天我们还没有解决，或者说我们正在尝试着进行解决。

今天的乡村建设，我们看到的是盖房子，脱贫攻坚，但是最重要的是土地制度的解决和规模化生产的解决，为什么要解决土地？今天关于农民有一个概念叫作“土地流转”，土地流转就是便于让大家把土地使用权出让到少数人的手里，仿造美国农场生产的那种方式，今天叫公司+ 农户、合作社+ 农户等等，我们有很多合作的模式。

当下，有很多作家在书写乡村的时候有一个问题，就是还在按照我们自己对乡村的某种想象，而不是真正地去面对今天乡村所面临的全球化的挑战，在这样一个格局当中来观察乡村的问题，思考乡村的出路。

今天上午我已经讲过了，工业革命最早是从英国开始的，那么工业出现之后，它对农村形成了巨大的威胁。我们知道有一个羊群运动，因为英国的纺织业发达之后，英国不产棉花，但是那个地方适合养羊，纬度比较高，所以羊群运动是什么意思呢？因为他们的土地是可以自由买卖的，就把大量农村的土地买过来，不种庄稼了，干什么？变成草原，养羊。养羊干什么呢？剪羊毛，最早开始发展了纺织业，而中国最早农村的产业就是纺织业。中国过去很自豪，说我们是丝绸的故乡，印度人也有理由自豪，印度在机器时代到来以前，也是棉纺织业发达的国家。我们今天到印度还会买到非常好的手工棉布，有的比中国非物质文化遗产的手工棉布还要好。英国的第一步就是把他们的羊毛给拿来，印度的棉纺织手工业立马就垮掉。费先生写的是他们的丝绸纺织业在外国冲击下的衰落。今天我们不只是这样的，今天对农村的改造和建设是全方位的，包括我们讲种植业也受到挑战，中国今天是乡村脱贫，到处都在摘橙子、种苹果，但市场上最贵的苹果是美国来的，大家说是不是这样的？我刚才还说大宗产品，玉米、大豆，几乎可以把我们一个地区，比如说整个东北的生产都压低了，所以中国乡村到了必须改革的地步，必须改变生产生活方式的地步。要不然留在农村的人口必定要减少，但是又不能像今天这样只剩下老人、小孩。我们应该留下一些有文化、有体力、有智力，还懂得经营的人，才能够更好地经营乡村。今天乡村最大的问题就是失去了教育功能，过去耕读传家的传统没有了，而且我个人认为也不可能再重现了。

所以说，绅这样一个阶层消失了以后，士这样的一个阶层从农村也就必然消失了。但是绅有没有可能在中国乡村里面重新再现呢？有可能。今天我们已经看到一些精英重返乡村。有两个途径，一个是本来出去有很多经验的，真正面对过世界的、懂得市场的、掌握了技术的这些人重返乡村，那么他们重返乡村，肯定跟上一代不一样了，他们的思路、他们的做法都升级换代了。包括我们今天的土地可以流转，可以更集约，把全村的很多土地集中起来，二百亩、三百亩、一千亩。我见过一个例子，他居然把一个乡的土地全部都流转了。因为只有在这样的一种情况下，他才可能进行那种对应市场的大宗产品这种生产，而且大宗产品生产，真正你要有竞争力，要提高品质才行。那就可能要改良品种，改善它的储存、运输的条件。如果是一家人还是五亩地、二十亩地，这样的情况就不可能产生这种升级，因为它没有空间。所以一些精英重返乡村，他们还不是过去的那个绅，他可能特别唯利是图，处于积累资本的阶段。

那么他们什么时候才能意识到文化的重要性、教育的重要性呢？即便认识到了，我看也难，因为今天的教育和古代我们对士，对苏东坡、对杨胜安他们的那种教育已经不可同日而语了。因为今天是一个更全面、更专业、更系统，尤其是多学科的社会，所以这些精英的教育已经不可能在传统的私塾学校里完成，而必须在现代新的教育体系当中完成，所以古代乡村教育的重现几乎就不可能了。如果乡村教育重建不可能，那么我们说士绅传统之中，至少士的那个东西就消失了，但是当他们接受了很好的教育，一些人很好地返回乡村，经营乡村的时候，绅这个东西又留存下来了，不然就只剩下唯利是图的人。虽然过去中国人，因为中国的乡土观念，有的时候他自己本身就构成一个道德约束，一些人可以在外面干坏事，他外面挣的钱不一定非常干净、合法，但是回到本乡本土之后也可能是另外一个形象。

我也举一个四川的例子，四川有一个大地主，“文革”之前非常有名，叫刘文彩。刘文彩的发家并不光彩，但是“文革”时候批判他，有一些事实是捏造的。他们家出了两个军长，侄儿是军长，抗战死了。他的亲弟弟也是军长，管着四川最富裕的地方，民国时期叫防区治，什么意思呢？你在这个地方当军长，那么也管这个地方的政府官员，当地的税收什么的都归你管。他弟弟管的是四川最富裕的地方自贡那一带，那个地方产盐，而四川自贡的盐是供应好几个省的，那个时候盐是国家专卖的。刘文彩就说，让弟弟把他弄去当盐运局长吧。当了几年局长之后，他就非常有钱了，然后就回到他们老家。在外面，他的名声很不好，到处刮地皮，但是回到老家，形象一变，对佃户也很好，对老百姓也很好，然后建中学，现代化的中学，到省城去请当时最好的老师，周围乡邻的佃户的孩子上学都免费，而且对老师特别好，他们家有一辆福特轿车，他自己不坐，但是老师们进城回城，都派这一辆福特轿车，今天大家去看刘文彩的庄园，这个福特轿车还停在那个地方。回到乡下，他就变成一个大山。所以中国这个乡村运动，今天上午我们也谈到了熟人社会、亲戚社会里头，他会变成另外一种形象，而且对推动当地的教育、开当地的风气、发展当地的经济都很有帮助。他们在外面学到的知识、积累的资本，加上今天土地可以流转，我们就可以进行规模化的农村经营，而且是外向性的农业经营，那么中国的乡村就可能变成另外的样子，但是这个样子是不是真正能够完成呢？我们今天刚刚开始。其实现在的主要问题还是，大部分情况下，乡村重建是由政府来推动的。

现在这些搞乡村建设的干部们有一句话，关于老百姓有一个专门的术语叫缺少内生动力。政府让他动，他不知道为什么要动。动不起来这个情况不是今天才产生的。上午就讲过，我们20世纪就要对中国的农村进行改变，中国的乡村必须重新进行生产方式的调整。乡村的基本构架，要发生一些变革才能适应这个社会的变化，这是非常重要的问题。我们经常讲梁漱溟先生，讲他在儒学上的修养有多深厚，然后又讲他当年给毛泽东主席提意见是多么地坚守知识分子的气节，这可不可以讲？我觉得讲是可以的。但是中国从古到今讲知识分子就是讲这些，也讲不出什么新鲜了。讲顾炎武是怎么讲的？过去的儒家讲朱熹是怎么讲的？讲王安石不也是这样讲的吗？但是他身上最重要的一点是敏感到农村的变化，农村必须变化，而且他有中国儒学家那种知行合一的行动。我们虽然今天穿得像现代人，生活习惯也非常现代，但是我们对农村今天呈现的这样一个巨大的问题，我们也偶尔说一说乡愁，甚至有大量的笔墨在书写乡村，但是乡村中最基本的这个问题，我们视而不见。所以一个人的被遮蔽也说明我们这一代知识人、文化人在某种程度上、思想上、视野上，还没有真正过度为一个现代的知识分子。

梁漱溟说要改变山东邹平县，去组织农民学文化、改善生产品质，组织各种各样的合作社。比如说铁匠太分散，就组织一个铁匠合作社，大家是否能够一起切磋一下技艺。中国从秦代就开始打铁，打到清代还是这个样子。我们今天把非物质文化遗产这些东西说得有点过于神了，如果说你好得不得了，传了几千年还是那个样子，那你告诉我，它又好在哪儿呢？打铁不是秦代就这么打铁的吗？秦代就这样打一把镰刀，打到清代和民国还是打一把镰刀。那么怎么提高技艺？怎么提高生产水平？而且重要的是要解决一个问题，告诉农民一个观念，不光是做了自己用，还要把它卖出去，卖出去就还要比别人做得好。

还有我们一个四川人，哈佛的博士，他上过普林斯顿大学，回国的时候他就说我要为改变中国乡村做贡献，他回去不当官，不发财。同样他是一辈子坚持乡绅建设与乡村教育的，他也始终在摸索这个道理，之前他的眼光还是跟我们很多人一样，觉得中国的农民就是缺乏教育，没有文化。他第一站到湖南，干什么呢？到农村去办夜校，教农民识字。他对农村的现实理解也很简单，教农民识字，学一点文化，他觉得农民就会觉悟，就会学着接受新的知识。而且他的这个思想还深刻地影响了一个人，谁呢？毛泽东。那个时候，毛泽东还是湖南第一师范的学生，就觉得他这个做法很好，用我们今天的话讲，他就是志愿者，志愿到农民学校里去上夜校，所以毛泽东非常关注农村。大家看毛泽东最早期的革命工作是办农民运动讲习所，可以说这个人对毛泽东的影响很大，现在也很少有人讲这个东西了，好像毛泽东就是马克思主义的执行者。所以中国农村的问题是一个综合的问题。

中国农民有一个重要的问题，就是贫穷。民国时期，民间已经不是传统的古典的乡村社会。鸦片战争以前，中国古典的乡村社会，只要内部没有起战争，那么它的生产是稳定的，老百姓的生活当然是一些自然条件好的地方相对富裕。

但是在民国年间，一方面是外国的工业品来了，对乡村的生产摧残很严重。另一方面是民国年间是军阀大混战的时期，民不聊生，所以在这样的情况下，中国的乡村就完全不一样了，那个时候绅和士就几乎没有了，就是一些军阀在作威作福。刚才我说，那个时候还产生了刘文彩，早期也是鱼肉百姓的。

新中国成立以后，我们也走了乡村建设的道路，可能操之过急，尤其是“大跃进”之后，也是我出生的那一年，我们的农业出了大问题，人民公社出了大问题，之前是一片光明。但是我们那个时代的文学家对这一块是非常明白的，比如说今天讲到《创业史》是对合作社会的回忆，今天也在讲《我们村里的年轻人》，至少那个时候的农民、农村是看到了一种方向，看到了一种可能性。而且今天来看，关于农村的农民的文学，我们当然有足够的力量来书写这种历史波动、历史波折当中农民所遭遇的苦难，农村所遭遇的经济的、教育的，甚至是道德的倒退。当然我们也可以把这个东西写得很深刻，但是你觉得这就是一个文学的巨大的成功吗？如果你要说这个就很成功，那么对不起，曹操就把这件事情完成了。我对曹操的创作评价比较高，因为那个时代的人是写诗的，但那个时候写诗又不发表，他不用说假话，他是有人文情怀的，他发动战争，以战止战，难道不比杜甫的“朱门酒肉臭，路有冻死骨”好吗？而且曹操是那样一个贵为君王的人，他能够看到民间的疾苦……

文学和农村一样、农民一样，也不断往前发展。那我们所书写的对象，它已经面临全球化的挑战。在农民这个庞大的群体当中，也有一些先知先觉的人，已经在对这种挑战做出正面的、积极的回应，有些回应成功了，有些回应可能失败了。如果我们要写失败，为什么不写这种回应的失败？为什么我们喜欢成功，为什么没有发现这样的成功？这难道不是今天我们的文学所表现出来的缺陷吗？今天书写的人，我们受的是什么样的教育？我们不光精通中文，还会英文，至少会问大家HOW（怎么样），好一点的可以到英国用英语演讲，但是我们一写农民，还是像个农民一写农民一样，发现我们也是农民，跟我们书写的那些对象一样的眼睛、一样的心胸、一样的水准。文化，不只是我们接受多少教育的问题，而是一个胸怀、眼界的问题。

我们看外国的东西，也很奇怪，比如说我们看外国作家，谈有的作家，大部分谈的是那种技术性上有创新的国家，当然，观念上有创新的、观察现实更深入、更敏锐地反映那些时代的作家，我们也应该要关注。同样是得诺贝尔文学奖的作家，我们喜欢谈论一些美国的作家，很少有人谈到另外一个作家，他叫约翰·斯坦贝克。斯坦贝克二战的时候是一个战地记者，写过很多欧洲战场的战地通讯，战后他回到美国。大家知道在二战爆发以前，美国有一个经济大萧条的时期，股市崩盘，产业不好，最惨的就是美国中西部。斯坦贝克《愤怒的葡萄》就是写中西部的，因为美国的农业，种的小麦农民自己是吃不完的，种的棉花是自己用不完的，就是出售到市场，而且大规模农业生产的时候，有几百公顷土地的时候，是需要资本流动的，资本从哪里来呢？银行的贷款。那个时候美国也和我们现在一样，国家要提供一些贷款，推动产品流动。但是经济不景气，这些产品卖不出去。第二银根紧缩，银行也不贷款了，所以大量的美国中西部的农场主，特别是还没有积累到足够资本的农场主就面临一个非常严重的挑战。斯坦贝克的《愤怒的葡萄》就是写的这个事情。而且他得诺贝尔文学奖的原因就是关注美国农业，所以说美国有时髦的爵士。

中国也有农业作家，有大量书写乡村的作家。我们天天谈詹姆斯、谈卡夫卡，但是少有人谈斯坦贝克《愤怒的葡萄》，我是很奇怪的。我今天是叫作家，但是我知道我是农民，我的父母是农民，我从小和他们一起干农活，我知道从土地之中得到一分收获的感觉是什么样的，我七八岁就跟父母下地了，一直到我十九岁彻底离开农村。国际也给我们提供了很多很好的经验，比如说英国的哈代，我们完全把他当成一个古典作家的时候，其实就认为他们的经验是过时的，刚好我有一个观念认为中国是后发展国家，我们自己的命名叫发展中国家，你正在经历这些东西，那些前发展的国家已经经历过一回了。他们经历过一回，而且文学书写积累了很丰富的经验，别的艺术形式也都积累了很丰富的经验。但是也很奇怪，我们有那么多人书写乡村，但他们不关心那些经验，而老去关心美国人、欧洲人工业化程度很高了之后，在城市里面感受到孤独的人。

比如说大家动不动谈卡夫卡，我说卡夫卡也不是不能谈，我也去看了卡夫卡的故居，也读过他的作品，但是我们是不是更应该关注对我们有借鉴经验的人。比如说美国转型时期，农业社会向工业社会转型时期的哈代，《德伯家的苔丝》不就是写一个乡村的农民在乡村破产后必须进入城里去打工，没有更多的技能，无非就是到别人家去当保姆，要不然就是到饭店去端盘子，对不对？而且还必须长得漂亮才行。

关于乡村重建，我所谈的东西都是非常皮毛的东西，我们作为文学家处于这样的时代，如果要很好地书写乡村，那么乡村重现的这个现实，我们必须加以足够的关注。而且只是靠过去的那种老的生活方式、生产方式，比如我们到一个村里，熟悉一下周围的人物，观察一下他们的言行举止、他们的语言方式、他们的情感反应模式，这当然也是一种写作方式，但是我们必须更要看到，今天的乡村、今天的农民，所面临的不是一个单独的一个村的问题，这个问题是有普遍性的、是国际性的。

有些问题不光是我们在经历，别的国家也经历过。我之前跑到拉丁美洲的一些国家，有一段时间拉丁美洲文学很火，我这两年去了智利、秘鲁、墨西哥、古巴、巴西。其实发展到人均收入两三千美金，阿根廷要比中国早，中国人在“文革”吃得半饥半饱的时候，像墨西哥、秘鲁这样的国家，人均收入已经在两三千美金了，只不过他们这些年跌入了经济学上所讲的中等收入陷阱，今天中国要摆脱的也是这个东西。中国光发展城市经济不行，必须解决乡村经济的问题。这些国家大量的人自动进入乡村，而他们的政府没有关注到乡村的建设。

我今天上午举到一个例子，墨西哥的作家胡安·鲁尔福。我读过他的两本书，在20世纪80年代的时候，一本叫《燃烧的平原》，是短篇小说集，写的是墨西哥乡村破产的农民，他们进入城市，有些就走向反抗的道路，参加游击队，作者用非常传统的、非常干净的写作方式来刻画人物，非常精彩的一个短篇小说集，大家可以看一看。但是过了多少年，拉丁美洲人说，拉丁美洲的现实特别光怪陆离。我们今天有一句话说：现实往往比我们想象的更荒诞。怎么表达这种荒诞？用毕淑敏的写法不好，我们要尝试一个新的方法，刚好法国有一个超现实运动，这当中有一些东西我们可以学习。

但是最成功的那几部作品，第一部成功的作品，魔幻现实主义，今天我们老谈《百年孤独》，《百年孤独》是集大成的。胡安·鲁尔福写了《佩德罗·巴拉莫》。巴拉莫是乡下的一个恶霸地主。地主有两种，一种称之为绅士，一种就称为恶霸、土豪、劣绅，如果是劣绅，那么这个巴拉莫有多坏呢？就是有一个人，他在墨西哥城里长大，临死前他妈妈告诉他，说你小时候，我把你带到这个城里来，我现在要死了，我很怀念我的老家，你能不能回去帮我看一下老家，你回老家就找一个人，这个人叫巴拉莫。这个人是谁呢？是你爹。这个爹就很坏，除了霸占田地以外，这个村里漂亮一点的少女都被他睡过，他妈妈也是其中之一。然后他就去寻找巴拉莫，就走到山路上，碰见一个赶毛驴的人，他问路，说，那个村在哪里？那个人说，再翻过一座山，那个村子就到了。他说，那你认识一个叫巴拉莫的人吗？那个人说，我认识。你找巴拉莫干吗呢？他说，他是我爹。这个赶毛驴的人说，他是你爹，他也是我爹。他也是我爹，作者用多么巧妙的方法，把霸占民女的事写出来了。要不然我们写，就是一把鼻涕一把泪来写，费了多少笔墨，结果他就到了那个村子，那个村子全部都倒塌了，人都走光了，他就坐在那儿，结果太阳一落山，这个村子就活过来了。为什么呢？村子里头的那些死人、鬼出现了，所以那些鬼魂就在那个村子里构成了一个世界。作者就用这样一种巧妙的方式，写了墨西哥乡村的破败。你想它的那种深刻程度，只是一个中篇小说，不管是写现实的深度，还是开创一个文学流派，都足够了。

我今天给大家汇报的，不过是我在观察和准备书写乡村的时候的一些角度，以及思路。同时也是我对中国乡村重建当中，我们有没有可能重建士绅传统的这样的一个粗浅的思考。谢谢大家。

久矣不聞雞鳴

二零一九年四月 西川

前现代诗歌写作与现代诗歌写作

时　间｜ 2019年5月11日14:00—16:00

地　点｜ 贾家庄·贾樟柯艺术中心广场

演讲人｜ 西　川

开　场

主持人：各位来宾下午好，我开始讲话时，来了一片云遮住了骄阳，好像太阳又有一点要出来的意思。

这是我们整个文学季的第三场“大家演讲”活动了，也是我们文学季唯一的一场由诗人主讲的“大家演讲”，在座的听众们，都和诗歌会有一个特别亲近的直接对话的机会。祝贺在座的各位听众们，因为大家听到的这一位主讲嘉宾西川先生是我特别崇敬的一位诗人，是当代诗歌界很重要的一位大诗人，他的头脑里面一场加一场的风暴，将要席卷在座的朋友们。

他今天讲述的内容是：前现代诗歌写作与现代诗歌写作。前现代、现代，我们现在坐在水泥地上，这是现代；我们头上的天空、白云、太阳，我们触目所及的绿树，徐徐吹过的风，这些都是前现代。它们构成了写作的元素。写作源头性的东西到底意味着什么？我们将在西川老师的讲座中领会到。

我简单介绍一下西川老师的身份，他跟我是同事，跟余华老师、莫言老师都是同事，是北京师范大学写作中心的特聘教授，他在这之前是中央美院人文学院的副院长，中央美院的图书馆馆长，同时他又是一个当代美术发声现场和理论思考现场的见证者、引领者。而且他的诗很多，多得我都记不住，他也获了鲁迅文学奖和很多国外的大奖，我就不一一提了。奖不重要，重要的是诗歌写作和关于诗歌写作的思想，以及诗歌和生活、时间、文化的碰撞关系、对话关系。现在我们隆重请出西川老师。

前现代诗歌写作与现代诗歌写作

西川：各位朋友下午好，很高兴在这儿跟大家交流一下关于诗歌的一些想法。首先非常感谢欧阳江河老师刚才的介绍，而且我觉得他说得很好，他说天上的云是前现代的，但是水泥地是现代的，然后我就看到树木是前现代的，但是这过去的厂房，这一定都是现代的东西。实际上在当下的中国，你会发现你的生活当中的因素全部都是混在一起的，我们对于艺术的感受全部都是混在一起的，对于诗歌的感受也全部都是混在一起的，那么混在一起，对于我们究竟意味着什么？我觉得这个东西不光是一个文学话题，实际上它是一个更大的文化的话题。然后你要往深了走，它也可以是一个思想的话题。经常发生在我们身边的事情，我们就会把它放过去了，没有对它进行足够的关注，这个时候我就觉得有一点点可惜。

咱们这个场地，我觉得很有意思，这边是种子影院，但是中国航天（火箭）这个东西是什么？我不明白。这里跟航天有关系吗？后面的清洁、生产、节能，减什么？给遮住了，可能是减排，我不知道减什么。就是这个场地好像就需要有一个讨论，就是关于现代和前现代的这么一个讨论。

来到贾家庄村，我住的地方，有一些介绍咱们这个地方的出版物和本地的杂志，我就在这个杂志里面翻，就看看本地的作者写的诗歌，里面有些诗歌是古体诗，是当代人写的古体诗，一眼就能够看得出来，当代人写的古体诗和古人写的古体诗有很大的不同。当然这些诗，我觉得很有意思。

对于一个写新诗的人来讲，你不得不面对一个问题，就是你的文学资源里面，有很大一部分是中国古典文学。但是与此同时，也有外国文学，中国古典文学我们读很多的古诗，我也碰到这样的朋友，他们写新诗，但是读的很多东西是古诗，我不知道读古诗写新诗的朋友有没有发现一个现象，这个现象也不是一个很绝对的说法，即古诗写得好的朋友新诗都写不好，新诗写得好的朋友写不好古诗。这个是我自己后来意识到的一个问题，当然我这儿就一般情况而言，可能有个别的意外。

这究竟意味着什么？其实我觉得是很值得讨论的。我知道今天要跟大家谈前现代和现代的问题，所以拿了一本书，好多年前出版的，叫作《唐诗新译》，我相信大家就会有一个感受，你们会形成一个什么样的感受？

比如说我就随便找一首，用今天的话翻译是这样的，这是一个叫许放的一个老先生翻译的，在“文革”当中他被关牛棚，没有事干，他就翻译中国的古典诗歌。有一首诗，李白的诗，他说：“你要走了，朋友，我给你送行。在这高入云霄的黄鹤楼，烟花三月天，你就要顺流东下，去到那淮左名都扬州，望着你坐的那只小船的帆影一点一点地远了，直到碧空的尽处，而我仍没有离去。可是这个时候，能看到的是那浩荡的长江，还在天边上奔流。”你们一听就知道这是哪一首诗，就是“故人西辞黄鹤楼，烟花三月下扬州。孤帆远影碧空尽，惟见长江天际流”。当你背“故人西辞黄鹤楼”的时候，你的感觉是一个非常熟悉的感觉。当我们读，“你要走了，朋友，我给你送行。”你觉得这是什么东西？当然，我们没有对于老先生的不尊重。

这两首诗，一首是原文，一首是新诗的译文，意思差不多。可是我们就觉得古诗是成立的，而新诗好像就不成立。那么这种情况，比如说摆脱了这么一个原诗，只有新诗，那么它会是一个什么样的局面？这首诗肯定会被很快地忘掉，就是朋友呀，你要走了，朋友我给你送行，在这高入云霄的黄鹤楼中，这个是没有人记住的。但是“故人西辞黄鹤楼”，一下子

就记住了。可能有些朋友就会从这儿出发，对新诗提出批评了，就是古诗它可以成为这样的经典，而新诗成不了这样的经典。与此同时，大家觉得这个译文不好，可是我又不同意这样的批评，那么我就不得不把我很多的原因讲出来了。

新诗和古诗有一些问题立刻就出现了。比如说在当下，每个人的生活状况已经跟三十年前很不一样了，生活在这样的一个时代，这么一个互联网的时代，你是不是还能够像古人那样写诗，这就得打一个问号了。我昨天在中学里边谈唐诗的时候，实际上已经提到这个话题了，当代人读了很多的古诗，但是当代人想要成为一个诗人的人，可能不是那么多。其中有一些人会成为诗人，但是大多数人读古诗是为了提升自己的修养。但是你如果问他，通过读古诗、背古诗，你能不能感受到古人的创造力？所以这里边有一个区别，就是很多人读古典文学，实际上并不是真正地要成为一个高级写手，那样一个诗人，靠自己写诗来闯天下，靠自己写诗来成为达官贵人。但古代很多人是这样，靠写诗靠近权力中心，最终通过科举考试成为权力集团的一分子。当代人在写古体诗的时候，肯定没有那么多这种想法，写点古体诗可能有几个朋友互相看一下，互相高兴一下，一种生活方式罢了。

所以从今天的人的角度来讲，为了某一种教育，为了某一种审美，为了某一种修养来读古诗，和真正地要进入一个创作状态，靠写自己的古诗向上爬这种状态是完全不一样的。也就是说，诗歌，我说的是古体诗，它在古代时候的功能和在今天的功能，是不一样的。比如关于“创造”这个词，古人也创造，今人也创造，今人写古体诗，是不是可以划入古人那样的创造，我自己是有疑问的。

在真正进入这个话题之前，有些概念也必须理清楚。很多情况下，我们在讨论问题的时候，背后的概念是极其模糊的。我这个题目，究竟什么是现代？现代从什么时候开始有的？我跟大家稍微交代一下。我们经常会用到“现代”这个词，你这个人很现代，或者说他这个人不现代，他这个人是一个老派的人。“现代”这个词不是一个新词，它是一个外来词，它是从西方传进来的一个词。“现代”这个词是什么时候出现的？是在欧洲的文艺复兴时期，相当于我们中国差不多明代那个时候。这个时候在欧洲已经有这么一个词叫作现代，这个词是对着什么来的呢？它是对着欧洲过去的中世纪来的。

一旦走出中世纪以后，人们觉得自己已经从过去的神本主义进入以人为本的人本主义的时代。进入人本主义的时代之后，当时的欧洲人觉得自己就已经是现代人了，所以“现代”这个词我们到现在经常用，但是它是在西方产生的，时间大概是在中国的明代。当然我们谈中国传统，就是谈中国历史的时候，也有历史学家认为中国实际上遇到的很多问题，到了中国的宋代已经遇到了。甚至有些历史学家认为中国的现代，如果要说现代的苗头，甚至可以追溯到宋代。比如说滥砍滥伐从宋代就开始了。曾经我看到一个观点，说中国社会一直需要一个前进的动力，不一定是中国社会，任何一个社会都需要前进的动力，是什么东西推着你往前走？比如说大家没有饭吃的时候，饥饿就成为推动人前进的动力。比如说国家处于分裂状态的时候，大家希望重新团结在一起，重新统一在一起，这种愿望就是推动社会前进的动力。历史学家说，中国大概到宋代的时候，前进的动力基本上已经耗没了。还剩下什么动力呢？当大家有饭吃了以后，大家就要娱乐了，所以中国很多后来的娱乐都是从宋代开始的。瓦肆勾栏这些都是从宋代开始的。所以有些人认为中国最早的现代可以追溯到宋代。也有人说，中国资本主义国家是到明朝后期才产生的。不管怎么追溯，“现代”这个词是从外头来的，是在欧洲文艺复兴时产生的。

现在讨论文学的时候会遇到一个词叫作现代主义，现代主义和现代不是同一个概念，现代主义大概什么时候产生的呢？它应该是在19世纪后半期产生的，然后到20世纪初，有一场很大的文学运动，就是现代主义的文学运动，这个应该是在西方，跟中国没有什么太大的关系。现代主义的文学运动后来影响到很多的地方，我们中国的当代诗歌写作也受到现代主义的影响。现代主义要战胜的东西是什么呢？它要推翻的东西是什么呢？是浪漫主义，是19世纪的浪漫主义。到了20世纪，很多西方的艺术家、作家，他要用现代主义来干掉浪漫主义。那么到今天，我们自己的文学艺术意识当中经常还会出现你这个东西写得很浪漫，这个电影拍得很浪漫，这出戏很浪漫，这首诗很浪漫，但是大家实际上又不太清楚浪漫主义指的是什么，大家只是觉得很有情调，很有情感，这种东西就是浪漫。

但是浪漫主义作为一个文学概念它是有定义的，它基本上在19世纪时，按照英国的两位浪漫主义诗人对浪漫的定义，浪漫主义都包括了什么东西呢？说到情感的时候，在诗歌里面有一种是情感的自然流露，这是第一点，因为浪漫主义面对的是古典主义。古典主义后面是浪漫主义，后面是现代主义。情感的自然流露，这是一点。用简单的口语来替代古代的语言，这是另外一个信条。在浪漫主义里面包含的想象都是哥特式想象，中世纪的想象，它实际上是一种倒退，浪漫主义实际上是要回到过去，它要面对的、它要避开的、它不喜欢的就是工业化这个过程，所以才有了浪漫主义这个过程。还有几个信条，我刚才只是拿出几个信条来说什么是浪漫主义。当浪漫主义这个概念说不清楚的时候，你会陷入一个泥潭，你不知道你自己在说什么，但是我们中国人所理解的浪漫主义不是直接从西方来的，它是从苏联转过来的，就是现在上了点岁数的人，头发还有点白的人，还都记得苏联文学对中国文学的影响。苏联文学中有一个很重要的人物就是高尔基，到现在写东西的人很少再提到高尔基了，但凡是不写东西的人，还记得高尔基，而且都学过高尔基有一篇散文诗叫作《海燕》。这部文学作品对中国文学的影响非常大。

高尔基曾经把西方的浪漫主义区分为两种，一种叫作积极浪漫主义，一种叫作消极浪漫主义。他把欧洲19世纪倾向于革命的、进步的浪漫主义叫作积极的浪漫主义，而回到宗法时代的旧时代的浪漫主义，他称之为消极浪漫主义。经过高尔基和苏联的文学意识形态，中国人接受的浪漫主义，基本上是积极浪漫主义，所以在中国大名鼎鼎的诗人，外国诗人都是雪莱、拜伦、普希金，这些人在高尔基看来全是积极浪漫主义者，但是积极浪漫主义者不是欧洲的正宗的浪漫主义者，他们是浪漫主义者里反叛出来的人。这就是文化传播当中有很多的误读在里边。所以我稍微给大家理一下。

到了19世纪后期，法国还是有了新人，到了20世纪就有了现代主义文学的爆炸。现代主义文学在中国，读者零零星星地读过一些，但是没有普及性的知识，个别的人可能知道他们。但是这是另外一个话题，你在学校里边会有老师讲这样的一个内容，我只是想说现代主义文学的现代主义作为一个文艺概念，它也包含了艺术，它和现代所产生的年代不是一个事情。

如果说到现代、现代主义，还有一个词，如果大家关心文学文化的时候，就会遇到一个词，这个词就叫作现代性，现代性是个什么东西呢？现代性又是一个说不清楚的东西，就是在工业领域，这种大机器生产，这个东西是现代性的一部分。大机器生产需要工人，工人从乡村聚集到城市，然后进入工厂，然后站在机器边开始生产，这种生活方式就是现代性的生活方式，一直到后来的流水线作业，这都是现代性的一部分。人们原来在乡村里生活，后来到城市里生活，乡村里都是家族，到城市里就不是家族了，到城市里的人是来自不同的地方，大家都进一个工厂，这就等于我们的生活方式改变了，所以这是一种现代性的生活方式。由于你脱离了过去的农村、过去的家族、过去的宗法这些东西，你在城市里混，你的道德观念和在乡村时的道德观念也不一样了，所以从道德这个角度来讲也进入了现代。

从政治角度来讲，你也有政治性，在过去你是有皇历的，我指的是在西方，但是在多数的国家都变成了选举，进入这样的一个国家体制，在政治中也获得一种现代性。现代性在不同的领域中有不同的表现，但是它有一个共同的特征，就是与过去切割。切割是一个很重要的词，就是跟过去不一样。那么我跟传统切割，所以我写新的东西，我的文艺进入一个新的状态，这个东西是现代性。把这些概念跟大家交代清楚之后，我们就可以考虑中国古代的写作，中国古代的诗歌和中国现代的诗歌里边的一些相同的东西、不同的东西，有继承性的东西或者说他们之间有切割的这一块，我们就能够稍微清楚地看一看。

我一会儿会做一些比较，在这些比较之前，我觉得我们也可以稍微看一看当代中国关心文学的人，他们的知识结构大概是什么样的。不光是写新诗的人，因为我自己也用电脑，也上网，也看到别人对于文学的发言，我就发现中国当代读者的知识结构是这样一个情况，是什么呢？很多对文学的理解是建立在我们对于唐诗宋词的理解上，这是一方面。唐诗宋词就是李白、杜甫、王维、白居易，这是第一块，大家文学知识里的第一块。

大家文学知识里的第二块东西就是我刚才所说的积极浪漫主义，对于雪莱、拜伦、普希金，知道一点类似这样的诗，叫作“冬天来了，春天还会远吗？”或者叫“假如生活欺骗了你，不要难过，不要悲伤。”那么这是大众当中很多人的文学常识，这是浪漫主义里的积极浪漫主义，我是说经过高尔基传递进来的这么一种知识，就是关于文学的知识。

第三种关于文学的知识就是鲁迅以来的左翼文学，当然后来这些年一些反左翼文学的声音也都出来了，尤其是从美国回来的一些华人，他们是在美国受的教育，他们对文学的看法当然跟我们生活在中国的人，中国社会主流左翼文学对文学的看法不一样，所以这些年大家又开始读张爱玲、胡兰成，读这些不是左翼文学的东西。左翼文学，以及左翼文学的反面这两年也在中国非常流行，这基本上就是中国当代大众文学的构成状况。

比如说在我接触的年轻人里面，也有一些特殊的孩子，这些孩子挺反叛的，这些孩子听摇滚，去各种实验艺术的场所去看展览，去看电影。这些孩子的阅读就比较新了，但是这些孩子的特点是读的全部都是外国的东西，外国文学对他们来讲，就是他们生活的一部分，生命的一部分。你跟他聊中国文学，中国古代文学，他们基本上没兴趣，但是你如果聊一个西方近些年出版的，比如说某一本小说，或者说日本的某一本小说，他们非常熟悉。

我们到书店里边看一看，中国翻译了多少外国的现代，以及后现代的文学，翻译了很多东西。我刚才说到后现代，后现代不是我今天要谈的内容，但是今天已经把话说到这儿了，我稍微交代一两句，后现代是在西方开始的一种文学，一种文化意识，但是后现代也很复杂，这里边有精英的后现代、有大众文化的后现代，这又有一些区分。后现代是从现代这一块来的，有些东西跟现代很有关系，大家依然做先锋，依然做前卫，依然做各种实验的艺术。但是后现代跟现代至少在看待古典文学上面，它的态度有一点不同。现代性的一个特征就是切割，但是到了后现代之后，大家已经没有那么明确的切割意识了，而是要使用，就是古代的东西拿到今天照样可以使用，这个是其中很小的一部分，我顺便跟大家谈一谈。

刚才我说了现代、现代性、现代主义这几个概念，然后我又说了中国当下普通人的文学知识的构成，大概就是这样一个情况。在我说到中国当代文学的知识构成里面，很重要的一块就是唐诗宋词，你说当代热爱古典文学的人，他们有多少人很了解《楚辞》？比如一些文学探讨，几个人聚在一起专门聊一聊汉代的诗歌，很少有人干这个事，主要是唐诗宋词。如果读小说的人最高的梦想，写小说的人也包括在里边，最高的梦想就是《红楼梦》，当然也有人读点孔孟，以及中国古代其他的文学。当然我也充分知道，在咱们老百姓当中，有一些人是很厉害的，读古书读得是很多的，在某一个领域甚至是读得很深的，我也碰到过这样的人。我对贾家庄这一块还不太熟，我到别的地方去，比如说我在甘肃，在别的省里面，能够碰到当地的秀才，对于当地的历史、人文都清楚得很。我就问他们，为什么不写一本书？他说：不写，知道，全部都知道。然后带着我去这儿去那儿。这些人对于家乡非常了解，我知道这些乡村秀才是非常厉害的人，我遇到过这样的乡村秀才。我只是就一般的情况来说，大家热爱的就是唐诗宋词。

唐诗宋词，我们就可以稍微来谈一谈了。唐诗宋词当然是前现代的东西，它就会跟我们今天的境况，虽然都是文学，其实是很不一样的，我无限地热爱中国古代的文化、中国古代的文学，但是我充分理解这种不同。因为这是谈论古代文学最基本的东西，就是语言本身，古代那是古汉语，现代是现代汉语，我经常出门有时候遇到批评新诗写作的，这个问题、那个问题，我不愿意跟他们争论。他们说的东西有些是对的，有些东西肯定是不对的，但是我不愿意争论，我就用一个方式来回复，你批评新诗的这些说法我全都同意，我也不辩护，但是我说，请你把你的批评意见用古文再说一遍。这些人都会愣在这儿，他会发现他没法对我的批评用古文来说一遍。于是马上突显出一个东西，无论你批评我还是不批评我，你是站在古代文学的角度来批评我，但是你的思维方式还是现代汉语的思维方式，不是古代汉语的思维方式，这个东西是有些人不愿意承认的，但是我们不得不面对。

你在家里面吃饭，跟你自己的孩子说话，或者你的父母跟你说话，现在没有人跟你用古文说话了，也没有人用那种老白话跟你说话，全是现代汉语。当然了，你可能会方言，方言里保存了过去的一些老词，但是你一到大街上，一去找工作，一上学全是现代汉语。现代汉语跟古汉语一个很大的不同，古汉语的基本语义单位是单字，现代汉语的基本语义单位是词，词就是意味着两个字以上的语言单位。语言的话语的意义这个单位叫作语义单位，那么用词说话，我们的节奏，就是词的节奏。当然古代也有词，但是它基本的单位是字。所以古代人的思维、感受世界的节奏感和当下人是不一样的。

还有一个就是中国古汉语的句子长度是短句子，不知道大家有没有意识到这个问题。古人都是短句子，“落霞与孤鹜齐飞，秋水共长天一色”。现代汉语是长句子，当然它跟西方语言比起来，它的句子长不到哪儿去，但是和古汉语比起来它是长句子。

长句子和短句子的区别在哪儿？如果你使用长句子，就必须是逻辑思维，你的思维里面必须包含某一种逻辑性在里边。短句子的长处是跳跃，所以它可以对仗，我们很多人喜欢对对子，你用现代汉语对对子，也能够对，但是对的东西你觉得不够帅气。古汉语对的对子很帅气，就是那种语言的形式感就可以对对子，这种语言本身允许我们进入对对子，而现代汉语呢？对对子你会觉得好像不是那么回事，勉强是可以对的，但是你会觉得不过瘾。我们使用语言，你就会观察语言，你就会发现这里边是会有一些不同的。

我们使用的词汇，我们使用的很多词都是外来词，我昨天举了一个例子就是“美术”这个词。美术是外来词，是翻译的西方语言，日本人把它翻译成美术，我们中国人就使用美术，到现在你都不觉得美术是一个外来词，但是实际上它是一个外来词，我们当下现代汉语中有很多词都是外来词。从语言的节奏感、从句子的长度、从我们的词汇量来看，现代汉语和古汉语有很大的不一样。但是唐诗里边就已经有外来词了，比如说“葡萄美酒夜光杯，欲饮琵琶马上催”。当然古音还不是“催”这个音！但是“葡萄”这个词，它就不是中国自己的词，它是从西域那边过来的词。然后到写白话诗词的时候，胡适又在他的新诗里面有一句，这句诗叫作“皮克尼克来江边”，就是“到江边来野餐”。胡适就把它写成“皮克尼克来江边”。大家都会唱国际歌，国际歌里面有一句歌词“英特纳雄耐尔就一定要实现”，英特耐雄耐尔是什么东西？然后说英特耐雄耐尔就是共产主义。英特耐雄耐尔不是共产主义的意思，事实是英特耐雄耐尔叫作international，international就是国际。所以这个歌原来的意思就是国际一定要实现，在中文里边没有办法翻译，就是认为“英特耐雄耐尔就一定要实现”，这也变成我们生活当中的一部分，但是我们也不细究它，认为它指的是共产主义，但是实际上它指的共产国际的国际，所以我们现代汉语当中有很多这样的外来词。

古代人写的古体诗和当代人写的古体诗，一眼就能看出来。因为古人的语言和我们今天的语言，已经很不一样了。那么这只是从语言本身讲，你要是从气质上讲，又很不一样。

如果从气质上讲，我就进入到第二个问题，实际上是进入一个意识形态的问题。意识形态是当下的一个词，一个很大的词。古人的意识形态，比如说古代儒家的思想、道家的思想，你也可以有佛家的思想，你今天依然有一点儒家的思想、道家的思想，我同样也不得不说你有一些共产主义思想和马克思主义思想，这些东西你是混在一起的，我不举诗歌的例子，我就举画画的例子。大家都看过古代的山水画，现代人也画山水画，但是你老觉得现代人所画的山水画和古人所画的不一样，不一样在什么地方？虽然笔墨都没有什么不一样。因为你跟师傅学，师傅教的你，还是古人的那一套，但是怎么一落地，就画不出古人的那个感觉来？那个不是笔墨的问题，你也可以说是笔墨的问题，但是这是一个次要的问题，最重要的问题是你看山水的方式和古人看山水的方式不一样。你现在看山水，脑子里看到的是大好河山，古人画山水画，他与山水之间的关系是一种私人关系，而现在看到的都是旅游景点的山水，然后你是大好河山和爱国主义，这个意识形态和气质是很不一样的。

如果你写古人的古体诗，比如说就写唐诗，你写古人的唐诗，那么你必须要读古人要读的东西。首先你得参加科举考试，你写诗你在古代就是士子，你是士子就得读士子读的书。士子读的书，就是那一套儒家的书，除了儒家的这一套书，同时你又得读那些历史书。比如说你写古诗你要用典，很多我们读的古诗里面的典，没有注释，我们都不知道在说什么。但是对于古代士子来讲，大家一读就知道是什么东西，正是因为大家读的东西都差不多，大家的文化修养都是《史记》《汉书》，除了儒家的四书五经，大家都读诸子百家，这个时候如果大家有共同的阅读，有共同的文化背景，大家就是一伙人，所以咱们写的诗，在这个小圈子里大家互相之间是懂的。我曾经说古诗不是给老百姓写的，当代人就不干了，觉得受到伤害了，但是古人的确不是给老百姓写的，是给他的知识结构差不多的朋友写的，我昨天没有给孩子们具体说到唐代的诗人，我说到大概的数字，唐代不到三百年的历史，一共有多少诗人呢？两千三百多位诗人，你除一下就能够知道每一个时代大概有多少个诗人？大概有一百五十个诗人。二十年算一个时代，二十年全中国写诗的都在唐代，大概一百五十个人左右。问题是这里边很多人写得还不好，你现在读唐朝的各种选本，你会发现唐朝写得好的诗人一共是多少人呢？一共就七十来个人。我们现在读一本书的时候不会意识到这个问题，但是你做这个研究就会发现是七十来个人。

七十来个人再分到三百年里边，那已经是很稀少的。所以在每一个时代里面，诗人就是一个小圈子，它不是我们今天所理解的大众文化，它是一个小圈子，而且这个圈子我不得不说，非常小。

所以我碰到热爱古文化的朋友，就觉得很好，但是我经常会发现这种对古文化理解上的偏差。我们中国人想象中国古代文化，现在有一个时髦叫作回到民国，民国范儿。其实你理解旧中国就是民国，然后你再回到清代，然后你从清代想象一下明代、想象一下宋代、想象一下唐朝，然后再想象一下隋代，这些都很难。我不得不说，让我们真正能够想象唐代是什么样，已经是一个很费劲的事情了，你读了很多唐诗，你没有见过唐代的东西，我很多词不断地被提醒。我去年秋天的时候在日本正好赶上一个展览，我去看在奈良的一个展览。我看到了什么？就是记载上这么说，是杨贵妃、唐玄宗送给日本天皇的几件文物，其中有一面大镜子，是唐代的镜子。我原来印象当中，中国古代的铜镜，也就是差不多一个手那么大。但是它的那个铜镜，像一个洗脸盆一样大的铜镜。然后我就忽然意识到，我原来对于唐代的想象不对。我知道唐朝人用的铜镜，很奢华，但是我没有见过实物之前，我不知道唐朝人的气度。我只有知道那个气度，我才能够连起来。杜甫再是一个小官，他也是在朝廷里当过官的，也见过这些东西，宫廷仪仗也见过，所以这个时候我才能够有一个反省，我对于唐诗的理解，不应该仅仅只是文字，应该结合我对于唐代建筑、服饰、织锦等的了解。你很难想象奢华到什么程度，唐朝的锦我是见过的，太奢华了，所以这些东西都是连在一起的，文化都是连在一起的，你无法孤立地说，我就是喜欢这一行诗，你喜欢这一行诗你就是一个欣赏者，但是你想回溯它的创造状态的时候，你不得不跟整个唐代的文化样貌结合在一起。我刚才说到的是意识形态，现在说到文化样貌的时候，我就可以过渡到整个唐代的国家体制。

我的小说里面提到这些东西，已经谈到科举考试，科举考试大概始于唐高宗的时候，高宗是武则天的丈夫，后来武则天才弄出自己的那一出。高宗时代科举考试有一个考试内容，就是用辞赋写杂论。写诗成为你一个必须会的本领，你要想在唐朝混，你必须写诗，否则你没有办法混，别说通过科举考试的人要会写诗，贵族们你不通过科举考试，你也要学会写诗，你不会写诗就没有立足之地，所以这成为一个基本的本领，写得好的人很少，但是在地主阶层、统治阶层，这是一个基本的本领。唐朝统治文化其实是士子文化。士子过什么样的生活？当然，他过的是前现代的生活，前现代的生活换句话说，其实就是一个农业社会的生活，不论你是贵族也好，老百姓也好，都是农业社会，你会关注什么东西呢？你当然就会关注大自然，关于树木、河流，我们现在觉得一切有诗意的东西，都是农业文化的东西。

边上这些树，我们都觉得很养眼，我们有可能写过一行树，风吹过，树会摇曳，都会很有诗意。这个厂过去是干什么的，我不太清楚，包括这几个圆的建筑，完全是当代的建筑，如果让你写这些东西，你会束手无策，完全不知道怎么写，为什么呢？因为我们接受的这些有诗意的词汇都是从农业社会来的。

到现代主义的时候，在欧洲产生了一个流派，叫作未来派。未来派就是要求大家不要再去写博物馆了，你应该写工厂、写战争、写爆炸，它希望文学能够成为一个当代的东西，而且是一个面向未来的东西，而不是一天到晚地写风花雪月。但是到今天，我不得不说，我们这个社会当中96%的人理解的诗意，全部都是风花雪月。那么这个东西对于写作者来讲就是一个很大的问题，因为你生活在今天，你得推着文化往前走。你光说老祖宗厉害，一个前现代的中国，遇到什么东西你给他背一段诗词，你觉得就能够对付过去了？这对于一个进行创作的人来讲是远远不够的，远远不能够得到满足的。但是对古人来讲，这个问题不存在，因为这个就是它的生活。它的整个生活方式，包括我说的农业文明的生活方式。为什么古人讲天时地利人和？天时，你看古代人写的著作，诸子的著作，不是只有孟子在说天时，每一个人都在说天时，是因为它直接跟种粮食有关系，跟生产生活有关系。你读《淮南子》，那本书里面非常讲究天时，讲到四季对于我们生活的影响。所以古人跟农业文明有直接的关系，由于他跟农业文明有直接关系，又做官，所以古代文学的题材差不多就是这个东西，山水、农家、悯农。很多人读古诗说看到古代官员如何为民，我们就觉得他们很伟大，热爱老百姓，这个是必须的，因为你是农业社会的官员。当然，你是一个官员，所以你还要写宦海沉浮，还要写被流放，有的时候还得怀古，而古人的怀古和今人的怀古又不一样。有的时候我也看到现代人写的古体诗的怀古，基本上就是在旅游景点发点感慨，很少有家国之思。

还有一个东西就是古典诗歌，它是一整套东西，不是一首诗，但还要被书写。然后他要写下来给远方的朋友寄过去，书信有一套格式的写法，然后他写出古诗来还要唱，所以他跟古代音乐也有关系，古代音乐自然就有乐器，所以从音乐到唱和，到聚会，到展示，这是一整套的东西。你会发现，我们现在做的欧阳江河的书法的展览，这里面也会提供给我们很多的展览，书法这种东西如何写现代诗，你会觉得非常费劲。我最后说几句，现代诗歌跟古典诗歌，它所面对的环境是很不一样的。比如说古典诗歌里边，我刚才说到农业文明，它也会写到城市，但那是农业社会的城市，叫作衙门城市，而我们今天的城市已经不完全是衙门城市了，上海这种城市已经不完全是衙门城市，北京还有可能是衙门城市，我指的不是意识形态或者政治形态，而且我们今天不得不面对现代文明、城市文明。

所以我们从故乡出发，我们不得不意识到，我们出来以后是要进城的，出来以后进城和古人的感觉就不一样了，诗人角色也不一样了，因为过去的诗人，不管怎么说都是士子、是官员，现在来说多多少少是一个最低限度的知识分子，因为毕竟是读过一些书，认识一些字，能够写。还有一个很不一样的地方，就是我们当下的这个时代，是一个资讯的时代，实际上在这个时代之前，就已经是进入这个时代，就是世界文化对我们的影响，你不得不面对，除了唐诗宋词，还有莎士比亚，还有《荷马史诗》等。

所以世界文学已经涌到我们面前了。在世界文学涌到我们面前的时候，如果我说我看不见，或者说我完全拒绝，这个时候只能够是自己在骗自己，只能是让自己成为一个落后于时代的人，没有别的选择了。所以我特别强调，在今天，我们一方面要了解古代，一方面要充分地做一个当代人，虽然我知道今天很多人想要做古人。想要做古人，我觉得这个愿望可能是值得欣赏的，但是我也可以告诉你一个非常严酷的现实，这是不可能的，所以充分地做一个当代人吧。谢谢大家。

鄉村應該越來越漂亮

二〇一九年四月

葉兆言

废墟上的怀旧

时　间｜ 2019 年 5 月 12 日 14:30—17:30

地　点｜ 山西省吕梁市 · 临县 · 碛口古镇

演讲人｜ 叶兆言

开　场

主持人：吕梁山以西，临县之南，黄河九曲，于此一弯。

尊敬的各位领导、各位来宾、女士们先生们，大家下午好。欢迎来到2019首届吕梁文学季碛口古镇分会场，我是今天的主持人马骏。

做主持人将近二十个年头了，其间登上过各种形式、各种规模的舞台，但是今天这个舞台特别的不一样，因为我面对的是一张张对文学充满了热爱的脸庞，而我身后就是奔流不息的中华文明的母亲河——黄河。所以今天下午的主持工作，对于我来说一定会永生难忘。

很高兴能够和在座的各位，以文学的名义相聚在黄河之边的碛口古镇，从乡村出发共同开启一场文学的饕餮盛宴。

今年是吕梁文学季的第一年，以后每届吕梁文学季都将以主会场汾阳贾家庄和吕梁市下辖的其他市县作为分会场来轮流办节的形式共同举办，将文学的火炬传递到吕梁的每一寸土地。首届吕梁文学季的分会场碛口古镇有着“九曲黄河第一镇”的美誉，以前我是没有来过碛口古镇的，只是在贾导的电影《山河故人》里面看到过碛口古镇的美。今天来到碛口古镇，站在这一片神奇的土地上，我看到碛口古镇的美，不仅仅在于我身后绵延起伏的黄土高原，和我身后奔流不息的滚滚黄河，还在于这一片土地上诞生的可歌可泣的故事，和它厚重的人文历史。

我们首届吕梁文学季要做的，就是在吕梁这一块古色古香的土地上，播种文学的种子，让文学在每个人的心中扎根，传递文学的声音，朗读心灵碰撞的美妙音符，构建文学的桥梁，联结起作家、读者、出版人和文学爱好者。

废墟上的怀旧

叶兆言：大家好，这个场面会让人感觉到紧张，因为第一次见识这么大的场面，原来没有想到是这么大的阵势。

我今天给大家聊的话题是“废墟上的怀旧”，可能会说到废墟，也有可能会说到怀旧。先说一下怀旧，为什么会怀旧呢？怀旧的原因是我们今天过得比较好，大家可能对自己的生活相对满意一点。如果真的是混得非常不好，非常窘迫，衣食有忧，我想也没有闲心来怀旧。我觉得怀旧很重要的原因，就是城里人要到乡村，去见见乡村，是因为他过得非常好，所以怀旧首先是因为自我感受非常好的时候才会怀旧。当然更多的原因是我们老了，会感慨我们很多东西失去了，而且特别想念那些失去的东西。

我来自江苏，我的少年时代曾经在长江边的江阴待过两年，我对江南的水乡非常熟悉，今天很巧从江边来到黄河边，所以我就想要给大家先说一下江苏地区最著名的水乡周庄。大家一定知道，尤其是媒体的朋友，包括搞古筝设计，或者对古筝旅游做过规划的人一定知道江苏的周庄，因为周庄在乡村建设上走得稍微早一点，我觉得周庄的经验很值得我们在怀旧的话题下重新议论一下。周庄作为江南水乡非常著名的代表，它有非常好的经济效益，我希望碛口古镇以后也能够像周庄这样有大量的游客，能够

带来非常好的经济效益。

周庄的成功，我认为其中一个很重要的原因，是它当时的落后。为什么这么说呢？周庄是在江苏的苏州一个边缘的地方，当时在整个苏州地区周庄是发展最落后的，因为落后所以就没有来得及拆，所以在 20 世纪 70 年代，周庄没有来得及在第一轮大的改造过程中得到所谓的发展，但这种落伍恰恰给它带来一个非常好的机遇，为什么这么说呢？因为它没有来得及被破坏，周庄现在离上海开车只需要半个小时就到了。所以这个时候会给大家一个思考，一个古镇完全有可能是因为落后、落伍从而得到保留，我觉得这是一个很重要的事情。今天，在国内也好，还有很多这样的机会，我不知道碛口古镇是怎么样的情况，但是我知道碛口古镇一定经历过一个非常繁荣的阶段。周庄在历史上非常的富裕，是江南水乡非常有名的镇，因为交通的改变，火车跟它没有关系，大家就不去了，那么我说的第一个内容就是说，落后、落伍、掉队，有可能会使这个村庄得以保留。

今天这个社会，任何机遇，或者说任何破坏都有可能同时发生，我们都知道周庄后来获得巨大的成功，很重要的原因还是商业的投资，还是建设，还是发展，所以我一直说，当我们面对一片废墟的时候，你可能有两种情况，一种是因为落后使得它保留了，还有一种是一种好经验。周庄之所以变得这么美、这么好，是因为有人发现这个地方之后，有一个非常好的团队，有了一个非常好的规划，从此周庄就获得了一个非常好的机遇。也就是说，当我们利用好的时候，或者说方向正确的时候，无论是经济繁荣还是落后，都有可能给它带来不同的机遇。周庄古镇就是最典型的，经济的繁荣在它的身上体现了两种。

江苏还有一个古镇在苏北，那就是溱潼古镇。这个古镇非常可惜，这个古镇的镇长就曾经给我们说过，他看到周庄之后，发现原来溱潼镇和周庄相比是完全一样的，但是他们在20世纪80年代初，经济上突然有一点发展了，就全部拆掉了。所以我今天想要说的是，废墟上的怀旧，其实是我们对那些已经建好的古镇，或者说已经消失了的古镇进行一番重新的关照，我觉得这种关照很有意义。因为我个人也觉得，在山西，可能在黄河各式各样的弯口上，仍然有一些这样的镇。当然从碛口古镇来说，你们正好进入一个非常良好的渠道，这个渠道既是因为曾经的经济不繁荣，给你们得到保护的机会，现在很可能就获得了第二次的机会，现在有这样的一个经济基础了，政府也愿意投入了，游客旅游也需要这样的东西了。这是我今天想要说的第一个话题。

第二个话题我就跟大家说一下，因为我是江苏过来的，我就想要举一点江苏的例子，说一下一个好的规划的重要性。大家一定知道江苏有一个非常好的城市是苏州，知道苏州是一个非常富裕安逸的城市。我觉得这个城市有一个特别好的经验值得和大家分享，就是苏州古城的建设，历史上的苏州没有这么漂亮。苏州最漂亮的时候是明清两代。我特别想要讲一下苏州的城市规划。苏州的城市规划对小城镇的建设、对今天当政者、对今天改造城镇的团队，我觉得有非常好的借鉴作用。过去有一句话叫“上有天堂，下有苏杭”，是吧？很多人都理解成，苏州和杭州这个地方特别好，为什么好呢？因为它是天堂。为什么是天堂呢？因为这两个地方特别富裕。其实我觉得这个定位，或者说这个解释是不准确的。“上有天堂，下有苏杭”这句话出现的时候，并不是因为苏州、杭州这两个地方特别富裕，而是因为这个地方没有战争。宋朝期间，北方一直在发生战乱，所以很多难民逃到了江浙一带，发现这两个地方不打仗，就觉得这两个地方就是天堂。天堂不仅仅是富裕的概念，是安逸的概念，是老百姓觉得在这里生活安定富足的概念。

但是苏州这个城市在过去最早的历史上是一个非常普通的城市，因为那个地方是一个水乡，很乱，苏州这个城市得益于一次特别大的破坏。当时苏州城被破坏后，一个官员就建了一个平江城图，这个图特别好。之后有一个苏州官员在这里做官，就相当于今天的苏州市长，他就觉得苏州城有必要重新建设，怎么建设呢？有一个非常好的方案，就是把太湖引流进苏州城。因为太湖的水源源不断地流到苏州，苏州就变成了一个活的城市，苏州所有的房子就变成了前街后河，所以这个城市的基本建设是，老百姓的住房前面是街，后面是河，河就是过去的交通要道。苏州因为这个非常好的城市规划，所以几百年来苏州百姓享受着非常好的生活。所以说一个特别好的规划，一个特别好的想法，它可以给一个城市带来特别好的机会。今天在这儿，我为什么会讲到这样的一个话题呢？事先没有想到是在这样的一个大场面说话，我只是想到和乡村建设和城镇建设有关的内容，所以我就想了这么一个话题，这是我说的第二个想要说的内容。

第三个可能就是要配一些图片，根据我所在的城市南京的改造来说一下怀旧这个话题。通过南京城门的变化，其实也是一次怀旧吧，我想先请导播给我放一下图片，这是我们南京最典型的城门，叫清凉门（图1）。为什么要放这样的一个城门图片呢？我简单解释一下，因为南京的城墙特别有名，南京城是被一个巨大的城墙围起来的。大家看，这个城门非常简单，是非常规范的南京的城门。今天大家去南京旅游，可以看到各式各样的城墙，这些都不是原生态的，这个才是原生态的。这个为什么是原生态呢？因为这个城门因为战争不需要，所以是一直被堵死的、被封掉的，所以它就是一个最典型的南京城门。但是进入近代以后，大家就发现这个城门肯定是有问题的，因为这个城门就像我们的窑洞一样，它是一个很窄的城门，或者说城市过去做买卖也好或者货物进出也好，这个简单的城门就完全可以了。

图2是光华门，这个城门在日本来的时候被炸坏了，这个城门非常的简单。大家觉得不行，这个城门得改造，因为开始出现汽车了，路要变宽。

图3是中山门，有三个门洞，这个门洞是南京这个城市进入现代化的一个很重要的标

（图1）

（图2）

（图3）

志。这个城门有什么故事呢？是当时国民政府在南京定都之后，孙中山死在北京，当时南京建了中山陵之后，要把孙中山的棺材迁到南京葬在中山陵，那让孙中山的灵柩从这个城市中间通过，如果载灵柩的车从清凉门通过，是进不来的，而且也没办法改造。所以说在当时就借着在南京大修马路的情况下，修了一个最早的中山门。

我为什么今天要给大家看这些呢？因为我觉得未来在做城镇规划和城市规划的时候，和门的改造都是很有关系的。因为我们会发现，对于古建筑的改造，通常讲究需要包浆，还要原汁原味，跟过去完全一样。但是我们真正进行改造的时候，会发现，是不能够和过去完全一样的。我们希望能够修旧如旧，但是修旧如旧是完全做不到的。

我们今天见到的碛口古镇，导游给大家说，是完全按照原来的样子复制的。我也觉得其实很多改造在某种意义上它是允许的，为什么说它是允许的呢？南京的城门就经历了一个系列化的变化。民国时期，它最初的改造是非常明确的，我肯定要动，因为如果城市的大门还仍然像一开始介绍的单孔门一样，这个城市是没有办法发展的，因为不可能一个城市围起来，一个巨大的城市它的城门就像第一张图介绍的一样，是一个窄窄的小门，那是不可能的。所以我后来就一直在想，它改造的思路是从哪里来的？为什么会变成三个门？

我后来发现民国的工程师很认真，他们有很多是从国外回来的，所以考虑问题的时候，一方面他们必须要顺应现代化的发展，仅仅是像清凉门那样，是一个单独的门的话，这个城市是有问题的。所以就必须要改造，怎么改造呢？为什么会改造成三种门洞呢？我就发现，原来他们在南京的其他地方找到了样本。他们找到的第一个样本是什么呢？因为南京有一个巨大的明故宫。因为最早明朝是在南京定都的。所以就借助了南京的午门（图4）。这个就是南京的午门，这个午门和北京天安门在某种程度上是很像的，只不过一个废掉了，一个欣欣向荣。同时南京市内还有一个鼓楼，大一点的城市和小一点的城市都有鼓楼，因为南京曾经做过首都，所以南京的鼓楼非常大。鼓楼也是三个门洞的设计。也就是说，今天，南京很多城门都是按照三孔门的样式来做的，如玄武门、挹江门等等。

（图4）

但是我下面还就说一下关于城门改造不成功的例子，因为在南京出现得太多了。首先一个就是1949年以后，随着城市的发展越来越快，大家已经觉得以前的城门是完全不行了，所以南京很多的城墙都拆掉了，以及修马路最早是在三孔的城门中间有一条大路可以通出去。到了20世纪50年代就变得非常野蛮，因为要在城门中间通一条马路的话就要把城墙给拆除，所以南京的城墙，虽然没有像北京那样非常严重的拆除，但是确实拆掉了很多。因为要修马路，所以就拆出了一个垛口。

20世纪七八十年代以后，南京市政府做出了一个决定，我们要把城墙重新给修起来，要把拆断的城墙重新连起来。我记得当时的南京政府还让我去过，因为我写过很多和南京有关的文章，当时南京政府也希望我能够提供一些个人的建议。因为南京市政府当时有一个决策，他们希望把所有挖断的城墙重新连起来，希望南京市的城墙能够连成一个圈，他们觉得这个很好，但我非常反对这个观点。我在会上说，今天你们修城墙，对南京古城墙的破坏，远远超过了不修城墙。为什么呢？这个地方为了修马路把城墙给挖断了，已经挖断了是没有办法。为什么说是废墟上的怀旧？我们知道很多历史是不可以改变的，城墙已经被挖掉了，马路已经修好了，我觉得这个本身就是一段历史，而且是一段非常重要的历史，所以我的建议就是说，在挖断的城墙那儿应该用铁栏杆围起来，就像意大利的角斗场一样，就让它保持一个破败的状态。南京还有一些城墙是在太平天国的时候被炸掉的，我觉得这些被破坏的遗址，它本身就应该是文物，保护这些文物最好的办法就是用铁丝网把它给围起来，把它作为可以参观的遗址，它本身就带着一种历史的包浆，大家走到这儿一看就知道这是那段历史，就会觉得非常有意思。因为民国初年对一个单门洞的改造，你可以把这一段历史复述给别人，我们的城门原来是单孔的，原来只有这么大，在民国初年变大了，我觉得这个东西大众是可以接受的，而且是可以作为历史来介绍，包括城墙已经被挖断了，我觉得都可以。

但是非常遗憾，我记得那个市长开玩笑地说，叶先生的意见很有意思，但是这个城墙我们是坚决要修的，坚决要连起来的，为什么呢？因为这是中国最大的城墙，而且南京南边的城墙都已经连起来了。为什么我想要重提这件事呢？因为我个人觉得是非常痛心的事情。为什么说是非常痛心的事情呢？我们站在高楼上，俯瞰南京的这一道城墙的时候，就会感觉到非常痛苦。为什么呢？比如说我作为一个老南京人，我带大家去参观这个城市，我站在高处，向大家介绍这个城墙的时候，这个原来是什么样子的？民国初年改造成什么样子了？这一段城墙是因为要修马路被挖断了。但是现在就变成了一道崭新的围墙，很长。在南京这座城市，不可能有纵向的马路，而在纵向的马路上都修了门洞，非常惨不忍睹，我每次站在高处就觉得那么好的城市被破坏掉了。南京的城墙为了通车，因为现在马路也宽，所以它是一个扁平的，站在高处看下去的时候，就会看到下面一个一个的螃蟹洞，所以你就会感觉到历史被破坏。所以我到一个古镇或者说正在开发的地方，我就想要给大家分享这样的一件事情，希望在建设中我们不要犯这么低级的错误，这种在某种程度上是不可逆的。我个人觉得城市改造也好，还是乡镇改造也好，思路和想法特别重要。

南京曾经是两江总督府的所在地，两江总督府管辖的是江苏和安徽。

历史上，朱元璋在南京定都之后，有一个很奇怪的区域划分。过去在唐宋元时期，对中国的版图划分基本上都是山东山西，太行山东面、西面，河东河西，淮南淮北，都是以自然的地理为分界线。朱元璋在这一点上是很浪漫的，他以南京为中心，划分了一个很奇怪的、完全不符合中国地理位置的版图，他划了一块很大的江南，又划了很大的一块江北，这个江北就是长江和淮河之间很大的一部分。同时他觉得还不够，又划了淮北很大的一块。所以这个地方就是过去看电视剧提到的江南省。很多人可能望文生义，以为江南省就在长江的南边，其实不是。其实江南省大部分的面积都在长江的北边，所以江南省就是今天的江苏和安徽这两个省，这两个省的地盘合在一起，称之为江南省。后来清政府也觉得江南省不像话，第一容易望文生义，大部分土地都不在江南。第二个更重要的原因是江南省势力太强大了，地盘太大了，所以必须要切割，所以它没有按照中国传统的版图、没有按照简单的长江为界或者是以淮河为界进行切割，而是把江南省从中间切了一刀，这一刀切下来就是江苏和安徽这两个省，这两个省在唐宋元明时候是不存在的，是在清朝的时候才出现的。所以南京的督府衙门在某种意义上要比别的大，两江总督衙门就是曾国藩剿灭了太平天国以后所建造的。

我觉得历史是可以虚构的，文物也是可以虚构的。南京的总统府大门，南京人没有管这个大门叫国民政府大门，蒋介石在这里做了四个月的总统，但是我们南京人就说这是总统府，“总统府”这三个字是“文革”以后才弄上去的，很长时间这三个字是没有的，但是南京人心中就默认了这是总统府。

我为什么想要说这样一件事情呢？我就觉得我们的建设也好，关键还是看你做的这个项目到底好还是不好。不管怎么说，总统府大门这个门，南京人在某种意义上是认同的。因为觉得它的变化是顺应历史变化的。因为你无法想象总统府大门还是像曾国藩都督府大门那样也不像话，好像大众会感觉到国民政府就应该有一个总统府大门，虽然它的时间很短，但是它是很合适的。

我说得差不多了。我总想要说的一件事情是，其实我既不是一个特别顽固的保守主义者，也不是绝对现代化的倡导者，我恨不得把北京的老胡同都拆掉，只不过，我在废墟的态度上是保留的态度，关键是我们在选择上特别重要。我们今天在创造很多无中生有的东西，包括这两天在贾家庄的作家村，我觉得在某种程度上来讲，它也是无中生有的东西。虽然是无中生有，但我们做出一些好的东西来，它就会变得非常有意思，也会变得非常好。其实我最想要说的是，我们有一个非常专业的、非常好的团队，他们认认真真地做一件事情，一定会将吕梁文学季越办越好。我先说这么多吧。谢谢。

主持人：谢谢叶老师既有回顾又有展望的这一翻演讲。接下来是现场的朋友们和叶老师对话的时间，大家有什么感兴趣的问题，都可以举手来向叶老师提问，叶老师也给每一个和他互动的小朋友准备了小礼物，有叶老师亲笔签名的书送上。大家有问题请举手，一次难得的和大家面对面交流的机会。

互动问答环节

问题一：叶老师，您好，今天非常高兴能在这里听到您谈人文遗址保护的理念。我知道的是，山西其实像碛口古镇这样的古村落，为数众多。这几年保护古村落也是大家关注的话题。我想要请教的是，以一个作家的观察，您认为将来古村落的命运有哪些可能性？

叶兆言：我觉得专业特别厉害。我们在这个问题上不能简单地听文化人的，因为文化人是一个大概念，很多坏点子都是文化人出的，也不能够完全听官员的，这件事情是特别奇怪的事情，因为很多不好的项目，我们有的时候会去追究官员的责任，是官员选择了这样的菜单。南京很典型，官员出事了，推到官员的身上很容易，我觉得要对提供坏菜单的文化人也要追究。所以在这个问题上，应该要专业。专业特别重要，特别是好的团队、专业的团队。我们不要以为我们什么事都懂。为什么我们有时候会犯这个错误呢？文化人觉得他懂，官员也觉得他懂。我觉得在这个问题上，专业性特别重要。

问题二：叶老师您好，我曾经徒步过很多地方的长城，河北、宁夏、内蒙古、山西境内的长城，但是我感觉每个地方长城的形态都各不一样。我想要问您，我想用一些时间去做关于长城的保护工作，但是我不知道用什么方式对长城进行一些保护，或者是什么？我的声音可能传不到政府的耳朵里。对于这个问题，您有什么建议给我吗？

叶兆言：这个我没有建议了，不要说你传不过去，我也传不过去。一个作家写一个文章能够保护长城，这是非常可笑的。这个没有办法，这也得回到专业的这个话题上。不要说这个大话题了，我觉得比这更小的一个事情，可能在某一种意义上，我们对于一个村庄的保护都会无能为力。现在有很多原因造成这种局面，第一是落后，落后也很可怕的，有的时候我们会美化，我们说这个地方古老什么的，其实我们知道落后和愚昧是靠得很近的。落后和愚昧对一个古的东西的破坏也是非常大的。同样的道理，不正确的经济形势对它的破坏也是巨大的。所以我自己个人的观点，我觉得我是一个外行，我不敢发声，我只能够表明一种态度，希望这件事情变得更专业。在我们不知道怎么做的时候，或者说没有把握的时候，尽量不去做。但是我们也都知道，历史是世故的，文物也是很世故的。我们都知道那个东西是非常丑陋的东西，但是随着时间，给它包浆之后，一个很丑陋的东西也会变成一个很美的文物。我不知道这个该怎么说，但是我始终提醒自己一点，如何来传递我也不是很懂。

问题三：我来自山东，吕梁文学季活动今天是第四天了。我就想要问一下，我家是城乡接合地带，现在都在大肆地拆迁。农民有两层楼、三层楼，全折了之后，让他们搬到公路上，这个你怎么看？就那个问题我想再问一下，北京怀柔的长城，四年时间我去了三次。我去年第三次去的时候，因为那段长城是六百年的明长城，非常残破。就因为它的残破，所以就为了看它残缺的美，但是后来说这段长城要返修，这个六百年的长城，乍一看非常漂亮，它虽然没有那么长。我不客气地说，一旦返修，就会出现问题。这个问题您怎么看？

叶兆言：其实我刚刚就是说，你的这个感受我也特别深。因为我从小生活在南京这个城市，因为八达岭长城、北京的长城和南京的城墙几乎是同时期建的，建造的目的和城砖的规格都差不多。从文化角度来讲，城墙也好，长城也好，在中国历史上它没有起什么作用，在某种意义上是给我们心理上的安慰。所以保护原貌真的是非常重要。你刚才说的那个感受，我感触非常深，南京的城墙，以前长了很多的枣树，看起来非常好看，废墟产生了非常好的美。但是城墙专家也跟我讨论过这个问题，它一点不维修的话，就会瘫掉，这个度就非常重要。因为一旦变成一个工程之后，就会有巨大的破坏，水泥用上了，什么用上了。最后像南京的很多城墙上面可以走电瓶车了，这个是非常奇怪的。我们很容易把一些原本很好的用意变得非常不好。像你说到的问题，我觉得显然也是的，因为用很新的东西去修它，肯定是不对的。

问题四：叶老师，您好。我是从临汾那边过来的，我是一个文学爱好者。我的家是在村里面，一个非常具有晋商标志的有三百多年历史的很古老的院子里边。从小长到大，眼看着很多建筑上面的东西被偷走，心里很不好受。我没有很大的梦想，像文学工作者或者说像贾导一样，让吕梁的文化走向世界。但是我有一个梦想，让我居住的这个院子可以留在文字里。我就是想要问一下叶老师关于创作这一块的时候，比如说从历史一路走来，可能这个院子里边和这个院子里曾经生活过的人，这个题材都是存在的，但是怎么用一条主线把所有的题材贯穿起来，把大大小小的珍珠用一根线连起来，这是一个业余的文学爱好者疑惑的地方。你手里有很多题材，但是找不到很好的架构和一根主线能够把它穿起来。我的村庄估计在中国的地图上是找不到的，它是我爷爷的爷爷建的，曾经是走汉口的一个商人，我家的院子不是很大，但是在我们县里边应该也算是一个县志上可以记载的一个院落。

叶兆言：你好，你说的是文学上的问题。我觉得文学上的问题还比较容易回答，我觉得在文学上我还是比较专业的。真的是很简单，你刚才说的就是寻找一根线索，我觉得最重要的事情是你要坐下来，你要开始写。文学，我们很多时候都在想，我记得我父亲对我影响最大的一件事情，他让我明白一个最简单的道理，文学很简单，我们脑子里都有很多的想法，每个人都一样。什么是文学呢？你把想法用文字固定下来了，对于你来说很简单，其他的什么东西我要去寻找，或者有什么秘方，其实什么都没有。老老实实从现在开始，坐下来，坐在那儿想，坐在那儿写，文学就是那样。其实每个写作者都是很困难的。你看到一个成功的作家，为什么他那么成功？其实每一次写作，每一次成功的写作都是非常痛苦的。文学这件事情很简单，就一个字：写。因为每个人的路都不一样的，每个人成功的经验都不一样，有的人说是因为失恋成了一位作家，有的人是因为什么什么。我想要说的是，究竟是曹雪芹的生活重要？还是曹雪芹重要？我想要告诉你，曹雪芹的生活是不重要的。因为曹雪芹有那样的文化背景等等，这些都是骗人的。因为曹雪芹那样的生活太多了，像曹雪芹那样的富家子弟太多了，曹雪芹只有一个，曹雪芹是最重要的，所以曹雪芹比曹雪芹的生活更重要。

问题五：在写的过程中，我想要把这个人物塑造成一个什么样的形象。脑子里肯定是有规划的，但是写着会发现我用的题材实际偏离了这个人的形象，就和最初的计划就不一样了。

叶兆言：这个非常正常，我也一样。我有几十年的经验了，我也经常控制不住，这个不奇怪，这个没有关系。你写的东西不按照你最初的思路走，我们写得身不由己，这不是意外，这很正常。

问题六：叶老师您好，我想要跟您说三个问题。首先我是一个碛口人，欢迎您来到碛口，希望您吃好住好，愉快地度过这几天。第二个身份，我是一名高中语文老师，在咱们临县一中教书，我想要问您，现在的高中学生在写作方面应该怎么样能融进感情？让写作的作文能够有血有肉。因为现在高考，他们写的基本上都是议论文，议论文的话，八股文成分多一点，乡土感情、文化缺失一些，所以我作为老师不知道怎么样把他们语言的感情方面和文学的创作方面再提高一些。

叶兆言：我不回答第二个问题，我觉得说真话很重要，高考作文有血有肉不是很重要，高考作文特别重要的一件事情就是不是怎么写好的问题，而是一个不能写坏的问题。不得不承认，这是今天很尴尬的一件事情。高考能够决定我们的命运，我们又不知道高考评卷作文的老师的喜好，不用把高考老师作文的情绪看得很重要，因为人的情绪是变化的。所以我个人觉得要告诉同学们，高考作文考的是大家的写作能力，不是考的大家的文学能力，有的时候你在你的作文之中展现了很多文学能力的时候，不巧碰到一个没有文学能力的老师，会变得很冤枉，所以我们一定要告诉孩子们，中学作文就是训练写作能力，如果要是考议论能力，我们就要表现议论能力，所以从这个意义上来说，高考作文与真正的文学还不是一回事。一定程度上，我觉得高考作文和文学没有多大的关系。

乡村是我们每个人的故乡

苏童

我的乡村，我的街道

时　间｜ 2019年5月13日14:30—16:30

地　点｜ 贾家庄·贾樟柯艺术中心广场

演讲人｜ 苏　童

开　场

欧阳江河：各位来宾，大家好。欢迎大家又来到咱们这个初夏的艳阳天下，聆听我们首届吕梁文学季的第五场“大家演讲”，今天“大家演讲”的嘉宾，是大家都期盼已久的苏童老师。苏童老师是一位在中国当代文学史上有非常特殊的地位和文学影响力的一位作家。当然他的特殊，首先因为我跟他是同学，他把我带得也略有一点特殊了。苏童老师是“先锋三巨头”，中国当代文学的“先锋三巨头”，就是苏童、余华、格非，都出现了。苏童是我们第五位给“大家演讲”的文学大家，大家都知道越是重要的好的东西，我们越要把它放到后面。

苏童昨天从南京来到这儿，南京现在三十一度高温，昨天晚上把他给冷坏了。所以今天他来到阳光下，觉得刚刚好。苏童老师是北京师范大学国际写作中心的特聘教授，前天演讲的几位，西川、余华老师，还有苏童，我们都是同事。另外他是中国文学的最高奖——茅盾文学奖的获得者，获奖作品是《黄雀记》，我们的书店也有售他的书，我们演讲完了之后也有签售会。当然还有他的短篇小说《茨菰》在2010年获得了鲁迅文学奖，所以中国最高规格的两个文学奖项，他都获过。同时他也获了很多国际奖，我就不一一说了。苏童的小说翻译成各种语言，在中国作家里面，他和余华的小说是被翻译得最多的，在国外都享有崇高的广泛的文学影响力和阅读量。苏童还有一点特殊就是，他是文学家里面人缘特别好的，没有一个人不喜欢苏童。所以我们就说苏童，我们都爱苏童，今天苏童现身贾家庄首届吕梁文学季“大家演讲”的现场，我们现在来看看他的真身本人是什么样子。有请苏童老师登场。

我的乡村，我的街道

苏童：大家好，这是我生活中第一次来山西。我觉得中国所有的省份我几乎都去过，特别奇怪山西没有来过，所以这次到山西很高兴。

因为这个场地我看着特别亲切，刚才我在跟贾樟柯导演聊天的时候，他给我介绍这是水泥厂，我说我从小是在水泥厂长大的，所以对于水泥厂的建筑格局我太了解了，这是外话。

那么说到这次的文学季的主题乡村，我一直说，我为吕梁文学季题的词，是一句非常简单的话，同时也是一句真心话：乡村是我们每个人的故乡。刚才我也说了，这次活动特别有意义的是，从某种意义上来说，在今天，我们已经把汾阳、把吕梁、把贾家庄变成了文学的故乡，也变成了我们大家的故乡，所以这是一次回乡之旅。

关于乡村，关于故乡，我说一说我自己的个人生活经历。我算是一个城市人、城里人，大家查我履历，知道我是苏州人，我从小生长的那个城市，估计很多人去过，就是那么一个小桥流水，弯弯曲曲，阴暗潮湿，小巷子里头两人碰到了，一个人必须要像一个壁虎贴在墙上，另外一个人才能够走过去，我从小在这样的地方长大。这就是苏州城在一般人眼里印象，但对于我来说，从小生长的那条街道又有点特别，苏州城东南西北有六个城

门，我们家是在北边城门外面的一条街上，那个城门叫齐门，修身、齐家、治国、平天下的那个齐字。我出生在一条叫齐门外的街道上。因为这条特殊的街道，我从我们家往南边走大概八百米，就会走过以前的护城河，护城河上有一个吊桥，在我很小的时候，我隐隐约约觉得它真的是木质的吊桥，所以过去的城门是可以收起来的。所以等到我记事的时候，木质的桥拆了，变成水泥桥。穿过护城河走过那座吊桥，就是真正的所谓的老市区的范围了。大家都知道，以前的古城都是这样的格局，一条护城河围着的，城门进去是真正的老市区，所以我从小觉得自己是很边缘的，边缘的原因还在于什么地方呢？我刚才说过，从我家往南走八百米，我认为就抵达了真正的城市，但是从我家往北走，走着走着，差不多也是八九百米的样子，我就看到菜地了，看到油菜花了，会闻到田野里本身有的气味。所以说我的街道、我的乡村，是对于我来说，童年、少年的记忆是一个往南一个往北。往南就是苏州城，往北就是乡村。我所就读的中学就在我们那条街上靠着当时郊区的地方，我们学校的大门开在我刚才所说的齐门外大街上，这个学校还不小，我们的教室窗子后面就是当时郊区农民的菜地。

所以有时候我们上着上着课，打开窗户，都会飘进来粪肥的味道，老师会赶快喊我们关窗，然后我们就去关窗。在窗子的那一侧，有人在浇粪。我写过一个文章叫作《八百米故乡》，所以城市在这一侧，郊区在那一侧，我在中间。所以一方面我算城市人，但是乡村从来离我们不远。我们回忆这个生活，大家可能有一个共同的感受，那时候的乡村，跟今天的乡村已经完全不是一回事了。但是那时候苏州附近的，即使是郊区，它的生活确实是和城市人有本质的差异。我印象最深的是，我就读的那所中学，学生的来源很奇怪，这是苏州市唯一的一所中学，有一半生源是城市里的孩子，我是住在齐门大街边缘的居民，还有一半是来自于郊区的几个生产大队的孩子。所以那时候我有一个特别奇怪的感受，我的同学有一部分是来自和我一条街道的孩子，会陪伴我三年初中，两年高中，但是总会有那么几个同学，突然就从课堂上消失了，没发生任何事情，就是他爸爸妈妈喊他回家种地去了，觉得读书没用。所以我小时候的感受就是，我的那些来自郊区的几个同学，每过一个学期就会走掉几个。后来我们看到过其中几个特别能干的孩子，在一条街上，站在妇女中间，他在卖菜。这个我不多说了。

我说一下我以前的乡村生活经验。无论是乡村，还是今天用故乡来替代，故乡从来就是一个非常沉重，同时又非常温暖的词，这是常识，大家都有人之常情，这个词是一个比较美好的词。但是同时，我又觉得故乡这个词有时候带来的不完全是美好。我不知道大家有没有这种体验，有时候故乡这个词，甚至会给你带来一个伤痛。这个伤痛包含着你的故乡在哪里？你的故乡是什么样的文化？什么样的民风？民俗？你的故乡是否贫穷？是否富裕？甚至你的故乡说话是什么口音？我现在给大家讲一个关于乡音、关于口音的故事。

这个故事大概要牵扯到我父母，我是苏州人，我们家兄弟姐妹都出生在苏州，但我父母来自江苏省的中部，长江当中的一个岛，那个地方叫扬中，小的时候填籍贯，我必须要填扬中。因为我的故乡，我小时候没有过任何好的感受，恰好是某一种尴尬，我一说，大家可能都会明白了。大家知道上海人瞧不起苏北人，苏州因为离上海太近了，它受这个影响。苏州人同样瞧不起苏北人。因为我父母也讲苏州话，我家里，以及住在我家后面的舅舅和隔壁的舅舅都是讲苏州话的，很小的时候我不知道我的故乡、我父母的籍贯，会给我带来某种伤痛。然后是我的两个姐姐最早有一次非常生气地回家，互相生气地这样对话，就是隔壁邻居一些孩子在嘲笑我们家，说：你们知道吗？他们家是苏北人，不是苏州人。是什么原因呢？是因为我们家那几天来了扬中的亲戚，这些亲戚说的是扬中的乡音口音，然后我父母当然要用扬中的乡音跟他们交谈，这个声音在苏州那条街道是非常刺耳的，每个人听见，都看一眼，他们家不是苏州人吗？怎么是苏北人呢？

苏北这个问题又带来一个问题，我刚才说了，我父母的故乡既不是苏北，也不是苏南，大家知道苏北苏南是以长江为界的，我们家是长江中间的一个岛，所以我不知道这个地方该是苏南还是苏北，我就去问我父亲，我说，我们扬中这个地方是苏南还是苏北？我父亲说当然是苏南啊，因为是镇江地区，镇江地区是在苏南。所以我看见别的小朋友，去跟他们证明我们家不是苏北人，是 苏南人。小朋友说你别骗人了，你家大人和你们家亲戚说话我们都听见了，那就是苏北话。我后来又问我父亲，你们既然是苏南人，为什么你们说的话，别人听着是苏北话呢？我父亲就有一点尴尬，说：我们那个岛上有一半的人说话是偏苏南的，还有一半人说话是偏苏北的，很不幸我们家那些亲戚他们的口音是偏苏北的。这就让我很痛苦，我姐姐更痛苦，因为几个女孩子生活在地域歧视的地方。后来我去买了一本地图，什么目的呢？什么用意呢？要告诉那些人，我们的老家不是苏北，它是长江中间的一个岛，但是那时候买一本江苏地图，能够标识扬中就非常困难，所以这件事就没有做。但是它给我留下一个阴影，我小的时候特别害怕我们家的扬中亲戚来我们家来拜访走亲戚。

我说这个事儿，就是说，因为我们的某种歧视，甚至是对口音的歧视，造成我们对故乡的态度，造成故乡甚至有时候是会给你留下一种痛的，所以这是我倒过来说的。我说的这个意思就是说故乡这个词，既美好又沉重，它带给你的很多伤痛，是需要我们慢慢梳理的。这是我想说的一个话题。

我刚才想要说的是，因为偏见，故乡不一定是美好的，反而给我们可能带来一种痛，这是我们很少愿意去面对的部分，但这是事实。

另外，我们在说到故乡时，因为我们的理性，我们对待故乡的态度，我觉得几百年来都是这样，我们都是在抒情当中叹息，在赞美中批判，鲁迅先生是一个最好的代表。大家现在回想鲁迅先生所有的作品，他写到他的绍兴故乡，一方面觉得是完全抒情的、是赞美的，但是总觉得是在批判，批判所有的文化当中僵死的、沉闷的那个部分。

因为这也很简单，因为故乡是一个世界的缩影，是一个世界的活体解剖组织，因为每个人，大家想起故乡，其实是想起这个世界给我们提供的最初的那个轮廓，我们写作利用的也是这个轮廓，这个轮廓是故乡生活提供的。无论是绘画，还是电影都一样，都在利用故乡这个最初的、最坚实的给你提供的现实轮廓。然后你再把这个世界的缩影扩大、变化，变成你想告诉别人世界是什么样的，人是什么样的。这是一个方面。

今天是关于故乡反思论的，我觉得我自己比较奇怪，我为什么要说这个？还要说到比较重要的一点，因为这个时代，可以说人人皆游子。但我觉得已经跟古人所说的不太一样了，古人大多数都是有所成就必须离开故乡。但是古人的梦想通常就是有朝一日衣锦还乡，就是他有所成就的时候，最后叶落归根，这是以前人们迁徙之后一个通常的法则，但是今天这个时代，我不知道大家有没有觉得有点不一样了。今天这个时代，人人都在迁徙，很多人并不知道哪里最适合自己，但是很少有人说故乡最适合我，所以他要离开，离开的目的很明确，离开故乡，但是他要去哪里？其实并不清楚。

想要去到远方，更远的地方，这个地方离故乡有可能是几百公里，有可能是漂洋过海几千公里。

说到乡愁，我看了前几天有人在谈论乡愁这个词，我觉得这个词变得越来越轻，变得越来越虚弱。很多人在谈论乡愁的时候，它不是在谈论生活，是在谈论书本，在谈论诗歌。很多在外面生活的人、打拼的人，心里头已经没有这么一块闲适的地方可以搁得下乡愁，所以这一块邮票已经没有地方可以贴了。因为很多人想着的是我要成功，我去远方，越走越远，越走越高，所以有多少人是想回到故乡呢？做企业的人想要去华尔街，漂洋过海去华尔街敲钟，这是他想的事情。所以在今天有一个事实，可能大家心里都有数，这个事情让我们很怅然、很失落，因为今天的故乡基本上不是用来回归的，是用来怀念的。

我们很多朋友会开玩笑说，你多长时间回一次老家？他说，我年年回呀。你什么时候回的呀？清明。很多城市里面的人们回老家是为了清明扫墓。这是他跟亲人的血肉之间的最后一点联系，用祭奠的方式去维系和故乡的关系。

但是这一次，我觉得吕梁文学季它的不一样是真不一样。我并不是说赞美的话，这一次我们在吕梁，我们在汾阳，我们在贾家庄，我刚才说了是大家共同的回乡，这次回乡不是为了回来祭奠亡灵，我们是来创造生灵的。我们用我们自己每个人的声音，包括我们写作，我们每个人的声音，虽然不可能给乡村带来什么样彻底的改变，但是它是一个有野心的、有企图的事儿。我们就想让所谓的寂寞的乡村再生机勃勃起来，再焕发生命起来，所以这是一次创造生命之旅，这一次回乡不一样，所以我很骄傲的是，我也成了这一支回乡队员的一员，我也感觉到非常荣幸，尽管不是在我们苏州的老家，尽管是在汾阳。不好意思，我本人很不太习惯一个人在台上讲演，所以我讲得乱七八糟的，请大家包涵。但是基本上我的想法，我觉得还是比较真诚的、比较实在的。好的，谢谢大家。

互动问答环节

主持人：接下来是台下观众提问的环节。如果你们有问题想要跟苏童老师交流的，大家可以举手，我们台下有工作人员递麦。

问题一：苏童老师好，我最早读到您的作品印象比较深刻，今天见到您我感到非常高兴。我想要提的问题是，当下我们的许多文学作品中，文学的味道越来越淡，对于场景的描写、人物心灵刻画越来越少。这是因为杂志的导向，还是出版的问题？还是作者不需要？还是因为读者不需要？这是一个问题。第二个问题就是，现代以来我们中国出现了鲁郭茅巴老曹多位大家，包括山西也出现了西戎和马烽这样的大家，但是在当下我们却越来越“小”，原因是什么？

苏童：这位读者是很资深的文学读者，可以看到他阅读的信息是非常广泛的。他刚才提到一个很重要的问题，即阅读感受，其实也代表我的某一部分的阅读感受。对于场景描写，或者说对于细节的描写越来越不重视，很多小说追求特别明快的、所谓时髦的节奏，就是小说要把它写得明快，要把它写得非常蒙太奇，很多这样的人，尤其是年轻的作者，几乎都在这么写。而在很多古典的小说当中，用几千字去描述一个场景的，这样的文本，今天的读者究竟怎么看？我觉得有两个问题。有一部分原因是今天的读者，因为首先他的审美习惯，大概已经受不了我们19 世纪开创的，从托尔斯泰、巴尔扎克、陀思妥耶夫斯基开始的这样的一个非常细致的写法，比如他说到我在喝一瓶水，他要描写这个瓶子，要描写瓶盖，包括这个螺旋纹都是要描写的。在那个时代，他们认为这对于小说的描写、小说的叙事是非常重要的，但是今天因为小说经过无数次的所谓的形式革命，有无数的流派和景象在影响别人。今天已经不是传统现实主义一门独大，甚至它已经不是真正的主流了，所以今天人们写小说，已经扔掉了很多我们本来认为是非常传统的小说记忆。比如对于这个瓶子，你不可能说他拿起了一瓶矿泉水喝掉了，这个在托尔斯泰时代是不允许的，你要说你是怎么喝的，这个瓶子是什么样的。而今天的作者，今天的这个时代，人们可能认为它没有意义，所以就会导致我们今天的小说，你说的不太看得见那种细致的场景描写，就是叙事的耐心在失去。那么叙事的耐心在失去了以后，你想谋求的另外一个张力，就潜藏在文字背后了。这就提出了新的挑战、另外的挑战，当你不去描写一个物的时候，你就必须描写那个物与人之间的潜在的联系，那么这个就变得很重要。就是这个物与我的内心的联系，这个物的前面、后面，它的前世今生，与我这个叙事者也好，和我们的故事人物当中的其他的关系也好，它就更加关注了。我对这个问题是这么看的。

你还有一个问题也挺有意思的，其实你刚才提到山西当年的那些大家，当然鲁迅、茅盾那一代作家我们不提，山西作家从赵树理开始，山药蛋派是中国当代文学中一个非常重要的流派，今天看起来，它有时代的局限，那些作品你现在看来不会有那么满意，这是因为时代的局限，所以就导致了赵树理这样的大家。大家知道赵树理，当他是一个文学青年的时候，他是非常洋派的，他写的作品是非常现代派的。但是当他后来随着时代的变化，他非常自觉地把根扎在一方土地，从语言开始，从对话开始，模拟最常态的生活方式，所以他又把自己青年时代的那种小说的方法完全推翻了，而且他的革新在于一头扎在本土、方言和当时所谓的火热的现实生活当中，去闯荡他的小说世界，成为一个风气，因为影响了很多人，形成了一个流派，与他相仿的还有孙犁的荷花淀派，而且一提当代文学就会关注这两个，都是关注乡土的，所以你刚才所提的问题和我们今天在讨论的是有关系的，他是从乡土出发的小说，用的所有的叙事系统，语言是泥土式的，是用泥土，而不是用瓷器，也不是用别的东西，所以今天其实还是有很多人在继承这种写法。但是这样的作者在今天是比较寂寞的，因为今天这个时代确实因为市场，因为大家阅读口味的变化，再写山药蛋、荷花淀派这样的小说，你势必要忍受某一种孤独和寂寞，所以它的这种流派的继承还有人在，这个衣钵还在，只不过我们不要再奢望它能够产生当年那样的影响了，因为今天的人们说实在的，真的是众口难调，你不能说哪一种口味一定是高明的，你不能说吃辣的人就歧视吃酸的人，吃甜品的人就歧视吃咸的人。

问题二：苏童老师您好，最初读到您的作品是《妻妾成群》，从那之后我就一直在阅读您的作品，也成为您的粉丝。我想要问的一个问题是，有很多的文学批评家对您的作品进行了一些评论，您是否认为这些评论符合您创作的初心和想要表达的内容？如果不符合，您自己内心会有怎么样的想法呢？同时我也是一名中文系的本科在读生，也希望您能够给我们中文系的学生提一些文学学习以及今后发展的意见，谢谢！

苏童：您刚才说到的这个事，那是经常不符合的。但是我从来认为那些文学批评家有这个权力。为什么？我的认识是，文学的创作与批评，它很像两根铁轨，一般的铁轨就是两根，一根是创作，一根是批评，我觉得都是互相注视的关系，你不是他，他不是你，但是你们是在一起，这条铁轨就是文学的所谓的生产力。但是这两根铁轨不是永远不交汇的，大家知道道口，铁轨这样一扭，通常这个时候一场巨大的文学革命就会产生了，当他们相交的时候，他们绞在一起的时候，通常一个十字路口出现了，一个新的方向出现了，火车要变向了，我是这么理解的。所以他们平时是可以不相干的，但是它的存在确实是必然的。

阅读是对文学的解构，因为创作完成的最后一步其实就是阅读，是借助于他人的阅读，你的这个创作才能够说是真正完成的。而阅读首先必须允许别人有各种解构的权力，而在解构过程当中，每个人的方法不同，每个人的知识体系不同，它对你的作品产生出许多的阐释，这个阐释很有可能是你想不到的，这是一个很正常的事情。所以我有时候在看别人对我作品的评论，我说他想多了，但是想得还挺好的，这是我一个经常的想法。所以搞创作的人，他不用去计较、忌讳批评家怎么看你，同样批评家也根本不会在意小说家的反馈。你认为我这样说对不对？我说怎么都对。也就是说，什么事情都有它的合理性的，所以我是给你这么一个建议，因为你是学中文的，我告诉你批评和创作就是这么一种关系。它是一个互相、互为平台。因为创作永远发生在批评之前，所以没有一个作家会去咨询批评家，我下面的这个小说怎么写？一般是不会有的。但是批评家倒过来，你的文本出来了，他在看你到底是怎么写的，所以这两个时机，两个生产方式是完全不同的。好，就说这么多。

问题三：苏童老师，我想问一下，我们大家都知道您的《妻妾成群》改编的电影《大红灯笼高高挂》，是在我们山西省的乔家大院拍摄的。然后就想要问问您，电影和您小说中的场景的构想，有相似的地方吗？这么多年，您有没有想到拍摄的取景地去看一看呢？

苏童：完全没有。但是恰好这个，你看我对电影改编的态度和我对批评创作的态度是一样的。很多导演会改编小说，但是其实每个导演的企图是不太一样的，很少有一个导演出于对一个作家百分之百的致敬。大家知道历史上有一些这样的作品，比如说可能学电影的都知道法斯宾德（德国导演赖纳·维尔纳·法斯宾德），他特别聪明，年轻的时候就特别崇拜一个德国作家，他有《柏林，亚历山大广场》一部长篇小说。法斯宾德的愿望是有朝一日一定要把这本书，原封不动一字一句地能拍出来，完成他青少年时的心愿，这是一种致敬，所以这个电影十几个小时。其实只不过是一个很正常的长篇小说的量，但是为了能够表达他的虔诚和他对这一本书的宗教般的感情，所以他拍出了一个十几个小时的文本，当时还不是叫电视电影。这是一个例子。

还有一个好莱坞导演，比较另类，我觉得在电影与文学改编中也是一个特例。这个导演就是罗伯特·奥特曼，他有一个很有名的电影叫《捷径》，大家上网搜能够搜到，英文名就是*Shortcut*。这个作家是一个美国的短篇小说作家，很小众，今天有很多读者知道他的名字，叫瑞蒙·卡佛。罗伯特·奥特曼这个好莱坞大师，是瑞蒙·卡佛的粉丝，短篇小说一般人认为是不能够拍电影的，但是这个罗伯特·奥特曼太爱瑞蒙·卡佛了，所以他几十年的愿望，就是要把瑞蒙·卡佛的短篇小说拍成电影，所以因为他对瑞蒙·卡佛了如指掌，所以他将瑞蒙·卡佛的三部短篇小说揉成了一部电影，这部电影我非常喜欢，而且因为我也很喜欢瑞蒙·卡佛，所以我一眼看出来，因为它其中有一部小说叫《离水那么近，离家那么远》，这也是一个例子。这样的例子是很少很少的。我刚才举的两个是特例，一个作家与一个导演，导演是这么热爱那个作家，所以他不舍得动他的作品。

通常来说，一个导演选用一个作家的作品，他是为我所用的，他基本上像搞解剖一样，要一块肥肉就拿走一块，要一块瘦肉就拿走一块，所以你给他提供了食材，至于他做出来什么样的菜，完全是他的自由和他的兴趣。所以在大多数情况下，一般小说原著作者与导演的关系其实是食材和大厨的关系，所以这个联系当然是很紧密的。刚才他说到《大红灯笼高高挂》的拍摄地，而且乔家大院因为《大红灯笼高高挂》这部电影，它的知名度有了一个更广阔的拓展，这是一个事实。所以很多人很好奇，如果他既看过小说，又看过电影，他会看出我的小说，虽然没有写明是什么地方发生的，但是一看就是江南，一看就是南方。那么为什么要搬到山西来？那应该就是因为张艺谋太喜欢乔家大院了。

然后还有一个内在的原因，那也是我的分析，大家知道北方无论从建筑还是或者说是文化线条，北方是方的、直的，通常好多格局是这样的，而南方是弯的、细的。张艺谋从来是对大的、直的感兴趣，对弯的、细的、乱的是没兴趣的，所以我想他去拍江南、拍苏州，那种城市一方面是水，一方面是路，他觉得很乱，没有感觉。他一看乔家大院的平、直、大就感兴趣了，我觉得这很正常。他把这个地方，把这个小说的取景放到乔家大院来，用的是我小说中的人物与人物关系和那个故事，所以我觉得特别真诚。

问题四：苏童老师，早年的时候我记得您写过一本《武则天》的书，因为我本人姓武，我就很奇怪，我不知道看您的书是引导了我还是误导了我。我自从看了您的书之后就把武则天当成我的偶像。所以很多人就说："你有病，是疯子，你怎么敢想？"我就想要问一下，中国的文化为什么是这样的？美国如果有一个小孩，小孩从小说我要当总统。人家的父母说，好呀，你要跟他学，你要读他的生平事迹，美国的母亲是会引导他。中国的母亲是这样的，"你有病呀？你怎么敢想？"我就想要问苏童老师，您写武则天的时候，您是非常了解她吗？您当时的想法是什么呢？您把她写得那么活，我就跟着学。

问题五：我们都是您的老粉丝，我们觉得您应该对乔家大院有感情的。结果我们今天听到可能这个电影和您原来的初衷不是太一致，但是不管您的初衷和电影怎么样，我们都感谢您给乔家大院带来的声誉，所以我们都盛情地欢迎您到乔家大院去。我们这些粉丝都会热烈地欢迎您。

苏童：刚才这位女士其实提出了一个问题，我觉得这是一个文化的问题，我们刚才也在说，我们的乡土，我们的文化，有很多值得反思的地方。你刚才说到一个梦想，听上去很大，很有野心的梦想，我们通常的潜意识和条件反射是不要想得太多，但是有很多文化是鼓励别人可以想得太多，可以冒险。你去扼杀一个梦想，只因这个梦想是无害的，那什么是无害的？就是不合理的。但是我们的文化就是悠着一点，要含蓄，最高的境界，其实都是中庸美，中庸文化。我觉得大家都在文化中，一旦有一两个异类，大家会觉得他不正常，我觉得这都是文化的冲突。我也觉得我没有办法来解决这个问题，但是我们确实是要去思考这个问题。谢谢。

我們古老 鄉村年輕

李敬澤

自吕梁而下

时　间｜2019年5月15日14:00—15:30

地　点｜贾家庄·贾樟柯艺术中心广场

演讲人｜李敬泽

开　场

欧阳江河：欢迎大家来到首届吕梁文学季“大家演讲”的现场。我觉得今天这个演讲将会是非常具有历史纪念意义的，因为这是我们吕梁文学季第一届的最后一场“大家演讲”，也会是最后一场在这个露天环境中的演讲。我们头上是天空，我们的身边是风，我们听到所有的声音都被风吹过，被太阳晒过。今天的太阳没有那么大，但是略有点闷，明年我们的这种对谈都会移到室内，所以这种文学的思想的演讲，这种被太阳晒过的声音、被风吹过的声音，是最后一场。我还没有讲，已经有人伤感了。

我介绍一下本次“大家演讲”的压轴之讲，演讲人李敬泽先生。李敬泽先生是现任中国作家协会副会长、书记处书记，他当过十年《人民文学》的掌门人。他自己是个大作家，在中国当代文学领域，是领袖级的领军人物。

中国当代文学经历了几十年的发展变化，到现在这样一个形态，这样一个局面，李敬泽先生居功至伟。他是作家、批评家，然后又是一个作协的领导者、运作者，多重身份兼于一身，所以我们今天听到的这个演讲，他的主题是《自吕梁而下》，我也非常地期待这样一个演讲。

我没办法给大家剧透任何一句这个演讲的内容，因为我自己完全不知道。在这样一种完全不知道的情况下，倾听李敬泽先生演讲的人是有福的。我最后再补充介绍一下，他最近的两个代表作，一个是《青鸟故事集》，一个是《会饮记》。最近这两年，所有的年度推荐、好书推荐的各种榜单，这两本书都是在列的，我们的书店也有他的书，讲座完了，大家排队等他的签名。现在有请李敬泽先生隆重登台。

自吕梁而下

李敬泽：江河老师刚才夸得我都不敢上来了。

最后一个演讲我非常惶恐，惶恐的主要原因，还不仅仅是前面几位都比我能讲，还因为文学季组织者说，我们这次的演讲的主题是谈乡村。那么前面是阿来、格非、苏童，他们谈乡村，比起来我就特别不自信，特别自卑。为什么呢？因为阿来、格非、苏童他们都有自己的乡村，他们都是地主，有一块土地是属于他们的。而我呢？并没有。哪块地也不是属于我的，我的老家是在山西，在咱们山西芮城枫林渡，之前都没有来过老家。直到三十多岁了，回到了枫林渡，回到了芮城，然后去祭奠我爷爷，站在我爷爷的坟前，那个坟正对着的是三门峡水库，居高临下对着三门峡水库，同行的亲戚就告诉我，当年我爷爷的家是在那个水库底下，后来被淹了，因为拆迁。所以我就看着那片大水，我就想，你看，我就是个无根的人啦。所以我想在这个时代，像我这样的人还是不少的。前一阵子，我们的文学界要讨论故乡的问题，每个作家都在谈论自己的故乡，然后还要出题。我就说，我就是个没有故乡的人。或者说，我就是一个没有明确的地域认同和地方认同的人。而且我觉得这样的人还不少，这样的人在中国越来越多。

1949 年新中国成立以后，先是由于计划经济这样的统一调配，然后 1978 年改革开放，又由于市场经济下人口的大规模流动和迁徙，在这个过程中，就造成了很多人实际上是离开了乡村，离开了他的故土，或者说像我这样的人，甚至都谈不上离开，因为我基本上根本没有一个所谓的乡村和故土。比如像我是生在天津，然后我长在保定、石家庄，我十六岁到了北京，一直到现在。哪里是故乡呢？很难讲。所以说我今天就很不自信，没有资格在这里谈论乡村。

但是话又说回来，也不一定是非得在乡村生活过，才能谈论乡村。实际上没在乡村里过过日子的人也可以谈论乡村。为什么呢？因为中国是一个五千年的农耕文明的国家，我们的文明、我们的文化、我们的文学，都深刻地打上了农耕文明和乡村经验的烙印。所以在这个意义上说，我们所有人，几乎所有的中国人，我们的文化背景、文化记忆很大程度上都是乡村的，都有一个乡村的底子在那里。所以不管我们有没有乡村的经验，不管我们是否在乡村里过过日子，乡村、乡土某种程度上都伴随着我们，是我们精神的一部分。所以这么一想，我又觉得也不妨坐在这儿谈谈乡村，因为对我来说，我也可以说，乡村同样是我在心理上的一个出发之地。

然后就是来到了吕梁，来到了汾阳，来到了贾家庄，我是昨天下午到的，到的时候都快傍晚了。然后我很遗憾，错过了昨天下午的一场对话，什么对话呢？据说昨天下午，有一群女作家在这里讨论性别、政治、女性主义，非常可惜我没能参加，没能聆听。因为我觉得在我们吕梁山下，在贾家庄里讨论女性主义、身份政治和性别政治，一定是特别有意思的一件事。

虽然错过了昨天下午的女性主义讨论，到了晚上就正好看了一场戏，非常好看的一场戏，不在剧院里，在露天，下面是地，上面是星空，我们管它叫野台子戏，就在这个野台子上，演绎人间的故事。这其实也是中国戏曲的原初的那个场景，我们现在看戏，都是在现代化的大剧院里，其实几乎所有戏剧的萌发，以及在民间的流传，几百年来绝大部分时间里都是这种野台子戏。所以昨天晚上特别有幸能在 21 世纪，在 2019 年，看了一场野台子戏。而这一出戏正好就叫《打金枝》，然后我就想，这个戏，和

昨天下午的这个女性主义讨论构成了非常有趣的对话关系，所以看完了戏，我就特别地问我们下午几位女作家有何感想？女作家们谁也不搭理我。为什么呢？因为《打金枝》是干什么的？《打金枝》就是打老婆，这就是家暴，政治非常不正确，极为不正确。不管怎么样，我是被这个戏深深地感动了。

当然我们都知道，在座的也都知道，《打金枝》写的是唐代汾阳王郭子仪的儿子和公主的事，尽管是公主和驸马，尽管是皇上和郡王，但是说到底，这样一个在野台子上唱的戏，其实也同样是老百姓的家事。为什么呢？因为在中国，在我们这个农耕文明的国家，自古以来我们讲的是什么？讲的是修身、齐家、治国、平天下，天下的大事和家里的事，其实都是一件事，其实是一个道理，是可以从家里一直类推过去的，从家一直推到天下，反过来也可以从天下一直推到家。昨天晚上我忽然想起我的一个朋友，一个陕西作家，他现在已经去世了。红柯，红柯是宝鸡人，家在农村，有一次我印象很深，他就跟我讲起他们农村的家里，说，我们那里可了不得，一部《二十四史》你觉得很高深吧，其实我们村里的那些老人治理他的家庭所用的办法和心思和一个皇上没什么不同，全是帝王心术，一样是皇上的一套。我觉得红柯说的特别对，这就是我们中国的农耕文明的特点。所以现在我们整天看《甄嬛传》《延禧宫略》，都是宫里的事，其实也是村里的事，老农家的事和宫里的事儿差不多。这是昨天看《打金枝》的一点感想。

但是不管怎么样，打老婆是不对的，家暴也是不对的，必须处理，必须有个说法。如果此事发生在今天，发生在现代社会，那我们更要有个说法。在《打金枝》这个戏里，也给了一个说法，这个说法特别有意思，整个戏演下来，两口子和好了，郭子仪的儿子郭暖和他的妻子和好了，最后是花好月圆、天长日久，很好。但是我们仔细斟酌这个戏的话，你会发现，这个戏到最后也没有给出一个结果或者给出一个承诺，就是郭暖说：我以后再也不敢打老婆了，再也不能打老婆，因为这个不对。这个戏到结束也没有说这么一句痛快话。这个戏给我们传递的意思是：这个事就不用说了，不用非要分清谁是谁非了。为什么呢？如此的花好月圆、天长地久，如此的柔情蜜意、青春欢好，好好过日子吧，过日子难免磕磕碰碰。然后我们就不必要非要把磕磕碰碰，但又是甜蜜、美好的日子一定要事事都分出个是非来。所以最后两口子欢欢喜喜地下聊去了，官司其实也没判，也没打算判。我觉得这个很有意思。这件事和我们昨天下午的讨论恐怕还是有点矛盾，尽管我没有参加昨天下午的讨论，但是我能够想象昨天下午的教授们，昨天下午的时代女性们，对这样的结局是不满意的。打了不能白打，这样的渣男是必须付出代价的，这个我也赞成，但是我所关心的是什么呢？我所关心的是《打金枝》里面的这个道理是什么道理。《打金枝》里有一句台词，到最后唐王说了一句：说来说去都是糊涂理。这个糊涂理，我觉得我们每一个看了这个戏的人，都会感动。这个糊涂理，这个在具体的是非对错之上和具体的是非对错之下的那个更广大的人情，它支持着我们的传统生活，支持着我们的日子。就是说我们要让日子和和美美地过下去，平平安安地过下去，我们有的时候需要这种糊涂理。

这个糊涂理不是按照西方的现代的法律和理性仔细分析出来的那个理，而是什么呢？是人情事理。这个人情事理中，包含着一个根本的东西，就是我们怎么能够让我们联系如此紧密的一个共同体维系下去，我们每个人都是这个共同体中的一分子，我们不得不如同在一个老式的乡村一样，我们没有选择，不像现在你可以说，一拍屁股就走，一气之下坐上飞机、坐上火车，我走，古时没有这个选择。人挨着人，人和人相互扶持着一起生活下去。所以就必须有个理，这个理是个糊涂理，这就叫作人情理。这个人情是确保我们在一个紧密联系的共同体中，相互依存的共同体中生活下去，共处下去。所以这是一个乡村的理，或者是说我们中国古老传统的理。这样的理，《打金枝》整个戏讲的都是这个理。这个理是属于我们的乡村的，属于我们的土地的，属于我们的传统的。它是我们大地上的自然法。就是说，当有人类开始，当人类在土地上靠着耕种不得不群居，不得不结成一个共同体之前，我们全部的本能，都决定着我们要认这个理，要认这个人情的理，这个理是在《打金枝》里高于其他的理的，它的基础就是自然法。固然我不赞成家暴，但是它可能也更充分地考量了人情，考量了在生活中人必然会有的碰撞和摩擦，并且为这个碰撞和摩擦留出了余地，这是我要说的第一个意思，但是这不是我要说的主要的意思，到现在还没进入主题。

现在我宣布进入主题，谈乡村。

谈乡村是什么呢？还是从《打金枝》说，看一台《打金枝》你发现特别有意思，整个一台戏，全是白胡子的人在教育没长胡子的人，全是老太太在教育小媳妇，全是年长的人在教育年轻的人。年长的人说你们年轻人太冒失、太冲动了。我现在给你们讲一讲世上的道理，日子该怎么过？人应该怎么做？《打金枝》是这样的。在这个戏里面，年纪的区分是非常重要的，长胡子也是非常重要的，因为在这个戏里，以至于在中国所有的传统戏曲里，当我们谈到通达、明智、节制、智慧这些经验的时候，这样的角色一定是要长胡子的。不听话的，通常是会惹祸的，因为年轻。关于年轻人的不稳当，《打金枝》里有一句话叫“年轻人一时火性起，不懂得轻重惹是非”。所以相应的年轻意味着什么呢？年轻意味着不成熟、冲动、不知轻重，意味着火气。所以这儿这么多的年轻人，听了这话肯定都很不爱听。不要紧，我下面就要说你们爱听的话了。

所以在传统中，在我们根植于共同的乡村经验、共同的乡土生活的那个悠久的古老的传统中，年轻、火气是危险的、是不成熟的，它意味着我们随时可能冲动、随时可能破坏共同体的和谐，乃至危及共同体的存续，后果是很严重的。所以必须成为重点教育的对象，用现在的理论术语来讲是重点规训他，但是在这个问题上，不同的文明背景，也有不同的看法。比如同样是古老的文明，在希腊文明中，对于年长和年轻它的看法就相对更要复杂一点。我们大家都知道，希腊很著名的《荷马史诗》，《荷马史诗》里伊利亚特的这场战争，谁引起的？就是因为年轻人的冒失和冲动引起的。出了一趟国，看到了一个美女海伦，脑子一热就把海伦给抢回来了，然后就引起了一场战争，这本身就是年轻引起的。但是，在整个战争中，我们看伊利亚特，我不知道在座的有没有读过？两位英雄，一位英雄阿喀琉斯，这个阿喀琉斯年轻充满火气，用我们《打金枝》里面的话叫充满了火气，脾气极为暴躁，一点就着，同时具有巨大的力量，非常勇猛，可以说是整个伊利亚特里头一号的英雄。然后伊利亚特里有另外一位英雄就是奥德修斯，奥德修斯相对沉着，相对成熟，相对理性，对事情深思熟虑。奥德修斯的武艺不如阿喀琉斯高，但是奥德修斯的头脑比阿喀琉斯成熟。而在伊利亚特里特别意味深长的是什么呢？就是奥德修斯比阿喀琉斯年长，所以我们在这里看到的就是一个年长的人和一个年轻的人的对比。也就是说，不管是中国文明还是希腊文明，在我们的文明的根部、底部，都存在着对于人性或者说人性中这两者特质的比较，也都存在着对年轻以及年轻所代表的价值的怀疑。说年轻人火气不要太重，不要太大。

但是这里还是有一点差别，差别在哪儿？就是希腊文明毕竟是以商业和贸易立国的，希腊人严格意义上说不是农耕民族，他们主要是靠什么呢？靠做买卖，靠航海。所以我们看伊利亚特里，它对于年轻所代表的价值，阿喀琉斯在伊利亚特里，我刚才讲了是头一号的英雄，也就是说它这里态度是矛盾的，一方面他非常欣赏赞美年轻所代表的血气与力量的那种冲劲，另一方面又不由自主地觉得这种年轻是存在问题的，可能把这个人自己以及他的共同体都带到危险中去。也就是说希腊文明对这个问题的看法更为复杂一些，实际上不仅荷马是这么认为的，我们看柏拉图、看亚里士多德，他们用的词不叫火气，他们用的词叫血气。在他们的哲学中都曾经深入地辨析了年轻的血气对于共同体的重要价值，也辨析了血气所包含的危险，然后我不得不迅速地进入我的主题。我发现一聊起来就没完了，我本来以为我没有那么多话说的。

然后我现在要谈的吕梁，我要说的是什么呢？所有这一切都是过去，都属于我们记忆中那个古老的乡土。进入现代以后情况有了大变，这个大变的标志在哪儿呢？我们大家都知道，就在不久前，就在十多天前，我们纪念了五四运动发生一百年，1919 年五四运动，这是我们中国现代化进程中的一个至关重要的分水岭，这个分水岭其中一个至关重要的标志是什么呢？是调转了我们传统中，我刚才所说的对于老年与青年，年长与年轻的那种传统的看法。我们要实现现代化，我们要建设一个现代的中国，我们需要的恰恰是青年。我们需要的恰恰是新青年所代表的那些价值。我们看到了五四运动的时候，青年身上所体现的价值全部被赋予了正面的意义，迅速地就成了这个社会的正面价值。五四运动靠的是什么？新文化运动靠的是什么？一本杂志叫《新青年》，然后我们还设立了一个日子叫五四青年节，意味着什么呢？意味着当我们这个国家、我们这个民族选择了我们要走现代化道路的时候，青年的正面的意义被空前地，同时也是永不回头地给确立了下来。青年不仅仅代表着生理的青年，他还代表着好奇心，代表着激情，代表着未来，代表着进步，代表着走向远方。所以五四之后，青年是扬眉吐气了，青年不再是个被教育者，青年成了这个社会的先行者。

我们今天身在吕梁，吕梁这个地方我以前没来过，但是我记得这个地方，知道这个地方是靠什么呢？《吕梁英雄传》。马烽先生的长篇小说，我这次来之前重新翻了一下马烽先生的《吕梁英雄传》。我注意到大家如果看《吕梁英雄传》，一开始的这个场面就很有意思，日本人来了，八路军暂时转移了，然后这个村子就落到了日本人和维持会的手里，所有的人备受欺压。这个时候马烽先生在描述中说：年长的人们都是心怀愤怒但忍气吞声。然后呢？村里的小组长站出来了，这个时候马烽特别提了一句，说这个党小组长叫雷石柱，二十七岁，年轻人。然后他的两个小伙伴，两个党员，一个叫康明理，一个叫孟二愣，这两个人管他叫哥。《吕梁英雄传》起源于这三个年轻人，他们凭着血气，由此开始了组织民众展开抗日斗争，然后才有了我们整个这一本的《吕梁英雄传》，这么多的英雄。《吕梁英雄传》写的是1944年的事，贾家庄就在这里，马烽先生到了1962年，他编剧一个电影，我们都知道叫作《我们村里的年轻人》，青年在这里又成了马烽先生书写乡村的一个主题。我们村里的年轻人这位主角高占武，带着一群年轻人要在这儿修水电站，老社长不赞成，老社长说你们瞎折腾什么呢？千百年来都没这样。水电站的出现意味着人类以现代之力对土地的改造，意味着人类以现代之力对传统的生活方式的改造。而这是由一群年轻人发动的，所以在这个电影中，马烽先生同样把这个变革的主题，把中国乡村走向现代化的这个行动的主题赋予了年轻人。所以我在这儿谈农村，谈乡村，我觉得我们不能不谈到，或者必然要谈到马烽先生的这两本书，在这两本书里，一个长篇电影里，青年是革命的主体，也是现代化的主体，是走向未来，建设一个未来，在这篇土地上让未来降临的这样的主体。

再然后呢？我们在20世纪90年代，在这个新世纪，我们都知道历史发生了多么巨大的变化，这个变化就是说：青年，年轻人，在中国过去四十年的巨大变迁中，一个重要的现象是年轻人离开了乡土，大批的年轻人离开了乡土。另外一方面，就是在这四十年来，中国也经历了巨大的现代化的、城市化的浪潮。所以正是在这样的背景下，这样的浪潮里，我们看到了贾樟柯的电影，在贾樟柯的电影里，离去和归来几乎是贯彻每一部电影的潜在的主题，你会发现他的很多很多电影里都会涉及、都会出现的场景是什么呢？出现火车，出现站台，出现长途车，出现飞机。人在旅途里，人在走向更广阔的世界，人在离开他的乡土，所以乡村被留在了身后。所以从马烽到贾樟柯，我们看到的不仅仅是作家的写作和作品的变化，我们也看到了时代的大变。在这种大变中，我们现在会谈论乡村的衰落，乡村是不是衰落的？我没有什么发言权。但是如果说存在这样的衰落的话，这个主要的原因我能够说出来，是那个青年的、主体的出走和不在场。就是说，青年以及青年所体现的那些价值，不仅在文学作品中、艺术作品中，呈现出了出走和不在场，而且恐怕在生活中，也是出现了大规模的出走和大规模的不在场。所以我们今天都认为中国的乡村是摆在我们面前的一个问题，大家都在开药方，都在思考。我个人真的是没有药方，我一个文人，一个搞文学的人，我哪儿懂得怎么建设乡村。我真不敢乱讲。

但是来到吕梁，从《打金枝》到马烽，再到贾樟柯，在这样一个脉络里，我有作为一个文学人的直觉，我觉得这里面的一个关键或者说一个要害，可能在于青年。由此我也想到，我不久前看的贾樟柯的电影《山河故人》，这个《山河故人》也写的是青年，然后这三个青年在时代的大变中，各自离散：有的走得很远了，都走到澳大利亚去了；有的走了又回来了；有的一直还留在这里。我印象特别深的是，整个电影的最后一个场景，我不知道大家还记得没有，这个时候那个赵涛，赵涛年纪也不小了，不是年轻了，二十多年过去了，她一个人牵着狗，走在她的故土，走在乡村的田野上。然后忽然音乐声起，她一个人跳起了迪斯科，那是她年轻的时候跳的舞，这个时候她已经是半老了。我看到这个场景，我还是深为所动的，这个场景意味着什么呢？不仅仅是意味着一个人、一个女人回忆她的青春，回忆她流逝的走过的生命。我觉得也是这个人，她与她的青春的和解，她与这个土地的和解。她站在这儿，跳着青春时候的那个舞，在这片土地上，至少她心里是希望能够和这片土地达成和解的。

实际上我们在这个电影里也看到，赵涛的儿子在走过了那么远之后，到了澳大利亚之后，最终他想回到这里，回到吕梁山下，当然这个“回”是多么的困难，电影里最终也没有演他最终怎么回，因为他甚至已经失去了这里的语言，这个小男孩连中国话都不会说，但是他还想回，他要回。所以我也把《山河故人》这个电影和《吕梁英雄传》、和《我们村里的年轻人》、和《站台》等等这个序列放在一起，我们能够看到，就在这一百年、七十年、四十年、十几年间，中国的乡村所经历的巨变，以及中国的乡村在经历这样的巨变之后，我们正在希望能够开辟新的未来，为乡村获得新的未来。这个未来的希望在哪里？至少我从电影中，我从艺术中，我能够感到，这个希望在于年轻人，在于年轻人所代表的那些价值，所体现的那些价值，与我们的这片乡土，与我们大地的和解。最后中国已经取得了如此巨大的发展的前提下，在 2020 年我们就要全面建成小康社会的前提下，也许乡村新的未来正在向我们敞开，而这个未来可能就意味着我们青春所代表的所有的现代价值与这片土地的传统、与这片土地的经验与智慧之间的和解。所以对于我，没有故乡，其实意味着所有的中国的乡村，都是我的故乡。吕梁也是我的故乡，我期待着这样的和解，我也期待着吕梁会变得更美、更好。

主持人：谢谢李敬泽老师。由于时间关系，很多人很着急地要李敬泽老师的签书，我们现在就进入签书的环节。

【学术对话】

作为叙事与行动的乡村

时　间｜ 2019 年 5 月 10 日 10:00 — 12:00

地　点｜ 贾家庄 · 贾樟柯艺术中心广场

主　持｜ 阿　来

嘉　宾｜ 何　崴　廉毅锐　叶　扬　张锐锋

开　场

欧阳江河：尊敬的各位领导，尊敬的各位嘉宾，尊敬的各位读者朋友们，尊敬的各位媒体朋友们，今天我们在阳光灿烂的吕梁文学季主会场举行文学季第二天的首场活动，也是整个文学季的首个“学术对话”活动。我是欧阳江河，是文学季的文学总监。我们本场学术对话的主题是“作为叙事与行动的乡村”。这是一个跨学科的视野对话，有小说家、散文家，也有建筑师、建筑评论家，还有建筑理论家、乡土建设的规划师等等，是一个具有叙述文学的写作、想象，还有城市与建设的行动的性质的对话，所以会非常精彩。

下面我先隆重推出本场“学术对话”的主持人，他是四川省作家协会主席、茅盾文学奖和鲁迅文学奖的获得者，他的代表作是《尘埃落定》和《空山》。其中《尘埃落定》是中国当代小说史上影响最大的著作之一，销量达到五百万册。关于《空山》，所有写作小说的人都把它奉为《圣经》一样的作品，是学术功力极其深厚的一部小说。但是我在这儿，向各位读者们、朋友们，特别隆重推荐的，是他今年刚写的一部伟大的小说叫《云中记》，是写四川汶川大地震造成的一个村庄的消失，最后这个村庄又重生了，这是一个非常伟大的小说。但是这个小说，几个著名的批评家一口气看不完，因为看着看着就哭了，被真正地打动了。这个小说将是中国小说史上特别重要的一部小说。然后也代表阿来先生写作的一个定向，就是他的作品一定是往大地最深处的地方写去，写到地质运动，写到地心里面去，他是这样一个作家。这个小说我建议大家找来看。他就是作家阿来先生。

我现在要介绍的第二位嘉宾是何崴先生。何崴先生是中央美术学院的教授，也是中国当下乡村建设的一个代表性的建筑师，在中国有着一种引领的作用。原创性的一些构思，很多是从他那里来的。他是一个规划师，又是一个建筑师，又是一个建筑思想家，也是一个设计师，多重身份融为一体。他在业内有广泛影响力的代表作是“复兴计划”，这个计划有着非常复杂的文化纲领，有思想性，也有建筑的设计性和可操作性，现在我们隆重推出何崴教授。

下面我们隆重推出第三位对话嘉宾廉毅锐先生，他是清华大学建筑设计研究院产业园区中心主任。他也是一位特别优秀的建筑师，有过很多建筑设计作品，包括贾樟柯导演在平遥国际电影展的平遥电影宫，都是他的手笔。廉毅锐先生是建筑评论家、建筑思想家，他刚刚出版的著作，在我们书店里面可以买到，我昨天已经先睹为快，这个书厚厚的一本，叫作《产业人居小镇》，这本书专业性非常高，但也同时面向普通读者，希望普通关心乡村建设的人都能够读得懂。现在我们在音乐的伴奏下隆重请出廉毅锐先生。

下面要推出的这位对话嘉宾是一位女士，她也是清华大学的。清华大学有一个从1980年创刊至今，在业内具有真正引领作用的杂志叫*WA*，中文全称是《世界建筑》。这个杂志是非常专业的杂志，在全世界享有非常高的学术影响力、学术地位。我要推出的这位女士，她是这个杂志的编辑部主任，她2008年就在这个杂志从事编辑和建筑评论的工作，已经待了十一年了。她是业内公认的一个具有专业影响和权威的建筑评论家，同时她还是一位小说家。《人民文学》给她出版过一个中篇小说集叫作《通俗爱情》，然后她还有一个长篇小说叫作《胖子》。她的名字叫叶扬。现在音乐伴奏下隆重请出叶扬。

我最后介绍一位作家，中国最近二十年来在文学史上有一个特别重要的新散文运动，新散文运动的发起者、引领者和代表性作家，山西省作协的专职副主席，也是中国作家协会散文委员会副主任，他著有二十多本著作，有请张锐锋先生。

下面我把话筒交给阳光下的阿来先生。

作为叙事与行动的乡村

阿来：谢谢大家的光临，也谢谢大家跟我们一起到这儿来晒太阳，坐在这里，我突然间非常偶然地想起一句唐诗，“把酒话桑麻”。这是我们关于乡村的一个想象，但是今天我们也是在汾阳贾家庄，发现这种乡村的情景已经发生了非常大的变化，我们没有看见桑，也没有看见麻，我们看见今天的中国乡村已经展开了另外一种形象。这么多年以来，中国人谈我们的工业化、城镇化谈了很多，但是当工业化和城镇化发展到一定程度的时候，又面临乡村的问题，我们过去把它叫作三农问题，农村、农业、农民，在一些贫困的地方做脱贫攻坚，而在发达的地区提出了乡村振兴，这说明中国在发生巨大变化的时候，乡村也来到了十字路口，就是乡村的形态和乡村的概念都在发生或者说正在发生一个巨大的变化。

今天中国的文学要书写乡村，面临着一个巨大的困难，不是张口就来

的“把酒话桑麻”，乡村出现了另外一种现实和可能。我昨天在开场的时候也讲过一句话，过去的人们走出乡村，在外面奋斗几十年，回归到乡村里面来的时候，乡村还是原来的样子，“乡音无改鬓毛衰”。我们今天回到乡村，已经不是原来的故乡了，所以我们老是说“乡愁”这个词。而且关于中国乡村要建设、要改变，也不光是文学家，也不光是政治家在推动，我记得我们知识分子从来都有一个传统，希望给中国的建设摸索出一条线路。早在 20 世纪二三十年代，比如说把这个问题作为哲学问题来讨论的梁漱溟先生，就在山东邹平做乡村实验，我还有一个四川老乡，在美国哈佛大学和普林斯顿大学都拿了博士学位，但是回来做的工作也是探索中国乡村建设的道路。

整个乡村的面貌也发生了一些相应的变化，今天我们在贾家庄已经看到这种变化的端倪，怎么样变成更好的东西，而且过去在欧洲，比如去英国的乡村看到的不光是建筑，包括乡村的树林、草地，其实都是他们进行了重新的设计和规划，包括他们对原野都进行了设计和规划，所以我们今天在这里讨论就很有意思。我们对于乡村重建，既保持过去乡村文化固有的基点，但是又发展出来一些新的精神，所以我们就来讨论这样一个问题。

刚好何教授是已经在乡村的建筑实践上有过很多成功的案例，那么我想听他跟大家聊一聊，除了建筑之外，他对于建筑怎么和乡村融合，尤其是特殊的当地文化的传承，来怎么考虑这个问题？这是第一个。第二个就是，我们今天在城市里总是看到千篇一律的建筑材料，但是我想在不同的乡土中，当地老百姓的建筑当中，他们已经积累了很多，怎么样利用当地的建材，照顾到当地的气候等自然条件来营造他们的居住之地，我相信这些东西，何教授也非常有启发，我们请何教授聊一聊。

何崴：谢谢阿来老师的提问，特别荣幸能够来到汾阳，来到贾家庄，刚才阿来老师提到乡村或者说乡建，确实不是一个当下刚刚提出的话题。刚刚提到在民国时期，当时也有人在做乡村的建设，其实乡建那个词就是在那个时候提出来的，并不是现在的一个新词。我想乡建，乡村建设，既然是建设就不仅包含了建筑，又包含了很多的层面，包括教育的层面、健康的层面、精神的层面等等。在当下，中国的乡村其实面临着一个特别严重的状态，就是产业衰落以后人都走了，就像我们说从乡村出发，去到城里或者说去到世界，你很难回来，其实我认为中国乡村现在的核心问题就是，原来的城乡之间的循环被剪断了，出了乡再也没有办法回乡了，所以我一直认为乡村的问题，它不是简单的空间问题，它其实是空间、时间、文化人、产业等等全部搅在一起的，是在一起发生关系的。

作为建筑师，我觉得我们的能力可能是在一个构建的层面，这一点上，我个人也认为和文学家有很多相似，包括其实当代建筑的很多流派都是从文学里面吸取了营养，比如结构主义和解构主义，都是从文学的理论里面摄取的理论。我也认为中国古代的乡村，其实文人和建筑师本身就是合一的。昨天我跟格非老师聊天的时候就提到，原来中国乡村里面的乡绅是一个特别重要的阶层，而乡绅的作用除了教化还有一个就是控制，就是他能控制住整个村庄的状态，不让它出乱子，当然这种不出乱子，除了人的不出乱子，生活不出乱子，还有空间不出乱子，同时他又是把外面的知识带进来的一个重要渠道。刚才您（阿来）在提到这个问题的时候我就在想，当时的建筑师可能就是文学家，就是文人，当时的文人就是建筑师。

阿来：我插一句，过去我们老读辛弃疾打仗的文章，所以认为他是豪放派。但读辛弃疾其他词的时候，读到他非常忧心山西这个地方。他有关于山水田园的理解和想象，然后他用一个具体的空间来承接。

何崴：所以我想在传统上，或者说在以前，乡村很多时候是没有建筑师的，没有我们现在意义上理解的这些受到城市教育的指引师，他们其实是本地人。到了当代，我自己的体会，乡村可能是一个能够回归到建筑本源的唯一的地方，因为我们的城市已经非常的西方化了，千城一面，其实也是这种反映。乡村土地所有权、使用权、建造权甚至是设计权还是合一的，所以乡村的状态还是一种相对本真的状态，虽然看上去并不见得那么完美，也不见得那么整齐，但是它是本真的，这一点也是特别值得我们去思考的，是不是千篇一律地恢复古建，就是好？您刚才提到的，材料、功法等等，我一直觉得现在的大学教育，特别是技术教育是源自西方逻辑的，不管是史论还是材料学，还是结构学，几乎都是西方式的，我们大大忽略了我们本土乡土中存留下来的这些原生的功法和材料。

我记得 2013 年我在河南做第一个乡建的项目的时候，当时的工匠给我们上了一课，我当时想当然地认为这个瓦就是拿水泥砂浆一固定就行了，但是发现工匠不这么做，工匠是把瓦立起来之后，然后往里面灌沙子，然后等下雨，下雨了之后沙子就沉下去了，然后再灌，再下雨，几次之后就非常平整，透水率也很好。我们现在的海绵城市，古法早就有，所以那一刻，我突然间意识到我们的教育出问题了。所以这一点向乡村学习，回到乡村去，从乡土中挖掘已有的很多智慧，特别是向工匠学习，是我们当代建筑师需要做的事情。我想文学家很多的灵感可能也来自乡村生活，来自这些乡人，这是我的一些感受。

阿来：我希望我这个主持人待会儿就处于失声状态，大家争先恐后来交流。你（张锐锋）早上还在跟我谈老房子，是林徽因待过的地方。

张锐锋：对于乡村的感受，我想先分享一个小故事。几年前我们有机会参观南水北调的工程，然后在南水北调的源头坐着快艇行驶在七百平方公里的水面上，当时看到一面汪洋，除了水还是水，很快就看不清了，但是没有想到这个时候出现了一个小小的事件，就是一只鸟儿落在了快艇上，但是快艇把它带到了水面的中央，然后它突然地就起飞了，后来它想回到快艇上，但是飞呀飞，就追不上快艇。我当时坐在甲板上，一直看这个飞鸟怎么办，我相信它是一只不大的鸟儿，它没有那么大的能量，它累了飞不动了就会掉到水里了，但是它就一直飞，那种求生的欲望就一直在飞，我一直在那里看着，但是没有办法救援，非常有意思。我觉得这是对乡村的一个绝妙的比喻。乡村在行进，但是我们离开乡村多年之后，一直想要寻找到一个自己的精神家园，很大意义上说，我们想回归乡村，但是我们拼命地在外边飞呀飞，但是落不到这个快艇上。所以乡村，对于一个离开乡村很久的人来说，非常的重要，李白的乡村是豪华的，杜甫的乡村是含蓄的，陶渊明的乡村是安逸的，赵树理的乡村是充满了复杂与矛盾的，鲁迅的乡村是麻木与愚钝的，沈从文的乡村充满了人情味。

所以乡村具有非常神奇的一面，它像露出水面的石头，始终不肯展现它的全部容颜，仅仅给你露出一个侧面、一个棱角，你只能看到它的一点点，但是它深埋着一个巨大的认知结构。谁也不能完全地了解乡村，包括那些自以为了解了乡村，并且在乡村居住了一辈子的人，每个人都有自己的乡村。我的意思是，对于一个作家来说，他只能描写乡村的一个侧面，只能认识它的一部分，它是历史的性质，它给我们带来很多的信息，它本身就埋藏着全部历史文化的信息，所以乡村是一个巨大的信息体，它有着巨大的能量，我们往往把乡村看成是镜子的大自然的一面，它其实也是人类文明的重要阶梯。所以我感受到，在所有的生活形态中，乡村是最好的，我为什么这么说？因为乡村，人类聚集以来然后不断地试错，不断地磨合，最后才形成这样一种人与人相互依存的关系，成为一个真正的命运共同体。我在乡村待着的时候，谈起来不仅认识一个人的过去，还认识一个人的现在，还认识他的父亲、他的爷爷，他们的过去和现在，都认识，都知道，彼此特别相知。在这样完全透明的状态下，人与人之间的关系，就变得十分牢固，也变得十分和谐，一个人跟另一个人如何相处，他自己心里都明白，他明白每一个人的性格特征，每一个人的价值取向，每一个人的生活方式，他全知道，所以特别有价值。英国有一个作家叫切斯特，他有一个重要的发现就是说，小群体的人能够提供更多的丰富性，能够提供更深刻的人生体验，他说的理由是，在大群体中，比如说我们在城市，茫茫人海，我们可以选择共同的人，共同的精神气质、共同的爱好，甚至有共同的性格特点，我们可以选择，充分地选择。所以人的生活、体验可能就少了很多复杂性，它变得单一，但是小群体不一样，小乡村这样群体它就不一样，因为它是被选定的，不是你选择的结构，你就生在这个村庄里，你就必须在这个村庄里成长，就必须跟你不同的性格特点、不同精神追求和不同精神气质的人被迫地在一起，所以它就更有丰富性和复杂性，所以你的体验也就更加深刻，我想这也是我们乡村的魅力所在。

阿来：张锐锋刚才说到在建设情感、伦理的一些方向上，乡村给我们提供一些稳定的、固定的价值观，这样的一个问题。当然今天中国的乡村，即便是这样一些我们看到的问题，也受到非常多样性的现代性的挑战。如果我们仅仅从文学上来看，比如中国是一个后发展国家，后发展国家有一个好处，我们可以从先发展的国家和地区得到一些经验，因为他们比我们先经历这个过程，比如说英国经过工业革命以后，经历乡村的变革，我就会想起英国的作家哈代，哈代的很多作品，其实就在书写那样的一个时代，当然他没有纯粹地像中国这么关注乡村题材。其实就是很多人在农村和城市之间流动，这与中国今天很多乡村的现实是非常接近的。比如说这些年我们讨论模仿现实比较多，模仿现实的第一步就是创造了这个学派的小说，就是写被遗弃的乡村，这个乡村为什么被遗弃？不是战争，不是别的，就是农业不能够给这个乡村的人提供足够的维持生活的收入的时候，他们就抛弃土地，抛弃世世代代居住的房屋，进入城市，哪怕是进入城市边缘里头，他们开始另外一种生活，所以文学上，我觉得今天的这种丰富性异曲同工。你（廉毅锐）是山西人吧？虽然在清华，现在就该你了，把你微笑的理论说出来。

廉毅锐：谢谢阿来老师，更要感谢阿来老师的是，刚才听到这一番话，我也感觉到特别高兴，作为山西人来参加首届吕梁文学季，在第一天的论坛上，阿来老师还有张老师，已经把我觉得文学季中一个重要的双向交流的话题说明了，第一就是乡村作为一个生活的源泉，文学能够从乡村中获得很多。第二，对于我来说，关心的第二个方向是乡村能够从文学中获得什么？我本身做过几项不同的工作。几项不同的工作，其实分起来就有两块：第一是思考，第二是实践。思考让我停不下来，但是我要实践，所以我必须把各种抽象的理论得到实践，把它尽量地找到具体的道路，实现的路径和实践的方法，所以这些天我一直在考虑一个问题，这个问题也想问问在座的，大家也可以自己想一下，我们都在谈乡村文化，乡村文化长什么样子？大家都在谈想要留住乡愁、找到乡愁，我想要问问大家，乡愁长什么样子？有体积吗？有分量吗？什么材质？什么颜色？我们怎么发现具体的乡愁？如果不存在的话，那么我们怎么样把乡愁留住？我是建筑学出身，所以我经常想什么样的形式至少能够成为我们所谈的乡村文化的载体？这个不是一两个设计师就可以找到的。刚才我在点头微笑的时候，就是听到张锐锋老师说，可能我们每个人脑海里的乡村都不一样，我们怎么样才能够有一个大样本的取样，乡愁的愁是什么东西？我一直在思考这个问题，没有办法把这个具体化的话，我没有办法把它推广和实操，但是好在我逐渐地找到了一些脉络，找到了一个内核，它还是有形的，它是能够通过抽象的思考落在地上建立起一点形象的。乡愁，第一个是厕所很愁。乡村的一部分的物质形态和居住条件，每个人是没有审美差别的，乡村的卫生条件和基础设施是不被我们个人的爱好所差别化的。大家都需要一个干净、整洁、卫生、舒适的环境，所以这个首先是我们可以动手的。

第二个乡愁，这个愁不是发愁，也不是惆怅、萧瑟的情绪，这个愁我认为是对乡村的所有美好感情的汇集，这个美好感情里面有失望、有希望，有近乡情怯，也有内心的欢喜，也有对前途的期待，种种的情绪结合在一块儿，我把它叫作乡愁。这个情绪也能够实体化吗？我觉得在一定情况下也能够实体化的。

一是我们的生态环境，就是大家所说的绿水青山，但是绿水青山很多地方是相似的，有一句话说：小河相似，却非故乡。有的地方我们称之为家乡或者说故乡，为什么有的是别人家呢？还有一个是我们的纽带，在乡村，大家的感情纽带，我看到一个讲座是关于士绅的，那么乡村的纽带，现在我们还能够建立在士绅的纽带核心基础上吗？我们现在还能够重建这个士绅结构吗？我比较同意陈老师的看法，中国的乡村结构在士绅消失之后，它只能够用另外一个词汇“乡村精英”来代替现在乡村里面的核心人物。乡村精英的身份解读就会非常专业、复杂，但是大家从这两个词上也能够大概感觉到，乡村精英和士绅大概有什么重要的不同点。甚至最近我看了一本书叫《乡村混混》，在某种情况下，乡村混混在乡村网络中也是一个权力层面。我在讲这个纽带之前，先说说网络。

既然我们乡村的人际关系之间存在某种网络性的关系，那么现在大多数乡村的这种网络关系还强大吗？前两天我还看到余秀华的一篇文章，她在写，她觉得文学好可贵。因为乡村中正在失去的那些东西，她都可以用文学把它留下，在她的心里，还能把行将消失的东西形成文字，把这个感受传达给别人，她觉得这个太可贵了，但是同时我们只能依靠文学来留住那些马上就要消失的东西吗？或者说已经消失的东西，我们能把它重建出来吗？我们要其他的学科做什么？作为建筑学家我一直也在想，那些行将消失的东西，我们能在这个土地上真枪实弹把它建起来吗？这个问题我和阿来老师也交流了很多，和何崴老师之前做乡建的时候也交流了很多。像阿来老师刚才说的，我们事实上一直在向先进的国家学习，这个是无法规避的，我们的城镇化是向先进国家学习，我们进行乡镇化和乡村建设，也是要向先进国家学习的，其实我们应该知道美国的乡村是比我们的乡村的条件要好很多的。甚至我有一个学长说，我们主要的大城市和美国已经没有差别了，主要的差别在哪里呢？我们乡村的条件平均下来没有美国好。

我去美国的乡村调研了很久，发现一个共同点，在他们小镇里最中心、最热闹、地价最高的地方是三种文学建筑，第一是图书馆，第二是小的博物馆或者叫展览馆，第三是教堂，如果有第四的话就是电影院。国情不同，美国的教堂可以放在一边不谈，但是在他们的图书馆里，我有一个经验的发现，他们在图书馆里不是拍摄，这个村里的人都会带孩子来参加读书计划，这是一个很具体的事情，因为我发现大量的人去那里做交流和活动，村里的人互相的关系在图书馆里得到了巨大的加强和放大，所以图书馆加上小城历史的展览馆和电影院，构成了乡村的状态，建立起他们强大的关系纽带。如果这一块土地随着技术更迭要面临挫折困难的时候，大家都不会放弃，把它废掉，因为有着共同的人际关系，还有在这一块土地上继续前行的想法，这种纽带我觉得是乡村里边特别需要的。而刚才我说的这三个文化设施，虽然不管它是不是会把乡愁矮化，我觉得这些可以是在我们建设乡愁的一个具体的措施。关于这个纽带的实操，我就讲这么多。谢谢。

阿来：你讲乡村文化设施，比如现在，我们有农家书屋，里面的书要确确实实适合农民看。所以我们得把一些工作做好、做细，甚至于这样的一些文化空间，包括建筑的问题，它应该呈现一个什么样的形态？第一轮我们每个人都说，今天我们是跨界，你（叶扬）不是跨界吗？你写小说，先不谈你的爱情小说，先谈你主编的杂志，因为你给我的那一期，刚好就是关于中国乡土或者说乡村建筑的内容，请你谈一谈里头的内容。

叶扬：是这样的，我先说一下阿来老师说的，我们《世界建筑》杂志在 2005 年出过一个专辑叫“上乡下乡”，为什么要出这个专辑？乡建在建筑圈里面非常火热，是建筑师非常想要去做的事情，所以我们想要通过这个专辑给人提供一些思考的方向、角度，包括向大家呈现一些非常有意义的实践。

在这个专辑里面出现了很多类似的项目，有关于居住的，有民宿的，也有乡村的建筑改造，也有关于生产的，比如说建筑师给他们设计一些工坊，等等。何崴老师获奖的项目是做了一个粮油的工坊，同时加上博物馆，很大程度上改变了那个村子的产业结构，可以把手工做东西的这部分技艺展现出来，还能够把村子的历史和经济发展都快递给参观的人，或者村民自己，他们能够从中获得一种启发，而且对他们的生产力的提升和村里的经济振兴是有好处的。

2015 年那个时候，实际上中国开始乡建已经几年了，这个乡建工作到现在也没有停止，包括去年中国参加“威尼斯建筑双年展”的时候，那个展馆是由同济大学的教授策展的，主题是乡村，这也是与中国的乡建相关的。刚才何崴老师也说，他认为乡建是能够回归到建筑本源的，乡建为什么会对建筑圈有这么大的影响？它有很多方面的原因，其中一方面是城市现在变成了一个建筑没有主导权的地方，因为城市的地价非常高，谁拥有了土地就拥有了话语权，包括土地的使用权，谁有了使用权就拥有了话语权，当地价已经超过了一万块钱一平方米的时候，这个时候建筑师能够在上面所做的工作以及能够给土地提交的附加值是非常小的，但是到乡村之后就不一样了。一个乡村，比如说民宿体验基地，这个事情如果有人来帮你做设计，有人来帮你整理思路，或者说做出一些具体的形象建筑，会对你的产业和村庄的振兴有很大的作用，包括帮忙做一些工坊，建筑师的身份也能够帮助他做宣传。包括我们现在看到的一些项目是城市的设计师过去了，这个村就能够变成网红村，这个村不仅解决了居民的居住需求问题，也给村里带来了客源、流量，还可以发展民宿餐饮经济等等。浙江有一个网红村，做完之后 1 个月之内就去了 30 多万游客，这大大超过他们的接待能力，当然后来产生了很多其他的苦恼，但是村民还是非常高兴的，所以建筑师愿意去乡村做这些工作，是因为他们在当地有着一定的话语权，当地也需要建筑师来帮他们做这个工作，因为实际上现在即使是在乡村，它的经济模式，农业也只是占其中一小部分了，这种转变带来了中国整个的城乡经济结构的变化，乡村自己也想有一些发展，在很多乡村没有建筑师的情况下，他们也在寻求一些可能的突破。

另外一个就是像刚才廉老师提到一个让人发愁的地方，就是厕所，我们杂志马上要做一期关于厕所的专题，所以我们去跟一些专家谈，因为大家都知道中国在做厕所革命，厕所革命一开始是要做旅游的厕所改造，现在已经是变成城乡的整体的厕所提升，然后他们就说实际上在中国，尤其是农村推动厕所的改变非常困难，这中间有很多因素。一个是大家认为这个地方脏，所以我不想要为一个脏的地方花钱，我看不见我花这个钱之后所带来的效果，这个舒服和不舒服对于我其他的生活方面的提高来说是很次要的地方。然后他们就来跟农民来谈这件事情，你盖一个生态厕所之后，有可能产生的一些效果。比如说一家 6 口人，一年的尿积攒起来可以节省多少的尿素，这样才有主动性，才能让大家把厕所改了。有一些村子是国家要投钱去做厕所改造的试点，做了之后，全村全县都改了，改完了之后大家都不用，因为保持厕所的干净要花力气，维持它的使用状态要花力气，动不动就堵了，你还要去处理这件事，等到专家再去回访的时候，不仅有的堵了，不用了，还有就是在外面去挖一个坑去上厕所了。还有一些人是主动把这个厕所给砸了，因为你盖的这个东西给我带来了麻烦，我坚持用下去没有好处，所以很多地方有这种现象。我觉得这都是一种摸索的状态，以后会有变化，因为每个人可能会不断地受影响，包括那个专家跟我说他们去一个村子，发现有一个村民家里盖了一个非常好的厕所，和城市里面的标准一样，还有淋浴喷头等等，瓷砖也贴得非常漂亮。这个专家进入这个厕所之后觉得非常干净，好像很长时间没有人用了，就问这个村民，这个厕所挺好的，你为什么不用呢？他说我儿子没有回来，我也不用，儿子在城市里面打工，所以儿子对于生活的要求已经是完全城市化了，儿子已经用不了村里的厕所了，所以就花钱给儿子盖了这个厕所。每年儿子春节回来，把这个厕所再打开用，其他的时候他们根本就锁起来，自己也不用，也不让别人用。所以这些现实矛盾在中国的乡村普遍存在。

另外我关注到的信息是，以前觉得乡村大城市小，乡村包围着城市，但是现在发生了一个过程，城市是在不断地往外延展，在不断地吞掉乡村。当你从乡村出发，等过了几年再想回去的时候，你们家已经不是乡村了，包括像咱们现在开会的这个地方叫贾家庄，听起来好像是一个村庄，后面就是水泥厂子等基础设施，这和乡村完全不一样，包括明天来参加我们活动的徐晨亮，我微信上和他说我们已经在这里开会了。徐晨亮就问我，当天晚上是要住在村里？我说，你不要听它叫贾家庄，就以为是一个村子，这和村子的条件是天壤之别。

甚至何崴老师战斗过浙江松阳，他当时去的时候，条件非常差，在村里面能够住的地方也就是所谓的民宿，但是实际上相当于比较干净的房间，对吧？但是我去年去松阳开会的时候，松阳县五十米以上的高楼就有三座，我们住的酒店金碧辉煌，完全是五星级以上的标准，而且县城的面积非常大，和我站在北京回龙观附近的一幢高楼上看到的景观是一模一样的。你会感觉到城乡的差别不断地缩小。但是我们回到文学里，文学里的乡村，是那个作者小时候的想象，少年时的生活，那个乡村会写出非常美好的感觉，我猜测有一部分原因是那个时候作者的年纪也比较轻，他没有真正地参与到乡村比较残酷的斗争里面去。那些长期在乡村里面生活的作家写出来的乡村又略有区别，包括赵树理所写的有斗争对立的感觉，所以乡愁不完全是乡愁，是少年愁，青年愁，是对历史情节的留念。

我来的时候，他们说有一场是格非老师的演讲，我正好看了格非老师写的《望春风》那本小说，那本小说直接地体现了中国从1985年之后，乡村整个发生的改变。小说的主人公作为一个从乡村里面出来的人，然后走向了城市，在城市里面也混得不好，小说的结尾是和他爱的，但是曾经嫁给别人的人生活在一起，然后他们回到了村里，然后把村里的祠堂改造了住在里面,那是真正地从乡村出发又回到乡村。可是那个村庄已经被收购了，可能他们就不可能维持田园牧歌式的生活状态。田园牧歌的方式在小说里面有一个极端的描写，没有电也没有水，就靠两个人住一个屋，有一口水井，周围有一些散田，这不会出现在小说之外的地方。格非老师讲到了很多内容，但是没有讲到小说里面所写到的乡村与乡村之间残酷的斗争，人与人之间的关系，社会发生了很多的变化，互相有挑战、合作和亲情，这些状态和人际关系的调整，随后不断地把乡村吞噬，就会发生很多一系列的变化。很多时候我们对乡村的怀念以及对它的想象是带着一种对人性的美好的想象和对生活简单化的想象，对于自然和天然环境的一种想象，这个想象在中国历史上就特别明确，像苏州园林、北京四合院，围墙里面的家庭和院子里的关系就是一家之主能够控制宇宙的状态。为什么乡村让人有一种特别开心的感觉，就是因为乡村的那片天，那片地，好像与我有直接的关系，是属于我的。

何崴：我觉得你说得特别好，其实我的感觉就是，今天的讨论可能刚刚开始。我一直想要问阿来老师，包括张锐锋老师，我记得两三年前我们和西川老师有一个讨论，关于废墟，我记得当时西川老师就提到，对于废墟的审美，其实是一种文人的情怀，不是帝王的思维加以推广，可能我们会讨论到底农民想要什么？我们这些文人，或者是建筑师，或者是城市精英需要什么？你给他的乡村是不是他想要的乡村？我去年带着学生在贵州的两个极贫村去调查的时候，那个村子大概有二十多年没有看过电影，当时我的学生自发地就给他们想要放一场电影，露天放。我当时觉得很浪漫，拍的照片也极其地有人文情怀。后来我问当地，这个极贫村，为什么会非常贫呢？他说这些老百姓都不想干活，早上起来做的第一件事就是喝酒，第二件事就是等着发洪水拿补助，粮食也不想收。有的时候我们会想，我们对乡村的反哺和他们所想要的，到底是不是一致？

另外，这些年给我一个特别大的感触，建筑行业老说乡村多么的怎么样？比如说贴瓷砖的问题，贴白瓷砖，很丑陋。若干年前我也这么想，但是在前两天，我通过下乡突然意识到，可能瓷砖是他们能够在任何一个乡镇买到的最漂亮、最便宜、最防水的材料。这个问题不是说农民没有审美。反过来说，我们作为专业人士，是不是并没有为乡村提供一个能够让他们更好的东西？当然再往深层次说，为什么要有瓷砖？因为原来的土木房子要塌了，要盖砖房，所以又要贴瓷砖，所以我们在讨论乡村的美的时候、乡村的情怀的时候，有的时候缺少一点对乡村真实的思考。我今天早上慢慢走到这个场地来，我看到很多。如果是在文学界认为的拼贴的场景，反过来想，也许这就是农民想要的场景，我们是去接受它还是去抹杀它？还是说干脆闭上眼睛走开？我想这个是刚才我特别想要问的。

张锐锋：刚才接着何教授、廉教授所提到的问题，我想谈谈我的一些感受。我近年来在临汾的一个县扶贫一年，就住在乡村，所以我有一点感受。

比如在古代，在现代，许多知识分子非常想回归乡村，他为什么想要回归乡村？乡村有什么吸引他的地方？一个原因是乡村是文化的真正传承者。读了博士，但是回到乡村发现自己没文化了。我从小接受的教育是大字不识几个的叔叔伯伯，教我如何做人，如何跟别人相处，嫁娶中有什么礼节。这些人是中国文化的传承者，这是第一点。

第二点乡村是稳定的，对于漂泊者来说这是最好的点，没有什么比这个地方更安全、更可靠。周围的人都是本家的熟人，父母都认识，祖辈说起来也都认识，所以说乡村可靠地缔造出了非常深厚的信任关系。这是对一个飘零者最大的安慰。

鲁迅的故乡，写的就是失去了这个希望。当他回到家卖掉祖屋的时候，他的家乡的老百姓认为他在外面有多么好，娶了几房姨太太，坐着八抬大轿。但是事实上他不是这样，恰好是一个在城市里过得不好的人，不然他不会回来卖祖屋。所以当别人认为他这样的时候，当童年时代最好的朋友闰土叫他老爷的时候，当闰土的孩子藏在身后的时候，他发现乡村已经离他远去了，他完全成了一个失去了根的飘零者，他想要回去，回不去了。我觉得回去是因为乡村存在着可靠的预期、可靠的未来，这是对一个飘零者来说最重要的希望。

今天刚才建筑学家、理论家都谈到了物质层面，农民需要什么？我想到这一点，真正的乡愁是现在很多乡村失去了打造希望的能力。为什么人们住在北京的地下室吃方便面、泡菜，也不愿意回到乡村？乡村可以生活得更好，更安逸，更有幸福感，但是他不，为什么选择住城市的地下室，因为那个地方有能量，有未来，有希望。为什么贾家庄能够兴盛？它就是不断地能够打造希望，有缔造希望的能力，当他们是一片盐碱地的时候，他们告诉农民，说是改造了盐碱地之后就会高产，我们就能够吃饱肚子，这就是希望。农民是不怕受苦的，他们很淳朴，他们是最勤劳的。当他们改造了盐碱地，能够吃饱肚子的时候，他们说我们还可以有一个更好的乡村，建造水泥厂，我们会很有钱，会把孩子送到外面去上学，你的未来是有希望的。当水泥厂成为一个高污染的企业时，立即转型，成为现在这个样子，它能不断地给你提供希望。所以真正的拯救乡村，必须从拯救希望开始。没有希望，就不会有真正快乐的繁荣的乡村。我先说这么多。

阿来：你说得很好。尤其是何教授提出来一个问题，能不能把乡村完全当一个地理空间去塑造？过去说农村问题，准确地说是三农问题，其核心是人的问题。这个时候我又想起，农民中，包括我自己，我们不大忍心说农民的坏话，就是说我们构建了一个农民的想象力，给他们贴了很多淳朴这样的标签。但是他们之中有没有不勤劳的？有没有不淳朴的？说到农村的问题就是农民的问题，农民的问题可能有四个毛病，第一是贫，贫困；第二愚，过去教育程度很低或者说没有教育，愚昧。有了这两样东西，就决定了另一个问题，弱，不讲卫生，医疗条件不好，身体不好。这三个又决定了最后一个：自私，没有公共利益这样的概念。所以，今天贾家庄这样的一个活动我觉得很好，这是社会提供的另外一种环境，教育。因为教育不光是在课堂里面，耳提面命来完成的，我觉得制造这样的一种风气风尚，也是非常好的教育。关于农民问题，我听起来何教授在这方面更有感觉，因为他们不光是设计一个空间，是和当地产业、生活方式可能结合在一起的，我想要再听一听何教授的意见。

何崴：其实从 2005 年、2006 年我就参与到上一届政府的新农村规划，后来从 2012 年开始每年都会带学生去做田野调查，2013 年做了一些乡村的实践。我觉得就像刚才各位老师提到的，乡村最开始给我们的感受是在衰落的。我一直认为，现在可能决定中国乡村命运的还是产业的问题，产业衰落了之后人走了，特别是年轻人走了。以前说留守村大概是老人和小孩，而现在说留守村是老人没有小孩，小孩现在都到城里面去上学了，所以整个乡村没有了活力，就失去了公共性。我们看到所有的老人，能够做活的人，都是五十五岁以上的，很难看到之下的人，那么怎么办？这个时候不管是建筑师还是文学家，抑或是做产业的，或者电影工作者，我觉得除了记录，除了去呼吁，除了去建设，很大程度上讲，一个是您刚才提到的教育，我觉得农民如果还是这种贫和愚昧的状态，你说什么其实他不能够产生内生动力，是有问题的。

第二个问题是产业如何复兴，把人重新引回来。我不知道贾家庄的情况，我估计很多人都留在乡里没有出去。前两天我在山西，他们提到山西产业很好的时候，没有人出去打工的。我想产业是根本，但是另外一方面，产业也不是绝对的。我记得也是在山西，有一位艺术家在渠村做的尝试里面提到了神性的保留和恢复，一方面是心灵的寄托，我们刚才很多老师都提到了，另外一方面是除了温饱还应该有精神层面的东西。我想所有从事乡村工作的人，无外乎可能除了物理空间的打造之外，你要思考这个物理空间未来怎么用、给谁用的问题。第二个问题就是说，你能不能唤起本地人的一种家园感？我们建筑行当叫作场所精神，我觉得文学家比我们的理解更加深刻，但是当你没有归属感的时候、没有家园感的时候，有一个空壳子是没有意义的。

阿来：我们这个讨论真的是热火朝天。廉教授在继续深化。

廉毅锐：刚才你们都谈到了第二阶段的观念，产业。什么样的产业能够进入乡村？实际上是和这个时代的技术更迭、主流到了什么阶段相关的。我们很难有一个，或者说我们根本不应该有一个自己的心愿去把什么样的产业赋予这个乡村的想法或设计。因为这个乡村能够容纳什么产业，我们必须要分地理和时间，还得根据这里原来的产业人口的长处和短处来具体分析。

但是有一点共性，就是我们处在什么样的时代？我们显然是处在后工业时代，“互联网 +”的状态下，虽然对“互联网 +”这个词汇，我们有这样那样不同的认识，但是我们无法否认我们就生活在这样的一个时代。今天阿来老师开场说他想起了一首诗，我也想起了一首诗："君自故乡来，应知故乡事。"这反映了什么呢？以前王维，王维是太原人，王维想要知道故乡开花没有，得等有人从故乡来了，才能够知道。现在，比如说我在北京，我想要知道贾家庄开花了没有，我只需要给邢万里发一个微信，他立刻会把照片放到我的手机上，我们的技术更迭已经完全地改变了我们的信息流、物流，我们必须重视这一点。"互联网 +"和乡村有什么关系呢？一个很高远，一个很乡土，实际上是很有关联的。二战之后，意大利的工业已经被摧毁了。他们怎么发展的？意大利人天生会设计，所以在意大利的南部就发扬织毛毯、披巾去卖，最后发展成了一个高端的定制产业，意大利南部就此复兴。日本在二战之后也被摧毁了，也没有工业了，于是日本向意大利学习这个工艺，开始做陶罐、瓦罐、杯子等等，一直到现在，日本的小工艺品也仍然行销世界的高端定制，也是农村里面的手工艺，没有什么技术含量，他们走出了第三意大利之后的弹性金砖道路。

但是这些和"互联网 +"有什么关系呢？我们现在已经不依靠原始采购了，以前乡镇企业依靠的是城市来的采购员来下订单，我们对采购员非常在乎，但是现在不是那个时代了。我们现在想要卖东西，发多少件，在手机上用某一个平台直接就卖出去了，订单和海量的内容结合了起来。产业这个东西不是一筹莫展，以前的产业衰败了，我们还得把它救活，在美国也有这样的情况。2000 年左右，技术更迭导致美国大量的乡村企业倒闭或者迁走，他们靠什么活下来呢？靠政府。在研究他们的历史的时候，发现美国的乡村能够重新获得活力，他们的"县发改委"是最好的单位。他们没有县发改委的单位，他们是叫作经济商业办公局，我看了他们乡村的案例，发现经济商业办公局的局长就是发改委的主任加一部分的招商局长，就这个功能。美国乡村的振兴大多数是靠发改委的主任来推进的。原来的工厂都是污染产业，都需要调整，他们发起了新的产业，赛车、配件等等，他们一直保持着敏感去观察着新的时代。我在去年做产业研究的时候，还被问到一个问题，说李老师我们这儿又不能够搞别墅，工业有污染，物流又没有基础，电子又从来不是我们的长处，您给我指一个产业，我们就全力地搞一个产业。我说这个问题是没有答案的，没有任何一个产业是你必须要赚钱的，你必须要分析当地的情况，结合当地原有的产业把它提升，就像我刚才所说的意大利、日本，他就把原来的产业提升结合了那个时代的需要。

第二结合现代新的技术，具体问题具体分析，这是关于产业这一块。但是我一点不绝望，因为我们做各地的项目的时候，已经看到有人在不断地摸索，而且摸索这个事情最好不要交给学院，学院在产业选择的道路上是特别无力的单位，为什么无力呢？因为我们离乡村太远了，更别说下沉到乡村。我最近也在做一个实验，我和新媒体结合在一起，做社会学调查，调查乡村的大量样本，我觉得新媒体还挺有用的，刚才张锐锋老师所举的例子，而且我非常同意张锐锋老师所说的，我们之所以还是想要回到乡村，是因为这里牵挂着我们很多的人际关系，但是这个人际关系会唤起我们很多美好或不美好的回忆，和谁家关系好，以前经常吃饭，和谁家关系不好，和谁也打过。但是回到这些土地的时候，想起这些人际关系的时候，就感觉和我们过往的岁月有很多纠缠在一起的东西，太宝贵了，但是现在的纽带在变化，我们以前把乡村称之为熟人社会大家互相都认识，然后到了 20 世纪 90 年代的时候，有国内的研究者把它称之为半熟人社会，乡村改变了，更有意思的是在 2000 年之后，尤其是在 2007 年、2008 年之后的乡村研究者造了一个新的词叫作无主体熟人社会。我看到之后特别疑问什么叫作无主体熟人社会。什么叫作无主体熟人社会，我在这里不给大家解释了，大家可以自行去了解。如果你要知道了什么叫作无主体熟人社会，你大概就知道目前的乡村重建的难点是什么。我们怎么才能够把这个主体再找回来。

阿来：今天我们关于乡村文化，尤其是当下乃至在全国不同程度正在开展的乡村建设的话题，我们要把乡村问题说清楚应该有一些社会学家、生物学家、地理学家、气象学家等，有更多的人来参与，但是我也觉得这算是一个很好的开始，希望接下来明天后天还有更多跨界的人进来，我们在文学季一起来讨论这个问题。最后我们就要结束了，我们想要请每位出席的嘉宾，总结一下你今天大致的感受。

何崴：还是说稍微开个玩笑吧，我记得好像雨果说过，“文学终将杀死建筑”，我希望从我们的行当里不要让建筑师杀死乡村。

叶扬：我其实在刚才听他们说的时候，我想要说好多话。第一句我就感慨说到的产业问题，是因为我发现乡村层次特别多，问题特别多，解决方案就像刚才所说的需要因地制宜，完全不能借鉴，甚至不太能借鉴跟其条件相同的地方。另外就是关于人的问题，我们参与了很多扶贫相关的项目，其中有一个最有意思的笑话，就是我们去云南特别贫困的地方，他们的县长特别生气，跟我们座谈的时候就说，基本上他就觉得全县的这十几万人都烂泥扶不上墙了，比如说县里要修路，因为他们要开一个非常大的种植园，要种樱花、桃花，要四季如春，然后就说要修路，修路就要跟村里招工，说你们来，我给你们每人一百二十块钱一天，因为村里的收入特别低，他们是觉得这个钱不错了，他也明确地给村里说了，我们要从四川招工人，给施工队一个人才一天一百块钱，可见给到工人的手里更少。只要是村民愿意来一百二十块钱给到你们身上，结果没有招上来一个工人，村民都不愿意干。村民的反馈是我们贫困县，你应该把路修到我们家。因为是贫困县，国家要求这些县级干部去扶贫，所以他们要下乡，下乡之后那个县委书记看了很多贫困村，非常难过，因为他们那儿的条件真的很差，包括我们去参观他们挑出来的典型户，不算最差，中小，去了那儿，一家生了六个孩子，大孩子已经很大了，上大学，我们猜上大学的钱不用他们家里出，县里给包了。但是住房条件差到什么地步？就是他们家的女儿只能够放在阁楼，阁楼里要放米，然后长了很多米虫，而且米虫都拉丝了，就是这样的一个条件。县委书记去视察的时候就看到比这个条件更差的一些村民，他就动了恻隐之心，两家贫困户是挨着的，然后就给了每家两头小猪，因为当地养猪养得特别好。给了猪，过了两个礼拜又从那一块走，然后他说我要去看给猪的两家怎么样了，到了那儿，房门紧锁全部不见人，就问那两家的邻居，那两家是现在出去工作了吗？他们的猪呢？我每次给大家讲这个故事的时候，所有的人都说是不是吃了？我说，是把猪卖了，两家的男人喝酒去了。其实这是农村问题，各种因素掺杂在一起，刚才没有提到和政府相关的，其实农村的问题解决起来，政府是一个特别重要的主体。我们接触到的一些案例，比如说浙江的网红村，网红村做出来的房子，其实作为建筑专家对那个是有点批评的，觉得实际上是做了一些好看的外立面装饰而已。

在做这些项目的过程中，为什么咱们在网上会看到一些新农村改造出来全都一样，是因为没有人愿意承担不一样的风险，没有家庭会选择跟隔壁家不一样的院子，最后到县政府、村里只有变成每家都一样，才觉得这个问题可以往下推进，才可以让人选房，不然就会有很大的意见，甚至项目做到最后，全村人都认同了他所做的样子，甚至每家每户都还要跟他争，我选的那个，是否能够靠近路？不能够靠近路，我的车停在哪儿？就会跟他来争每一点的不一样，即便他把所有的方案都想好了，你的这个车位离我家一百米，那个车位离我家三百米，我就要选这个近的，凭什么我吃亏？这个问题就解决不了。我们遇到的另外一个案例是一个建筑师帮政府和村民之间做协调，不断地开村民大会，给他们贯彻我要给你们怎么样的设计。最后的解决方案是，村民说，我们不要政府，我们不要政府出钱，我们来给你出钱，你来给我们做设计，村民弄出的方案是选了七个常委，每个人控制一部分钱，这七个人必须同时做决定，建筑才能够落实。

这七个常委把钱用于买材料付给施工队，但是所有的村民都认可他的设计方案，在这儿才能够推进。其实他是政府找来做建筑设计的，政府最后说我还是给你们出点钱，每家参与这个事的人给你们一些补贴，然后给设计师的设计费全部都由政府来承担。整个事中间，村民就把政府给踢出去了。建筑师在讲这个事情的时候，他就说，从这个事发现了政府怕村民，村民不信任政府，所以他这个外人才能够在中间做协调工作，把这个事最后定下来。这里面其实提供了一个乡建可参考的案例，你需要村民来做决策，你需要尊重他们的主动权和意愿，但是实际上他们限制于自己的经验和条件，他们只能够参考已有的成功案例，他们不太清楚自己的家乡和自己所掌握的资源还能够做什么。所以这个时候需要告诉他们有哪些可能性，这些可能性还要真地贴近他们的需求，还要动员他们，所以整个乡建的难度是在这个方向。同时这个乡建还要保证这个乡村是有特性的、有自己特点的、有自己精神文化内核的，所以这个事比城市的操作复杂得多。

阿来：都说老年人啰唆，年轻人啰唆起来也要点赞。

张锐锋：我就说一句，村庄的衰落是一个未来消亡的故事，珍惜生活从珍惜乡村开始。

廉毅锐：我发现大家说起来乡村的时候，真的是有一肚子话都说不完，而且我看见大家都听得兴趣盎然。我最后一句话其实就是想说，农民是想要获得产业，并不是想要获得一点钱，乡村面临的最大的挑战是支出性贫困。如果你不去深入地了解他内心的恐惧，你就不明白为什么给他发一点钱对其没有吸引力。其实他需要的是保险，他不会因为家里人生一场病，就立刻回到贫困状态，这是一直悬在他们头上的达摩克利斯之剑，不解决这个问题，他们是不会感觉到你们解决了他们的贫困性问题的。

阿来：现在我宣布今天上午短暂的头脑风暴和漫长的日光浴到此结束。

地方经验与文学想象

时　间｜2019年5月10日 10:00—12:00

地　点｜贾家庄·贾樟柯艺术中心广场

主　持｜邱华栋

嘉　宾｜韩石山　吕　新　张石山

开　场

欧阳江河：欧阳江河：各位来宾，大家上午好。欢迎大家来到越来越灿烂的贾家庄，在阳光下进行我们第二场“学术对话”。我是首届语言文学总监欧阳江河。接下来我要介绍本场“学术对话”的主题是：地方经验与文学想象。

我们请来了三位山西文学的代表性作家，三位在整个中国文学史上是响当当的作家。主持人是我们特地从北京请来的中国作家协会书记处书记，著名作家邱华栋先生。邱华栋先生已经出版了八百多万字的文学作品，据我所知有一套三十二卷的《邱华栋全集》，好像比《鲁迅全集》还要多一点。邱华栋先生的小说创作，在新时代的小说创作里面，是都市创作板块的特别重要的一个作家。他对文学的领悟力、理解力，以及他对文学所抱有的激情，在整个中国当代作家中是名列前茅的。今天由他来主持这一场对话，我相信在“地方经验与文学想象”这样的一个对话主题下，他和我们伟大的三位山西作家的对话中会碰撞出一些我们意想不到的文学火花。

下面我们隆重有请邱华栋先生登场。参加我们今天文学对话的三位山西作家，我先介绍第一位韩石山老师。韩石山老师曾任山西省作家协会副主席，曾是《山西文学》杂志的主编，代表作有《边将》《徐志摩传》等等，现在我们隆重有请韩石山老师登台。下面一位登场的是我们山西特别有名的作家吕新老师，他是山西省作家协会的专业作家，也是鲁迅文学奖的得主，他的代表作有《草青》《隐蔽》《下弦月》等，下面我们隆重有请吕新老师登台。最后一位压轴登场的是张石山老师，张石山老师是现任山西省作家协会副主席，他曾获全国优秀短篇小说奖，首届庄重文学奖，代表作有《清明无战事》等，另外我特别要介绍的一点是，张石山老师也是《吕梁英雄传》电视剧的编剧，现在我们掌声和音乐有请张石山老师隆重登场。下面我就把话筒先交给邱华栋老师。

地方经验与文学想象

邱华栋：朋友们大家上午好，阳光灿烂，万里无云。这么好的一个日子，我们聚在一起谈谈文学，我觉得大家的热情特别高，虽然这么热的阳光，我想大家心里还是凉快的，对吗？今天的主题总策划欧阳江河大诗人刚才也介绍了，叫作地方经验与文学想象。请来的是几位山西，可以说是在全国乃至世界上有影响的作家。这个题目对山西作家来讲，我觉得特别合适。因为我们山西作家，从地方经验出发，最后走向了一种世界的普遍的经验。

在座的三位作家，在这方面的成就都非常高。从文学的辈分来讲，我们刚才也在互相推让，谁走在前面，他们都是我的叔伯。从创作上来讲，贯穿了中国改革开放最重要的历程。比如说韩石山老师在多种文体上都有创造和创建，同时在文学的精神上集成了现代文学史上鲁迅的犀利的批判精神，这非常了不起。中间的吕新先生，我在 20 世纪 80 年代末期就读他

的先锋派的小说，先锋派就意味着形式上的革新，意味着一种实验精神，意味着一种文学的创造力，意味着勇往直前地向新的领域进发。山西这样的土地上出现了吕新这样的作家，是非常少见的，因为其他的先锋作家都是南方作家。张石山老师更是一个奇葩似的人物，他在多种文体上有创造，还对黄河流域的民谣民歌有着非常丰富的研究和收集。大家欢迎他们。

就今天的文学主题来讲，我想要请三位，每个人先阐述一下他们每个人对这个主题的建议。首先有请韩石山老师。

韩石山：邱华栋先生是中央来的，由他来主持这个会我们都备感荣幸，同时也是山西的荣幸，也可以说是贾家庄的荣幸，我想以后像这样的领导来贾家庄视察指导工作，而且发表如此高水平的讲话，这个机会是不多的。下面既然主持人让我说两句，我看这样，咱们都由你来主持，你让我们说什么，我们都说什么。第一轮先说什么？你说。

邱华栋：第一轮就先讲一讲今天的题目，地方经验。你看这个大题目，地方经验与文学想象。实际上是想请您讲一讲作为一个山西作家，您的写作经验来自山西的哪些地方？同时这种文学想象对您来说又意味着什么？咱们就围绕这个主题来。

韩石山：好。我是一个最听话的人，领导怎么说，我就怎么做。

邱华栋：我是您的学生。

韩石山：我想既然是贾樟柯来搞的这个文学季，我想先说一下，贾樟柯作为一个著名的或者说世界著名的人物，他的意义在什么地方？我觉得这才是真正的地方经验。山西的汾水从北往南流经全省，可以这样说，汾水叫汾阳，汾阳就等于在河的北边，我的老家是在晋南，离万柔很近，就是万柔的郊区。也就是说，一个是在汾之阳，一个是在汾之阴，可以说汾阳更代表了山西，所以省会没有定在汾阳，可以说是一个历史的失误，真正应该把省会定在汾阳，你看叫汾阳多好呀，叫太原多难听。汾阳在中国或者说在山西历史上的地位是非常重要的。

那么我还要再说明一下，汾阳是山西较早接受西方文明的地方。为什么这样说呢？汾阳是 18 世纪末 19 世纪初，传教士集中的一个地方，至今汾阳依然留着许多传教士的建筑，比如说汾阳中学的那个大礼堂的建筑，还有医院，这都是当年传教士留下的。更重要的是峪道河，河边的石头磨坊过去就是传教士避暑的地方。包括当年林徽因、梁思成他们来，实际上是在去传教士当年开辟的一个避暑胜地。我多少年前来汾阳，有人告诉我说，汾阳的老太太做饭，不像我们别的地方，系一个围裙，而是穿一个带袖子的围裙，说这就是当年传教士留下来的一个习惯。所以我觉得汾阳这个地方出了贾樟柯这样的人，一定要从历史上来寻找，不要认为贾樟柯聪明、贾樟柯勤奋，所以就成了贾樟柯。应该说是，汾阳的历史文化造就了这么一个人，如果没有贾樟柯，也会有一个李樟柯、曾樟柯。我多少年前和贾樟柯在一起，贾樟柯曾经说过，20世纪90年代，汾阳医院现在用的手术盒，不是咱们现在铝的，而是铅的，这个手术盒还是他爷爷为传教士办的汾阳医院采购回来的，我相信如果20世纪90年代还在用着，那么现在还在用着，也就是说，贾樟柯的爷爷当年是给传教士医院做采购的，或者说是做买卖的。他的父亲是一个中学教师，所以我的意思是，千万不要被贾樟柯现象迷惑了，我就怕搞了这个文学季以后，把汾阳的有作为的年轻人忽悠起来，给害了。为什么呢？因为就是贾樟柯第一年考大学没有考上，我学习也不好，你看我和他多像；而且贾樟柯个子也不高，你看我也不高。你看贾樟柯长一张娃娃脸，我长得也不是很英俊，我不就是贾樟柯第二吗？我就可以沿着贾樟柯的道路走下去，成为一个世界级的人物。我千万告诉大家，可不敢被这个现象迷惑了，如果我这一次来还有一点点作用，就是提醒大家要好自为之，可以仰慕贾樟柯，但是贾樟柯的地方经验，是不可复制的，我们要走自己的路，这样才对得起家乡，才对得起贾樟柯先生的一片苦心，同时才对得起领导来我们这儿视察指导工作，谢谢。

邱华栋：刚才韩石山老师讲得特别精彩。他谈到地方经验的时候，着重从历史的长河里，对汾阳没有成为山西首府进行了精妙的解读，大家也会心一笑，非常好，同时也增加了我们对于家乡的热爱，对汾阳文化上的自信。另外一点关键是，韩老师他是从成才的角度，给我们讲了一个秘密的真理，就是每一个成功的人，必定只能走自己成功的道路，所有成功的道路都不能简单地重复。我觉得这个是人生经验之谈，是特别值得大家去学习的，尤其是在座的年轻朋友。再次感谢韩石山老师。

我昨天晚上在这附近溜达，我有点担心，这么多的空椅子能够坐满吗？主办方说绝对能够坐满，因为我们汾阳人确实是喜欢文学艺术、电影艺术，果然能够坐满，现在座无虚席。

下面继续进行今天主题的演说，有请吕新先生就这个主题发言，大家欢迎。

吕新：历史问题我就不说了，我就说说所谓的地方经验。我想写作的人都会从地方经验出发，每个人都有自己的地方经验，同一个地方人，同样的是汾阳人，如果是两个人写作，虽然是喝的同一个地方的水，同一个地方长大，但是他们两个人的地方经验仍然不一样，这就是人与人之间的差别。我是这么认为的，一个人在一个地方长大、成长，你要写作的话，你写一个胡同，写一个村庄，首先就会想到你最熟悉的地方，不会想到你很陌生的地方，我觉得地方经验，好像一个飞机场一样，是可以起飞的。但是你飞了一段时间还可以回来，回来可以修正，还可以继续起飞。

邱华栋：感谢吕新老师，我觉得他的比喻极好。地方经验就像一个飞机场，从这儿起飞，飞累了又可以回来，这样的比喻非常贴切。吕新老师注意言辞，在文坛不怎么说话，但是他的文本却极其漂亮。我们有请张石山老师发言。

张石山：我也站起来说话，坐着有点缺气，说话不大顺畅，中国作协的领导邱华栋来了，咱们就来说说今天的话题，话题非常好，来到了汾阳，汾阳我以前来过，刚才介绍说我写过《吕梁英雄传》，马烽老师是我们名副其实的老师，学生来跟着老师把这个事儿完成，心里稍微有点安慰，完成了马老师的遗愿。

刚才的话题非常好，来到汾阳我们就说汾阳好，去了孝义我们就说孝义好，这是什么现象？大家不要笑。你来到汾阳，你就说汾阳好，我们到哪儿都会说好。九百六十万平方公里的土地，何处不锦绣？是不是？每个人都会爱我们的家乡，再穷、再小的县，说起他的家乡就要掉泪，我们的家乡太好了，只是说相对而言。我们山西的文明传承厚重一点，过去山西九府十六州，著名的一府就是汾阳府，所以说这个地方的文化相对积累得更为厚重，更为博大一点，这样来说也就是呼应一下老韩的话，它是合理的。所以我们来到这个地方，说到这样的话题，地方经验对于我们每个人，特别是我们写家来说，那真是太重要了。谁也不可能在半天上说，我们看了一下外国人的作品，马上就成了天才作家，最后写的时候，不管他变成什么样子，一定是基于我们自我的经验和我们的土地，和我们的父老乡亲，或者说和我们的爷爷奶奶的行为举动、说话方式，对我们的教养就太大了，不可能每个人都成为伟大的导演，也不可能都成为了不起的作家。是不是坐在台下的人就自卑一点？我们上面的人就傲慢一点？我的说法不是这样的，我们的圣人说过，中国人是文化概念，我们是可以士农工商，可以做这个，可以做那个，我们不过就是凭写字来吃饭，而不是靠土地打庄稼来吃饭。在这一点上我们切切实实、扎扎实实地做好我们的本职工作，我们写好我们的文章，大家该干什么就把它干好，在这一点上我们就在一个平台上。我们是中华文明传承下来的子民，我们是汾阳人，我们也是山西人。我们做好汾阳人，同时就是做好了山西人。我不敢滔滔不绝地往下说，我就先说到这里。

邱华栋：你就先唱一首歌。到了哪山就唱哪山歌。

张石山：我就先唱一个，在咱们吕梁地区，刚才说到我们沿着河边下来，黄河沿线，这是一个风格，这边我们靠着晋中本地又是一种风格，过两天还有一个碛口的活动，我就学了一首民歌。他们说，老鹰在天上飞着，下来抓小鸡的劲儿，就是男士追寻女士的感觉。我们的民歌“窈窕淑女，君子好逑”。古人流传下来的《诗经》，所以就是讲饮食男女、人伦大道，非常好。我把这个内容给大家唱两段。

（唱歌）

再来一段，冬天的雪景。

（唱歌）

他变成狗也要来看这个妹妹，再来最后一段。

（唱歌）

邱华栋：演出非常成功，大家看到了作家不仅会写，而且能说，还会唱。我觉得石山老师刚才完美地诠释了今天的主题，包括他所唱的民歌也是地方经验的绝佳表达，感情浓烈，涉及我们的繁衍、爱情。非常感谢石山老师，石山老师已经七十多岁，但是我看他像四十多岁，绝对是年轻，往哪里一站都是顶天立地。接下来我们进行第二轮的阐释。我先提一个问题，因为我在《人民文学》杂志当了很多年的编辑，曾经也是韩石山老师作品的责任编辑，我编过他的一篇自传体的非虚构作品。我刚收到稿子的时候大吃一惊，韩石山老师给他的自传取的题目叫作《既贱且辱此一生》。这个题目我一看，韩老师是不是撒娇啊？我觉得你的人生过得挺好的。韩老师在我的心目中是一个大作家，集成了现代文学鲁迅以来的精神，著作也是非常深，怎么有这样的一个题目？我觉得你对自己人生的判断是不是过于低调了。有请韩老师。

韩石山：谢谢邱华栋，我不知道你当年是编辑，我不知道给我当编辑的人，现在成了中国作协的领导，可见给我做过编辑的人，大概都会发的。

邱华栋：体重是增加了。

韩石山：这是因为邱华栋不太了解我的身世，我可以简单说一下。在那个年代，我属于出身不好的那一类人，是什么呢？就是富农家庭，我舅舅家是地主，我家是富农，虽然我爷爷和父亲是做工作的，虽然我父亲是政法工作线上的干部，但是在那个年代，一切都看出身。那个年代我不愿意多说，毕竟已经过去了。简单说一下是什么呢？就是已经到了改革开放前夕，我们家的院子，是两进的四合院，里头住着多少人呢？住着八口人，全部都是农村户口。我弟兄六个，我是老二，下面有四个弟弟，然后加上母亲、爷爷，总之有八口人都是农村户口。我在吕梁山里教中学，大学毕业之后就在汾西县孝义南边的学校教书，而我弟弟却不让上高中，在农村劳动了八年，这是三弟弟。四弟弟在农村劳动了四年。结果我母亲一提起孩子们的婚事就流眼泪，因为没有一个人会把自己的姑娘嫁给一个出身不好的人家的男孩子。可是到了改革开放以后，我的两个弟弟，1978 年考了一次高考，因为成分问题没有考上，到了 1979 年整个开放，他俩同时上了大学。我的父亲因为工作时间长，所以把母亲和两个小弟弟的户口解决了，到了山东。我因为在汾西县还小有名气，所以县里头也把我的老婆和两个孩子的户口解决了，也就是说到了 1979 年的冬天，八口之家在农村，大门锁了没有人了，都出来了，所以我个人是经历过那个年代的。刚才邱华栋可能会认为，我说得太重了，因为你自己都已经这么好了，你还说这些话。我还记得在山西大学历史系上学的时候，我的同班同学因为一个小事指着我的鼻子吼，你这个狗崽子要怎么样。我可以这样说，没有这样的经验的人，是不知道什么叫作辱和贱的。

邱华栋：谢谢石山老师，我觉得他把人生经验比较沉重的部分拿出来跟大家分享，我想大家也是心领神会。我前两天在天津参加一个活动见到了画家韩美林先生，他在“文革”期间也遭到批斗，包括有一次批斗，他脸上流着血，血滴在雪地上，他低头看见自己的血在雪地上，慢慢地在那里浸漫。这个时候他干了什么呢？他伸出了自己的脚尖，把自己的血在雪地上画成了一只鸡的形状。大家想想在这样的逆境，一个艺术家还用自己的血画成了一个鸡的形象，这说明什么呢？说明我们在逆境中还是要有一种支撑自己的力量和勇气，最终会成就自己。现在韩美林先生也是一个大画家，所以我们不怕逆境，我们从韩石山老师和韩美林先生的身上看到这种力量是可贵的。谢谢韩石山老师。所以石山老师，您一方面是笑容可掬，另外一方面的确是有骨头的人，所以我也特别崇拜您、憧憬您。所以我想要请我的兄长级的作家，平时不怎么说话的吕新先生再度发言。我想要问您一个问题，关于文学想象的问题，因为我们读吕新老师的小说，都会觉得他是构造了一个想象的世界。他的这种想象的世界，我自己觉得有的时候和山西都没有什么关系，是不是这样的呢？所以我就想要请您讲一讲您的文学创造的审美和想象的世界是怎么回事？您是怎么看待这个文学想象的？您的文学想象的来源又是哪里？

吕新：关于想象的问题，我觉得每个人都有每个人的想象，我觉得一个人的想象很难被别人分享。同样生活在一个地方，或者说看到一件事情，对于你产生的触动，或者说其他方面的飞跃，两个人坐在一起也会非常不一样。这个想象的事情，我感觉是比较抽象，很难用语言来描述清楚，非常难表述清楚，很多东西只可意会不可言传。如果你用几句话把你的想象说出来是怎么来的，这肯定不对，描述出来肯定不对。凡是你描述不出来的部分，那是真实的东西，所以你和别人探讨和交流这个东西，这个东西是没有办法说出来的事情，是这么一个事情，你很难说，包括你自己都很难把握这些事情，尤其是像想象这一类东西，什么时候来？来的时候是不是很强大？我觉得就得根据具体的情况看，确实是这个东西，我感觉这么多年来，太抽象了，真的是太抽象了。

邱华栋：谢谢吕新老师，他讲得非常精彩，他的意思就是说文学想象来自突如其来，来自不可描述，来自灵感本身，这个的确也是对的，因为我们，包括几位都是作家，我们有的时候觉得展开文学想象的时候，确实非常难以描述。我们有多么丰厚的生活，我们在生活上，就有宽广的想象，谢谢吕新老师。吕新老师更像一个晨钟高手，给我们打了一个凌波微步，给我们回答了关于文学的绝妙的想象，大家也会很有教育和收获。我们还是想要再请一下张石山老师，两位石山老师都很优秀，张石山老师您的作品在虚构小说方面成就也非常大，您是怎么看待文学的想象和您这么丰富的地方经验积累之间的关系呢？

张石山：我还是站起来说，表示对主持人的尊敬，再一个我站起来好像说得方便一点。问题提得非常好，答案也非常大，在这短短的时间内，我们也不一定说得那么清楚。简单来说，文学离不开想象，我们一定要有想象的，如果一点想象都没有，那就叫作纪事和纪录片。纪录片你问问贾樟柯就知道，纪录片也需要有想象力才有可能拍得好，一定是这样的。至于说虚构，小说家写小说，或者说写电视剧，一定要虚构，离不开你原来的生活，但是你原来的生活和现在要写的东西有所不同，小说就是我心里有所动，我有个念头，我想要写什么，这就由自己。电视剧不由你，《吕梁英雄传》还好，有马老师的文本放在那里。另外我还搞一些古典的历史题材的，搞过《兄弟如手足》。万科影视他们前面有一个内容，是写姐妹俩的故事，后来给了我两句话，说：我们还想要写兄弟两个人的故事，怎么样？我说：没有问题。老韩不是弟兄六个，我父亲他们弟兄七个，我奶奶还认了一个干小子，我们叫八叔，所以我说写八个都没有问题，才写两个。

第二个我说，我们前些年说三农问题的时候，说农民工和打工问题，我说这太好了，这也是我关注的问题。人家说带着卡没有？我说倒是带着了，你不知道山西老大爷的脾气吗？钱我不往卡上放，你把现金给我，背半书包，回去一倒，给老婆一甩，有点重量，这才觉得高兴。这是什么？这就叫作要有文学想象和虚构的能力，叫作空中取水，也可以说是闭门造车。

当然一生二，二生三，三生万物，有人说这个恐怕不可能吧，我说太有可能了，你给我一个题目《紫禁城的一天》，别说紫禁城的一天，就说贾家庄的一天，张先生你写一千集电视剧来？拿合同来，无穷的想象，一生二，二生三，三生万物，那个故事就完不了，那个人早该死了，不让他死，死了又活了。你往下看，究竟有什么意思？我们古人说了，说唱戏是给人以比喻，有一点教化的作用，但是最根本的一条就是寓教于乐，大家要喜欢看，觉得好，你就把它揪住了，下了班非常累，打开电视一看，他妈的，这是啥呢？我就换台了，你必须好看，这样的话才有人看，这就是考验作家、戏剧家的时候，包括考验作者的时候。

昨天我们吃饭的时候还讲到一个桥段，把这个小段说一下，是山西老大爷的故事。山西老大爷的故事非常多，老大爷来到贾家庄，贾家庄的节目，包括这样的讲座办得非常好。但是周围有执勤的、有便衣、有保安，谁也不能够说不好，谁说不好，就把他吊起，这是具有象征意味，不许别人说不好，就是语言自由。这个老大爷从小村村里来到著名的贾家庄看节目，一看台上，邱华栋主持，老韩、吕新等人，还有一个张石山也在上面说，行啦，也就这样吧。旁边人听见了，你说什么？我没有说什么呀？你说那个讲座办得不怎么样？你在污蔑吕梁文学季，把你吊起。然后老大爷说，后生慢点，我这么大年纪了，不敢吊起，我再仔细听听，再仔细看看，又看了一下，后生们，吊起吧。吊起，吊起我也不能说好。当然我们今天这个，我希望不是那样的一个吊起来才是好的讲座，而是大家坐在底下，我们坐在上面非常和谐，我们说得也还多少有道理，基本上有趣。这样的话，咱们就上下和谐一体，我们共同领悟到了什么东西，度过了一段愉快的时间，谁也不要把谁吊起。

互动问答环节

邱华栋：石山老师讲得非常精彩，用大家特别喜闻乐见的方式把我们今天的主题，文学的想象在此阐发，体会了作家的智慧，也体现出了山西人的幽默感和平民知识分子的气氛。我们四个人在台上讲，也是想要跟大家有更深入的交流。大家都可以提关于文学的问题，我把话筒递给大家，请举手。我看大家刚才反映都很热烈，有一个，是吧？那位女士，这个话筒给你，来一个服务人员。把这个话筒递一下。

问题一：台上的各位老师好，我来自运城临沂的，正好在汾阳工作，所以走了一些地方会发现，确实每个地方对每个人的影响都会非常大。我也一直比较关注我们山西的文化，或者说我们晋南这一片土地的文化。我想要问一下，如果要写出山西特色的文学，如果说陈忠实先生拿出了他的作品可以流传后世，那么我们山西作家到底写出什么样的特色，就能够把我们山西展示给中国，展示给世界。谢谢大家！

邱华栋：这个问题先请韩石山老师回答吧。

韩石山：这位女士，她说她还是临沂的，是吧？很高兴在这儿见到老乡，我对当今的文学有个人的一点看法，我认为当今的文学艺术可以说是最繁荣昌盛的时期，它的标志是什么呢？因为我这个人是一个比较浅薄的人，我常会透过现象而看不到本质，但是我觉得现象也许就是本质。中国当今文学艺术最发达的三个类，一个是舞蹈，一个是书法，再一个就是文学。文学尤其是以长篇小说为重头，据作家出版社的一个负责人说，前几天开会在一起说："过去我们说一年出三千部长篇小说。"他说："这个概念已经不对了，现在是一年出八千部。"所以我为什么说当今是文学艺术最繁荣昌盛的时期呢？可以说有三个标志，第一个标志就是老大妈跳广场舞，全国所有有广场的地方，就有老大妈跳广场舞的身影，这是第一。第二是书法，几乎每一个县都有水磨石或者是石板砖的广场，每天早上都可以看到老大爷拿着那种笔，我不知道那叫什么笔，拖把笔在那儿写字，写"红军不怕远征难，万水千山只等闲"。你想象一下，几乎哪一个小区漂亮的光洁的砖上，早上都可以看到老大爷拿着拖把笔在那儿写字，所以中国的书法是当今最繁荣的一个时期。第三个就是长篇小说，几乎稍微有点文化的人，都认为自己能够写得了长篇小说。所以我觉得一定要认识到这种情况，也就是说，在这样的一种文学艺术繁荣的景象下，谁也写不出好的作品来，因为都是处于一种浮躁之中。我对这位女士的回答是留待将来。谢谢。

邱华栋：好，回答也很精彩，韩老师还是用他惯有的写散文和杂文的风格来回答了这个问题。我自己有一个体会，有一句老话叫作：远香近臭。我觉得伟大的作品已经诞生了，只是因为它离我们太近，我们可能没有去认知它。我觉得这也存在一个问题，因为我们有的时候，一个伟大的人物离你很近，你觉得这个人就不伟大，这可能是一种常识，可能是一种人性的使然。但是像我这种做了多年的编辑，却发现很多当代作家写的很多作品很棒，但是大家不去关注他，也是一个严重的问题。比如说吕新老师的作品，他写了很多，他的作品是非常耐读的。我们特别希望跟作家打交道的时候，更多的时候要去读作家的作品，而不是去找作家签名。吕新老师，你对刚才这位女士的精彩提问，有没有想要说的？想要回答的？因为这一次谈的是小说的问题。

吕新：说到地方特色的问题，我觉得写作这个东西，如果你是什么地方的人，很可能你写一部东西出来之后，很自然地都出来了，不会为了表现地方色彩而专门表现地方色彩，这样就没有意思了，这样就没有意义了。很多东西都是自然的，这样才有可能，在自然的状况下才会有东西。如果很明确地说要表现出吕梁的特色，汾阳的特色，这种东西出来，我感觉不是很好。

邱华栋：回答很精彩，就是他认为不要刻意去写作，有些东西不刻意就达到了真正的效果。张石山老师就这个问题，您是怎么看的？

张石山：我也简单说两句，说两句之前，也把闲话再说两句，老说正经话也没有那么多。出门之前老婆就警告，到了那儿，不要光你说，就你成天说。在作家协会，吕新是我们的副主席，我们两个都在作家协会大院住着，差不多应该是最能说的两个老汉，给弄到这儿，所以说自己警告自己，不敢抢话筒，不敢多说，幸好有邱华栋，特别是有老韩坐在我的面前，老韩比我年长一点，我的说法就是“此山望着那山高”，他是我的老兄，我们关系非常好，互相认可。

至于刚才那位女士所提的这个话题，这个问题也说得非常好，我们关注我们山西，关注我们汾阳，得诺贝尔文学奖的是山东人，你们山西作家干什么？爱我们山西，这个我们是理解的，但是不要给作家施加压力。吕新说得非常好，不要刻意去追求地方特色，因为是这个地方的人说的这个地方的话。吕新的作品仔细看，当然这就是摆在我们眼前的例子，吕新的就是山西的，并且就是中国的，同时它是世界的。当然我的文字和老韩的也一样，也应该有这样的自豪，我们写的和吕新的风格不太一样，这是我们内部来说，确实是风格不一样，但是整体来说，我们弘扬了山西文化，也弘扬了中国的本土文化，我们大家在共同努力。老韩刚才讲了，这个话说得好，有点浮躁，有点过分热闹。文学应该像吕新这样，它是一个特别寂寞的事业，我不写，我就活得不舒服，吕新就是这样的人，在不停地耕耘，不停地写，他已经写了几十个长篇小说了，而且还会继续写。我们也会继续老骥伏枥，志在千里，也会继续努力。老韩和老张已然是两座石山，山西就是两座山，原来他们是觉得开玩笑，现在四十多年下来，山西本土作家，只有这么两座山。我就不多说了。

邱华栋：多谢张石山老师，的确是双山并至，我们也感觉到张石山老师对这个问题的回答也非常精彩，精彩的地方就在于，第一他要老骥伏枥，第二个回答就在于，文学本身其实很难比较，审美是一种个人的活动，每个人的阅读经验和判断经验都是千差万别的。我想要告诉大家一个小秘密，张石山老师教子有方，有三个孩子，其中两个孩子一个是北大教授，另外一个是北师大教授。北大教授是研究莎士比亚的，北师大教授是研究希腊文化的，大家想一想，莎士比亚文化和希腊文化离咱们有点远，但是是山西文化孕育的。我们给其他的人提问的机会。

问题二：谢谢四位老师，刚才韩石山老师说过，我们不要被当下这种环境所迷惑，不要被首届文学季所迷惑，不要被贾樟柯导演所迷惑。张石山老师说了，不要给你们施加压力。我平时也发表一些文章，很努力地在写作。我就想要问老师们，你们对青年，我们新一代的环境出生的写者，能有什么样的指导？或者说对我们有什么样的期望？

邱华栋：对青年写作者有什么期望？还是请韩石山老师，排名在前的先回答。

韩石山：我简单说一句，因为我是从山西走出来的，而且可以说对山西的创作状况和作者队伍都是很熟悉的，我愿意告诫大家一句，我在别的地方也讲过三句话，写作的人最好能遵循着这样一个路子走，就是青春作赋，年轻的时候写诗写小说，把你的才华尽量发挥出来，这个不光能够展示你的才能，更重要的是对你往后的人生有很大的作用。一个能写作的中央领导和一个不能写作的中央领导，他的分别是很明显的，所以青春作赋，就是年轻的时候二十几岁，三十岁要写作。中年要志学，如果你到了三十多岁，快四十岁了，你还搞不出名堂，赶快转过身来，利用你既有的文化知识和写作经验，去研究一门学问，因为学问和写作是两回事，写作靠的是才能、想象。可以说写诗写小说的，和学问没有多大的关系，只要能够写作能够发挥出想象就可以。但是做学问，你只要踏实认真，多少都会有成绩。这就是四十岁到五六十岁，这十几年做学问还是能够做出一点。如果到了五六十岁做学问都做不出来的时候，赶快放弃，做什么呢？研究乡邦文献，自己家乡有什么人物？有什么历史？掉过身来做乡邦文献的研究。简单来说就是青春作赋、中年志学、老年研究乡邦文献。这就是我的一点点个人的体会。

邱华栋：精彩，真是这样的，刚才韩老师把他的真经都拿给大家了。就是少年时代要立志做李白，中年可以尝试做一个钱锺书，老年就可以做一个研究你家乡的小地方的学者，这个对我们都非常有操作性和启发。吕新兄你觉得对于年轻人写作，在多媒体的环境里，成名和获取名利就很难了，怎么办？

吕新：这个现状我个人认为有几种情况，有一种就是所谓的一般的写作，就是一般的写作作为修身养性，还有一个就是写作不一定要呕心沥血，你今天想要写就写一天，明天不想要写就不用写，这是很自然的东西，你不用像有些人拼命把自己写死，任何一个时代只有极个别的人，才会把自己的命运和文学捆绑起来，我觉得这种人是极个别的。有些人如果他不写作的话，就没有办法生活。对于大多数人来说，没必要把自己过得很苦，想写就写，不想写就不写，作为一种修养就行了。如果你真是喜欢，在喜欢的基础上稍微用点心，稍微刻苦一点就很好。我始终有一种观点，业余写作的人，写得有多么不好，都可以被原谅，我说的道理就在这里。对大多数人来说，写作不要成为压力，作为修养就很好，你写作，本身就比不写作的人，多了很多很丰富的东西。呕心沥血的人是很少的人，大部分人还是一边写作，一边生活的。说实话就是这样。

邱华栋：谢谢吕新老师，他的回答也非常精彩，写作是作为一种爱好和修养来进行，能够写到什么程度，就写到什么程度，即使没有成为一个作家，我们也可以作为一个很好的读者。我们不见得人人都成为大厨师，但是我们都喜欢吃，我们都喜欢品尝美味佳肴。

吕新：对于大多数人来说，把自己写死，也不可能成为大师级的作家，而且每个时代就只有一两个，两三个，而且有的时代都没有。

邱华栋：你看我们三位作家全讲大实话，大作家产生非常困难。我们立志做大作家，但是不怕我们不成为大作家。好的，谢谢吕新。张石山老师，我觉得您教子有方，您对年轻人也更有话说。

张石山：就回答那个先生的问题，我也一定要说说这个话题，在许多场合很多人会说出我的孩子如何，讲着望子成龙，这是家家都有优秀孩子，包括老韩的孩子和吕新的孩子都非常好，我就不多说了。

我父亲是一个文盲，是一个苦力工，但崇拜文化，没有机会念书，就希望孩子们好好念书。老韩比我大几个月，他 1965 年就上了大学，我 1966 年高中毕业，正好"文化革命"开始，停止高考了，我父亲一下就瘫了。培养一个大学生，不办大学了，就非常灰心。我爹是拉大板车的，他后来说要继续干，我就不信我们家里面出不了一个大学生，这个精神，我非常感动。

后来我在北大读博士，在北大百年校庆的时候找100 个作家写100 篇文章，找到我头上的时候我写了一篇短文，其中有这样一段话，就是在未名湖畔那一片碧绿的草地所迸发出来的生机，我觉得有我父亲如铁的肩膀，这是老百姓共同托举着中国的教育事业。我们家家希望自己的人好，又回头来说，他学得好了利自己，利家庭，利家族，最后利国家，是国家的人才，这当然就更好了。

孩子们念书，念得略好而已，叫作略好。因为什么？父亲的教育非常有趣，小时候害怕刺激他们，鼓励多，娃这么念书，真是不错，念得好。等他们上了大学，才把我初中到高中所有的家长通知书放在这里，让他们看，看看你爹的成绩单子吧，数理化有没有一个99 分？包括英文，我的语文学得最烂了。我们语文老师认为最好的分数就是78 分，所以我的语文从来就是学得不好，我的语文给我打击很大，我只能够达到78分，所以我那会儿报考的是北大天体物理学，本来我的理工科是可以学得更好的。我爹的说法就是世界上再没有比念书更容易的事情，吃饱睡醒，老师教你，全中国就这么一本书，也差不了你的学费，你再念不好书，就没有交代。我在全省统考第二名，第三名，我爹的说法是：第一名比你多交学费了？没有呀。老师给他吃偏饭了？没有呀。那是怎么啦？念的书和你的不一样？我说一样。等到我后来年纪大了，才有可能和他说这个问题。我说的时候他就笑了，他说世界上有三个不说理，第一是国家不说理，就是朝廷，人家说是什么就说什么。第二是当爹的不说理，你看你是小人。他放低声音说，你看男人不说理，你看你妈，我经常把她给训得。我们祖祖辈辈对孩子们的希望，就是好好念书。第二个让他觉得学习有趣，学习太有趣了。我就把他们大致引导了。当然最重要的经验就是大力给孩子看课外书，上课老师又把书没收了，不怕，老子再给你买。考试卷子考完了，不让出去，在卷子上画娃娃，班主任把我叫去，然后我就笑着说，这样的孩子你还不大力表扬，你又不让他出去。你让他干什么？唱歌，你允许吗？所以他在卷子上画娃娃，我说你看这个娃娃画得还是不错的。然后回来我就变了脸了，我说：可不敢了。这把我都叫去了，你看看这是在弄啥呢？所以诸如此类，孩子小，小苗苗往上长的时候，用什么方法，让他觉得，念书特别好，太有趣了，津津有味。

刚才咱们说到写作，包括吕新和老韩以及邱华栋都讲得非常好，这是个人的喜好。机关枪别上的时候，你不用看书，不用看文学，不行，他喜欢得不行。他就是喜欢，喜欢就是他的存在，我们就不能够以成败论英雄。你非得让他成为曹雪芹，全世界也就才一个。

邱华栋：谢谢张石山老师，他最后强调了对文化，我们只要学习，就是最好的，就是喜欢两个字。因为时间的关系，我们今天上午的活动，可以说是马上要落幕。我简单点评一下，韩石山老师以他就算是身处逆境的状态，也带给我们力量，也可以活得很精彩，一路走下来也成为文化大家。吕新先生最大的特点是能够耐得住寂寞，不管外面风云变幻，我写我的，一直写下来，我觉得这是我从他身上可以看到的精神和状态。张石山老师，他吸取了民间智慧，能够把最大的道理融在最好玩的、最幽默的、最通俗的讲解和故事里面，所以带给我们很多人生的启迪。所以我觉得在山西、在汾阳，我们吕梁文学季的活动里面，我们请到了山西的几位文学大师，文学大家，我说了一句话叫作远香近臭。但是我想要说近香，远也香。同时感谢今天座无虚席的同学们，因为我们都喜欢文学，都互相喜欢。今天上午的活动就到此结束，祝大家午餐愉快。

当代诗歌中的乡村镜像

时　间｜ 2019 年 5 月 12 日 16:00—18:00

地　点｜ 贾家庄 · 贾樟柯艺术中心广场

主　持｜ 欧阳江河

嘉　宾｜ 韩东　于坚　欧阳江河　西川　潞潞

开　场

欧阳江河：非常高兴在黄河和碛口古镇之间进行这场活动，我们搭起了非常简洁大气的讲台。在这样一个讲台上，来举行首届吕梁文学季唯一一场诗歌对话，这也是我们的第三场“学术对话”。

前面两场对话在贾家庄，我们分别进行了一场理论性的跨界对话，就是关于乡村建设和乡村经验的。昨天进行了山西作家的一个对话，几个伟大的山西作家和邱华栋老师的对话。今天我作为主持人，请来了四位在中国当代诗歌史上特别重要的四位诗人。现在我介绍他们一下，第一位是于坚先生。于坚先生是著名诗人，现在在云南师范大学做终生特聘教授。他写诗，同时写了很多随笔文章，获得了很多奖。

下面我们请出的是韩东先生，他和刚才的叶兆言先生都是南京的，南京是文学重镇，出了很多重要的小说家。最重要的文学家之一就是韩东先生，韩东先生除了是诗人以外，也是一个特别重要的小说家，写了六本长篇小说。也写了很多的短篇小说，也是一个哲学家。

下面我要请出的是来自山西的诗人，20世纪80年代开始在全国有重大影响的山西诗人潞潞。潞潞老师请上，他曾经是山西省作家协会的副主席，他是山西文学院的院长。

最后我想要隆重请出的是我的同事，北京师范大学国际写作中心的特聘教授，西川先生。在这之前，他是中央美院的人文学院副院长和图书馆馆长，他除了是重要的诗人以外，也是重要的批评家。我们接下来有请西川先生登台，我自己也入座。

今天我们对话的内容是当代诗歌中的乡村镜像。我们先说一下镜像这个概念。法国有一个著名的哲学家、思想家，也是一个心理学家，叫拉康。拉康说，人有两次诞生，第一次诞生是从母亲的肚子里面，诞生到世界上，肉身的诞生。但是第二次诞生是更重要的诞生，就是在镜子里面看到自己，镜子里面的这个人怎么就是我呢？这个时候他看到他自己。当然这个自己又是一个别人，是一个镜子里面反射出来的一个影像，它不是一个肉身的东西，但是它和你真实的肉身一模一样，这个时候带来的这种陌生感，这种惊奇感，自我变成他人，在一个物质性的媒介里面出现，它就是你自己，这种时刻是第二种诞生，是真正意义上的诞生。我觉得这个时候人在镜子里面看到的自我，这个镜像其实就是诗歌本身，所以人有两次诞生，一次是肉身的诞生，第二次诞生是作为他者，作为诗歌的诞生。所以镜像，如果我们要推到最朴素的不能够再推下去的终极的意义就是这个意思。

因为我们第一届吕梁文学季的主题是从乡村出发的写作，所以我们从乡村这个角度来对待诗歌，来观看诗歌。我们在座的诗人，写了四十年诗了，我们在这样的一个地点，在我们背后流了不知道有多少万年的黄河，以及我们面对的碛口古镇有多少年的历史，我们诗歌写作。中午吃饭的时候，西川老师在讲，昨天他回到贾樟柯的母校，去了之后被震撼了，说汾阳中学有113年的历史，比新诗的历史还要多12年，新诗才101年的历史。这个是非常让人震惊的，我们诗人对时间都非常敏感。如果把我们自己写作的历史放到100年新诗这样一个时间的变化和消失中，我们来固定自我，把它作为镜子里面的这个意象来观看，然后又把这个观看和辨认放到黄河和碛口古镇之间，放到乡村出发的写作这样根本的一个起点，那么这个会构成一种非常有趣的对话关系。刚才叶兆言讲了怀旧，因为我们自己就是一个旧，我们自己写了四十年，也把自己写老了。有一位高中老师在现场，他的小孩才六岁，我有时候听到这种时间，这种年龄我就觉得非常抽象，非常科幻。我觉得，对我来讲都不真实，比我小了，我都六十多了，于坚好像也是六十多了。所以我先把话筒递给于坚。所以就从你开始，你背对这个黄河有什么感受？来谈一下乡村的当代诗歌，你自己诗歌里面触及了大量的乡村意象。

于坚：我们几个诗人，坐在黄河边上来谈论诗歌和乡村，胆子太大了。黄河，中国过去几千年的文明，有多少诗人写过这条伟大的河流，“黄河之水天上来”，李白不是写过吗，写作这件事对我来说，它就是写语言，如何黄河是一本词典，那么我们作为后来的诗人，面对那一本古老的已经有几千年历史的词典，我们敢写什么？我们是新诗的诗人，在座的五个都是新诗的诗人，就像刚才讲到西川去到的这个小学，这个小学的历史都比新诗的历史要长，那么新诗和古典诗歌是什么关系？我觉得它是另外一种语言，古典诗歌对中国的乡村、对黄河是一次长达五千年历史的命名。这个命名已经达到了非常辉煌、高级的程度。今天你走遍世界，人家不会因为你买古驰包，你造原子弹而尊敬你。你在世界上任何一个地方，人家尊敬中国是因为有李白等这样的诗人。“黄河之水天上来”，只有过去中国古代的诗人能够说出这样的诗来。那么我们作为他们之后的诗人，我觉得新诗和中国的现代化是同步的，现代化必须要有另外一种语言来命名，你用文言文、用唐诗宋词的韵律，用七节用五律，用宋词，你没有办法命名现代化，所以虽然我们新诗诗人的历史还没有那个小学长，但是他们从事

的是一个非常重要的开天辟地的语言运动。世界历史上有很多这样的先例，当一个国家要从古典社会走向现代社会的时候，首先要进行语言革命。在德国马丁·路德的运动，在日本发生了把日语做成了一种活动，在中国就是白话文运动，所以坐在这里的是白话文的诗人，所以我们用一种新的现代汉语来对我们今天的这个时代命名，但是这并不意味着我们和古典中国发生了绝对的断裂。

古典中国意味着什么？我认为过去的中国它就是乡村，乡村不是今天我们理解的穷乡僻壤，它是中国过去世界观的载体，道法自然、天人合一、温故知新。中国过去的诗人，我认为他们都是乡村诗人，李白、杜甫、陶渊明、苏东坡没有一个不是乡村诗人，乡村不仅仅只是说你住在某个村子里面写诗，你就是乡村诗人，我认为乡村它是一种世界观。那么这种世界观从根本上来讲，和现代主义的世界观是完全矛盾的。因为中国的世界观是道法自然，自然是我们的老师，是我们的宗教领袖，我们的生命之道要在自然中。过去谁敢像我们今天这样开发黄河。对于古代的中国诗人来说，黄河是一个伟大的生灵，李白在写“黄河之水天上来”的时候，他是充满着敬畏之心的。他绝对不会想着在黄河上来开发水电站等等这样的东西。

我认为乡村是一种世界观，这种世界观从五四以来到今天已经完全被遗忘了、被遮蔽了，这个世界观背后有一个非常重要的，就是孔子所讲的温故知新。陶渊明到老了，为什么要从城市回到乡村去？归去来兮，当他走投无路的时候，他不会说要到纽约去、到巴黎去，他要回到他衰败的田园去，这不是失败。乡村是中国知识分子和普通人的灵魂的归宿。这种灵魂的归宿是什么东西？就是生命之道到底是什么？我为什么要活着？中国古老社会的乡村哲学早就非常清晰地回答了这个问题。庄子的书里面，有一个故事，我印象最深，有一个老农在给他的菜园浇水，他是一桶一桶地从江面上提上来，然后有一个人说，旁边有一个水车，你用水车来取水的话，很快就能够把你的土地灌溉过来。那个老农说，不是我不会用那一套，是我不想这么做。我们需要重新想一想乡村对中国人到底意味着什么？今天是星期六，碛口这个地方有那么多的人到这里来，为什么他们在星期六休息的时候，不去百货中心？因为他觉得他要放松，他的心灵要得到休息的时候，就要往乡村去走。所以当我们今天在这里讨论乡村的时候，我觉得我们可以尝试很多东西。

欧阳江河：刚才于坚老师在说到最后这一节的时候，我一下想起我们中午吃饭的时候，贾樟柯讲说他一个生活中的习惯，他说他经常一个人从汾阳到碛口来，然后在河边走一走，坐一坐，在哪个茶馆喝点茶，发呆，不做任何事，就看一看黄河，晚上再开着车回去。这让我非常感动，就咱们碛口，咱们这种提供的黄河边的片刻的对话，这就是一种诗歌的东西。这里边一定有很深的诗歌的镜像，电影的东西。它不是乡愁那么简单，它其实就是人对自己的存在的一个辨认。人在面对黄河的时候，在碛口古镇，为什么到这儿来？他一定有一个特别深的，但是又非常朴素又简单的理由在里面。其实可能就是在这儿，你可以保存下来自己作为一个山西人、一个吕梁人、一个汾阳人，一个对黄河有非常深的情感的人，可以在这个里面变成自己。就是我们所说的人一生中最重要的追问是：你从哪里来？你是谁？你到哪里去？我们在写作中，当把乡村放进来的时候，一个诗人，你使用的语言，还有你写作的乡村不是只住在村子里的人才是乡村写作，你一个大城市的人，你写作的世界观、你的自然观、你的存在感都和乡村有关。文学季在北京的新闻发布会，当时余华老师说了一句话让我非常感触，他说欧阳江河你的写作也是乡村写作。我就在想，我这个人什么都写，就没有写乡村。他说，只要没有通过麦克风传递出来的声音，就是乡村写作的声音。我觉得这个说得非常有意思。

因为提到了贾樟柯跟碛口、黄河的关系，我们就先请来自山西的诗人潞潞先说几句。

潞潞：谢谢。非常有幸，我是这五位诗人里面，生长在这一片土地上的诗人。从小我的祖籍就是山西，当然大家会有一些疑问，你是山西人，但是为什么你的口音不是山西？确实如此。我们那天吃饭，我也讲到，我确实是一个不会说山西话的山西人，但是和从乡村出发的写作，和中国的文化，我觉得并不矛盾。

我不会说山西话，这是有原因的。我的老家是这条黄河一直往南走，然后到了出山西的最后一个县叫垣曲县。入黄河是河曲县，出黄河的是垣曲县。我父亲 17 岁的时候，日军侵占了华北和山西，我父亲是高小毕业，我父亲和他的学生参加了八路军然后离开了老家，所以我就生在部队，后来上学都是在寄宿学校里，所以我们的语言也不是山西话，小的时候听山西话也是非常有意思。后来上了中学以后，上了高中以后就到了一个县城的中学，到了一个基层的部队，那个时候当地的孩子们听我说话觉得太可笑了，就围着我。我记得课间的时候，我根本就离不了课桌，然后大家就听我说话，让我学他们说话。但是我一直在审视自己，尤其是越来越年长之后，我觉得血脉里面的记忆和传承，你是一个山西人，这是变不了的。

我原来感觉还不太强烈，我回到山西的时候还没有什么感觉，后来年龄越大，进入娘子关我就有一种踏实的感觉。我小的时候喜欢吃大米，因为我们子弟学校，南方人非常多，大部分孩子是华东野战军的孩子，而且厨师都是三野的，所以我们这个学校是特别爱吃大米饭，我是不吃面条的。但是我现在年龄越来越大，我吃大米不舒服，我要吃面条，我的血液里面、基因里面，就是从生理上，越来越显现出我是一个山西人。当然文化上那种认同感，各种细节里面我都会发现。

小的时候，我记得第一次看到农村是十二岁，我十二岁回到我姥姥家，当时是1967年，我11岁。我印象中的农村，我姥姥家是山西武乡县，我觉得漂亮极了，干干净净的一个小村庄，几十户人家，还是毛驴车，汽车还通不到村子里面，吃的我姥姥给我们蒸的窝窝头，红豆馅的，我觉得太香了。在村子里，一群孩子跟着我跑，城市里面的孩子来了，爬到果树上去摘果子，村口有一个核桃树，他们说这是核桃。这和我想象中的核桃不一样，它是绿的果子，然后我就爬上去摘了，咬了一口，后来才知道那个皮要剥开。

刚才欧阳江河说到镜像，我有一个镜像，我这个镜像就是发现我是一个山西人，具体什么时候我不清楚了，但是我肯定是照到了这一面镜子。我觉得我是一个山西人，我的血缘是一个乡村来的人，我觉得是我生命中很大的发现，而且我觉得这个发现越来越重要。文学有一个寻根时期在 20 世纪 80 年代，我也写黄土地，我也写黄河，但是我觉得我当时是不自觉的，我是努力要把自己打扮成一个黄土地的孩子，一个黄河边的一个人，奔跑的一个人，但是我觉得我是跟着当时的文学潮流，我觉得那是一种刻意的寻根。后来我觉得我摆脱了这个，我开始认清自己。我后来写的诗，西川也说，如果我的词汇，列一个词汇表的话有几类，一类词汇是宗教性的词汇，还有一类词汇是农业词汇，还有一类词汇是抽象的词汇。农业的词汇真的不是我故意或者有意识地写进去的，这个就让我对自己又是一番审视，这些词汇怎么样就无意识地进入我的写作中来呢？写作的话，你的潜意识是非常重要的，尤其是诗歌。我们意识到的那部分，实际上只是冰山一角，起真正作用的，起更大作用的是冰山下面的更大面积的冰山，这个是更有力量的东西，它决定着你的直觉，你对世界的认识。于坚所说的所谓的世界观，这一切都是在你不知不觉中起作用的。这些东西塑造了你的生命，塑造了你观察世界的这么一个内在的元素。因为你摆脱不了你是一个山西人，你摆脱不了土地、河流、风土人情，你接触到的方言，虽然我从来不用方言写作，所以我比较感谢这一片土地，给了我诗歌。

欧阳江河：刚才潞潞讲，他在镜子里面看到自己是山西人的时候，这个时候他作为一个诗人，他认出的自我，给他带来的一种重生的感觉，这个非常有意思，然后他的写作，里面很多元素就呈现出来，为什么是这样？而不是那样？这个是有意思的话题。我记得是塞缪尔·约翰逊，18 世纪的

一个文学评论家，在听他谈论阅读和写作关系的时候，你读到的书是一面镜子的话，你在写作里面，在这个镜子里面，你看到的一定是你自己。他有一个比喻非常有意思，他说，假如是一个小毛驴或者一个小猴子，往这个镜子里面看，你就别指望在镜子的深处，会有一个天使在往镜子外看。当然了，一个小毛驴看到的永远是一个小毛驴，小婴儿看到的永远是小婴儿。天使往里面看才看到的是天使，所以我们在往写作这个镜像里面看的时候，一定是带着你自己的本我，你根本的深处的自我在往里面看，反映出来的也是这个真实的自我。

另外，刚才于坚老师和潞潞老师都谈到了词汇表，我觉得这个非常有意思。我们都知道当代诗，白话文的诗不是农耕文明的产物，是城市文明、科学的发展，等等，共同使用的语言，还有翻译的语言等等，还有日常性的语言等等，他们整个搅在一起之后，我们使用的是这样一种综合性的语言，而不是农耕文明那样一种和自然一一对应的，在律诗里面是对仗关系的古诗。在这样一种情况下，古代的诗歌，我们中国传统诗歌，中国作为一个农耕文明国家，整个中国都是乡村的，每一个诗人都是乡村诗人，这样一种传统，它怎么被传承下来？怎么继续在我们的写作中，在我们的自我辨认中起作用？这个也是非常有意思的话题。我们在讲身后的黄河，一个被诗歌写过的黄河，和一个完全自然的黄河，可能也不是一回事，所以乡村也是一样的，为什么要说乡村的镜像？一个被诗歌写过的乡村和一个没有被诗歌写过的原生态的乡村完全不是一回事。我们居住在乡村中的人，面对黄河在辨认自己的时候，同样也面临写作这个问题，诗歌这个问题。下面我想请韩东老师来探讨又具体又高深的问题，因为韩东同时写诗歌，他早年写过一首温柔的诗，里面有一句是：我有过寂寞的乡村生活，它形成了我生活中温柔的部分。所以对他来讲，寂寞、温柔等等，这一些东西不是抒情，不是那种纯粹的怀旧，是更有意思的个人的东西。但是韩东最让我觉得他对乡村的了解，特别与众不同、特别深刻的是他的小说，所以我想韩东在探讨乡村镜像的时候，肯定有他很独特的角度和见解。

韩东：乡村镜像是一个很高大上的概念，江河解释了，我是不太懂的，解释了一下，我有一点懂了。他第一次解释，好像是一个自我意识这样的问题，当然可能不仅仅是这些。然后他又进行了解释，然后我又更加不懂，我想可能是有一点赞成。咱们老百姓说，猪八戒照镜子里外不是人，咱们暂且不管。我觉得咱们现代人，和乡村有关，这点我肯定是赞同的，而且越想越觉得是这么回事。虽然我们的生活发生了很大的变化，但是衡量这些变化，其实还是人，人的精神，人心，人是万物的尺度，所以讨论到乡村的问题，我觉得乡村它不是一个要追回来的东西，也不是一个要缅怀的东西，也不是一个我们理想中的精神家园之类的东西，我觉得乡村它就是现实，这个现实就是里外的现实，它既是我们看到的现实，也可能是我们的灵魂深处的某种现实，这一点特别重要，尤其是对于写作的人而言。比如说农业革命，大概距今一万年，一万年开始，那么农业革命以后，它就和乡村有关，人家定居下来，就有了乡村。那么咱们津津乐道的工业革命，是18世纪中叶，距今也有二百五十年，一个二百五十年和一个一万年，它对人的心灵、灵魂的这种塑造，对我们的基因的塑造，我们可能意识不到，但是确实是这个东西，还不仅是有文化方面，我觉得可能在我们的生理层面，在我们很深很深的地方，都刻下了烙印。我们现在讨论变化，谈论各种各样的东西，都没有问题。我们最内心深处的一些东西，并没有变得那么快。我们是很古老的人，来面对一个加速度。所以我们不能够仅仅去讨论我们面临的这些变动，也需要关注我们的灵魂，我们心灵的这种适应力，还有我们灵魂最深处的现实。

具体到诗歌上，我觉得像潞潞还有江河他们所讲到的词汇表，可能这个事儿就是这样的。比如说当我们写到一些比较永恒的事物，天空、大地、河流这些的时候，我们就觉得非常的舒服，就愿意这么写，但是不是讲一首诗的成分，而是词汇的选择，这和某种东西有关，这和我们古老的心灵的诉求是有关的。在农业文明长期熏陶下的灵魂，这一万年来的东西，我觉得慢慢地变成了我们内部很永恒的东西。比如说像海子写到麦地，我们写到各种狗、村庄、树，写到这些的时候，你就觉得它的自然就出来了。但是如果你要是特别地要配合今天的变化，写一点很时髦的事物，不是说反对这样的写法，而是说这种感受，你要写写网络，写写高铁，写写在多年以前没有出现过的东西，其实我们一直想这样做，一直想有一些新的东西进入我们诗歌。但是这么写的时候，你会觉得它有一点不顺手，跟我们有一点相冲突。当然你可以最后战胜了它，你把它弄得一点都不冲突，很舒服，那么这个时候其实你的成就感是更大的，对吧？这个时候我们暂且不论，这是一个诗人的工作。只是讲在最原始的状态下，确实讲到里外都是村庄，不要看变化那么大，我觉得这一万年不是白过的，你要甩脱这个包袱也不是那么简单的，你要汲取它的营养也不是那么简单的，所以我觉得如果我们过分地去强调乡村这件事情，我是说在文学中，很可能就变了，就有点不自然。就像我们要特别去强调，我们要追随前所未有的一些很时髦的、很时尚的事物一样，当然我们这两种冲动向后的和向前的都有，但是我认为最最重要的还是现实，这个现实不仅是我们眼睛看到的，它同时也是我们这一颗心，古老的灵魂，它所经历了什么。不仅是我们这一生，也不仅是我们这个民族。人类有史以来到今天，我们也是一直被塑造的。我觉得村庄、农业这个东西对于我们的塑造，今天我们不可能去摆脱它，甚至我们就是一个农业人，所以我认为它就是一个现实。

欧阳江河：讲得非常好，我们几个诗人在谈论乡村的时候，就非常自然地跟我们的写作产生联系，就谈到一些大词，我觉得这是非常自然的。还有刚才潞潞在讲到他的农业词汇，他说了三种，他的词汇表里面有三种类型的词汇，一个是宗教，另外一个是抽象词汇，中间有一个农业词汇，就是乡村词汇了。还有刚才韩东一直在强调的，乡村就是我们里外的现实，就是我们一万年来生命的塑造构成的东西，是我们的灵魂，是我们的心灵，而不仅仅只是那种自然的抒情或者是优美的词汇。

刚才三位诗人的发言里面，都能够感受到，乡村、灵魂和心灵，以及和我们的宇宙观、世界观和我们词汇不是直接的、简单的关系，而且是天注定的联系，也不是一种写作的参考，不是我们写出来的，本来就在我们的生命里，本来就是我们的现实，我们想要逃脱都逃脱不了的现实，所以在这个意义上我们来认识文学与乡村，文学中的诗歌，这是一件非常自然，像呼吸一样自然的一件事。

我在想吕梁文学季，刚才我在听领导讲话的时候，说我们这个文学季要一届一届地办下去，我觉得这真的是一个非常重要的战略决策，因为我们在这里面发现了文学和乡村在某种意义上讲，文学和诗歌，我们加一个定语“中国的”绝对是里外一回事，这是一个天注定的关系，是一个自然、生命、语言本身赋予的。在这个意义上，我们谈论诗歌的镜像，乡村的镜像，就是在谈论诗歌，也就是在谈论诗人。刚才叶兆言先生讲得非常好，重要

的不是曹雪芹的生活，重要的是曹雪芹。我觉得我们今天的讨论非常好，三个诗人谈了不同的话题，但是有一个相同的汇集。下面我们有请西川来发言。

西川：刚才听几位朋友谈乡村和写作之间的关系，有一些说法，我刚才已经想到了，但是大家已经说出来了，比如说于坚说到乡村是一种世界观，潞潞提到了血脉里的记忆，韩东说到乡村就是现实，我觉得剩下的能够发挥的余地不是太多了。我想说一件稍微有一点高大上的事，就是比较浅层次地稍微说一说乡村、写作。首先说一个高大上的东西，大家知道《楚辞》，《楚辞》是南方的东西，楚辞当中有一个很重要的作品叫作《九歌》，《九歌》中的篇章大家肯定都知道，"山鬼""东皇太一"等等这些东西，其中有一篇叫作"河伯"，读《楚辞》的朋友可能都会注意到，这一篇东西和其他篇的东西不太一样，为什么不一样呢？因为古人它讲一个东西，叫作祭，祭不越望，就是咱们只祭这一块附近的神，远处的神不管，但是为什么在南方在楚国要祭河伯？河伯就是黄河，这里边有什么含义？有些学者就说，

《九歌》这种形式是从北方传过来的，是从北方传到楚国来的。在楚国的文化基因里面，包含了一种北方的东西，一般我们认为楚国的文化就是南方的文化，这是一种说法，我觉得很有意思。所以背后咱们这个黄河，刚才其他朋友在说话的时候，我几次看黄河，我觉得这真是很有意思。从《楚辞》当中，《九歌》当中有一篇是“河伯”，我觉得黄河和文化之间的关系，无论你走得多远，黄河作为我们生命当中的一个基因，它一直都在那儿。而且在那儿还不是从现在开始，从古代开始就一直在那儿，这是一个比较高大上的这么一个话题。因为我刚才想到这个话题，也跟大家分享一下。

下面我也愿意说几个不那么高大上的话题，当然这背后可能会有一点高大上的背景在里边。我从北京出来，这一次是坐高铁出来的，然后到火车站在上火车之前，因为我要抽烟，所以就不愿意很快地进到火车站里面去，我就在火车站外面的广场上坐一会儿抽烟，就注意到等火车的人的动作，有一些人是蹲在那儿。这个蹲的动作，今天我们大家都是坐在这儿，但是蹲着，在全世界好像只有中国人喜欢蹲着，我在别的地方，在国内旅行，在乡村，我也见过这种动作，好像全世界把蹲着有一个叫法“中国蹲”。我在火车站看到蹲着的人特别有意思，我数了一下，我身边十几个人在那边都蹲着，他不盘腿坐在地上。我以前旅行的时候也见过，有一次我忘记在什么地方，有一个老汉就在马路中间蹲着，那一块也没有车，但是他就长时间地蹲着，我觉得这个特别有意思。这个动作一定是跟乡村生活、跟农业社会有关系。原来我只是觉得这只是一个动作，但是蹲着这个动作我可以明确地说是一个农业动作，而且我觉得很有意思，然后我自己有时候，趁着我还能够蹲下去的时候，我也蹲一下，也挺舒服的。刚才于坚说乡村是一个世界观，我觉得乡村是一个世界观，是语言，是动作，是思维方式，甚至也是我们的道德观。这些东西不注意的时候放过去了，但是你稍微看一下，你会发现乡村的道德观，随时随地都会涌现出来，尽管我们自己身上穿的已经是名牌西装了，但是你的世界观随时随地都能够涌现出来，这

是一个抹不去的东西，而且也不必抹掉，这是非常有意思的事情，只要我们注意它。

第二个我觉得我愿意稍微说一下的就是，也是今天的这个现场，因为我坐在这儿，刚才他们在说话，我对面就是房子，这个房子很显然是新盖的。然后我脑子里就在想，为什么这个新房子不盖成一个很时髦的样子，而要盖得跟古代的房子似的，当然咱们这儿是古镇，那么这种建筑风格，这是一个新的建筑，但是是一个老的风格，为什么我们就选择了新的建筑老的风格？所有盖房子，所有设计房子的人，很多人都是懂得全世界的建筑的标准，他们都懂。选择这样一种风格，实际上这也显示出文化记忆在里边。我们觉得面对黄河的时候，我们不能够盖一个很酷的现代的或后现代的建筑，觉得不对。盖这么一个房子和黄河的风景，好像就能够和黄河在一起，这样一个风格完全是一个新房子，可是它又是一个过去的感觉，这个实际上很反映我们当下的这样一种文化心态，当下的我不愿意总是美化乡村。我们当下对于乡村的理解里边，包含了一种对乡村的旅游化，我不得不这么讲。没有城市这个概念，也凸显不出乡村这个概念，尤其是在今天，比如说这样一个非常旅游化的乡村，它是被谁需要的呢？它是被城里人需要的，当下的风景，本地的人对于风景是没有感觉的，没有那么深的感觉。比如说你就在这儿住，你住了几十年，对于黄河，完全是一个本地人的感觉，和我第一次看到这个山和这个水的感觉，一定是不一样的。那么也就是说，对于一个外来人来讲，当他是一个旅游者的时候，这个乡村对他来讲，是比原来的乡村要放大十倍的，所以我们到这儿来看，会觉得真是内心里边获得一种安慰那样一种感觉，天地对我们的安慰的感觉。所以这个时候，只是我们几个人在这儿说，咱们住在这一块的朋友们，你们看这个地方的感受，和我们看这个地方的感受，我相信是不一样的，至少对它的感受的程度上，可能不一样。所以这个时候又出现一个很有趣的文化问题，乡村它是一个居住的地方，但是对于有些人来讲，它是一个旅游的地方。乡村风景，我只是说的很浅层的，我不说很深层的东西，很浅层的我们看到的东西，乡村是旅游化的结果，某些地方，不是所有的地方，它是一个旅游化的结果，然后它背后实际上暗含一个他者，这个他者是城市，没有当下的这种城市生活、现代生活，我们不会把乡村生活给凸显出来，就给它一下推到一个位置上。这个时候我觉得可能对我们观察我们自己的生活，就会变得乡村是我们的生活思维方式，我们的道德、原则，但是在今天，我们看乡村的时候，整个情况可能是非常复杂的，那么也就是用韩东老师的说法，它就是一个现实。面对这样一个现实的时候，我们的写作是什么样的？每个作者都不得不处理这样的一些困难，比如说同样是写乡村，但是我还能不能用李白的那个方式写乡村？这对于每一个写作者来讲，都是一个问题。

欧阳江河：刚才西川在发言的时候，我想起前不久去世的一个出生在埃及的一个思想家，叫萨米尔·阿明，在全世界有非常广泛的影响。他是一个思想家，也是一个社会学家，可以这样说。他在去世之前，给了中国人，中国的思想家，甚至可以说政治高层有一个建议，他的遗言中间的两个建议，他认为中国有两样东西，一定不要放弃，第一个就是金融的主权不能够放弃，第二个郑重的建议是中国不能让乡村消失。在任何情况下，不管发展多少年，不管你变得多么富有、强大、伟大，一定不能够让乡村消失。我刚才突然想起这个建议，因为这涉及的不光是政治问题、历史问题，它涉及了中国这样一个大国家它存在的根本。根本上得有一些乡村的东西，哪怕是刚才西川讲到的一个浅层次上的、旅游意义上的、跟城市对立的，作为城市的他者存在的一个乡村，都不能让它消失，因为乡村确实是我们的文化的起源，跟我们的生命息息相关，不光是记忆了，直接是我们生命的一部分，生命的现实，里外的现实。

我就不多说了，时间也差不多了。我们得留一点时间，给下面的来宾们提问题。我建议提问的人简单直接，你要问谁，可以直接说。问题一定要问得简单，不要自己在那里说半天，然后没有问题。

互动问答环节

问题一： 我想要问一下西川老师，我是想要说一下，在写作或者说在创作的过程中，作为一个写作者也好，作为一个艺术家也好，不可避免地会涉及坚持自我，或者说自我与大众审美是有一定差距的。在这个过程中，如何去把握这种矛盾？

西川： 我自己也经常受到这个问题的煎熬，你写的东西可能大众并不是那么喜欢，大众走的是另外一条道路。精英文化和大众文化，我真不适合回答您这个问题，因为我自己也没有解决好这个问题。有的时候，我们完全是为我们自己内心写作，你就不用管大众是一个什么样的阅读状况。有的时候，当你要关心教育问题的时候，你又开始关心大众的接受状况，很矛盾。当然有时候分析一下老百姓喜欢什么东西，大众喜欢什么样的东西，我也会发现，我跟我自己的学生在学校里，都会有一些分歧。我慢慢地就开始接受这样的分歧，我的学生们，有的人很喜欢鸡汤，太喜欢鸡汤了，遇到这种情况我一点办法都没有。一个人应该有独立的立场，一个人应该有自己的见解，这种高调我也是会唱的。但是我想只能够是你根据你自己现在的情况，比如说你写到什么份上了，你自己有一个判断，如果你是一个已经写了几十年的诗人，我想这个时候你已经养成了这样的一个工作习惯了，你就是想附和别人也很难了。但是如果你是一个初学写作的人，有可能别人鼓励你要有一个自己的声音的时候，你也是东张西望的，这个就没准了。所以时间长了以后，我想从一个东张西望的状态变成一个能够使自己集中精神坐下来，注视你手上这点工作，我觉得这本身就是一个修炼的过程。所以我没有什么建议，真的很抱歉。

问题二：各位老师好。我觉得诗歌真的是很伟大。当我们在这里谈诗的时候，发现天空越变越蓝，这是非常诗意的。我想要和在座的各位老师交流的一个问题是，因为我们今天谈到了乡村，谈到了农业文明，韩东老师刚才提到了海子，这是和在座各位同一时期的诗人，我想要问的是海子的死，是不是对乡村文明消失的绝望？和在座的几位相比，海子的死是不是显得非常脆弱。我看西川老师对海子的研究多一点，我想让西川老师先回答一下。

西川：我不愿意说海子的事，而且我今天说的都是浅层次的事，除非你有一个很具体的问题问我，我就回答你。要是让我从一个哲学的层面或者从什么层面，我不好回答。

问题三：感谢各位老师，感谢贾导把这么多的大家请到我们吕梁，各位作家和诗人从祖国各地来到吕梁真的是非常感谢。谈到乡村文明，说到诗歌语言里面，我们山西的方言特别多。诗歌里面用方言，于坚老师您怎么看待？

于坚：马烽的小说是方言的吧？对不对？我觉得方言问题不是很大，因为这个东西从秦始皇时代，就把语言通过文字统一了，因为每一个地方的人，你可以讲你的方言，但是一旦是文字的时候，这种方言就消失了，我觉得你用方言写作没有问题，就是看你怎么把它处理得超越方言，如果纯粹地在那里玩弄方言，就先要有一种地方性知识，我觉得你的作品会非常有局限性。

问题四：这个问题我问问于坚老师，因为于坚老师对我的影响还是比较大的。我就想要问一下于坚老师，这次来到我们山西，来到吕梁之后，对吕梁的贾家庄、对我们的碛口的印象。我就是吕梁人，对每天生活的地方，我也想要听听于坚老师的看法。

于坚：这是我第二次来到山西，我第一次来是1986年，我三十三年前来过这个地方，对山西留下了非常深刻的美好的印象。为什么我三十三年不敢来？后来有很多机会我不敢来，我害怕我青年时代对山西的印象。但是来到碛口，我还是觉得这个地方我非常喜欢。我觉得山西给我的感觉，如果从审美的角度来讲，这个地方非常大气。谢谢你。

欧阳江河：谢谢大家，由于时间关系，我们今天的对话和回答大家的问题只能到这就结束了。现在太阳已经从我们后面非常优美地照到了我们的会场，非常温柔的太阳。

主持人：再一次感谢五位老师给我们带来的这一段充满诗意的精彩的碛口对谈，让我们大家在此用热烈的掌声向五位嘉宾老师表示感谢。

朋友们，文字是无声的，静静地在白纸上展示着写作者的故事。文学又是有声的，在朗读者的口中，诉说着内心的情感共鸣。今天我们来到了电影《山河故人》的取景地碛口古镇，与表里山河亲密的接触，以声传情，诉说着与故乡久别重逢的倾诉与心境。接下来就是《山河与故人》诗歌朗读会，让我们一起感受文学发声的魅力。首先有请青年诗人陈巨飞给我们带来朗读。

乡村书写中的女性视角

时　间｜ 2019 年 5 月 14 日 14:00—16:00

地　点｜ 贾家庄 · 贾樟柯艺术中心广场

主　持｜ 季亚娅

嘉　宾｜ 葛水平　黄灯　梁鸿　尹学芸

开　场

欧阳江河：今天下午对话的主题是“乡村书写中的女性视角”，主持人是季亚娅，她是青年学者、青年文学批评家、《十月》杂志的编辑部主任、中国现代文学馆的客座馆员。现在我们有请主持人季亚娅登台就座。我还忘了，补一句，季亚娅的代表作是《文学行间距》，是一个批评著作。

参与对话的四位女作家，分别是葛水平、黄灯、梁鸿和尹学芸。葛水平老师是山西省作家协会的副主席，也是第四届鲁迅文学奖的得主，她获鲁迅文学奖的作品是中篇小说《喊山》，此外她的代表作有《守望》等等。现在让我们掌声有请葛水平老师登台就座。

下面一位登场的是学者作家黄灯老师，她的代表作是《大地上的亲人》，她也是中国现代文学馆客座馆员，她曾经获得琦君散文奖、第二届华语青年作家奖非虚构奖。现在我们掌声有请黄灯老师闪亮登台就座。

接下来要登场的是梁鸿老师，梁鸿老师是中国人民大学文学院的教授，是著名的批评家、学者和作家，她的代表作是非虚构作品《出梁庄记》

《神圣家族》。她还有一部长篇小说，相信在座的很多读者都读过，叫《梁光正的光》，这是一部长篇小说。梁鸿老师也是“华语文学传媒大奖”散文类大奖的得主，以及人民文学奖的得主。现在我们掌声有请梁鸿老师闪亮登台。

最后一位登场的是尹学芸老师，小说家尹学芸老师是去年鲁迅文学奖的得主，她获奖的是中篇小说《我的叔叔李海》，我不知道在座的读者朋友们有没有读过这个小说？如果没有读过赶快买来读。那个小说集的名字我就不剧透了。尹学芸老师的职务是天津市蓟州区政协副主席。下面我们掌声有请尹学芸老师闪亮登台，来点音乐。因为这几位对话的作家都是特别能侃的，我多说一分钟，她们都要少说三分钟，所以我就把话筒交给我们的女作家们。

乡村书写中的女性视角

季亚娅：大家好，我是我们这个活动的主持。我坐在这儿，此刻想到一个题目是特别切题的，就是女性如何理解乡村的阳光。但是今天我觉得老天爷也是特别温柔的，相对于前几天的阳光，今天还好一点。

整个文学季的主题是从乡村出发的写作。其实有时候我作为一个职业的编辑，我读来读去，我读了这么多作品，其实是云遮雾绕、各说各的，真实的乡村是什么样子，可能并不清楚。可能有时候看到有的小说家写的，我搞不清楚她写的是古代还是现代。有时候看到有些作者，我也在猜这到底是个男作家还是女作家。我相信本次文学季，从乡村出发的写作，应该是和乡村建设有关，也和我们乡村文化和文明的重建有关。要谈这个主题，我觉得首先应该从我们如何认识乡村开始，我们今天请到的四位女性作家，对我们理解具体的乡村会是怎么样的？会提供一个特别有意思的补充和视角，我觉得所有的问题归结起来是两个，四位女性作家如何理解

乡村中的女性？因为经常有人说乡村中的女性是弱势群体中的弱势者，底层中的最底层。第二个角度，无非就是她们作为女性写作者、女性观察者，这个女性的性别身份给她们自己的写作带来了什么特殊的角度。

第一个问题，我想要交给梁鸿老师。梁鸿老师大家都知道，她是《中国在梁庄》的作者，是关于乡村写作最权威的人士了。那个非虚构作品我相信很多人都读过，我今天说的这两个问题，希望梁鸿老师谈得具体化一些。我不知道大家有没有读过梁鸿老师的《梁光正的光》，这个写的是他的父亲。我想要问梁鸿老师的是，您作为一个乡村出来的女性，如何理解乡村女性和父亲的关系。假如说有一种乡村的父权，那么这个东西是否存在？我想要你从女儿的角度来阐述一下乡村。

梁鸿：其实我特别想要回答你第一个问题，就是乡村的阳光这个问题。我是特别熟悉乡村的阳光的，我也特别喜欢，我每次回老家，就是从早上八点钟吃完早饭开始，我就沿着我哥哥家的后面穿过街道然后来到河边，我就硬在河边待一天，不走。我去年十一还发了一个微信：我在河边，阳光特别大，但是觉得特别幸福，非常自然的阳光，自然的河流，还有野生的花花草草，沙滩等等，觉得特别好。尤其是现代，在城市生活久了，就很难面对这样宽阔的场景和自然的场景。我是很喜欢的。虽然可能你怕晒黑，但是另外一方面就舍不得走，舍不得离开这个阳光，所以我们今天就晒一晒吧。

季亚娅提的这个问题，其实我的长篇小说《梁光正的光》是有点我父亲原型的影子，但是并不全是我的父亲，但是这里面呈现出一种父女关系，也呈现出一种乡村的男性和女性生存的不同状态。其实我的作品里面花了非常大的篇幅来写中国乡村的女性，也访谈了中国乡村女性的生活和她们的经历，也写了一些故事，所以在《梁光正的光》里面，我写的也是那样的一个妇女的自述。

我想再讲一个小故事，是我父亲给我讲的，说是我们村庄当时有几个怕老婆的男子，我父亲是其中一个。然后他们就相互取笑你怎么怕老婆，然后大家都不承认，因为怕老婆在乡村是一件很丢人的事情。现在我们把怕老婆变成是尊敬老婆，做家务什么的，就变成很荣耀的事情。但是在当时的乡村，我估计在现在的乡村也是这样的，怕老婆这是不好的，所以其中有一个就说：“你们都说不怕，你们谁敢回家扇自己老婆一巴掌，谁扇了就不怕老婆。”然后我父亲比较傻，真回家扇了我妈妈一巴掌，然后我妈妈很生气，因为我爸爸特别害怕老婆，我妈妈好几天就不理他，非常愤怒，然后我父亲就赔不是，那三个人都没有扇。

我就想，从小故事来讲，乡村的女性存在的位置，为什么怕老婆是不好的名声？我们把怕老婆转化成你要在家里面有绝对的统治权，这样才可以，你才是个男人，你才是一个被别人尊重的男人，这恰恰是我们中国社会里面一个非常久远的传统，男子在家里面说话是带有权威的。你对你的孩子应该也有绝对的权威，当然你的老婆可能更加有某种权威性的存在。

所以在我的老家梁庄那边，父亲和孩子的关系，是一个非常有意思的存在。为什么有意思呢？一方面，父亲的确对孩子是相对比较溺爱的，这是一个相对比较大的状况。另一方面，一旦女儿犯了错误，一旦女儿到了婚嫁的年龄，父亲绝对是有权威的，所以我们会看到村庄里有女孩为了争取自由恋爱和父亲对抗，但是我们很少看到自由恋爱是争取成功的，但是现在又变了，乡村真的是一个值得我们探讨的地方，一到成年的时候，父亲的权威就变得非常明确。

我前两天在英国，我看罗密欧与朱丽叶，当时是在莎士比亚剧场。当时有一个特别明显的场景，中国也是这个样子。朱丽叶的父亲特别宠爱她的女儿，女儿作为掌上明珠，家里的所有遗产都要由他女儿来继承，所以谁能够娶到朱丽叶肯定是一件非常好的事情。但是他们家的仇人，罗密欧喜欢他们女儿了，但在这个时候，朱丽叶的父亲要为朱丽叶去婚配了，许配给一个贵族。朱丽叶也喜欢上罗密欧了，在剧场的时候，当时演父亲的那个演员，就抓住了演朱丽叶的头发，一把抓过去，就说："你这个贱人，你这个不孝之女，你怎么能够不听父亲的话呢？"演员演得非常的逼真，因为我们是在莎士比亚的剧场，是站在下面看的，我当时就觉得多疼啊。但是它展示的是，在那个时候父亲是绝对的权威，你不能不听父亲的话。也就是说，之前所有的溺爱都是有限条件下的关爱，一旦真正需要选择的事情的时候，父亲是一个绝对的权威。所以我觉得，不管是东方文明还是西方文明一个基本的状态，在骨子里面，在血液的深处，乡村的女孩子可能在平等的意义上，其实是非常难以取得一种真正的位置。

实际上女性成家以后，问题更加复杂，不单单是女性的关系。所以我在里面写的是一个大家庭内部，父亲和女儿复杂的斗争、复杂的博弈，在书里面还是一个相对比较开明的形象，但是你也可以看到在这样的一个父亲和女儿的关系里面，其实是一个非常大的权力关系和爱的不对等的关系。就是说女儿在寻找，或者说试图寻求对父亲的爱，但是父亲在寻求另外的东西，在父亲的概念里边，这不是问题，我给你吃给你喝就是爱了，我让你去上学，让你去怎么样，这就是我的爱了。但是女儿认为这还不够，远远不够，我认为这也是一个我们到今天为止的状态。因为今天女性问题又重新提到一个大的议题上，在世界的范围内都是一个非常大的议题。如果我们关注网络，可能都知道一个事件，就是MeToo，从美国传开一直到欧洲到中国，也是一个非常大的运动。MeToo运动不仅仅是一个争权夺利的问题，我觉得是权力结构一个非常大的晃动，包括在一个家庭关系内部的那样一种权力关系的一种大的晃动。

所以我是觉得，在今天这样一个状况下，重新再提女性，重新再提所谓的权利，所谓的文明的状态，这其实是非常重要的。我自己作为一个女性写作者，作为一个试图对中国社会生活有所了解的这样一个作家，我还是非常希望能够对生活内部的一些非常微妙的，我们经常听到这个话题，就好像大家说，在我们家，是我妈管钱，我老婆都是全权怎么样，但是我们看到，在所有大的文明符号里面，我们在洗衣机的广告里面、在家务的广告里面，在亲情的关系里面，我们看到的是母亲，很少看到父亲，我们很难看到在这样的表达里面男性的声音，我觉得这个就是一个大关系的一种关系。但是也并不是说绝对的就是要两个人对立什么的，我觉得这是一个非常值得思索的话题。中国去年那么多性侵、性暴力等等，但是到最后都悄无声息了。而且那些举报的女性就被污名化，你也挺风流的，要么就是沉默下去了。我去年有一段时间也发表了一个文章，这本来是一个非常好的契机，我们重新来讨论生活的存在，但是因为这种大的偏见，我们看到还是女性偃旗息鼓了。这样一个大的社会命题也就慢慢地成为过去了。当然我们今天也还在聊，我们也是愿意再继续说一些话的。

季亚娅：谢谢梁鸿老师。她提到了我们的家庭、婚姻制度里面这种无所不在的、可能大家习以为常，但都是存在的这样一个两性之间的权力关系，也提到我们在日常生活中，提到了在MeToo运动，还提到了在乡村生活当中，婚姻制度像罗密欧和朱丽叶这样的反抗是在发生变化的。

然后我想要请另外一位观察者黄灯女士，因为大家了解她，了解她的代表作《回馈乡村，何以可能？》，它还有另外一个名字叫作《一个农村儿媳眼中的乡村图景》。她其实是对乡村问题、女性问题的一位持续的长期的观察者，她在这一篇非虚构作品发表之前，在《天涯》杂志有很多类似的观察，而且是关于打工类的乡村女性，所以想要请她从长期社会流变的角度以及女性变动的角度来谈谈乡村中的女性，这些女孩子们，今天和梁鸿老师那个年代一直待在乡村去反抗父母的方式，和她来城市告别乡村，然后见到外面世界，她们的态度和人生观，以及她们的性别主体，发生了什么样的不同？

黄灯：其实我个人觉得我是一个女性意识特别弱的一个人，写作的时候没有太多女性意识，但是自己写完之后，回过头来看，还是有一些立场的。亚娅让我从女性流动的角度来谈一下，梁鸿所讲的我确实是非常同意的，在家庭变动没有那么大，在转型期还没有来得那么剧烈的时候，在男女之间的结构里面，相对来说是比较传统的。我个人的价值观是受以前传统的价值观影响非常深的，因为我从小就是跟着一个比我大六十岁的老人长大的，我从小到大得到的价值观都是非常传统、非常古老的。我几岁的时候老人就教我对自己的老公要好，那个时候我连老公是什么意思都不懂。但是那个观念就一直在脑海里，理由是什么呢？如果你对老公不好的话，如果老公的脾气不好的话，你也没有什么好日子过。后来我发现真实的生活根本不是这么回事，而且根据我在湖南生活的经验，我觉得湖南那边男女之间的关系也不像很多媒体里面所说的，女性就是受压迫的，其实男女都是相对比较平等的，而且我觉得我们那边的女性地位比男的还要高一点。女性话题其实也是蛮复杂的，尤其是不能够用一个单一的理论来套，所以对女权这些东西我自己一直不是太懂，也不是很习惯，因为我不懂，所以我也不敢用那个理论来解释很多现象。

但是我自己观察，大概是在20世纪90年代末期以后，我们老家，尤其是我自己整个家族里面，基本上每个家庭都有人在广东打工，所以我写的《大地上的亲人》，基本上都是写的那个群体，在南方打工的人都是女性，甚至有的小孩子生下来几个月，然后理直气壮地就把孩子丢在家里，当然也不是理直气壮，也是万不得已。把几个月的小孩或者几岁的小孩留在家里是理所当然的，说实话她们在外面的日子，也没有想象的那么好过。其实我有时候经常在想，那些经常在外面打工的人，她们所受到的煎熬，比一直守在家里不出去的女性，是要大得多的。如果待在家里的话，见到的世界维度相对来说要单一一些，我观察到有好几个在广东打工的亲戚，她们的价值观会改变，尤其在情感上，当然有些东西特别隐私，我不适宜在这样的公开的场合说，因为涉及我们家里人的隐私。但是我觉得那个对她们的冲击真的是太大了，实际上很多东西我是没有写的。

我认为，如果一个女性你要面对一个完全开放的世界，要面对一个特别复杂的世界，本身对她来说就是一个特别复杂的考验。我就觉得我妈妈特别幸福，因为她从来不用担心老公出轨的事情。因为他就算出轨了，她也觉得无所谓，她觉得我反正有四个小孩，她觉得她的生活重心是可以转移的，我觉得现实中都是这样的。如果从婚姻质量的角度来说，或者说从两性情感交流的角度来说，其实在农村里面，很多妇女不是特别在乎这个事情。她有的时候也是被逼得没有办法了，她觉得如果一个家庭能够正常运转的话，自己的孩子能够得到比较好的教育，生活能够安顿得比较好的话，那方面的东西，对她的伤害还没有想象中的那么重的。所以我观察过，那些人一旦进入城里的话，特别是在她原有的家庭结构受到很大的冲击的时候，她是面临很多选择的，因为我确实有些话不可以说得很直白。我假设我现在说的不是我家里的事情，我是根据我知道的情况，比如说我知道其实很多在外面打工的女性，她在外面是可能会找另外的男朋友的，但是她不会伤害自己的家庭，这种情况是非常普遍的。我觉得婚姻不稳定的状态，农村妇女在外面打工的状态，要比我们想象中的要复杂得多，这个是完全不能够用道德来衡量她们的，这个问题是特别复杂的，她们在一个封建的环境里面长大。

季亚娅：能够约稿吗？

黄灯：你约什么？

季亚娅：就是您刚刚谈的这个，就是乡村女性流动到城市里面打工，他们的婚姻制度发生了情感的变化。

黄灯：你是让他们写还是让别人写？

季亚娅：要你写。

黄灯：要我写，我怕别人找我麻烦。我给你说面临的最大的状况，我以前懵懂的时候不知道，现在发现一写东西是很受拘束。因为别人一看，就知道你写的是她。哪怕你把她的名字变了，哪怕你把她的年龄加大几岁，把她的外貌变了，别人知道你写的还是她，这个还是有点麻烦。梁鸿应该知道，是吧？因为我写的就是我家里的人，比如说我有一个很远房的表姐，她其实在我们眼中就是一个特别贤良、特别温柔的人，我居然不敢相信这样的一个女孩子，小时候和她交往很多的，她在外面依然有一个情人，然后她回去之后，和那个男的又自然分开了，然后又回归家庭了，所有的事情看起来是风平浪静的。你从文学的角度去了解这么一个复杂的人，她背后的东西是很值得我们去挖掘的。包括我还见到村里面很小的女孩子，我还见到比我小十来岁的女孩子，因为农村的爸爸妈妈都会安排一些忠实可靠的男的给自己的女儿当女婿，你跟着这个人，这一辈子肯定好过的。我就见到几个女孩子生了两个孩子到外面去打工之后，发现还可以过这么激情的生活，两个人是可以情感交流的，她就坚决回来要离婚，你怎么劝她都没有用，我自己的生活我会安排的。我有时候也会站在一个旁观者的角度劝她别离了，小孩子这么大了。但是我想她的形象不就是娜拉的形象吗？不就是我们提倡的女性解放的现象吗？可是在现实生活中，面临的阻力就多大。不过，季亚娅让我说这些，有时候就泄露了一点点秘密。

季亚娅：我还想要听更多的秘密。黄灯说了两个特别有意义的现象。一个是我们理解性别关系的时候，不能够简单地用理论去套，因为生活本身很复杂，甚至山西的农村、湖南的农村也不一样，陕西跟广东也不一样，每个地域，每个具体的女性的处境是最重要的，这也需要非虚构作者还原到具体环境。

第二个她说得特别有意思的就是流动之中，当你在一个大的全球化的时代来临的时候，女性来到一个新的时代，她们借助到背后其他的力量，一定会对原来所处的环境会造成某种破坏。当年的娜拉走了之后，真的是无计可施。但是她依赖另外的城市背景，她所依赖的经济上的能力，导致她不仅有激情，而且有勇气，有决心去实现这个事，使其变得是可能的，大概是这么一个意思。

我看到黄灯在点头，其实她心里面是不以为然。我觉得今天的讨论非常有意思，我回头可能希望会喜欢一些更有意思的写作，不管它是非虚构的还是虚构类的。我想要请到一个伟大的小说家，葛水平老师，当地的作者一定非常了解她，我想在乡土题材和女性题材，作为自己最主要的关注的领域，在全国，葛水平是位居前列的数一数二的。本来今天晚上会有一个经典作品改编的电影。但是后来换成了地方戏，她的这部电影我们说一下，我们将会在明天上午的十点在种子影院放。我想要说的是电影里的女主人公，在我看来，在我这样的很死板的人看来，真的是一个乡村女性特别好的表征，因为主人公是一个哑女，然后在她最后摆脱困境的时候，喊出她自己声音的时候，在我看来，是什么原因造成她重新发声，这样的女性书写真的是非常具有震撼的力量。我有时候看作品的时候会烦。我是一个编辑，我天天看，农村题材很多。你这个女作家写的女性形象，你怎么是这样来想象女性的呢？我想要问葛老师两点，第一是她怎么理解？因为我们都了解葛老师都是从乡村走出来的，可能有很多她切身的经验，她的亲人都是大地上的亲人。我也想要请问一下葛老师女主人公的文学来源。

葛水平：这是一个关于乡村类的论坛，我就想到当下的乡村是什么样子，当下所有的写作者也好，来听这一次讲座的朋友们也好，你们都应该知道，作为贾家庄来说，她目前所做的这个文学，可能是在全国、未来也属于独一无二的这么一个形式，因为中国很多的自然的乡村都在自生自灭，我曾经听一位搞乡村研究的老师说过，乡村每天都要消失八十到一百个，它是无声无息，自生自灭。它们都是很小的自然的古村落，这个村落消失了之后，就等于这个乡村失掉了它的历史记忆。现在的乡村，无论你怎么样发展，或者说我们现在的城市无论怎么样发展，我有时候就在想，可能一个城市它会富裕起来，但是它的文明程度不可能会富裕起来，而文明有时候会滞后很多，钱有些时候是一个坏的东西。刚才季亚娅说到小说的问题，我就想要说，其实乡村里面最美好的女孩子的形象，进入小说里面，其实有的时候未必是很美好的。比如说我们的前辈赵树理老师写的文章里面，有一个人物叫三仙姑，她是一个非常典型的乡村女性。她和她的女儿还不一样，三仙姑是特别喜欢打扮自己的人。比如说穿一双布鞋，她总要在鞋口上绣一个花朵。比如说她穿一个衣服，衣服上也要绣一个花朵。而且她还要擦粉，那么这个人物落到赵树理的作品中，她就成了一个非常滑稽的，而且有趣但非常不美好的一个女性人物形象，把她脸上抹的粉叫成“驴粪上撒了一层霜”。这个有乡村经验的人才知道，比如说入秋入冬的时候，大家早上出去散步的时候，会看到乡村的泥土路上，驴粪上确实是撒这一层霜，也就是说乡村的女性一旦入了小说里面，她是非常不美好的，这也是作家的一个责任，也是大家在阅读文学作品中，可能从另外一个口味上来理解这个乡村女性。

此外，我和赵树理同是沁水人，同在一条沁河流域长大的，对他小说作品里面的人物基本上是很熟悉的，他的那个年代和我的这个年代显然是很不同的，但是整个的发展进程走到现在的时候，女性的地位在乡村依然没有提升。我就想要说我的小说《喊山》，《喊山》这个故事，原本是一个很普通的乡村故事，这个女孩子从四川被一个叫花子领着来到太行山，在太行山居住下来的时候，大家没有和她过多交流，因为她自始至终从行为上和她自己的日常生活中，拒绝和村庄里的任何人去交流。甚至有人，村里面其他邻居家的女人，去找他的老婆去说话的时候，他都会挡着，他就会对其他的人说：不要和她说话，她有癫痫病。他这个老婆就抱着儿子每天都在门墩上坐着，就摇啊摇啊，摇着那个孩子，然后也不说话。长时间，一两年下来，后边的那个墙都被她的身子上擦得明晃晃的。忽然有一天，她的丈夫死了。这是个现实生活中的故事，与我父亲也有很大的关系。因为我父亲是一个非常不着调的人，用乡村的人来说是一个二流子，那个时候他不顾家，也不养家。

很多次乡村有打野架的时候，警察过来的时候，我父亲是会被派出所抓走的。有一年，我父亲在家里面待着很无聊，他要打獾、炸獾，他自己就从乡村的那个厕所里面自己去用木炭，就木柴的木炭，把这三样东西捻碎搅拌起来，又从乡村民家的厕所墙头上人家的夜壶给偷出来。乡村就是男性晚上起夜的那个夜壶给偷出来，在夜壶头上放上炸药，为什么要放上炸药呢？要去池塘里面去炸鱼，这是他的一个强项。再一个就是秋天的时候，他炸獾，獾是山里面的一种动物，我们叫它散牲口。它在山里面要吃农家的玉米，每年到秋天的时候，獾吃玉米或者土豆的时候，它属于那种愚钝的这么一种动物，它吃玉米就是一个一个一行一行挨着，它从来不是掰了这个，中间隔一个，再掰另一个，它不会。所以它走的路就是怎么来，怎么去。我父亲就在它走的路上就下了一个套，炸獾的套子。

有一天傍晚，我母亲准备做饭的时候，就听到外面轰炸了一下。我父亲一下就机灵了，他说是炸着獾了，有獾肉吃了。然后就跳出去，跳出去走了大概有十几分钟，他说：炸着人了，人死了。我母亲当时端着锅准备做饭，那个锅就掉在地上，吓得腿都软了。我父亲就嬉皮笑脸说：不是我炸了人了，是另外一个人炸了人了，但是确确实实把这个人炸了。这个被炸的人，就是我写的作品上面的一个讨吃。这个讨吃为什么被炸了呢？因为她的女儿喜欢玩一种游戏叫作鸡毛蒜皮。鸡毛蒜皮的游戏，就是，如果这个子（野桃的桃核）走到那个子上，那个子吃掉了。讨吃的女儿不怎么会，被学校里面的孩子们把桃核就赢得没有了。然后女孩子回去就哭，但是他作为父亲，就去山下面去给女儿采毛桃，毛桃没有采上，炸獾的套却把他给炸死了。炸死了以后，村里的人就想着把这个问题解决，那么怎么解决呢？因为不把这个问题解决掉，炸獾的人就会被逮捕，虽然那个人是我们村里面的一个光棍，但也是一个人，这是村民的保护意识。

这个时候就问这个女人，因为这个女人不会说话，大家就问她说：你识字不？她点头。你既然识字，炸獾炸死你老汉了，我们用钱来赔偿吧。女儿写了两个字，“不要”。然后紧接着谈了许多的项目，她最后就是不要了。那个光棍就火了，钱解决不了的事情，事情就大了。钱能够解决的问题，基本上问题就解决了。村干部就特别火，说：“你要是会说话就好了。你会说话，就不用写字了。搞得我们，你不要不要，一张纸全部写的不要，这是啥意思。”这个女人就大声地说了一句“不要”，这个时候，大家才知道她会说话了，她已经失去了说话的功能，长期的失语，她是被拐卖过来的，最后村干部就把这个事给私了了。这个女人自己养了三个孩子，村里面的人说你自己带不了这三个小孩，这三个孩子送人吧。你嫁人，孩子送人，你跟着一个人过。她说行，大家就把她的孩子给送了，剩下最小的一个孩子给她留着，总得有一个孩子为她养老送终。真实的故事是她从山上嫁到山下，嫁给一个放羊的光棍，特别疼她，不让她做饭，不让她下地，就让她在家里面养孩子。两年，这个女人吃到很胖，之后这个女的突然就死了。我回去以后听到这个故事的时候特别伤感，这个女孩子从小受到那么大的创伤和拖累，从小没有受到爸爸妈妈的疼爱，从小就被一个男人欺负她。改变了自己的命运，没有人可以欺负她的时候，在一个享福的家庭里面，她就享受不了这种福死了。是不是这个人就一定要在有磨难的家庭里面，她才能够产生一种斗志呢？才能够产生一种活下去的勇气呢？到了这个家庭，她突然就死了，这个故事来源于乡村的真实故事。

我出来，就特别想要把它写成一个小说，我小说中给了她一个非常明亮、阳光的这么一个结尾。我觉得我作为女性来说，我也不想伤害她，因为我是女性，我伤害我作品中的女性，我就等于伤害我自己。这就是这个故事基本的大概的意思。

我可能说得有点长了，我还想要说一下当下的乡村，就像刚才黄灯说的一样，乡村的女性是非常苦的。当男人活不下去的时候，女人可能会出卖她的身体去换取一些日常的用品，来解决自己的家用。当女性在当下的这个时代中的地位始终没有抬起来，包括我们城里的女性，无论你是什么样的女性，她的地位始终是在男性的眼皮底下，不能平等地站在一起。曾经有很长时间，比如说是社会中乡村或者文坛方方面面发生的一些事情，我听到的男作家也好，乡村的男性农民也好，或者城市里面做官的公务员也好，第一句话就是：这就是你们女人，你们女人就好干这种事。就是在他的心目中，对女人从来就是一种很低下的，不能够成为他们疼爱的，捧在手里边对等的我与你的关系。所以说女性、女性话题和乡村，说起来是很长的。我是女人，我心疼所有的女人，我也希望这个世界上所有的女人心疼女人，也希望所有的我们女人同时站起来活得阳光美好。以一种非常强势的姿态面对世界吧。我就说这些。谢谢。

季亚娅：我看在座的男性朋友们都鼓掌了。我相信听了水平老师说的话，不仅是女人心疼女人，就男性对我们性别也会有更多的心疼和理解。其实我看到时间的关系，因为我们接下来还会有朗诵会，但是我还是想要说几句，就是关于一个和《喊山》很像的故事，就是我姑姑的故事。我的姑姑和《喊山》不同的是，《喊山》的女主人公是一个外来的女子，来到了太行山，在这个婚姻中她不会说话了、她沉默了，我的姑姑不是，她在原生家庭有继母，受到父亲的不重视，然后大家一直以为我的姑姑是哑巴。然后等她来到了夫家，在她成功地生下第一个儿子的时候，她突然会说话了。也就是说，还有一种失语是女性因为生育获得了在这个世界的话语权，这是一个真实的故事。而我的那个姑姑结局也很惨，她生下那个男孩，获得了丈夫的疼爱，在夫家能够抬起头，可是到36岁的时候，她的丈夫去世了，然后她带着两个孩子一生改嫁了6次。所以我在想有多少这样的乡村的女性？有多少沉默的故事？有的你可能看到的是在这个家庭，有的在原生家庭，有这样的失语和沉默，说不出话来。这个我不能再接着说，接着说我可能会哭，因为是我的姑姑。

最后我想要请的是尹学芸老师，我不知道大家了解不了解她，在种子影院那边书店里有尹学芸老师的书，我看了中信出版社的《我的叔叔李海》这本书，这个是她获得鲁迅文学奖的中篇作品集，而尹学芸老师有很多非常棒的中篇，除了这个以外，还有《士别十年》。其实尹学芸老师的作品中，尤其是她在写乡村的时候，因为她写乡村，其实是写一个时代的变迁，这个乡村怎么逐渐地变成一个城市，变成一个城乡接合部，这是我们当下中国正在发生的缩影。这中间有一个观察者我，我并不认为这个我是尹学芸老师，有可能就是一个叙事者，这个我其实是有性别的，她是女性。但是我们今天要讨论的这个女性不是这个叙事者我，而是这个观察者，来到这样一个农村，曾经她下乡的时候，她要在这个城市文明中完成一个拆迁，拆迁的过程中有一个钉子户，来说服她的是一个乡村的干部。结果发现是她当记者的时候，多年下乡的这个地方这个女性有着辉煌的过去，这个村庄也有可能是贾家庄这样的村庄。这个女性在过去，她是一个荣誉很高的劳模。但是在这样的时代的变化中，这样的一个女性，一个被社会主义塑造出来的，带着大家共同致富的女性，怎么会变成一个最泼辣的、最反抗拆迁的钉子户。我想要请尹学芸老师谈谈这个变化？也谈谈乡村中的女性，可能我们第一个性别意识的树立，恰恰是和社会主义运动有关系的。随着这么多年过去，这一群人怎么样被时代抛弃在背后，变成你今天看起来要可怜和嘲笑的人，所以我想要请尹学芸老师谈一谈。

尹学芸：好的。谢谢大家。在这样一个下午来到这样一个地方。我是远从天津来，我们叫蓟州区，蓟是一味中药，在北方的土地上到处生长。蓟州它也是一个文化古城，可能离北京比较近，有点灯下黑，全国各地的游客到北京以后就不想要在往京东走了，大家想到北京什么都见到了，你们那儿的山水有什么好看的？你那儿的寺庙有什么好看的？北京那么多的皇家园林。但是我们那儿的那座寺庙叫独乐寺。大家熟悉唐代历史的人就知道有安禄山这个人，安禄山起兵叛唐的时候，就在我们那儿誓师的，有一句话叫：“众乐乐不如独乐乐。”我们这个寺就叫作独乐寺，“独乐寺”这三个字是明代的严嵩所书。然后严嵩被黑以后，当时的一些知县就把那个字给封起来了，封起来之后也恰恰保护了他，若干年之后把那些泥巴给刨下来，严嵩的字仍然还在这儿。十一面观音，这个是谁写的呢？太白，李太白，因为我们那个地方也是离长城很近，北面就是一个长城。等于边塞的很多诗人都到那里去游历，留下了很多诗篇，蓟州大概就是这样的一个背景。

刚才三位老师谈到了关于女性的种种内容，我自己说真的也非常有同感，作为女性，一个是情感方面，感觉方面可能跟别人，就别说跟男人了，跟女人的感觉可能都是不一样的。然后我们说起来像周玉兰这个人物，刚才主持人也说了是在作品里面的一个人物，她是我若干年前做文化工作，做记者的时候，曾经采访过她，当年她也是天津的一个劳模，国务院总理下乡到天津，到蓟县来，会到她们家的坑上坐一坐，我接到这个任务的时候，她几乎是一个人物了。我和她有点忘年交，几乎无话不谈，隔三岔五经常到她们家，我们两个人还经常给人家做媒。年轻的时候有很多这样的经历，来自乡村的很多的人，她们各种各样的经历都特别感染你，像周玉兰就是这个样子的，她曾经有过那么多的荣誉，但是她老公问了我一句话，我觉得若干年后一直都还记得。她老公问我什么呢？说她天天去做报告，今天跟市长握手，明年又去北京，又什么什么的，就这么高的荣誉。然后他问我：她能转正吗？她能吃个商品粮吗？因为她老公是中学教师，本身是吃商品粮的人，这也就说明什么？那么大的贡献，接触那么高层面的人，其实最大的一个愿望还是成为一个公家人而已。所以说，这一点当年给我的感触就特别深。但是那个时候我大概二十四五岁，说真的，对生活没有那么深的感受，这些东西只有到时过境迁以后，你才能够知道意味着什么。

后来很多年，我跟她都没有来往，但是碰到她村子里的人，我偶然会打听一下这个人，这个人现在过得怎么样呢？可是会有各种悲剧的消息传过来。可是就是因为这样，你反而更不敢去看她，就是她过去那样生龙活虎的、和和美美的一家人，当她的生活发生了大的转折、大的变迁以后，她在你心底，会产生一种不可名状的东西。她和陌生人是不一样的，但是人跟人的缘分，有的时候就是这么奇怪，很多年我不大敢去看她，后来因为蓟县是天津市的水源保护地，为了保护这一线的水，有两万多口人，十几个村庄要整体拆迁，当时就是因为要推动这个工程，市里也是作为一号工程来督促这个事情，我们陪着市领导到拆迁村里面去视察，站在一片废墟上，当时乡镇领导和市领导介绍说："看我们整个村庄都已经拆迁了，只有三户还没有拆迁，这户是谁，那一户是谁？"我本来是站在人群外的，然后他说最后一句话，我一下就跑到人群里面去了，他就说这个人就是谁谁？就是这个周玉兰。

因为拆迁了之后，整个形势都变了，我当时认不出村庄的方位了，当时给我的感觉是很惊讶的。因为全村的人都拆迁了，她突然就变成一个钉子户，而且变成了一个非常顽固的钉子户。她的这种变化，当时说真的给我的触动是最大的，生活这么多年，尤其是我们在这个小地方，跟北京、天津，跟大的城市不一样，因为大的城市你认识的人会非常有限，很多陌生人的人生悲剧，他的什么跟你的什么没有关系，因为你听不到，或者说你偶尔听到了，和你没有关联，你不大往自己的心里去。但是有的城市不一样，谁和谁很快地就发生关系，不是同学就是朋友、邻居，拐三个弯都没有不认识的。所以她是跟你发生关系的人，跟陌生人给你的感觉是不一样的。然后我就约见了一个人，她当时是做整个拆迁工作的、宣传报告的。然后我给她打电话，我说你到我办公室来一下。我就想要了解一下周玉兰的情况。然后这个女干部就匆匆忙忙就跑进来了，我就问她，我说周玉兰这个人是怎么回事？她为什么要顽固的当钉子户？然后这个女干部就告诉我，她说："我们已经跑了很多趟了。"接着说周玉兰如何顽固，怎么谈，也谈不下来。当时我听见这句话，说真的，我心里真是非常伤感。我不是为了那个女干部跑了很多趟没有谈下来而伤感，而是有一个人频繁地敲我的门，我有多么难受。后来，新到的书记带着礼物去周玉兰家，但是最后礼物进去了，人给关外头了，拆迁队的这些人就特别气愤，说："看看这个人有多么可恶。"

当时在我的办公室就义愤填膺，她说："我们多少人力物力，我们研究解决问题的方法，制定软的硬的措施，什么法儿都想过了，到最后没有攻下来。"可是没有攻下来，一个是刚才我说过，整个过程会给他造成多大困扰。但是从作家的角度，我会想一想人性深处的问题，到底她为什么要如此坚守？我觉得这里边她是有不同于常人的一种心理的，这些东西恰恰是值得作家探讨和分析的。我就说我们这个时代的发展吧，其实就跟一个列车一样，觉得这个时代的列车真是太快了，有的时候你会感觉什么呢？有些人总是很幸运，这个列车无论跑得怎么快，总有人一步就上去了，他不但上去了，还能够占一个卧铺，还能够占一个好的位置，有些人是属于这样的。有些人可能上去了，他顶多有一个硬座，或者没有座了，但是能够跟着列车前进。还有一些人，他就总是看着列车和他擦肩而过，无论怎么样都迈不上去。很多时候觉得命运是一个诡异的东西，它很难琢磨甚至很难解释，但是这个时代，命运就是这个样子。

我后来写完小说，去看过周玉兰。二十年没见她了，去了之后，她老公一下子就喊出了我的名字“小尹”，然后喊她的老伴，说我来了。她个子不高，比年轻的时候更敦实，周身圆鼓鼓的，一下就扑过来了，差点把我扑到。然后看见我，她就抹眼泪了，然后就说，我不想要当钉子户，当钉子户我也很难受，但是政府不能满足我的愿望和要求。我说你的愿望和要求是什么呀？事实证明我也帮不了她，是一些很无理的事情。其实就是这么多年，她从这样一个高位跌落，一点一点跌落到底层，然后变成一个著名的钉子户，其实她的心理发生了很大的变化，也由于她家庭中的一些变故和遭遇。

我想要说这些东西，你想要说是个人的吗？其实也不是个人的，因为她恰恰是一个女性而已，其实类似于这样的劳模，甚至在别的文学作品和别的朋友圈过去也曾看见过，你看 20 世纪五六十年代的劳模，随着这个时代的变迁，那些劳模也只能活在过去的梦想之中。无论怎么说，我就觉得时代肯定是总要往前发展的，这个列车再怎么样也得往前走而且我们说十三亿人、十四亿人，永远都不可能搭乘一辆车而且都能够挤得下，这个东西是一个无赖的事情，这些东西我就想到它也是给作家提供了想象和理解的空间，怎样书写我们这样一个时代的影子，是每一个作家应尽的责任。

今天到贾家庄，因为我们3月份的时候这儿曾经有一个活动，我曾经应该来，但是我没有来，但是我的同事来过，回去之后给我描述过贾家庄怎么样。因为我的工作在文化和旅游局，我在政协那儿是一个兼职的职务，昨天她们仍然在发朋友圈，她们做的一些公号一些什么的，我间接地也了解一下，昨天晚上我在临睡之前也翻了翻房间里的小册子，也了解了一下历史，我觉得贾家庄是一个非常了不起的地方，它把整个的人文资源，极大限度地整合和发挥出来，因为我看了一看，咱们这儿基本上没有多少属于自然的东西，其实能源什么的都谈不上的，一切就是与人有关，与人的元素有关，是哪位作者所写的那个小册子里面在介绍贾家庄的情况，说大家如何众志成城，如何把一个非常有潜力的、非常赚钱的水泥厂果断地关掉，然后变成了现在这样一个场所，然后做这样一个大的文学活动，所以说我觉得贾家庄非常了不起，而且也非常有远见。今天借此机会能够认识大家，也希望今天大家能够记住我，好吗？谢谢。

季亚娅：好的，谢谢尹学芸老师！其实她说的就是作家观，关系到这个女人的命运，其实不是个人的，可能有很多时代的变迁和无奈在背后。包括我们这个水泥厂，那边还有节能减排，这边是种子影院，这个背后也有很多集体主义时代，或者说工业时代到现在，时代变化的影子在背后，有的人是幸运的，有的人是不幸的，周玉兰的不幸是她以为解放，或者使得她获得力量的东西，最后被时代证明是一个虚幻。这种心理的跌落和失落，可能是最让人心疼的地方。而这个心疼，我觉得和整体的那一代女性的认同，到今天女性的自我认同，这个变化它是纠结在一起的。我经常想起我的母亲，我母亲是知青那一代的人，她们那一代有铁姑娘，对吧？她们的自我认同，其实她和周玉兰也是一类人，她们要为社会主义事业做贡献，他们从中获得的事业感、成就感和她的性别意识的认同，妇女顶半边天，到今天我们更多的母亲角色还是在洗衣机和厨房面前，这个中间女性观念和性别的这几十年的变化，和尹学芸的小说主题是共通的，和我们今天这些作家所探讨的题目是共通的，这个变化是女性写作者心中都有所察觉和觉醒的地方。我们今天的讨论就到这个地方，下面还有十五分钟的时间，我们要留给和听众互动。请大家提问。老师们可以做回答。

互动答问环节

问题一：老师好，大家好，我是一名文学爱好者。我觉得这一次讲座受益匪浅，作品来源于生活，高于生活，我想要问葛老师，我想要问您，在这样一个新时代，我们打赢脱贫攻坚战之后，口袋越来越富，对于作家来描写乡村中的女性会产生哪些影响？你之前也说了，但是我没有听够，但是我想你挑一个角度来更详细地阐述一下。谢谢。

葛水平：我简单说一下，因为时间关系。我最近在《北京文学》上发的有一个关于脱贫的小说，写的是一个西藏女孩子的故事，最近《小说日报》头条也写了，你可以找来看一下。这个故事我认为是只能发生在西藏。这个女孩子，这也是一个真事，我面对她的时候，我说你为什么是贫困户，每年要拿到将近一万块钱，你为什么不拿这个钱？她说：一个人活得好好的，有手有脚，一定要当一个低保户是一件非常耻辱的事情。我说：是谁告诉你的？她说：是电视。我说没有人给你讲这个道理吗？她说没有。我说：电视就这么有威力吗？她说：对，因为我在电视里看到很多不如我的人，我希望政府不给我这一笔钱，把这一笔钱给到更需要这笔钱的人身上去。这个女孩子特别了不起，因为在西藏，女孩子基本上不结婚就生孩子，我曾经采访的一个女孩子就生了大约好几个孩，都没有父亲，就是她一个人带孩子。我说你一个人带这么多孩子，你当时为什么不结婚呢？如果你结婚的话，父亲就要和你一样负担这个孩子的抚养费和成长教育。她说我一定要把他们带大。这就是来自乡村女性的母亲。我本来是想要写一个报告文学的，我觉得我写不出来，我就把它写成了一个小说，我觉得小说可以更细腻地反映一个女孩子内心所追求的东西。那种低保户对她的伤害可能不亚于爱情对她的爱情，她特别不想要做低保户，但是在我们出了西藏之外，在我们周围没有这样的事情，大家都是挤进去争当低保户，争拿国家的钱。我就说这一点。谢谢。

季亚娅：非常棒。我记得水平老师说的那句话：低保户对她的伤害不亚于爱情给她的伤害。其实在我们女性情感中，有很多也是很重要的。我们第二个提问。

问题二：我想请问一下梁鸿老师。梁鸿老师您好，我的问题是当下这个社会，女性的自我认同和社会认同还是有差距，差距很大。社会认同中的女性应该是温柔、娴熟的。但是女性的自我认同不一定就符合社会期望，但是在这个过程中就会产生迷茫、撕裂的感觉，到底是融合对抗，还是说还有其他的路可走？就是想要听听您在这方面的一些观点。谢谢老师。

梁鸿：谢谢，其实没有那么严重，在现实生活中，最关键的冲突就掩藏在生活的背后，我们总是在很小的角落里面突然发现它是有冲突的。比如说我觉得现在也没有要求女性一定要温柔贤淑，但是我刚才说的两性之间的权力机构不一样，其实是指在一个大的状态下，女性还总体处于一种相对被压抑的状态，就是她所遭遇的困境更多。但是在日常的生活里边，我是觉得一个人得有足够的力量，你得自己有力量，才能够对抗所谓的外界的眼光，如果你自身没有力量，你就会跟着外面走，永远都跟不上。因为男人也罢、人也罢、单位也罢，对你的要求总是无限的。你越是没有力量，他越是被要求。但是你有一个鲜明的形象，我就是这个样子的。我的形象是足以支撑我自己和支撑我的精神，别人是会为你的光芒所认同和遮蔽。我认为所谓女性的力量就是，你要做你自己的时候你要尽可能地做好，但是我觉得这不是任性和不合作，而是你有自己的声音和自己思考的能力，我觉得这是女性特别要在意的一点。我觉得女性在婚姻和恋爱状态中，特别会委屈自己，特别地去要求对方做什么？你要对我好，你要宠着我，你要怎么着我，这样才是爱我，我觉得这个不是真正的爱情。我觉得真正的关系是相互独立之下的相互吸引，我觉得很难有真正的所谓的女性意识。

在今天，我们在说性别意识的时候、两性关系的时候，我是特别谨慎地把它作为一个二元对立的概念来引入。刚才也说到，很多理论是截然分明的，是一个确论性的东西，但是生活是非常混沌的，是模糊不清的，没有界线的，这个碗是该你刷还是我刷？这个饭到底该你做还是我做？如果家庭关系真要这样，就过不成了，对吧？有的时候，必然你的工作比较忙，我来做，我的工作比较忙，你来做，这是一个自然的分工。但是如果说在一个家庭里边，男的回来就打游戏，同样工作一天，女的回来就要做饭，我想这是今天的女性也不愿意去忍受的。

但是我觉得很多时候，就我的生活经验而言，即使像我这样还算比较独立的女性，也会碰到这种问题。真的，我的朋友、我丈夫的朋友都会这样警告我，你还想怎么样？我说我已经做得很怎么样了，非常低了。那么他们这种声音来自什么地方呢？来自你作为一个女性，你已经脱离了你夫妻关系的掌控了，所以他们要警告你。这种警告实际上是非常顽固的一种传统，非常顽固来自男性。她不是不自信，但这种传统真的是对你有约束，要求你不要跳出一般人的视野和眼光。这是用玩笑的背后呈现出来的，但是这个玩笑背后的信息是值得每个女性去警惕的。

问题三：各位老师好，我想问几位老师一个问题，我没有明确的提问对象。是这样的，我注意到一个现象，就是模糊化。我感觉这是一个属于模糊化的时代，文体上也有模糊化，散文和小说之间的界限，包括小说与新闻，文体之间的界限。有些新新闻主义就非虚构写作，它其实是按小说的方式来写新闻，有城乡之间的模糊化，包括我们今天在贾家庄，其实能够看到很多城市色彩的这么一个因素在里面。如果我今天上午是被打昏了待在种子影院里面，我醒来在一个市中心，不会觉得我在乡村里面。还有就是性别方面也有模糊化，刚才梁鸿老师也说到，我是觉得在模糊化这么一个视角下，重新看待乡村与女性的小说创作会是一个非常有意思的视角。我不知道诸位老师是如何看待那些娘娘腔、女汉子。以及就是将我刚才所说的模糊化结合起来，以这样一种视角来重新看待这个问题。我想听一听诸位老师对此的见解。谢谢。

黄灯：我在大学里面教书，经常看到80后、90后、00后这些年轻的孩子，有的女孩子长得像男孩子，我叫她回答问题的时候，我说："这个男孩子站起来一下。"然后她说："老师，我是个女孩子。"我就觉得我特别糟糕，我的眼力怎么这么糟糕？所以后来我就不这么说了，我就叫名字，不管他是男的还是女的，因为你现在要分辨的话，一个班总有两三个你是很难分辨出来的。

我站在一个家长的角度，我不希望我的孩子的性别太模糊了。比如说如果是一个女儿，我就希望她从小就像一个女孩子的样子。如果是个男孩子，我就不希望他太娘了。但是他的形象定位，我觉得这个也没有关系，现在国家也不像战争年代，马上要上战场了。如果你说我们马上要打仗了，我相信我们国家的男孩子阳光劲会非常足的，这个也没有关系。我觉得这个倒不是特别麻烦的一件事情，但是那个时候形象还是要注意的。

因为现在确实有一种倾向，整个人可能比较蔫蔫。可能北方比南方好一点，我是常年生活在南方，觉得人就像把骨头抽掉了一样。在一个金钱的世界里面，大家既没有像水平所说的那样，一个人会为了不成为一个贫困户而奋斗。我的很多学生家庭情况很好，结果他为了一个贫困生的名额使够了鬼主意，实际上她家里很多钱。她觉得我好厉害，我终于得到一个贫困生的补助，我可以拿到一笔钱去请学生吃饭了，这种没有尊严的事情很多，我还不能够说没尊严，他们就觉得好玩，没有把它当作一回事。我是这样理解的，或者说就是爱占便宜，或者说全部用经济的标准衡量，因为一个人的精神状态和她的价值取向还是有关系的，人还是应该有一点精神的，人内心有坚定的东西，她的精神面貌一定相对是清晰的。我觉得刚才那个男孩所说的模糊，模糊在我理解就是跨界。性别可以跨一下，城乡之间也可以跨一下，各个方面也可以跨一下，就是因为这个世界确定的东西太少了，跨的东西太多了。如果跨的东西太多了，这个世界就会太混乱了。我还是不太喜欢这种的，虽然我尊重它。我简单地回复一下。

梁鸿：其实刚才那个朋友说的非虚构小说界线的东西，我觉得其实有的时候文体它是为了方便叙说的东西，什么是小说？什么是新闻？一个好的小说里面可能会包含着新闻的元素，这个是不需要过分去焦虑的。一个好的非虚构作品里面也讲究叙事，会讲究起承转合，这是无可厚非的，但是我们对于文体这个东西，我们要有界限，但是不要被界限所制，这是一个写作者要特别在意的。别人会说你的这是小说，但是你自己要知道，我自己是在这个小说的前提下写作而已，我里面可以有各种元素，只要为了我的人物方便，不要被这个所限。也不要焦虑我到底写的是散文还是什么，我觉得我们要学习，就是说你要先熟识这些东西，什么是小说？什么是散文？什么是非虚构？熟识完了之后，把它扔掉，然后你开始写作，我是这样的一个想法。好的，我就说这么多。

问题四：首先感谢各位嘉宾，非常辛苦。我想提的问题也没有一个特别明确的对象。就是想说，之前就有过这种说法，男女是有别的。还有就是咱们中国古代男女是有一个正常的序列的，就是说阴阳平衡这样的一个说法。也就是说，女人应该有地位，一直是在和男人争地位的感觉。还是维持相对的平衡更好一点呢？就是想要探讨一下这个问题。我是一个心理学的爱好者，在做咨询的过程中，在很多家庭里面女性比较强势的话，孩子就比较懦弱一点，对他的成长势必就构成一些影响。在男女的平衡中，应该保持一个怎么样的度？我觉得还是女性更有发言权。谢谢。

尹学芸：说真的，我对这些东西都没怎么专门思考过。其实作为一个作家，有的时候你写东西肯定要有人物，有故事。其实你很难专门去想到，我今天要写一个女性题材，我自己是女性作家，然后我要专门从女性视角怎么样写。其实作家跟普通人在生活上是一样的。当然有些作家可能是比较另类或者比较什么的，专门写女性，从女性的视角出发。但是这么多年，我也写了很多女性，女性也作为主人公，我有兴趣，但也没有单独地从女性自身去考虑它。我想我们这个社会其实现在观念上也越来越多元了，过去总说男尊女卑，一到三八节的时候，单位的男士就抗议什么时候能够有一个男生节，他们都很抗议的，都觉得现在女性已经不得了啦，已经怎么样啦。其实我想他们之所以有这样那样的想法，还是基于什么呀？还是基于这种类比，就觉得现在的女性比过去好多啦，是吧？他是这样想问题的，你比过去好多了，而且我就想，从机关也罢，官场也罢，各行各业也罢，其实女性仍然是一个弱势群体。为什么这样说呢？有一个词叫什么呀？叫作“无知少女”。说一到官场了要提拔女干部啦，为什么要提拔葛主席呢？因为她是无知少女。无党派、知识分子、少数民族、女性，叫无知少女。为什么要这么说呢？还是各个位置，萝卜的那个坑，那九个坑八个都被男人占着了，只剩下一个坑，只能够摘这个无知少女，你要不摘，组织上就会找你的麻烦，如果组织上不找麻烦的话，他可能连无知少女都想不起来了。所以说无论是从方方面面、从行行业业来说，女性比男性担负着更多的责任和义务。

还有一点，如果说干起工作来，有的时候我们私底下作为女干部就会说："这个事是女同志干，比男的干得好。"为什么？因为女的认真、心无旁骛。说这个事儿我今天干完，我就要干完它，我不干完，我就不回家吃饭。男性应酬多，他要去喝酒，他要去社交，他方方面面的事务又多。还有一点是什么呢？男性本身的思维方式，我觉得和女性也是不一样的，社会分工不同，大家无论怎么样互相理解是第一位的，是非常必要的。现在媒体又多，方方面面的咨询也多。另外身边的女同事，女的下属、领导就不论怎么样，我觉得从社会上来说，还是应该多关心女性，多关照女性。我就说这么多。

梁鸿：其实刚才这位男士的提问里面有一个特别大的偏见，就是女性强势的话，家里的孩子就会弱。那么男人呢？这个家庭里的男人到哪里去了呢？我们现在看到在城市里边，所有孩子的上学，孩子的所有的事物，都是女人在承包。男人呢？男人去喝酒、去工作，好像女人没有工作一样的。你这样说，其实给女人戴上一个特别大的帽子。在这个家庭的内部，女性是要承担更多对孩子的责任的，你的这句话刚才是非常危险的。我觉得你这样一说，是把所有孩子的成长的问题，都归结到女性的身上了。一个家庭一般都是有爸爸妈妈，爸爸到哪里去了？这是一个非常大的问题。另外还有一点，你前面提到男女要平衡，怎么样保持一种平衡？而这种平衡，恰恰也是我们当今的家庭关系里最缺失的，非常缺失，所以看起来，我们说今天男女非常平衡，但我们稍微想一想，有孩子的家庭内部到底什么样子的？你会发现，男女是不平等的。你稍微想想，这句话从哪儿来？

季亚娅：我们今天这个交流对促进两性间的理解，肯定是有效果的、有促进作用的。然后我觉得我想要干的是尹学芸老师说的，非常适合女性干的一件事，在台上我要宣布我们今天这一场的讨论就结束了。

我们接下来会有一场朗诵会。我们这几位老师，接下来会带领大家有一场主题朗诵会，跟着她们点亮乡村。这个主题叫作：她们点亮乡村。在座的各位跟着她们，由她们来引领大家一起分享一个关于乡村和文学的美好的听觉的时刻。

获奖者对话

时　间｜ 2019 年 5 月 15 日 18:00—19:00

地　点｜ 贾家庄 · 贾樟柯艺术中心广场

主　持｜ 欧阳江河

嘉　宾｜ 王笛　莫言　于坚　梁晓声　侯波

欧阳江河：各位获奖作家，我就不一一隆重介绍，请直接上来就座。我们只能简短地对谈了，原来的对谈是准备四十分钟的，现在被告知只有二十分钟的时间，但是还是需要各位获奖作家来谈谈自己的作品。

我们最后一个环节是获奖作家的对话，由于时间不多了，因为晚上一会儿还有晚宴以及莫言老师电影的放映，所以我们只能简短地请各位老师谈一下他们获奖的作品，我们会集中到文学写作本身。各位老师我就不介绍了，本来应该我一一介绍的，然后请他们隆重出场，我先把话筒交给莫言老师。因为诺贝尔文学奖是文学的顶峰，文学家分两类，一类是获得的，一类是没有获得的，获得了诺贝尔奖相当于攀登上文学的珠穆朗玛峰，中国仅此一人。我们来听听莫言老师获奖之后关于文学创作的一些想法。我们这个奖是奖给诺奖之后的莫言老师的文学写作的，明天的讨论会是非常正式的、学术性强的一个讨论会。因为获诺奖之后他的文学创作更为从容、更为开放，某种意义上来讲，也更沉静，这是莫言老师让我们非常感动的地方。从本质上来讲，他真的就是一个文学家，下面我们听一听莫言老师的发言。

莫言：感谢欧阳江河老师的介绍，过奖了。我觉得刚才我们听了音乐家的演奏和歌唱以后，让大家沉浸在音乐的旋律里面，回家吃饭是最美好的事。但是非要加上这么一个环节，只好说两句。我还是老话，非常感谢贾家庄的父老乡亲，感谢山西这一块大地，感谢贾樟柯导演，感谢他们给了我们在这里聚会，跟乡亲们面对面交谈的机会。我获得诺奖之后沉寂了一段时间，确实是各种各样的原因。从 2017 年开始就陆续地发表一些短篇小说，一些散文、剧本，大概也有发了几首所谓的诗歌，如果我当着于坚的面说我写的诗是诗的话，那么我觉得是对于坚老师的不尊重。我写的长短的分行的东西，实际上是用这样的方式向我一直敬仰的诗人们致敬，我为了看懂他们的诗，所以我写了写诗，写诗的过程中也感觉到，你要理解你的诗人，你也要变成一个诗人，哪怕是变成一个不入流的诗人，对你理解诗歌有所帮助。短篇小说也是我最开始创作的一种文学题材，写了几十年了，再重新写短篇，第一确实是篇幅比较短，耗费的时间比较短，但是它的要求不比中篇和长篇低，它要遵循着短篇的规律来创作。以至于我写的几个短篇是不是达到了短篇小说优秀的标准，这个我自己很难判断，要经过时间的检验。剧本也是我这两年创作的重点，我非常喜欢地方的戏曲，昨天晚上看了《打金枝》，很多人觉得时间太长了，我还觉得有点短，我看得是津津有味。我后来基本就能够听懂他们在唱什么，戏曲是老百姓开放的课堂，也确实是老百姓化了妆的老师，所以我们中国在很长的一段历史时间内依靠戏剧对我们的民众进行了抨击、启蒙和基本的道德文化上的教育。所以在新的时代里面，我觉得戏剧依然要有强大的生命力。我们作为作家，我们既从戏剧里面吸收了很多的素养、学到了很多的技巧，如果我们拿起笔来写一写剧本，我想这也是对我们伟大的艺术的保护之举。总之而言，我想最近几年我写的数量不太多，感触也不少，接下来肯定还要继续地努力，以山西的吕梁文学季的这么一个奖作为一种起点，希望在不久的将来能够写出让大家满意的作品来，谢谢。

欧阳江河：谢谢莫言老师，我们都期待，莫言老师在我们贾家庄，在首届吕梁文学季结束的对谈中，向我们大家许诺的，也是他自己期待的，就是要写出更好的文学作品，让我们大家一起期待。下面接下来我想让获得本届年度小说奖的梁晓声先生来聊几句。

梁晓声：在最初开始写作的时候，只不过写自己所经历的一些生活，带有倾诉性，因为自己曾经是知青，曾经是底层，作品肯定在某种程度上有待他者的命运来发声的愿望。但是到五十岁之后我确实在想一个问题，就是人类和文学的关系如此悠久，到底我们为什么需要文学？我个人觉得需要文学的最终极的目的，还是为了我们要生活得更好一些。生活得更好一些，首先就是我们自己作为一个人要活得更好一些。因此我又看外国的作家们的作品悟到了这样一个道理，文学不但要写人在现实生活中是怎样的，而且也要写我们在现实生活中应该是怎样的。我个人甚至觉得这一点是我们当下文学和启蒙时期的文学的一个缩影。我们写人在现实中是怎样的，写得很努力，写得很认真，写人在现实中应该是怎样的，我们思考不足。

那么写人世间的话，我也是要集中表现，无论时代是怎样的，命运是怎样的，一个时期的生活遭遇是怎样的，都不能改变人想活成自己所愿意的那样一个样子的一种初心。我想这个初心肯定是每一个人都愿意自己在这大地上是一个好人，所以刚才莫言讲戏剧，我觉得中国戏剧在表达人在现实生活中，在事件中，大到战争，小到亲情、爱情是怎样的，作用很大，而诗歌我个人觉得是在不断强调我是这样，我这样来看世界的，我有这样的想法，其实也还是一种，诗歌是代表人类所发的种种自白，所以将近七十岁的时候才悟明白了我们应该做的事情，原来有这样的意义，而这个意义是美好的，所以我愿意继续写下去。千言万语汇成一句话，非常感谢吕梁地区的人民，感谢贾樟柯导演，谢谢大家。

欧阳江河：谢谢梁晓声先生，文学更应该写我们应该是怎样的。这是今天更重要的一个金句。接下来我们有请本届吕梁文学季年度诗人获奖者于坚先生说几句。

于坚：说到底，我认为写作就是通过语言对生命的一种解决。那么刚才我觉得莫言说得很好，作家之所以成为一个作家，他首先是通过语言来实现自己生命的解放。那么我觉得一个作家应该可以写得更好，反过来，他可能虽然比起过去写得好，因为写作是针对自己，是自己生命中的语言解放。我觉得在当下的时代和我早期的作品比起来，我现在写的，我认为作者更少，因为早期是口语写得比较多。但是我认为一个作家要敢于抛弃他的读者，那么这个我写了三年，我写作有一个特点是，就像刚才小说中说到的，你要写我曾经这样生活过，我认为所有的伟大作品都写同一个主题，就是我曾经这样生活过，我看见过这样的生活，是吧？无论是《红楼梦》还是《似水年华》。至于这样的生活对于读者意味着什么？我认为不是作者的事。我告诉你我曾经这样生活，那么你可以去判断，你喜欢也好，你批判也好，这是你们的事情，但是写作他本身不是对现实简单的重复。我写的大象，是我看见的大象，我们家就住在昆明的动物园的旁边，因为昆明这个地方比较神秘，因为动物园是在市中心，所以我从小就在动物园旁边玩，所以大象是我生命中的一个动物，可能其他的读者会觉得大象太遥远了，但是对我来说不遥远，就在我们家后面。我也曾经为大象拍了一个摄影集。我曾经也想要写一首关于大象的诗，那么写作说到底就是指鹿为马，你写的是大象，但是你写作本身是对现实的超越，是吧？你并不是一个简单地对现实的一个复制，或者是一个模仿。那么大象这个词本身在汉语里面它有非常丰富的内容，它既是指一种动物，但是它又是有老子的那种思想，大象无形。我觉得在这首诗里面可以把汉语的那种奥妙，在现实可超越性之间来回地无缝对接，就像刚才的钢琴演奏一样，我现在比较喜欢这样的写作，因为我觉得汉语是我非常信任、非常热爱，可以无边无际地走向深邃的一种语言，所以为什么孔子会说，语言是多么伟大。实际上他讲的是汉语有多么伟大，我是通过大象这个事来表达我对语言新的这种感受。谢谢。

欧阳江河：谢谢于坚先生，他的《大象》我非常喜欢。我的理解是在当代这样一种消费时代，有些东西被肢解了，更新拼装了，完成了华丽转身，完成了升华，可以有各种面目。但是还有一种大象所象征的那种缓慢的、笨重的大块文章的东西，无非完成这种解构和华丽转身，他们要保持自己的尊严，这种大象无形的东西。我觉得这一组诗是对这样一种东西的缅怀、一种记述。接下来我们有请侯波先生谈几句。

侯波：5月2号的时候，我和几个朋友到内蒙古去穿越沙漠，走到半路我接到一个电话，说你是不是侯波？我说是。他说你获奖了。我就问他有奖金没有？他说有。多少钱？我就想遇到骗子了。后来的事情是怎么样？就是咱们主委会给我打了电话，我说这个的意思是什么？就是获奖的消息特别多，但是像这样真金白银的获奖特别少。所以我在此感谢贾樟柯先生，感谢这一次吕梁文学奖的评委会，感谢《当代》杂志社。我这几年一直关注农村，写了一些关于农村、乡村重建的这些小说，大概写了有四五个。这一次《胡不归》的原型是这样的，我有一个忘年交，他是四川的一位领导，然后他就退休了，回到农村，他也是我的老乡，他在这个村子里利用个人的关系，然后帮他的家乡干了许多的事，包括铺路，安了路灯，硬化了巷道，还修了一个池塘，但是他把这些事情干完以后，他非常有感触地对我说了一些事，他在村里待了五六年的时间，因为他妈妈在农村不愿意离开家乡，所以他退休了以后就回到他家乡住着。他说了三件事，一个是他在农村的时候，我们那儿比较富裕，所以人口流动性还少一些，到秋天苹果熟的时候，外地人来这儿给农民摘苹果，然后有一个女的过来摘苹果的时候，她把一个纸条弄坏了，然后这个主家就罚这个人一百块钱。当然还有一些事，是另外一个女的，她到这儿也是摘苹果，摘苹果的时候，这个女的月经来了，不小心把主家的东西给弄脏了，然后这个主家扣了一千块钱。然后他还说了第三件事，给村里面建的祠堂是他花的钱，但是村子里管水的人，我们那儿一桶水，给本村的人是一块钱，给外村人是卖一块五毛钱，因为他要建祠堂，这个人就非要一块五毛钱不可。所以他给我说这三件事的时候，非常有感概，这些人这么有钱了，怎么这样？就感觉到现代的人不行。其实他还说了很多事。

我联想到一些事，是我们村子里的一些事，土地已经荒了五六年了，包出去。村里面开会说包出去，但是很多人的想法是，我弄不成我也不让你弄，最后弄得没有办法，三四年的时间，这样的土地就在那里荒着。我想到了这些之后，就感觉到心疼，所以这就是我的小说《胡不归》的起源，我看到的是一种农村文化秩序的重建。谢谢大家。

欧阳江河：但是我很担心你这样说，下一个小说又说下去了，我们的时间实在是来不及了。下面我们留点时间给王笛老师，王笛老师不一样，这也是我们这个奖的初衷，我们要设一个非虚构类的作品，王笛老师的身份和我们在座的各位作家不太一样，他是一个典型的学者，而且是特别重要的一个学者，曾经是中国历史学会的会长、美国威斯康星大学的历史系教授，现在是澳门大学的杰出教授，他的英文著作《街的文化》在2005年曾经获得美国城市演讲协会的年度最佳著作奖，这是非常厉害的一个奖。另外他的另一个英文著作《茶馆：成都的公共生活和微观世界》，也被《南方都市报》评为2010年十本“年鉴之书”之一。那么这样一位作者，他在历史写作和文学写作之间，他刚才在感言的时候也略微说一下，我们再听听这两者之间的靠拢，我们再听听他精彩的发言。

王笛：谢谢欧阳江河老师。今天在座的都是文学大家、诗人、小说家，这些诗人和小说家都有充分的想象力，因此我们读者的共鸣，但是历史写作要求的是每一句话都要有根据，这次获奖的作品《袍哥》的副标题是“1940年代乡村的暴力与秩序”，实际上是根据1940年代燕京大学的社会学系的一个本科生写了一个调查报告两万多字，我拿到这个调查报告是十多年前，因为我在学其他的研究，所以在2014年开始读我三十年来收集到的关于《袍哥》的资料，这份资料进入了我的思考之中，怎么使用这个资料？后来我决定，以这个资料为基础，写一部中国第一部微观历史。什么叫微观历史？就是以个人的命运，一个家庭为主要焦点，而且写的不是英雄人物，写的是一个没有名气的，而且写下层的一般民众家庭。写下层民众就有非常大困难，哪里去寻找他们的身影？因为他们能够记录下来的东西，都是由精英记录下来的，所以我想要找到他们的身影是非常困难的，所以我就利用各种的档案和官方文献的记录来重构过去的历史。第一章就叫杀死亲生女，以一个袍哥，袍哥是秘密社会的首领，他怎么样把自己的亲生女儿在公开场合杀死，这个事件我一开始去探索后面的各种秘密，为什么他要杀死自己的女儿？他的组织后面有什么秘密？而且这个正是1940年代，正是中国发生剧烈变化的时期，抗日战争，接着是内战，然后是共产党革命的胜利，在这种大的背景下，个人的命运怎么和历史的大背景联系在一起，这本书就是来探讨个人的命运和大历史的关系。

欧阳江河：说得太精彩了，这本书我要认真拜读，是阿来先生让我去拜读的，因为我也是四川人。今天的这个对话，尽管只有半个小时，可能都还不到，但是我们浓缩的这个思想的分量，大家思考的文学的质量是非常高的，很可惜不能再深入地展开。我们不得不对诸位来宾说我们要结束了。我们在一个天空下，白天是一轮太阳，晚上是一轮月亮，这是我们在这个露天场的最后一个活动了，还是借用莫言老师的那句话，地球上有一个贾家庄，然后让我们在这里给大家说再见。好的，谢谢在座的各位。我们刚才的五位嘉宾老师，谢谢他们给我们奉献了精彩的对话。

主持人：非常感谢各位老师给我们带来的非常有光芒的对话，我们有请六位老师先留步，来拍一张合影。今天我们一起相伴，从黄昏的时候一直到太阳落下，今天是非常有意义的一个盛典，吕梁文学季打造的评价体系为中国文坛树立新的榜样，鼓励更多的写作者们继续前行。

美好的时光匆匆行过，让人不由得也想要加一点，就像吕梁文学季的加一点：文学加一点音乐，文学加一点电影，文学加一点书法，文学加一点等等，于是就会有无限的可能。今天，文学的荣誉加一点动人的音乐，已万分精彩。明天，我们还有期待已久的致敬莫言特别活动；明年，我们将继续发力、继续发光，为文学再加一点。2019 首届吕梁文学季，从乡村出发，为文学加了一点本真，为乡村加了一点书香，相信未来也会因此加一点美好。

写作永不停止，文学永不止步。吕梁大地上的这颗文学种子，从此扎根，茁壮生长。

再次感谢大家关注我们今天的盛典。请大家一起期待明天的活动，我们在下一届吕梁文学季再见。

【校园日】

我们如何读唐诗

时　间｜ 2019 年 5 月 10 日 17:00 —18:30

地　点｜ 汾阳中学

主讲人｜ 西川　贾樟柯

西川：大家下午好。

我一进到你们这个学校，就被震住了。校长给我说，你们学校已经有一百一十三年的历史了。比北京大学还老，真是了不起。然后我一看这个学校的建筑，就特别像一个中学，但是我觉得特别像一个老牌的大学，老牌的学院，所以我不知道在座的同学们，我估计你们可能也跟别的学校的同学不太一样，因为你们生存的环境、学习的环境，我去过一些学校，和别的学校很不一样。我就不知道，我就是有点犹豫，我不知道该如何给大家谈诗歌。我自己是个写诗的人，但是我写的是现代诗歌，用现代汉语所写的诗，但是当代诗歌与古代诗歌还是有很多的关系。我想先了解一下，各位同学对于现代诗歌有什么样的了解？你们随便给我说几个名字给我听，有人愿意说一个名字吗？你知道的任何的现代诗人的名字，有吗？谁？顾城、海子，还有谁？大家所说的这几个人的名字，我觉得很有意思，全部都是朦胧诗，或者说和朦胧诗有关系的诗人的名字。再老一点的诗人，大家知道谁吗？艾青，总听说吧。卞之琳、穆旦，连鲁迅先生都写诗，写散文诗，鲁迅先生有一个散文诗集叫《野草》，其实我估计你们不太知道的一件事是贾樟柯导演就是从这个学校出来的，好像也是诗人，你们回头问问他，他好像也是诗人。

所以充满偶然性，诗歌就是充满偶然性的。无论你想怎么写，在写的过程中，不断地会有偶然的东西出现，所以刚才一出这种声音，我都觉得很有趣、很神秘，怎么一讲诗歌的时候，这个话筒都要抢话？话筒自己要说话，大家知道这样的一些诗词也不多，估计在座的同学也有写诗的同学。我相信，因为我是学生的时候，就写了一点东西，但写的都是那种类似于有点像古典诗歌的那种诗。因为我们那个时候的环境和大家的环境不一样，我最早学习诗是跟《水浒传》里面学习诗，《水浒传》是一个小说，但是《水浒传》里面有一些诗叫"有诗为证"，谁一打架然后就是"有诗为证"，我就跟着"有诗为证"学习了一些莫名其妙的东西。

我相信咱们同学里边一定有写诗的同学，而且我不知道你们是写什么诗？还是新诗？新诗的话，刚才大家所说到的一些人物，海子、顾城、北岛，这些都是非常棒的诗人，你们既然知道他们的名字，肯定就知道他的作品，像海子的诗《面朝大海，春暖花开》已经在课本里有了，北岛的诗你们知道是怎么样的吗？还记得他的句子吗？"卑鄙是卑鄙者的通行证，高尚是高尚者的墓志铭。"你们能换一个节奏说这个话吗？"卑鄙是卑鄙者的通行证。"后来我有一个朋友在北京，他说，我们可以把"卑鄙是卑鄙者的通行证"改成快板。怎么改呢？北岛可能不愿意变成快板，但是我想要说的是，语言是很奇妙的，同样的一句话用不同的节奏说，就有不同的效果。那么大家知道顾城写过什么诗吗？"黑夜给了我黑色的眼睛，我却用它寻找光明。"这是非常有名的诗句。我觉得基本的文学常识都有。

咱们如果要撇开这几个朦胧诗人，再往远的说一些，比如说像艾青，艾青很有名的两行诗，反正我知道他有一个很有名的句子，叫为什么？

（为什么我的眼睛常含泪水，因为我对这片土地爱得深沉。）

很好，还有一个诗人叫卞之琳，有一首小诗。我不需要讲这些东西，大家全部都知道。你们能不能现场写点诗吗？你们随便写你们的校园，你们的校园太美了，你们这个校园可能和我见到的中学校园是最美丽的，愿

意不愿意试着写两行，或者说你以前写过几行，写过什么东西？写过阳光，你们这儿刚才下雨了，我来的路上，我今天从北京过来，来的路上下雨了。我不知道大家对春天有什么感觉吗？树叶，阳光照在树叶上，早上起来，我不知道能不能看见，因为一看到阳光，我就想到窗户里一束光打下来，你能够看到一束光，实际上那会存在一个反光，这一类东西实际上就是诗句，你用一个合适的方式表达出来，诗歌这种东西，很多时候，有些人觉得离我们很远，但是实际上诗歌是每时每刻都有的。甚至刚才这个话筒出问题的时候，我都觉得是。我刚才说，当我要开口说诗歌的时候，连话筒都要抢着发言，类似这种东西就是诗歌，就是普普通通的日常的状态，进入一个创造的过程，进入一个胡思乱想的状态，进入一个你在语言里可以讲述的状态。

哪个同学愿意写两句吗？我看你们这儿都有这些东西，你们写一写一些内容。写什么呢？你们写一下你们对春天的感受，能写出来吗？或者是你能够想起来的关于春天的趣事。比如说春天有什么呢？花。花的颜色是什么样的颜色？比如说花开的颜色，跟你身上穿的校服的颜色相似，诗歌是什么东西？就是联想，你从这一点联想到另外一个点，或者是一个正常语言的走向，但是你不知道怎么拐弯。我举一个例子，曾经我有一个朋友，忽然有一天给我说："我也能写诗。"我说："你能写什么诗？"他说："我路上看见一个修车库。"就是修汽车的，我姑且把它叫作汽车修理库，然后他说那一块写着，那是一个本店修车，本店，一行；修车，一行；打气，一行；补胎，一行。他说："我就把本店、修车、补胎、打气，分成不同的行。这不就是一首诗吗？"我说："这还不是一首诗。我说你缺什么东西呢？如果要是我来写，我一定是让这一句话到最后拐弯。"我给他说："本店、修车、补胎、打气，我后面还跟着一个东西：没门。"所以这就是让语言忽然转一个弯，其实这种东西就是诗歌，只不过我们这个东西有时候不会严肃地对待，你们日常生活当中同学之间开玩笑，开玩笑的时候你们的聪明才智一定都有了。也许你跟春天开一个玩笑，跟阳光开一个玩笑，或者说跟你校园里面的一个什么东西开一个玩笑。比如说：春天来了。我曾经又想起来有一个朋友给我讲另外一个诗歌，说一个要饭的。一个要饭的写一个牌子，那个牌子上大概写的是：帮帮我吧，我家里有病人。然后有一个人就过去了，给他在前头写了一句话，叫：春天来了，请帮帮我吧。结果那个要饭的小牌子就变得有意思了，就是类似这样的一个东西，春天来了，我摔了一跤。比如说：春天高高兴兴地来了，而我却生病了。就是类似这样的表达，你们能够试着写两行吗？

刚才我就看着你们这么写，我有点心疼你们。因为你们穿着校服而且是坐在那儿像考试一样，我不愿意把写诗变成考试。写诗是当你高兴的时候，你有可能自己开脱，你有可能自己傻笑，你有可能自己就难过，都有可能。他应该是一个，如果你能够进入状态，一定是很有趣的事情。

而且还有一个，诗歌可以很短。有的时候一行就是一首诗。日本有一个很短的诗歌形式，叫作排句，它是五个音节、七个音节，这是全世界最短的诗歌的形式。然而中国古代的五言绝句也很短，有的时候只是一个瞬间的小感觉，你抓住它就有意思。

我们再来讲你们刚才在纸上写了一些什么？有同学愿意直接站起来，就读一下吗？那儿有一个同学，那个同学太好了，但是好像机器拍不到你，你走到这儿来。你读给同学听！

（如果我要成为什么什么，我不愿意做什么什么，那太凄凉，太忧伤。要像今天一样，在光芒照下来时，落你脸上，吓你一跳。）

很好。

（日光，照耀大地，落你脸上，吓你一跳。）

你平时写这种吗？

（是你一说下雨，然后想到的。）

这是你人生的第一首吗？

（是。）

那真了不得。有什么话想要对同学说的吗？

（没有。）

回头别忘了今天写诗的事儿，说不定以后还能够再写。咱们还有别的同学愿意读一下吗？这位男同学读一读，拿一下话筒，话筒在那儿。

（我写的是阳光。春天的阳光在叶子上流动，唤醒了生命，驱走了寒冬。）

春天的阳光在叶子上流动，你是说在叶子上流动。然后呢？唤醒了生命，驱走了寒冬。然后这个叶子是什么时候？

（是从冬天到春天被阳光唤醒。）

你早上起来，自己随便说的一句话，一般是什么？会说话吗？早上起来会说这些话吗？你觉得叶子会说话吗？它会唤醒吗？请你说一句，叶子会唤醒，然后你说 OK。这是我临时从你这一块往下稍微引一下，你把叶子唤醒很好，有动作还有副名词，这非常好。这也是你的第一首诗吗？

（不是，前两天就已经开始写作了。）

你现在高几？

（高二。）

好呀，这就开始进入到用诗歌的方式来感受世界了。那个同学坚持举手，那个女同学。把话筒给她一下。首先我问你，不是事先写好的吧？

（不是。）

那我们听一听。

（阳光跳跃在床上，年少的脸庞阻挡了它的去路，树叶发出嘁嘁的声响，为了果皮与归路。）

你看同学自动给你鼓掌，非常有意思，你说“阻挡”，我看到你用到一个词，用到“阻挡”，是什么阻挡？是阳光？我有点忘了。刚才的那个感觉我忘了。

（年少的脸庞阻挡了它的去路。）

“年少的脸庞阻挡了他的去路”，是这样吗？

（就是说阳光本来是透过树叶要照射在墙上的。我们都在碎片中去集聚这种阳光，每个人都去汲取阳光，所以说有阳光照射在桥上，也会有人去汲取它。因为我们每个人都是在春天去萌发一些新的事，说实话，它很需要阳光的那种滋润。其实我们人也一样，也需要阳光的滋润。）

非常好，你平时写诗吗？

（我有的时候会写。如果对我特别有感触的话，我就会把它给写出来。）

我听你刚才的这个描述，你的这个诗歌的诗句，我感觉好像不是第一首诗了，你有一些序的感觉，你使用文字。

（我平常写作的时候，就会用到一些词语，因为词语可以很充分地去表达我想要表达的情感。）

非常好，谢谢！

你们都能够把诗写成这个样子，我就得想想，我怎么开始我今天的谈话。我相信你们对新诗了解到这种程度，对古典诗歌也一定有很多的了解，而且我相信在座的同学，能背好多古诗，我估计你们考试，如果是语文，是不是有那种给你出个上句，你就得把下句给填出来，应该是有这样的考试的方式吧？或者说给你一个错误的诗句，让你判断它是正确的还是错误的？反正考试，老师出题的类型，里边应该包括哪些东西？对于过去的中国人来讲，尤其是受过教育的中国人来讲，写诗是一个基本的本领，你跟这个世界的关系里面包含了你跟诗歌的关系，但是这是古代的中国人、过去的中国人。现在写诗变成了一个慢慢有点奢侈的事情，当然这里边有很多的原因，一个是我们也不再像之前所说的，不再用古汉语的思维，已经是用现代汉语的思维。用现代汉语怎么来表达诗句？怎么来承接诗句？这是一个新的题目，毕竟现代汉语诗歌的历史还没有咱们学校的历史长，咱们学校我刚刚听校长说有一百一十三年的历史。那么胡适发表第一首新诗是 1917 年，到现在正好是一百年刚过，所以咱们学校的历史又是一个不可思议的事，居然比中国新诗写作的历史还要长。但是用新诗写作的人，他在不断地从古典诗歌里获取资源。我们知道很多的家长，他们会从小让自己的孩子背一首诗，我小孩小的时候，我也让他背古诗，但是后来全忘了。所以它也是我们教育当中很重要的部分，就是让小朋友背古体诗。但是我发现所有的家长让小孩背古体诗的时候，没有一个家长想把自己的小孩培养成诗人，所以背了很多古体诗，并不是为了写诗，而且是为了让这个小孩显得有文化、有修养，或者说有一个小本领，来了客人可以背诵古诗，当然背的古诗都是很简单的古诗了。但是这个依然是一个很不错的一件事，就是一个孩子从小就能够背一首古诗，然后慢慢地也可以欣赏一下一些表达，也可能在适当的场合，他忽然就能想起一句他当年背过的古诗，这个时候我想象这个场景，应该是挺优美的场景。

但是如果你是一个诗人，那么你面临的问题就跟这个只是背了古诗作为修养，情况就有点不太一样了，因为如果你想要写出新东西来，这意味着你从一个新手的状态进入到一个创作的状态，那么这个时候就需要我们对于诗歌，需要对它有另外一番打量。我不知道大家上课的时候，老师给大家讲古诗，是怎么个讲法，但是老师讲不讲古诗是怎么写的？这个事我不知道。比如说我们在读一首古诗或者背一首古诗的时候，我们自己可以想象一下，古人是怎么写的？你们的课本里边可能有首杜甫的诗，你们都能够背得出来。不知道老师有没有给你们讲过这一首诗，杜甫是在哪里写的？就是在现在的奉节，是四川的一个地方。奉节是长江进入三峡，进入夔门的地方。那么杜甫经过安史之乱，在安史之乱当中他逃难了，他走了很多地方，后来从成都到了奉节，就是那个时候的夔府，就是夔州。所以杜甫在《秋兴八首》里边，里边有一首杜甫最伟大的诗，叫作“夔府孤城落日斜，每依南斗望京华。”那么这个夔府就是现在的奉节，也就是过去的夔州。杜甫就是在这儿写的《登高》这首诗。

那么杜甫写《登高》这首诗的时候，他是怎么样的状态？我知道你们的课本，里边有一幅插图，就是有一个老头坐在那儿，有这个插图吗？是杜甫的一个画像。因为前些年咱们网上老恶搞杜甫，你们有同学参与过恶搞杜甫的事儿吗？没有。你们都是好孩子。你们知道那幅吧，就是一个老头坐在那儿，好像是坐在一个石头上，这幅画被认为是杜甫写《登高》时的场景。其实那幅画，有些东西没有表达出来。杜甫在写《登高》这首诗的时候，他的身体状况已经很不好了，杜甫在那个时候，有肺病、糖尿病，如果你读杜甫诗，他经常说到常青句，常青就是司马常青，是汉代的司马。他自己说他自己有常青病，又叫作消渴症，现在管它叫作糖尿病，所以杜甫因为这个病，在夔州时，他的身体已经基本垮下来了，垮下来之后，他没有什么头发，他四十多岁的时候，写“国破山河在”的时候，他里边有一句簪子都快簪不住头发，他就没有什么头发了。他的《登高》这首诗，应该是在他五十四岁的时候写的，差不多是在这个时候，杜甫一共活到五十八岁，虚岁五十九岁。在夔州的时候，他的身体是什么状态呢？我记不起那个原诗了，那个诗大概说他的左耳已经听不见了，半耳聋，他的右胳膊也抬不起来，右胳膊抬不起来、左耳朵听不见，牙掉了不少，头发已经白得很稀，然后又有常青病，就是糖尿病，又有肺病，就是在这种情况下，写下了他最伟大的诗句，就是《登高》。咱们有同学能够背一下《登高》吗？或者咱们一块儿背，背杜甫的这首诗《登高》。

风急天高猿啸哀，渚清沙白鸟飞回。
无边落木萧萧下，不尽长江滚滚来。
万里悲秋常作客，百年多病独登台。
艰难苦恨繁霜鬓，潦倒新停浊酒杯。

你们居然全部都会背，太好了。这个是杜甫一辈子的最高成就之一，当然他还有其他很好的诗歌。这首诗是非常重要的诗篇，对于咱们中国人来讲。但是现在一般来讲，我们自己读古典诗歌的时候，会有一种欣赏的态度。我觉得只是一个欣赏古诗的态度，读古诗是不够的。我觉得可能在必要的情况下，或者在可能的情况下，我们最好能够让我们自己来体验这种古诗，从一个欣赏的感觉，进入到一个体验的感觉。我就拿杜甫这首诗来做例子，因为杜甫是经历了安史之乱，安史之乱是公元755年爆发的，安史之乱的时间，大概长度有七年多。杜甫在整个安史之乱中颠沛流离，在颠沛流离的过程中，他把自己的写作提升到一个诗圣的位置。杜甫活着的时候，没有人认为他是最顶尖的诗人，我们现在觉得杜甫很不错，还有李白，这是中国古典诗人中最伟大的人物了。但是杜甫的声名要在他死后三十多年之后，才被认为是最伟大的诗人，他活着的时候，名声没有那么大。所以他有两行泪，叫作“百年歌自苦，未见有知音”，就是他认识一些人，而且他和李白也是好朋友。但是没有人那么认真地觉得他就是顶尖的，没有到那个程度，得到他死后三十年，甚至时间更多一点，就是到了中唐的时候，到了白居易、韩愈那个时代的时候，杜甫才成为唐代诗歌里面的一个顶尖的人物，大家才开始把他作为这样的一个人物接受下来。

杜甫一辈子颠沛流离，我就给大家说几个数字，可能大家就会有这种意识。唐朝的人口，一般讨论唐诗，很少有人给你讲唐朝的人口有多少，咱们汾阳的人口是多少。

汾阳是三四十万，汾阳的人口并不算多。因为我在北京我住的一个小区，那个小区叫望京，望京那个地方是230万人，一个小区，它是朝阳区的一小部分人口。那么整个唐代的人口，它最封顶的时候，人口最多的时候，就是在安史之乱之前，唐朝的人口达到5300万，因为没有那个时候的人口统计数，但是有那个时候的户数，就是当时有多少户人，就是1家人有5口人，或者说1家人乘以6，做历史的研究，就是一户乘以5，就得出当时的人口。但是安史之乱一来了以后，人口少了多少呢？少了得有三分之二。就是唐朝还在，但是人都没了，就是因为这个战乱。就是经历了这样的一个过程，所以他的诗歌一下子就跟安史之乱之前的写作就不一样了，就变成了记录他自己的经验，记录他那个时代，把个人的经历和古人的经历全都能够联系在一起，这个是跟安史之乱是有密切的关系。那在这个时候，我们对唐诗就不仅仅是停留在欣赏的状态，比如说“无边落木萧萧下，不尽长江滚滚来。”好句子，可是杜甫的这个好句子的代价，就是唐朝的人口走了一大半，就相当于在今天我们中国14亿人，别说走一大半，走一半，咱们每个人都不知道该怎么活了。所以这个事情是特别的，如果我们在从这样的一个角度再来体验中国古典诗歌，中国古典诗歌就不仅仅是一种文本，它是活生生的情况。因为文学写作，现在，很多作家用电脑写字，也是一个字一个字敲出来的，古人是一个一个字写出来的，古典文学对我们今天来讲，是文化遗产。但是对于当时写诗的人来讲，这不是文化遗产，这是他对生活活生生的感受。所以在这一块，我们就说在当下我们读古诗，应该能够回溯到他们当时的那种活力，那种写作的状态，回到一个有血有肉的状态，这个时候古诗就不再是死人的作品了，不再是死去的东西了，他应该是一个活生生的这么一个东西。

很可惜，我们现在接受古典诗歌的时候，基本上是，我管它叫拿出来的一个态度，是供着的态度，古诗是在那儿的，然后我们供它，我们只有欣赏的份儿。但是如果我们开始体验古诗的时候，我们会觉得我们自己有时候要出一身鸡皮疙瘩，就是那些诗在那儿，我们忽然觉得进入了一个世界，一个时代。中国古典诗歌和当代诗歌很不一样，它有各个方面的不一样，比如说古典诗歌的精气神和新诗的精气神很不一样。古典诗歌的语言，跟当代诗歌的语言也很不一样。有些人写新诗，但是他仍然觉得，自己跟古典诗歌有一种那样的关系。实际上这种关系被简单化了。

古汉语和现代汉语有一个很大的共同点在哪儿呢？古汉语的基本语意单位是字，而现代汉语是词。那么字，所以你知道，才可以有五言、七言，才有“白日依山尽”“黄河入海流”，那么归到“尽”“流”这是它的基本语义单位。那么现代汉语是词，所以我们感受世界的方式是两个音节以上的，就是两个字以上的，我们在现代汉语当中，你如何区分诗的因素，凡是用一个字可以表达的都是从古汉语来的，天、地、人、神、鬼，或者天、地、君、师，就是类似这样的。比如说你们吃的东西，凡是能够用一个字表达的，比如说麦子，麦、稻，类似这样的东西。你想想你们吃的水果：梨、杏、枣、桃。凡是用一个字称呼的，全部都是古汉语，凡是用两个字以上的，全都是外来词或者是翻译词，只不过古代就进来了。这个时候你读到那一首诗：“葡萄美酒夜光杯，欲饮琵琶马上催。”我想要说的是，这里边的“葡萄”是一个外来的词，它是一个翻译词，就像我们自己在现在的日常生活当中，用很多的翻译词，比如说你们画画，画画的那个老师是叫美术老师，你们从来没有意识到“美术”这个词是翻译进来的，它是日本人先翻译过来的，实际上我们日常生活当中有很多这样的词汇。也就是说，一旦意识到这一点的时候，我们就知道古代人感受世界的方式和我们现代人感受世界的方式不完全一样，因为节奏不一样，这个是语言上的东西。

还有一个东西就是中国古代的写作题材，就是中国故事的写作题材，这是和古代社会绑在一起的，中国古代社会是一个农业社会，所以我们在诗里边，古诗里边看到的那些词、那些意象，基本上全部都是农业题材。“月亮、马、行舟、悯农……”等这些东西，全部都是农业的写作。那么到今天，可能一个诗人就不能够仅仅是满足于这种农业题材的写作，因为我们现在已经是一个，怎么说呢？尤其是近些年中国的变化非常大，它的城市化率不断提高，现在可能中国人的城市化率已经达到百分之五十几了吧？不会低于54%，可能应该有56%、57%。比如说姑且说57%的中国人都已经生活在城市里了。但是我们很多人写起诗来，包括刚才同学们写的那几首诗，你们用的意象还是农业的意象，因为你有一个对过去农业生活的回忆，你背的古诗都是和农业生活有关系的。比如说哪个同学愿意写写玻璃？你们觉得玻璃有没有诗意？或者有没有同学愿意写一写咱们屋里的发着光的灯，你宁愿写蜡烛也不肯写灯，因为你觉得蜡烛有诗意，为什么你觉得蜡烛有诗意呢？是因为蜡烛的光是农业题材。现在我们的生活有了很大的变化之后，我们的文字记忆，跟过去有密切的关系，所以才有这样的一个情况。

读古诗，很多同学自然会有一个小冲动，就是怀旧，喜欢怀旧。尤其是年轻人特别有意思，我有一次在北京做一个演讲的时候，我就这么说，我说中国现在的年轻人就喜欢怀旧，怀的旧是什么时候的旧？差不多是民国时候的旧。当然我们学校，就是一个太好的怀旧的一个场所，整个的建筑风格，颜色的使用，都是非常有一种旧时代的美，在这里边。我只是想说，新诗写作和古诗写作这里边有一些差别。

咱们一般来讲，现在读古诗，我不知道你们注意到没有，你们在山西这一块，可能山西方言里面还保存着一些古音，我完全是用普通话，有的时候我读唐诗或者读宋词，实际上我的心里面是直打鼓的，可能古人不这么发音。古人的发音和我们今天的发音不完全一样。古人的形式感到今天我们也不见得能感受到，但是即使是这样，我们应该依然是把古诗当成活生生的东西来用，这个是我跟很多研究古典诗歌的人看法有很大的不同，就一定是活生生的东西，活生生到什么程度呢？你想象那个作者，他当时刚写下这首诗的时候，还没有成为经典的时候，他的感受。为什么要这么考虑呢？实际上是我们一旦进入古代的世界当中，就会发现，古人就像咱们今天这样活一辈子，有时候他高兴，有时候不高兴，所以古诗你也不能够把它看成一个非常严肃的事儿。一旦你真正进入古典文化这个领域以后，你会发现，古代人也有好，也有坏，有的人雄心勃勃，有的人就是吃饱混天黑，古人也是这样，不是说他只要变成古人，他就很伟大似的。所以这就涉及我们阅读的范围，我们现在看的中国古典诗歌都是经典化，都是已经被彻底经典化，那么这个彻底经典化到宋代，就已经被宋人经典化，尤其我们自己是被清朝人影响。现在家里每家都会有的《唐诗三百首》，《唐诗三百首》是清朝人编的，可以说是清中早期的时候编的。这本书编出来当时是为了给儿童当课本用的，这本书编出来的目的是教育儿童，学校的课本，所以所有课本的原则是这个诗要语言通俗易懂，你不能够有太多怪癖的字，道德上要正确，所有的课本所选的材料，一定是这样的材料，所以《唐诗三百首》也是这样的材料。如果你仅仅是停留在这样的阶段来理解中国古代诗歌，就显得不够，尤其是如果你想自己开始写东西的时候，你更会发现不太够。

每一个诗人都有很多个方面，比如说我们都知道陈子昂写的“前不见古人，后不见来者”，如果你要读他别的诗，你就会发现陈子昂怎么还有别的面？比如说他别的诗句写到杀人的事，还报私仇。这个对于唐人来讲，里边充满了一种豪气。但是对今天的人来讲，一个人敢在社会上“白日报私仇”，这是法律所不允许的。陈子昂除了他《登幽州台歌》，他还有另外一面，这个时候古人就丰满起来，古人就变成一个活人了。《全唐诗》是在康熙年间编成的，收了大概两千三百位的诗人的五六万首诗，但是现代人还在继续收录。比如新发现的石碑、瓷器上面有古诗，却没有收录到《全唐诗》里，就都收进来了。从五六万首诗里面选出三百首，那么经典诗的比例是非常小的，所以我们读到的“唐诗”，我们所梦想回到唐朝，是梦想回到《唐诗三百首》，如果他真是想要回到《全唐诗》的世界，他就会发现那就是一个活生生的唐代社会了，而活生生的唐代社会就意味着那些诗里边，有些诗写得不太好。一旦你觉得唐朝人也会写得不太好的时候，你才会真正地亲近唐朝，而不是一直跟它有一个距离，我们只是欣赏它，做任何事情都是这样的。如果你研究一个东西，关注一个东西，你就要跟他亲近，跟他亲近，你就会发现他的缺点，你一旦发现了他的缺点，比你只知道他的优点的时候，那个关系要密切得多。对于古典文化的阅读，这里边也包含了这样的因素。所以这个时候古诗的情况，因为古典诗歌，它里边有很严肃的一面，但是它永远都有很活泼、很游戏的一面。

因为我自己是一个写诗的人，我就愿意跟大家分享一些经验，如果你一辈子干活，你闷头干活是很苦，但是它也会给你带来很多的乐趣。我这么说，我不知道你们这儿的老师同意不同意，古诗是可以玩的，是可以拿来玩的？怎么玩呢？你们每一个人都知道一首古诗是和杏花村有关的。“清明时节雨纷纷，路上行人欲断魂。借问酒家何处有，牧童遥指杏花村。”这首诗可以改成五言，你们知道怎么改吗？“清明时节雨，路人欲断魂。酒家何处有，遥指杏花村。”然后把这首诗改成《楚辞》能改吗？“清明时节兮，雨纷纷。路上行人兮，欲断魂。借问酒家兮，何处有。牧童遥指兮，杏花村。”我再建议你们把它改成词。我估计也是这样，“清明时节雨，纷纷路上行人欲断魂，借问酒家何处，有牧童遥指杏花村。”所以你看古诗之间、形式之间是玩来玩去。写作，为什么有些人就能够一直写作？因为它给你带来乐趣，一旦你这么开始跟古诗玩，跟古人玩起来，古人就来到你面前了。他就不仅仅是我们把它背下来的一个东西，应付高考的一个东西，它就成为我们生命的一部分，所以以后你们当然不能够玩杜甫，杜甫很忙的那种玩。但是古诗你试着改，篡改它，只要不是恶搞，就很有意思，使得我们就开始进入古诗写作的现场。

古诗写作，当然古诗的功能，写作者他的角色跟今天都不完全一样，古代的诗人们都是士子，都是读书人，现在的诗人，没有科举考试了，也不读《四书五经》，也不读《史记》《汉书》了，也不读《诸子百家》了，所以我们现在的读书人所阅读的范围跟古人的阅读范围已经不完全一样了，想完全回到古代，也不可能了。这个是诗人角色的变化，从过去的一个士子，现在变成一个读书人，就是普普通通的一个读书人或者是一个文化人，充其量是一个知识分子，也就是这样的一个情况。它跟古代的情况已经不一样了，很多地方已经不一样了。但是我们现在依然有很多朋友还在写古诗，我来到贾家庄，刚才放行李的地方，随手拿起来一个杂志，我就在杂志里看到这一带的朋友写的古体诗，我不得不说，那个古体诗和古代的古体诗不太一样，因为古人是士子，而我们不是士子，我们是现代人，是当代人。成为一个当代人也没有什么错，因为每一个古代人都是他那个时代的人。一旦我们越过这个槛，等于读古诗的时候，就进入了诗歌现场，诗人的写作现场，然后你就会发现这里边好玩的事情特别多。古典诗歌不光是诗，它还可以唱，在生活当中，它可以进入生活当中的各个角落。咱们在座的同学有人会唱古诗吗？唐朝人怎么唱古诗，不知道。已经没有传到今天，但是古诗的确有一些东西是可以唱的，我一直在大学里面做老师，我给学生讲古典文学的时候，有的时候我就会唱一首古诗给他们听。我现在就可以给大家唱一首古诗，我今天要谈的东西就结束了，然后一会儿如果你们有什么问题，咱们可以再讨论一下。古诗是可以唱的，当然到宋词这一块，宋词总是要依律填词，声韵就是和唱有关系。唐诗也可以唱，但是现在知道的最老的曲子，大概是明代，比明代还要早的曲子我就不知道了。我可以稍微给大家演示一下，李白有一首诗叫作《子夜四时歌》，里边有一首叫："长安一片月，万户捣衣声。秋风吹不尽，总是玉关情。何日平胡虏，良人罢远征。"

我今天来的目的，就是想把一个活生生的人带到咱们面前，就是它不仅仅是诗歌，它也是声音，它也是曲调，它也可以做游戏，它也可以玩，可以拿它玩，当然它也有人类的经验，我们一开始讲杜甫整个的经验，我只是想把活生生的文学带到大家的面前。

那么我今天给大家谈的内容就是这些，谢谢大家。

互动答问环节

主持人：各位同学有什么样的问题？你们有什么样的意见要发表？或者有什么看法和观点？或者说有什么问题？

问题一：（听不清楚。）

西川：我知道这首诗，是因为杜甫写过一首诗，大概就是说，这首诗是杜甫诗，然后他说不能写诗，但是那个诗的原始我记不住了，不是从这儿来的。我在上大学的时候，我的同班同学，他就写这个，很奇怪，我说我从来没有见过，我就拿这个事情做了一个事情。但是现在我发现，既然古诗里头，它一定会写。读到那儿的时候，我也觉得有点意思，所以当时就取了这么一个名字。还有别的同学有什么想要问的问题吗？

问题二：（听不清楚。）

西川：我不会，我知道很多人能够背，而且比赛。其中有一个我们以前的亚军，是北大出来的一个孩子。我不太好说他，我究竟是在崇拜他，还是在批评他，我应该私底下说。但是大家读古诗、背古诗，很好。我唯一想要提醒一个事情，就是我们对于古文化，我们对中国古代文化究竟是什么样的态度？我有一次在北京，被请到了一个楼盘去，那个楼盘他们专门开辟了一个地盘，是读书俱乐部。然后到那儿看到他们书架上有《论语》《老子》《孟子》《孙子兵法》《唐诗三百首》《宋词选》等等，全部都有。

他们想要让我给他们做一个讲座，我说你们什么都会，没有办法给你们讲，但是临出门的时候，我发现他们门上有一个告示，这个告示上面写的是像表文一样，我一看这个东西就有一点想要使一个坏。然后我说，我知道给你们讲什么了。然后他说：那您准备讲什么？我说：我准备给你们谈一谈中国古代的黄色小说。然后他就发言了。就不知道怎么接我的这个话了，然后就把我送走了。我是什么意思呢？就是说不光是孔孟之道是中国的古代文化，李白杜甫中国古代文化，中国古代文化极其丰富。极其丰富就意味着什么呢？其实这个还不是我说的，这是咱们一个很好的国际级的大艺术家徐斌所说的，他说："任何一个文化的核心部分都是不朽的。"它的里边也就是说，它不是说腐朽的。他用了一个小的词，我有点记不清楚了，他充满了惰性，任何一个文化的核心都充满了惰性，这个惰性里边不仅是有光鲜的一面，也有不光鲜的那一面，甚至你想要把它给遮掩起来的那一面。其实那个时候理解到这一层，我们才能够理解到一个文化的整体，所以我的看法就不是针对《诗词大会》，针对我们很多人又要回到国学，反正就是重新搞国学这些东西，然后拿《孙子兵法》作为公司的发展战略，《鬼谷子》，我在火车站、飞机场永远都看到《鬼谷子》，读《鬼谷子》做生意，就是把古代纵横捭阖的方法拿来做生意，这个东西对古代文化的理解就已经出现了好几重偏差。首先古代的这些人，不论是鬼谷子还是谁，他们的背后还有一个很高的概念叫作道，你现在做生意的，哪一个做生意，把《孙子兵法》和《鬼谷子》拿来做生意？其实背后是有一个道在那个地方。这是一种偏差。

另外一种偏差就是我们觉得我们的文化当中缺失了某些东西，所以一个劲儿地往回看。这个"往回看"是一个非常有意思的事，中国文化有一个基本的形态就是往回看，它是从什么时候开始的呢？从汉朝开始的，因为汉朝前是秦朝，秦朝有一个"焚书坑儒"事件。但是"焚书坑儒"这件事细究起来，其中又有很多文章，这个就不多说了，当时老百姓就已经知道焚书坑儒这件事。所以汉朝为了获得合法性，它不得不提醒大家，我是要回到过去，恢复文化记忆。所以从汉朝开始中国的世代读书人，就开始有一个责任，这个责任就是牢记过去。我们到今天又是经过了这么多年的发展之后，很多人又想回到过去，实际上是回到传统的一个过去的中国文人的心态，那么你在今天如果完全是回到过去，那么这又是两个问题，一个是完全回到过去，可能不可能？还有一个你完全回到过去，你回不回到过去的那一部分不太光鲜的时候。因为任何一个文化都是好、坏、正、反，它全部都是混在一起的，一个文化只有伟大的那一面，一个文化里一定有它不太伟大的那一面，甚至比较过错的那一面，没有那一面你的文化又好在哪儿呢？所以我就是这么一个看法。

所以别人一旦给我说古诗的时候，给我说那些豪华的词句的时候，我总是有点想要使坏，我总是想要把他们不太光鲜的那一面展示出来，我想说这也是中国文化，中国文化是一个立体的东西，你不能对它简单化，任何一个朝代，任何一个文化都不能够被简单化。一旦被简单化之后，我们实际上并不真正地理解。我不完全是针对您的问题说的，我的基本态度就是这样。还有同学有问题吗？给他一个话筒。

问题三：我觉得刚才谈的这些往回看，这首诗是主观的还是虚构的诗？

西川：那首诗是我很多年前写的，我大概记得那个诗里边，我自己也有点记不太清楚了，我讲到一些古人的名字，但是总是有人在硬答。为什么我这个是虚构的家谱呢？是因为我们家的家谱没有传下来，没有传下来我就特别传奇。我知道我爸爸是谁，我爷爷是谁，我爷爷的爷爷是谁，我就不知道了。然后我就觉得，肯定有一个线谱，肯定是从那个时候传下来的，所以我就有点胡思乱想，诗歌里面有很多东西都是胡思乱想的。每个人都特别地想要知道，你是谁？怎么就有了你？怎么你就今天在，比如说咱们今天就在这儿遇上了，咱们两个人还在这儿对话了，而且你刚才读了诗，你又问我这个问题。这究竟是为什么？是什么因素促成咱们这一次碰面，在一块儿聊天、一块儿说诗歌这件事情？你仔细想想，这些东西非常神秘，所以我就写了这么一些东西。

问题四：我还有一个问题想要问，我发现一个很有意思的东西，有一个意象叫作乌鸦在你的身边。你对这个意象有什么想法？

西川：乌鸦，我有一个内容是写的乌鸦，你还真的读了很多东西，谢谢您啊。我不光写过乌鸦，我还写过鸟儿。就是鸟这个东西，对我来讲太奇怪了。我有一天晚上做了一个梦，我是躺在那一块地方，而不是乌鸦，而是一只麻雀，就在胸口哆我，然后我就看着它。然后它突然对我说："我就是你的灵魂。"难道我的灵魂就是一只鸟吗？这是好多年前做过的一个梦。乌鸦这个意象，我喜欢各种各样的鸟，我小的时候，我有一个邻居的大哥，他就逮住了一只乌鸦，他拽着那个乌鸦，那个乌鸦也跑不了，然后他就让我看那个乌鸦，我看到乌鸦身上的毛，有的地方是太好看了。他从天上飞的时候是黑的，但是当时仔细看他的那个毛特别黑。另外我也喜欢乌鸦，乌鸦叫，一般人觉得乌鸦叫带来不吉利，但是我自己觉得这样子一天到晚很吉利，喜鹊很吉利，每一次喜鹊对我叫，我就说："谢谢你。"我肯定要说一声谢谢。乌鸦，现在在城里已经很少看见乌鸦了，在北京很少看见乌鸦了。我年轻的时候，大概在王府井一带，那会儿黄昏的时候，故宫里的乌鸦经常飞到王府井的树梢上，然后就有好多的乌鸦。因为我住在附近，所以经常黄昏就看到好多乌鸦，我觉得他们太有意思了，太神奇了，太神秘了，它有点不吉利。我已经战胜了关于吉利不吉利的东西，我觉得乌鸦这个鸟儿，有的时候人宁肯喜欢一点东西，写诗是这样的，诗可以心观全愿，没有说诗能够让人一块儿动起来，所以乌鸦这种鸟儿带来的一种感觉就是不那么高兴，所以你反倒有这样的感觉。你刚才说到意象，意象在写作的时候是非常重要的。刚才几位同学所读的诗，已经使用了意象，意象这个词很重要。毛主席都说了，诗歌是一种形象的过程，当然形象和意向还不完全一样，意向这个词是一个翻译词，这个词本来的意思就是一个形象或者内心的感受，瞬间走在一起就是一个意象了。诗歌里边，现代诗和过去浪漫主义的诗歌当中，一个很重要的不同是在哪儿？过去的诗喜欢用形容词。而现在的诗，你们尽量少用形容词，少用这些虚词，尽量使用动词和名词，让你的诗变得硬一点，而不是很多人喜欢的那种比较虚的形容词，在当代诗歌里边，大家就尽量避免使用这个。也不是避免，有些人有这样的意识，就是尽量少使用，多使用意象，因为意象本身是比较好的，这样显得更好。

问题五：（听不清楚。）

西川：首先我应该赞美我的同行，我不能够说人家的不好。他问我的这个问题是，他觉得我是有点独立独行，有点和别人不一样。我对他的回答就是：首先我要赞美我的同行，我不能够说人家不好。那么我跟他们不一样的原因有很多原因，有个人生活的原因，有你读书中个人趣味的原因，有交往的原因。反正跟这些东西都有关系，我想要提其中的一点，其中的一点就是每一个人一开始写诗的时候，因为大家都读那些东西，咱们这儿有图书馆，如果这儿有诗歌的话，你会发现读书的东西都差不多，这个时候光读出来的东西，还有作为写作者来讲，这是学徒期，我认为我自己有十年的学徒期。这十年的学徒期是把你的整个文化匹配，当然你有一些榜样，这个人写得好，就可以写。这个时候纸质的这种写作，对于真正的写作来讲差得很远。但是从这个角度，每个人的一辈子，你从创作的角度，总是有一些启迪，这些启迪就使你忽然打开了眼睛，这个是和你多年的积累有关系，但是你需要有一个启迪，我把这个启迪叫作脱胎换骨。脱胎换骨有各种各样的启迪，其中有一个刺激我的东西是，我大学毕业之后曾经有过一次旅行，这个旅行我还到过山西很多的地方，当然这个旅行一下使我摆脱了我自己的情况，一下让我看到了地平线，当我意识到地平线对一个人的生命、对一个人的写作的重要性的时候，我忽然就跟我过去有某种程度的告别，但是这种情况不多。后来还有一次旅行，一个人漫长的旅行中，然后碰到好多事，这些都是故事了，不多讲了。当然我自己的生活，这么多年，我跟朋友的交往，我自己的生活，都使我不断要告诫我自己：有些朋友他们一辈子的写法基本上是一样的，他从一开始写的是这么一个样儿，到后来写的也是这个样儿。你看我的写作，中间的变化特别大，这个是有主动的成分，也有被动的成分，你不得不变。

非常荣幸能够在这个学校跟大家有这么一个交流，大家有这么好的问题，而且你们还写了这么好的诗，非常高兴跟大家见面。谢谢大家。

主持人：现在让我们掌声有请贾樟柯导演为我们讲话。

贾樟柯：首先要谢谢西川老师，因为西川老师不是第一次来汾阳，大家可能不知道他第一次来汾阳是做什么？是做演员。他在1999年的时候，出演了我的第二部电影，在里面演了团长，所以他也算汾阳人。在电影中，特别精彩的一个关于诗的分享。我是咱们141班的，我记得在读高二的时候，有一年的春天刮大风，我们十几个男生就坐在一起写诗，那个时候大部分都没有谈过恋爱，写的都是情歌，也算是生活的一部分。所以我刚才看到同学们读诗，读你们自己写出来的诗句，我特别感受。但是有一点小小的遗憾，第一个女生的我没有听清，当时的话筒有问题，你可以再念一遍吗？给她一个话筒。

（如果我要成为什么什么，我不愿意做什么什么，那太凄凉，太忧伤。要像今天中午一样，当日光朗照大地时，落你脸上，吓你一跳。）

这是一首非常感动的诗。还有没有人有诗句，要给我们读两句？另一位，打破所有人的记录。

（树叶和阳光怎么怎么，依托现在的情形。它将在那里等待你。）

我们还有哪一位同学？我们把今天变成诗会。

（走在时光轮回，走在时分，月下时刻。……）

谢谢。我们当时诗社，后来成立了一个诗社叫沙派，我们第二本诗集，名字就叫作《夏天的等待》，等待什么呢？可能是等待高考，祝大家高考顺利。还有哪一位同学，请举手？这一位。

（我有什么样的想象？我就陷入了惆怅。……）

谢谢，还有吗？好的，那位女生。

（春天里，春天的姑娘，匆匆地走过了，没有人知道她是谁？只是看到了她的身影。）

请坐，还有吗？那边有位穿白衣服的女生。

（花瓣已经落成雨，有谁能为它哀悼一句葬花吟。曾经携手相看美景，已有不变的烟雨，也有回响，雨下停了，风起了，花开了，风景在路上，故事在路上，心在路上。……正在风雨飘零中敲打终结。）

谢谢，写得很好。还有吗？我们前排的同学们，有没有？前排的这位男生。话筒。

（去年的乌云呆呆地挂在天边，布满了尘埃，也许是春天已经来了。）

谢谢。好的，我们最后一位，还有哪一位同学？那位男生。

谢谢。好的，我们度过了一个非常难忘的下午，在座的大家都可以成为诗人，最后如果没有记错的话，我想要读两句西川老师的诗，咱们汾阳中学最著名的就是有很多老树，大礼堂前面的松树，没有什么变化，跟我上学的时候一样。有一句诗，他说："田野中的三株榆树陷入沉默，如同父亲、母亲和孩子。"谢谢大家。

主持人：我们活动到此结束。大家陆续退场，谢谢各位。

怎么写作文

时　间｜ 2019年5月14日 10:00—11:30

地　点｜ 府学街小学

主讲人｜ 叶兆言

主持人： 今天我们请到著名作家叶兆言老师给我们分享《怎么写作文》，叶兆言老师20世纪80年代初期就开始进行文学创作，他是华语传媒文学大奖年度杰出作家奖得主，代表作包括《1937年的爱情》《没有自己的花房》《刻骨铭心》等，下面我们用热烈的掌声欢迎叶兆言老师。

怎么写作文

叶兆言： 朋友们好，这个阵势我第一次见到，我去过小学，但是像这样这么整齐、这么隆重、这么充满着这种……我是第一次。很高兴来到你们这一所学校，知道这个小学是一所有着非常悠久历史的学校。

我想我们每个人都有童年，都一定要经过小学这个阶段。那么今天我来给大家分享一下：怎么写作文。坦白说，我也给同学们说老实话，我这个讲座是组织安排的，他们认为一定要我来说一下，其实我自己觉得挺为难的。因为让我到小学来给同学们讲作文，我首先想到我自己写的作文。我不知道你们怎么样，反正我像你们大的时候，我挺讨厌写作文的，我觉得作文挺没意思的，但是孩子总是很无辜的，就是必须要我们做，我们必须要做，这是必须要做的一件事情。我像你们这么大的时候，也和你们一样，不喜欢写作文，当然在座的同学里面，有的喜欢写作文，但是我想大多数是不喜欢的。

我为什么今天要过来说一下这个呢？我想能够通过今天这样的一个讲座，能够稍微引起同学们一点点写作文的兴趣。因为我觉得喜欢不喜欢，这是一回事，作文重要不重要，这又是另外一回事。为什么要这么说呢？就是其实不光是小学，中学也是一样，作文其实是培养我们的一种能力，什么能力呢？就是写作能力，我觉得把作家喊到学校里来，给同学们谈作文，我个人其实是不太赞成这样的一些活动，很重要的原因在于，很多作家会更多地谈文学。我有一个很基本的想法，一个很基本的观点，我不知道小朋友你们能不能理解，我希望你们从小就能够明白一个道理，就是作文和文学，它其实是两回事，它是两种能力。什么是文学呢？文学就是那些作家们创作的那些书，他们写的那些故事，这个东西肯定是文学。文学这个东西它是属于什么人的呢？它是属于给大人看的，或者说给孩子看的，那么它是一种创作。那么作文是什么呢？作文是我们最基本的一种能力。这种能力是什么呢？就是每一个同学你都应该会的能力。比如说我们现代人，已经进入现代了，其实不是现代，古代的人对于读书人都有这样的要求，就是写作能力，这个能力是作为一个文明人，作为一个文化人最基本的东西，不管同学们长大干什么，你们做医生、做警察、做一个税务工作者，或者说做一个老师，甚至有的男孩子喜欢体育，当然女孩子也可以喜欢体育，你们可以成为一个运动员，无论你们成为什么样的人，写作能力还是很重要的。为什么我不太赞成过多地在小学里面谈文学呢？因为过多地谈了文学之后，孩子们有一个想法，就是写作能力和作家有关系，我长大之后要当作家，我就要提高自己的写作能力，如果我不想要当作家，我就没有必要写作。

所以我有一个最基本的观点，我希望同学们在写作文的时候，千万不

要想，我以后可能是学理科的，我以后什么什么，这是一个开始。再下来我就想要给同学们聊一聊怎么才能够把作文写好，当然我也没有灵丹妙药。为什么我也没有灵丹妙药呢？因为我像你们这么大的时候，我的作文写得非常糟糕，我觉得我今天做的一件事情就是给作文写得不好的一些同学一些鼓励，但是我也想要给作文写得非常好的同学，给一些打击。为什么呢？我希望他不要太骄傲，因为作文写好很正常，作文写不好也特别正常。我想起几年前，我在上海参加过一个上海的中小学生作文大赛，现在我不知道你们参加的作文大赛多不多？现在中小学生的作文大赛特别多，据我所知通常是这样，一所有着优秀传统的小学，包括中学，他们的老师其实不太鼓励自己的学生去参加这个比赛、那个比赛，因为现在很多的作文大赛都有很多的功利目的在里面，比如说小学生作文大赛，家长拼命地鼓励自己的孩子参加。这种参加，其实有的作文都是带有作弊性质，改过来改过去，最后把一篇现成的作文参加了比赛，得了一个奖。这样就有可能进一个好的中学。我听说今天是三年级到五年级的同学在现场，五年级的同学暂时还没有这样的意识，三年级的同学还不太会去想，我把一篇作文写好了以后，我可能会进一个好的初中。如果在座有五年级的同学，你们的家长就可能在设计了。所以我印象特别深的，在上海颁奖的那个活动中间，我给同学们提了一个要求，那个很简单，是一个读书活动，当时是提倡小学生阅读和写作，我是作为颁奖嘉宾去的。然后在和同学们对话的时候，我就问同学们，我说我想要了解一下，你们爱读什么样的书？然后这些孩子就回答，让我感到很吃惊的就是，我觉得这些孩子就很成熟，他们的回答让我感觉到很震惊。最多的都会说读一些世界文学名著。我觉得读世界文学名著，这个没什么，这个很正常。读了可以说，没有读也可以说，因为世界文学名著在很多时候都是一些书的名字，我觉得这个现象不仅是对你们，可能对你们的老师也是这样，因为有些世界文学名著，大家都会知道，根本不适合于孩子读，这个不重要。关键的是有一个四年级的小朋友他回答让我特别吃惊，他就站起来说，我特别喜欢读天文物理的书。然后他那么一说的时候，我觉得孩子有最大的好处就是，他这么一站起来的时候，所有的人都看过来，我也很吃惊。那个活动家长都在，因为是家长带着得奖的孩子过来的。那个小男孩，我当时就觉得很震惊。我就想不明白，为什么一个四年级的小孩，他就会喜欢天文物理的书？我真的是很震惊。因为有一个颁奖过程，颁奖过以后还有一个互相交流。我们也是在台上台下和这个孩子交流了几句，几句话一说，我就发现一个巨大的黑洞，突然发现这个孩子他这么说，就是为了表现自己和别人不一样，显然他对天文物理是不了解的，我觉得不了解很正常，像我也是一样，我对天文物理完全不了解，因为这是一个很高端的事情，因为孩子是不太可能的，但是孩子们没有过错，因为孩子这么说，其实这个孩子就是在说谎，就是在这种公开场合无所畏惧的，孩子是可以很天真的。但是我就想到这个活动中间，这个大人是有责任的，因为他的父母是用赞许的目光，你看我们孩子胆子多大，你看我们孩子什么都敢说。所以这个中间我为什么要说到和同学们聊这样一个话题呢，我觉得在这样的一个小故事中间，他体现了一个最基本的问题，我们家长会有一种心情，发现孩子的天才，我想家长肯定都是这样，我想你们肯定也是一样，你们可能在你们的爸爸妈妈面前通常会遇到两种情况，一个是你爸爸妈妈拼命地鼓励你们，让你们觉得你们是个天才，你们稍微做一点事儿，你们的父母一定是充分地鼓励你们，这是一种最基本的教育，我觉得在学校里也是这样。我们经常会说这个孩子的作文很了不起，作文写得这么好，这个孩子以后很可能就是一个作家，很可能是一个文学家，很可能是一个天才，孩子很容易受这样的误导，孩子就会这样。这是一种。

还有一种是什么呢？我也是觉得很有意思的就是打击性的，父母永远对自己的孩子很苛刻，很严格。严格到了在某种意义上，觉得自己的孩子在说出他自己喜欢读天体物理，这个家长还去鼓励他，觉得我家的孩子是个天才，这个我觉得是一个错误的东西，其实我觉得老师也好，家长也好，不要让孩子们这样好高骛远的。同时也不要另外一种走反向。我今天也带了一篇作文来，我看到一个特别好玩的。就是有一个家长，特别喜欢骂自己的孩子是个笨蛋，动不动就骂自己孩子是个笨蛋，你是一个笨鸟什么的。所以后来那个孩子写了一篇文章，我看那个作文特别有意思，所以我今天要把那个作文带过来给同学们分享一下，我觉得这个作文特别好。

我来读一下，我来解释一下。他老骂孩子是笨鸟，孩子特别生气，他说世界上有三种鸟，第一种鸟就是笨鸟，他就是先飞，他就笨嘛。然后第二鸟就是嫌累，所以就不飞了，我就笨鸟，笨鸟怎么啦？我就笨啦。他说最糟糕的是第三种，第三种鸟是什么？那个孩子就说，第三种鸟就说，其实自己就是个笨鸟，然后他下个蛋，然后他自己不飞，然后整天就希望下一代使劲飞。我觉得这个特别悲，在某种意义上这就是一个教育的问题。我为什么要选这样的一篇文章呢？因为首先我不仅仅是要看一个教育的故事，我是要看这个孩子写这个小文章当中的一种灵气，我觉得这个文章就特别好，我不知道你们的语文老师会给这样的作文打多少分。如果我是语文老师的话，我不知道这样的作文是几年级写出来的，但是如果我看到这样的小学作文的话，我会给他一个比较高的分，因为他有很多非常有意思的点。首先一个我觉得他写得还很高兴，这个高兴我觉得挺重要。为什么我觉得高兴很重要呢？因为我一开始也跟同学们聊了，我自己小学也一样，因为我挺不愿意写作文的，没办法，作文是个作业，作业必须要做。那些好学生做作业会做，我觉得未必就是真心喜欢，他只是觉得我是个好学生，好学生就必须要写作文，必须要完成作业。我觉得这样的文章中间，小朋友在写的时候，他其实是很快乐的。因为他也调侃了他的母亲，他也调侃了一个很有意思的事情，所以我今天来给大家分享写作文。第一当老师给你们布置了一个作文题目以后，你们可能更多地要来想一些，或者说小朋友就应该这样，当老师给你们一个作文题的时候，你们不妨多想想，怎么去把它写得好玩一点，那我怎么样才可以变得好玩一点呢？我觉得这篇作文在某种意义上，他就特别体现出来了一种好玩，因为我想他的妈妈看了以后，一定会笑，我觉得她不至于突然翻脸，把她的孩子痛打一顿，觉得你这个什么意思？我想其实是不会的，因为她会觉得我的孩子很厉害呀。我就觉得，这样的一篇小作文，在某种意义上，就是把同学们的写作能力得到了锻炼，写作兴趣提高了，这样的话，我们就会把一个作文变成不是很难，不是很苦的一件事情。所以这是我给大家推荐的第一篇小作文。

然后我再给大家看一篇文章，这篇文章可能长一点，这篇作文是什么呢？这篇作文是今年在浙江省，这次我们也来了一位作家，他因为有事昨天回北京了，叫余华。我不知道小朋友知道不知道，反正因为余华的书卖得特别好，我去过很多中学，大家都知道余华，因为余华是一个非常火的作家，我不知道你们知道不知道，也许知道，也许不知道。然后我们两个都是浙江省的，他们搞了一个作文大赛，大家已经一边听我的话，可以一边看一下这个小文章。当时浙江有一个中小学生作文大赛，奖金可能是一万元。但是参赛作品很多，我们作为评委选来选去，最后就发现一个特别简单的现象，这个现象其实很有代表性，我想在山西、在汾阳，都有可能。是什么呢？我们会发现小学生的作文往往写得非常好，初中生的作文写得还可以，到了高中以后作文就不对了，这个我就觉得是作文非常失败的一件事情。为什么会存在这样的一件事情？很多人想不明白，我们也想不明白。所以我们作为评委，在几百篇作文中间选来选去，后来就选中了这一篇，把大奖给了这一篇，我们觉得这个对孩子最保险。为什么呢？因为这篇作文和初中生的作文比，和高中生的作文比，它更生动，更好看。我把故事说一下，首先我们说题目，这个题目是余华老师出的，这个题目就叫作“体育课”。

如果同学们拿到一个题目，你们也可以想一想，这个作文怎么写？你不要因为你们是小学生，或者说你们是中学生就不写命题作文，在学校都要写命题作文的。余华老师很机智，当时在大赛以前，然后说你赶快出一个吧。然后他一下就蒙了，但是他也不知道怎么忽然就想到这个题目“体育课”，所有的同学一定是上过体育课的，那么我们出个题目就叫“体育课”吧，想怎么写就怎么写。同学们你们也可以想一想，如果你们面临这样的一个题目，应该怎么写？为什么这篇作文我们会觉得特别好呢？因为他编了这么一个故事，他的故事的中间就是说，要上这个体育课，他的身体内部的各种器官退化了，他的心脏，最早的时候是肺在问，这次练什么呢？然后心脏说：不知道，可能又是要跑步。就是把自己身体内部的这些器官想象成一个一个的小人，然后通过这些小人的对话来想上体育课怎么样。所以这样的一篇文章，你读上去之后，首先你会觉得小朋友是开动脑筋了，很有意思。

在座的同学们，你们都会想象很多人拿到“体育课”这个作文题目的时候，我想会蒙。因为当时采访高中生的时候，高中生特别有意思，因为这个大赛活动有很多记者参加，有些记者就问高中生，你觉得这个题目怎么样？然后高中生就说，现在同学们戴眼镜的不太多，然后重点中学的高中生，其实都戴着眼镜，都很书生气，都经过多少年教育的摧残，基本上就是小书呆子一个。然后我就很认真地说，这个题目看上去很重要，但是写起来好像很难，我觉得这个是中学生最好的回答。

小学生作文，我们当时看了之后，当然有的小学生的作文写得比较差，但是大多数的小学生作文都是我想怎么写就怎么写。因为小学生毕竟还是孩子，老师还不会更多地说作文要有真情实感，要有思想，要深刻。我想可能一个正常的教育，或者说一个正规的教育或者正式的教育，在小学生的时候，起码暂时不会给你们这样的负担，让你们把文章写得深刻。所以有的时候我到中学里面去做讲座的时候，其实也很反对在中学里面给孩子们说，你们要把作文写得深刻，因为我觉得“深刻”这样的字眼，包括“思想”这样的字眼，被中学生说得太多了以后，反而会让中学生感到困惑。最后这个中学生就会变得伪深刻，什么叫作伪深刻呢？就是他自己并不知道什么叫作深刻，只要他说话、只要一写文章，就会有一种装腔作势的深刻出来。

我为什么给大家讲这篇文章？我到中学里面就愿意把这个文章做一个样板。这个文章有一个最大的特点就是说，因为他的结尾稍微有点不太好，因为它的结尾估计也是学校小学高年级的同学，他已经在开始接触深刻了，因为老师已经开始要给他讲了，你们写文章要有思想要深刻，你们要表达什么样的内容，你们的文章要什么什么，本来写作文就是很简单的一件事情，就是写得好玩一点，想怎么说就怎么说。

我刚一开始就说了，写作文是一种能力，这个能力是什么呢？同学们想什么，就能够把想什么这个东西写出来。其实想什么就能够写出来，其实是非常难的，作文训练的就是这个东西。作文，我们为什么要叫作文课。从小学到中学甚至到大学，我们就要强调这一条，就是要完成最简单的一件事情，就是我们想什么，就把它写出来就可以了。那次浙江省的作文比赛的主办方是希望我们能够选一篇高中生的作文作为大奖的得主，因为毕竟是一万块钱的奖金，大家会去瞩目，会去看，为什么会得奖？这个文章深刻在哪里。但是后来我们发现还是这样的文章好，还是朴素一点的、实事求是的文章好一点。那些说大话的，说立德树人等等，这都是老师们说的话，轮不到同学们来说，其实同学们也没有说好，我们不把这个奖给他，我们只把这个奖给孩子。为什么呢？因为孩子这一篇作文，我们觉得他的对话写得挺好，对话也是写作能力一种基本的表达。包括他的段落各方面我们觉得还是可以，所以还是想要跟同学们强调的是什么呢？就是写作能力。因为我想同学们一定有很多困惑，我像你们这么大的时候，读中学了，还仍然也是有这样的困惑，因为老师也常会跟我们说，你们想什么就写什么。其实大家也都知道，同学们一定会有这样的体会，想什么就写什么，其实不是那么容易做到的。

我们确实是想什么了，其实从想到写这个距离是很大的。还有一个，老师是不是很喜欢给你们说，你们要把心里话写出来，但是有的时候我们也发现，心里话在哪里？真是不知道心里话在哪里。心里话，这个字听着挺熟的，但是写的时候真的不知道什么叫作心里话。我想要告诉大家，有这样的困惑是非常正常的，是非常对的，因为作文课最后本质上是解决这样的一些问题的。很多同学写作文，最后都会用这样的话，我们怎么怎么样，这个世界就会变得很美好。说老实话，这个世界变得怎么样，变得好、变得坏，跟你们的作文没有什么多大的关系，咱们小朋友的作文影响不了这个世界，甚至在某种意义上，对这个学校就没有某种影响，因为对于同学们来说最简单的一件事情，就是像锻炼身体一样的把自己的写作能力很好地进行提高。所以说，写作能力什么提高呢？

我知道做作业是很苦的。我不希望大家在做完其他功课的作业后，疲惫地稀里糊涂地去完成作文，只止步于完成。

我希望大家能够培养一下心情，想一想我这篇文章怎么能写得让老师又生气，又拿我没有办法，我知道家长看了我的作品之后会哭笑不得，我觉得这挺有意思。兴趣真的是很重要，当然同学们也应该读一些好的散文，甚至抄写一些好的范文，理解一下好的范文。我觉得“体育课”的这个事，你们上网找一找？你们能够上网吗？我不太懂这个，有的学校是不允许小孩上网的，可以让你们的爸爸妈妈把这一篇作文下载下来，看一看，四、五年级的孩子可以看一看，看一下他们是怎么写的？为什么这样的作文会得到大家的欢迎？因为我们今天是聊作文，所以我想要介绍一下，这个作文大家可能都知道，《落花生》，你们课本上有吗？我觉得和同学们讲话最重要的是有的放矢，我们就谈一下《落花生》这个话题，我觉得这个很有代表性。

我觉得《落花生》这篇文章，同学们读的时候，一定觉得它很简单，非常简单，也没有什么特别不懂的，也没有什么特别了不起。因为要跟同学们见面，要给同学们做讲座，我也是特别查了一些所谓的教案，看老师们怎么讲这篇作文。我为什么这么讲呢？因为说起来这篇作文还是有一点渊源，写这篇文章的人和我祖父还是朋友，他们还认识。我小时候，我像你们这么大的时候是“文革”时期，所以我像你们这么大的时候我们写作文，写得特别有意思。我们写的作文题目是老师给的，虽然是“文革”，我们仍然还要上课，那个课特别有意思，完全就是很无意的，很随意的。比如说老师出个作文题目，让孩子们写：要批判读书做官论。特别好玩，我们三四年级，我们也不知道什么叫作读书做官，然后让我们批判读书做官，我们就讲一堆大话，我们要为人民服务，读书做官这个东西有多么可恶，就是有口无心的小和尚念经。

后来学校里面又提出一个口号，跟今天的立德树人特别像，突然我们就觉得，我们的口号特别响亮。我们担负着要解放世界人民的使命。我们在“文革”时，像你们这么大的时候，接受的一个教育是全世界的人民都在水深火热中，你们要好好读书，要学什么本事，长大了以后，你们就能够解放全人类，不光是像现在扶贫这个事，而是要解放全人类。所以“读书做官”这个题目，就突然改成了要“批判读书无用”。“批判读书做官”的时候说有一种思想是不对的，什么思想不对呢？学会数理化，走遍天下都不怕，这是我们小时候的一个顺口溜，我们也不太知道这是什么意思，当时老师都这么说了。像你们这么大的时候，我也是这样，觉得这个话跟我没有什么关系。怕和不怕，天下离我们很远，我们根本就不知道。然后突然就改变了，然后就要批判读书无用。然后我们一个一个没有写作能力，只会胡说八道，那个胡说八道一点都不天真，就是牙牙学语，然后我们大家基本上都同样的口径，因为全世界人民都在水深火热之中，所以我们一定要批判读书无用论，当然我们还是要知道知识不是为资产阶级服务的，这个知识是为无产阶级服务的。我们的这个作文今天拿来给你们看的话，你们一定会特别高兴，你们会觉得这个孩子怎么这么傻，这个家伙怎么会成为作家，写这么臭的作文。那个时候我们的作文题就是这样。我其实在读书的年代，没有读到《落花生》这篇文章。

《落花生》在“文革”以前，曾经被选入课本，但是在我读书的那个年代里它没有被选入课本，后来又进入课本，所以同学们大家都见到了，我想要给同学们讲一讲，为什么说这一篇作文好？其实我个人认为，它的好，也和体育课的好差不多，为什么说差不多呢？因为它非常简单。它完成了一些对于孩子们来说，像你们这么大的孩子们来说最基本的尝试。首先我们怎么开始一个故事，首先同学们开始写作文的时候，一定有这样的体会，我不知道应该怎么样开头。你们老师就说开头很简单，你们想要怎么样开头就怎么样开头。但是真正写作文的时候，我想大家一定会有这样的体会，我不知道怎么样开头。所以《落花生》的开头特别简单、很随意，但是就是开头难。这个开头是很有用意的，也是很用心的。所以我说同学们，我们自己写作文，不知道怎么开头的时候，都可以去想一想，《落花生》是怎么开头的。当然最重要的一点是，他写了一群人在说话。同学们在写作文的时候，也会和同学们对话、和父母对话、和老师对话，这种对话在我们的写作过程中也是经常发生的，那么在这个时候，你们就可以对照《落花生》这篇文章，我要对话。

同学们知道了就比较好办，因为这中间有很多对话，这种对话的技巧，我觉得也是同学们可以掌握的，或者说可以借鉴的。就是说当你们在写对话的时候，不知道怎么写，不知道怎么省略，我觉得《落花生》中间的对话，是一个非常好的样本。因为他中间有好几个人，比如说哥哥怎么说、姐姐怎么说、我爸爸最后怎么说。他用了一个非常简单的办法，就这么说出来了。当我们同学们认真地看了一下，甚至把这样的一篇小文章背过以后，那么你们就会知道，写作文其实有时候很简单，那个对话就是这么写的。而且有一个特点就是尽可能模拟主人公的口吻说话，我的同学说话应该用什么样的腔调？我的爸爸妈妈说话应该用什么样的腔调？我的老师说话和爸爸妈妈说话的强调，一定是不一样的。

《落花生》是非常简单的，其实也是非常一般的，作为文学作品不是一篇特别好的文章，甚至可以说，也不是一篇多少了不得的散文，但是它是一篇特别好的范文。什么叫作范文，范文就是教同学们如何去写。所以我为什么反对过早把文学这个概念引进小学和中学，因为文学有时候会把大家搞糊涂了，真的搞糊涂了。小学生还好，到了中学，我在中学就反对同学们读世界文学名著。为什么呢？因为很多世界文学名著中学生很多读不懂。现在有写推荐，希望小学同学从小就开始接触世界文学名著。从我个人来讲，其实我是挺反对的，因为我觉得阅读是有阶段性的，过早地接触我觉得是不对的。比如说像你们这么大的孩子就读《红楼梦》，我真的不赞成。确实有很多人说，我小学的时候就读《红楼梦》了。其实从我个人的经验来说，个别同学要读我不反对，但是我反对推荐同学们都去读这样的一些东西，我觉得确实是太早了。

世界文学名著中，像托尔斯泰、巴尔扎克的作品，我个人觉得在某种意义上，它不适合初中生阅读。尤其是我们现在的初中生课时那么紧，小学高年级也是要准备升初中，所以里面有很多是理解不了的，所以不要一开始过高地去拔苗助长地去读那些东西。恰恰静下心来，好好地读一些很好的范文，我觉得这个特别重要。我们现在有一种声音，就是反对在中学课本中间减少鲁迅的文章，认为鲁迅的思想比较深刻，当我们把这种有思想深度的文章在中学的课本中间数目减少的话，就代表着这个社会正在庸俗化。这个说法你说对不对呢？你不能够说它不对，它也很理直气壮，但是我觉得从教育的角度来讲，它确实是有问题的。为什么是有问题的呢？我一直有一个很简单的概念，我们的语文课本其实就是范文，就是告诉同学们开始写作文的时候，要学会开头，要学会对话，要学会一定的景物描写，一定的人物的肖像描写，这些具体的描写最好的学习样板不是世界文学名著，最好的学习样板就是课文，就是范文。所以同学们如果带着这样的一种角度重新看《落花生》这篇文章的话，那么你们就会觉得，我应该学一下一群人都在说话，怎么样发声。这个就非常好。大家都学过这篇文章了，可能你们平时在上课的时候，没有这种感觉，不会去想它怎么作为范文，但是你们明白这个道理的时候你们就可能了。

我从一个文学的角度来谈这篇课文的时候，我个人觉得是它的结尾不太好。为什么呢？这个也是作文和范文不大好避免的一个问题。因为老师告诉我们，你写这样的一篇作文，你想要表达什么呢？你有什么样的思想主题呢？同学们也没有办法，同学们写任何一篇小作文，即使你们也是一个小学生，可能也忍不住地像大人一样发出一声感叹，得出一个结论，《落花生》就是这样的，最后有一个人生的道理，好像通过这么吃一吃花生，最后就明白了一个人生的道理。我为什么今天要选这样的一篇作文呢？就是希望同学们能够在你们的写作中间，一方面要学习这一篇范文的记叙能力、描写能力、对话能力。同时我希望同学们能够明白，不一定非要去学它的结尾。我看了很多教案，很多老师讲教案，说这个文章好就好在它的结尾，因为它说出了人生的道理。从我个人来讲的话，我挺反对这种说法。

因为这种通过一篇文章来说人生道理的这种方法，它会让同学们在写作文时会感到写作文的无趣。我刚才说，我们写作文，尤其是小学生作文，我们主要是训练、锻炼培养我们的写作能力，而不是让你们表达对人生的感悟，因为你们那么天真，有必要去感悟人生吗？我认为没有必要。所以我就看到有一篇文章，这一篇小学生作文，是对《落花生》的效仿，我觉得特别有意思，我也觉得特别好玩，我也是拿出来给大家看一下。

为什么要讲这么一篇作文呢？也是我看到的，包括老师的评语也都特别有意思。这篇小作文其实它就是对《落花生》结尾的一种模仿。因为你们学习了一篇课文之后，你们通常也会看一下这个作文最后说了一个什么道理。所以这篇小文章，特别有意思，他说：今天妈妈清理冰箱的时候，拿出了三颗蒜头，已经腐烂成了紫黑色，长出了绿色的嫩芽。妈妈拿着蒜头给我说，虽然这些蒜头已经烂了，但是他们仍然孕育了新的生命，这是多么顽强的精神啊。但是他的结尾很有意思，我听了以后很受教育。他说：以后找老婆，不能找这种懒到了把蒜放烂了，还有这么多说辞的女人。我觉得这个真的是特别好，一开始给同学们说了，你们写作文的时候，真的不妨把作文这件事变得有趣一点，要把一个无聊的事情变得有趣一点。大家可以回想一下《落花生》最后的结尾，其实也是有一点装腔作势的。说了一堆之后，最后得出一个道理来，我们这个花生最后怎么怎么，当然这个孩子有点调皮捣蛋。但是我很欣赏这样的调皮捣蛋，这个时候这个小孩的心脏是跳跃的、是快乐的，特别是“这真是有意义的一天”。我觉得“意义”这两个字，他用得特别好，我觉得孩子写文章就可以这么生动啊，就可以这样啊。

你们仔细想一想，我们和爸爸妈妈一起吃花生，《落花生》那样的故事，真是那样的场面，我们吃了以后能够得到那样的人生领悟吗？我想大概是不会的。但是我们写作文的时候，往往会进入一种虚幻的语境。我们觉得写文章就应该很正能量，能够像《落花生》最后结尾一样，通过花生最后看到了团结，看到了默默无闻，看到了什么什么。我觉得小朋友大概是在读《落花生》的时候，根本就不相信吃了一堆花生，最后就可以得出这么一个结论来。我今天在跟同学们聊《落花生》这篇文章的时候，可以不用谈《落花生》这篇文章有多么的深刻，我觉得恰恰是深刻这个东西害了这一篇文章。我觉得这一篇文章就好在，它给我描写了一个什么样的开始的故事，一个故事怎么样进展，一群人怎么说话，这就是孩子们必须要锻炼的。你们现在小学不会，你们中学就要学会的。你们很可能到了大学变成理科学生了，很可能一辈子不会。今天来跟大家聊，我希望大家能够在作文中间，首先能够享受到快乐、欢乐。写作文的时候可以想一想，我怎么写得好玩一些。我想你们的老师未必就像你们想的那么凶。然后特别有意思的就是：你妈妈知道了会怎么样？我也特别想要知道，所以我觉得真的特别好。

我不知道时间怎么样，因为我还要留一点时间给同学们对话。我不知道我这么说合适不合适，我觉得不要老是我这么一个人说，我要留一些时间和同学们对话，因为对话更活跃一些，更有趣一些。我很希望同学们期望我说一些，或者说你们还有一些什么样的困惑。我们来聊一下这些话题。关于写作快乐也好，我们怎么样写也好，我就先说这么多，就先聊这么多。因为下面互动的环节很好，我也在国外做了一些讲座，因为很好的环节是互动，因为互动的时候才可能知道对方想要你说什么。否则我就一直说下去，大家会觉得没意思或者什么。我真的想要看看你们的作文怎么样？我也不知道你们和作文老师的关系怎么样？所以下面的时间我们进行一些对话。肯定在座的也有你们的语文老师，我本来以为会有家长。我不知道今天有没有家长，通常这样的活动是有家长的，家长在后面在那里坚持着，今天这样的场合可能没有，坐后面的可能是媒体。咱们就先说到这儿，下面对话，好吗？谢谢。

互动问答环节

问题一：你小的时候怎么写作？

叶兆言：这个话题很有意思，因为每一个人生活的时代不同，我小时候写作，我刚刚就是说，没有完全说好。我像你们这么大的时候，生活特别糟糕，因为我的父母的缘故。我是独生子女，没有哥哥姐姐，所以我就被送到了农村，这个反差就特别大，原来我是一个城市的孩子，家庭生活也比较优越，是一个比较好的家庭，一下子就去了农村，去了我们江南的农村，现在的江南特别富裕，当时的江南特别穷，穷到了猪都养在家里面，每户人家里面都有一个猪圈，没有电，生活很凄惨，当时就是这样的情况。所以我上的是一个复试班，什么叫作复试班呢？一年级、二年级、三年级、四年级都在一个教室里面，然后我是当时的唯一一个四年级的学生。到了五年级的时候，我去了镇上读。我曾经写过一篇很优秀的作文，在当时是很优秀的作文，是怎么回事呢？因为我跟你说了，我是一个城市的孩子，去了农村之后会感到特别孤独，一个是农村的孩子都比我大，而且在农村家里一家都有好多小孩，不像现在独生子女时代，你们现在已经进入二胎时代，你们会有弟弟妹妹了，我那个时代基本上就是家里面有很多人，都有哥哥姐姐，所以我一个小孩子经常被欺负。可能就是因为这种被欺负，很孤独的感觉，就让我在写作文中找到了机会。我记得五年级的时候，我们老师布置了一个作文，这个作文是什么呢？把毛泽东的两首诗，改成作文，我觉得这个事情现在也能做，把诗变成散文，可能是因为我很孤独，也是一个孩子，所以我就把这篇作文写得很夸张，写了很长，我也不知道我当时是怎么写的，我就把自己孤独的那种感觉投入进去了。我们的那个老师是一个军人，他给其他同学的作文打分都是 70 分、80 分或者及格。

但是他看了我的那个作文特别高兴，就给我打了105分，我印象特别深。然后他特别得意，宣布说，毛主席说过，特别好的作文就可以给最高分，可以超过100分，为什么不能够打105分？所以他就给我的那篇作文就打了105分。这个也是我自己写作文中间，如果说作为孩子，像你们这么大的时候，唯一曾经得意过的一件事情。那这件事情对我有什么影响呢？我觉得对我没有任何影响，因为它也没有让我对文学产生兴趣。我后来成为一个作家，就跟同学们解释，我说你们千万不要以为，我从小是一个喜欢写作文的孩子，从小就喜欢文学，我说我恰恰相反。写作文跟当作家毫无关系，就算我最后考大学，上文科了，我也觉得和当时的那篇作文没有任何的关系，因为我当时写那样一篇作文，几乎没有给我的记忆中留下什么印象。唯一留下的印象就是这篇作文，我当时写的时候，可能感觉到自己比较孤独。

所以我说，我写作文一直有一个很大的好处，其实包括一直到考大学，包括我后来读研究生，我可能都是有那么一点小聪明，不是文学天才，我大致会知道老师喜欢什么样的作文.我对我自己的作文评价，不是很高的。尤其高考的孩子,我经常教他们一招,当然这一招不好,也不对,但是很真实。我就说，同学们你们要明白一个最简单的道理，高考作文从来不是一个写好的问题，而是一个不要写坏的问题。为什么呢？因为你觉得你写得非常好的一篇作文，那个评卷老师根本就看不上，因为作文有的时候会决定一个人的命运的，所以说写作文的时候，要有一种智慧在里面，你要会判断，我这样的作文，大致老师会感觉怎么样。我觉得这个在某种意义上不是一种文学能力，这就是一种写作能力，写作能力在某种意义上就是知道应该怎么做。所以也是同样的道理，因为你们现在还是小学，暂时不用考虑升学这件事情，写作文还是可以放开来写，还是想怎么写就怎么写。

我刚才有点跑题了，他问我怎么写的？我当时大致就是这么写的，我刚才也讲了，大多数时候其实我是不喜欢写作文的，这个是非常真实的。

我为什么今天跑来给大家讲呢？我就是想，我们很有可能不喜欢写作文，给我这么一个机会到小学里面来，跟同学们见面，我能不能给同学们提供一个让他有可能会喜欢写，让写作文变成一个向我们的父母、向我们的老师、向我们周围的同学表示我小小的才华的一个东西，这样就会变得很有趣。

一开始讲到的对话的故事，我觉得特别好。我觉得有一个很好的思考在里面。一下子“体育课”这个题目来了以后，我应该怎么写呀？就这么想到这个事情，我可以把我的内脏变成一个一个的小人，然后让这些小人来进行对话，然后让这些小人怎么样？你们请老师或者大人把这篇文章下载了以后，因为我们作为评委当时是这么想的，我们对他的结尾不是特别满意，因为他的结尾也是和《落花生》一样，因为这个可能是我们的教育所造成的，因为我们一直觉得要立德树人，我们一定要正能量，本来说了一个很好玩的故事，有一个很好的故事就行了，不一定说“这是多么有意义的一天”。这个“多么有意义的一天”，真的是很多余，因为孩子要想那么多意义干什么？我给你们说，人生有很多事情是没有什么意义的，不用去考虑意义的一天，但是我们写作文的时候，我们通常就说，这个事情终于让我们明白了什么，但是我们可能没有明白什么。同学们，作文其实告诉我们，这个世界很多事情，我们都不明白。不明白一点关系都没有，我也很多事情都不明白。记住一条，不明白就不明白，千万不要不明白装明白。谢谢。

问题二：我最搞不懂的事情，我发现农村的孩子写出来的作文，比城市里面的孩子里面写的作文生动一些。我是一个在农村里面长大的孩子，长大之后到城市里面上小学，然后逐步发现在城市里面上小学写出来的作文和之前在农村里面看到的作文完全不一样，这是两回事情。农村写出来的作文，是一个比较生动的作文。我妈妈是一个农村里的教师，有一次她给我看了一个句子，是一个四年级学生写的。如果现在不好好学习，长大就找不到老婆，吃不上饭。总之是那一回事的，小孩子是那样的。而现代的人，我们城市里的人就不会这么写？这是为什么？

叶兆言：小朋友的问题很尖锐，这是为什么？实话实说，我首先想要告诉你，我真的不知道为什么。因为我不知道，不能够因为我年纪比较大，我坐在这个位置上，就一定能够告诉你我知道为什么。我只能够想一想大概我的判断或者什么。第一我首先想要说的是，很可能你的结论不一定对。为什么不一定对呢？因为农村孩子怎么样，城市孩子怎么样，这个比较它是要有一个很认真的比较。很可能你说的是一个城里的孩子和一个农村的孩子，一个城里的孩子不能够代表所有城里的孩子，一个农村的孩子也不能够代表所有农村的孩子。所以说你提这样一个问题，从你这样来思考就是对的。我从农村出来，我是这样的。那个孩子是城里的，他说话是这样的。所以说，对于你们来说，你们更多地想到，他不是普遍的，他可能就是个别的，这是我的第一个回答。第二个回答，因为我不是很熟悉汾阳的情况，因为在我们江苏，经济比较发达，或者说相当发达，其实你很难找到农村孩子和城市孩子的区别了，你只能够找到家庭条件好和不好的区别。家庭条件好的孩子，就有可能接受更好的教育，进更好的学校，他的父母有车来接他。我不知道在汾阳会不会有这样的情况。在我所在的城市，这个就是非常明显的，孩子们要进一个好学校，快到放学的时候，很多家长来接孩子，这个时候就会出现有车开过来的，有骑电瓶车过来的，我每次看到这样的场景，我内心会有一种小小的波澜，我是不赞成在学校的门口去接孩子，尤其是家长开了一辆豪车停在学校门口，然后把路给堵住了，在很多大城市里面这种现象变得非常严重了。那些开车的家长，把学校的门口给堵住了，还理直气壮的。因为他觉得我没有办法，我要接我的孩子，我就把交通的路给堵住了。我觉得作为一个家长，把学校门口的道路堵掉，这是一件非常糟糕的事情。为什么呢？首先这种车的好坏会在孩子们的心里引起一定的波澜，同学们会说我爸爸开的是凯迪拉克，我爸爸开的是卡宴，我爸爸开的是路虎。这样就会产生一种不公平，我觉得这在某种意义上不是城市孩子和农村孩子的区别了。我觉得最坏的有一条就在于，家长的这种行为会对孩子造成很不好的印象，在于哪里呢？他其实是违规停车，而他违规停车停在这里还理直气壮。我觉得对于孩子们来说规范特别重要。不能停车的地方，就不可以停车。这件事情做父母的就不应该这么做。如果你的父母是这样的话，我觉得你们要劝一下你们的父母，说你们不能做不合法的事情，不能把不合法的事情做得理直气壮。因为这样的行为会严重影响你的孩子，因为看起来是很小的一件事情，为了接孩子，我只是把汽车停在一个学校的门口，只是堵了几分钟的路，但是我想告诉他，这种行为很可能对孩子一生都产生非常坏的影响。因为这个孩子长大了之后，可能是一个不遵纪守法的人，也是一个为了莫名其妙的理由可以违法乱纪的人。我可能没有完全地回答你的问题。

问题三：我写作文的时候，经常当这一件事情写完的时候，我下一句、下一段就不知道怎么总结，怎么写了。

叶兆言：很好，首先我告诉你，我作为一个作家，我已经写了应该有40年了，就是说我一直在写作，职业写作，我是有着丰富写作经验的人，我写了很多书，我的书加起来可能有一百多本书了。你说的这个现象，我刚开始一进来我就给大家说，文学和写作能力没有什么关系。但是作为写作这个行为它有相似的地方，我就告诉你一个很简单的道理，我写了这么多年了，我应该是很成熟了，但是你这样的困惑，我现在仍然还有，所以这个是很正常的。你不要觉得我没有这个能力，可能我就不如别人。其实这是一个很普遍的现象，这个很正常。你为什么要上小学？为什么要上语文课？为什么要上作文课？就是解决这个问题的，所以这个是很正常，你千万不要困惑。我从写作的第一天开始，我从当作家的第一天开始，我就面临这样的困惑，我就面临这样的困难。我能坚持下来，我能成为作家，很重要的原因是我正视了这个困难，我告诉你，我一直是这样的，我写了半天以后，不知道怎么写，不知道怎么写下去，这是我一个最真实的状态。一个作家写了很多书，就感觉这个人很能写，感觉这个人很有才华，这是假的现象。真实的一个作家的现象，就是他坐在那儿，他也会对自己说：我应该怎么写？我写不下去了。谢谢。

问题四：平常老师会写一些自定义题目的作文，自由写的作文。然后我就不知道应该写什么。就想要问一下您，您平常写一些书的时候，写作素材是怎么想出来的？

叶兆言：我刚刚就说了，作家的写作和作文，其实真的是不太一样，因为作文是一个命题作文，命题作文就是说，你刚才用了一个词叫：自由写作。我如果是语文老师的话，我不会给同学们太多的自由写作。我要是老师的话，我要让你们写作，通常我一定要让你们写命题作文。为什么呢？因为我主要是为了锻炼你们的能力，比如说我这一次出一个作文题，我的目的是什么呢？我就是想要锻炼你的对话能力，我的要求很简单，你就给我写一组对话就行了。或者说另外一个我要锻炼你写记叙能力，我要求你像画画一样写一个女孩，我让你描写一个男生，甚至可以说描写一个你喜欢的男生，你看着很顺眼的男生，你怎么把它写出来？我觉得那是一个不负责任的老师，告诉你说，你想怎么写就怎么写。高考作文不是这样，高考的时候，它可是让你不想怎么写，你也得这么写，所以在学生时代，你必须老老实实地锻炼自己的写作能力。

我觉得美国教学生的办法特别好，比如说小学生的同学做一个题目，余华老师说的那个题目叫“体育课”，我就有可能给同学们做这样的游戏，我让同学们用诗歌的形式来写体育课。因为大家都是小学生，我的要求不能够太高，我的诗歌要求很简单，分行就是诗歌。很多自由诗就是分行。

我的目的是什么呢？我就是让同学们去感受一下诗大概是什么样的东西。因为这样的限制之后，你们就会去看别人的诗是怎么写的。因为有一个题目在这儿，是“体育课”，那么诗是怎么写的？这是一种办法。还有一种办法，我还要锻炼你，怎么锻炼你呢？我让你想象你自己，如果你是一个记者，你去采访一个运动员，你会怎么写？这种对于你来说都是很为难的，因为这就挑战你了，因为不是让你自由，你想要怎么样写就怎么样写。但是这样的写作最大的一个好处就是可以锻炼你各式各样的能力。

还有一个，我让你把“体育课”写成一个小剧本，同学们你们四五个人要表演一个独幕剧，这个独幕剧不是像大人一样很成熟，就是同学们你们自己四五个人，你们为我表演一段“体育课”，这个“体育课”不是说什么什么，这个“体育课”是用一个小舞台剧的办法来写。这个时候你接触到这样的一个题目之后，你们就要动脑筋了。小学生就会想，我怎么写？首先我写谁？我的舞台上有谁？有什么人？有什么什么？但是这个时候你可以发挥你的自由，但是我一定要限制你，你一定要写“体育课”，我不能够说，我的题目是“体育课”，你给我写一棵柳树，你给我写春天，你觉得你写得很好。我觉得这个写作课，我们暂时不考虑这个问题，写作课就是要限制你，所以我觉得如果从“体育课”这个话题来讲的话，可以有各种题材、诗歌，现在比较流行的小品。甚至小男生在这里，你怎么把“体育课”写成一个小相声，所有的目的就是什么呢？锻炼大家的能力。咱们不要去想，体育课它有什么样的意义。体育课锻炼了身体，我们的身体好了以后，我们长大就可以保卫这个国家，这个国家因为我们的身体好了，它就强大了。我不希望同学们这样，我希望同学们能够变得非常天真、非常可爱。当拿到“体育课”这个题目的时候，思想变得非常活跃。

你刚才说到自由，这个自由应该是非常有限的，是在体育课老师给你的设置的前提里面的自由。其实这个自由空间真的很大的，这个自由空间并不小，如果让同学们写相声，小男孩可以写一个很刻薄的，可以想象成两个胖子上体育课，或者是两个瘦子上体育课，我觉得都还可以。我觉得在一个有限制的前提下大家开动脑筋，这样作文就可以写得比较好玩。而且像你这么小的孩子，你不可能过多的要求，老师说要写东，你说我非要写西，这是非常有问题的。我刚才说了，写作文要有一点小小的坏。什么叫坏呢？坏就是要投老师所好。老师说东，你非要说西。那你不是和自己过不去？你得一个很低的分？你爸你妈要打你，又要骂你是一个笨鸟了。别人说东，你又为什么要说西呢？你就可以西，但是在西当中你你可以自由一点，你可以发挥一些。

问题五：老师，如何给一篇作文定一个很好的题目呢？

叶兆言：我刚刚说了，因为学生大多数的作文都是命题作文，是老师给你们一个题目。我要是老师的话，基本上是不会让你们自命题的，我就给你们定一个题目了，有一个题目就可以了。有的老师我觉得肯定也是希望新派或者什么，他觉得可以自拟题。所以老师说你自己命题，基本上没有起到锻炼的作用，因为作文课基本上还是为了锻炼。所以说我也不知道该怎么回答你的这个问题，你觉得怎么好玩就怎么写吧，因为从我自己来讲，我一直都反对让学生自定命题。

问题六：我有两个问题，首先第一个就是考试时候会给你一些限制，你必须要写出自己的真情实感，必须要在多少字以内。每次老师总是要求，比如说题目是让我们写四百五十字，你就必须给我写六百字。不然的话，你的试卷也会得低分。你回去之后，爸爸妈妈会打你。可是有时候，我就会觉得，写六百多字好困难，每次写完作文就是一种解脱。因为总感觉字数会很重要的样子。

叶兆言：你就是觉得写到六百字很难，对吧？我也是觉得六百字太多了，但是我也觉得没办法。我有的时候到学校里面去讲座也好，或者在我平时思考的时候，这其实是一个两难的问题。因为从小学作文开始，我们已经这样了，我们的作文面临着，一方面作文的本质是训练我们的写作能力，就是我们怎么样去写，怎么样能够写好，但是作文还有一个非常残酷的现实，就是我们要让老师高兴。所以从这个角度来说，我很难给你很好的建议，为什么呢？因为我知道有的老师是很固执的，题目要求六百字，你不写到六百字，他就很生气，所以你要尽量把作文拉长一点。其实我作为一个参加了太多的作文比赛的评委，我知道对于很多作文稍微好点的同学写长不难，写短其实是更难的。有一天你反过来问我，你说短怎么才能够写好？那个时候你的能力就大大提高了，因为我看你也是属于小学高年级了，越往后你会发现，长不是很难的。因为你现在之所以觉得长很难是因为那个题目你不喜欢，你觉得没有乐趣，不想要写下去。大多数学生，无论是小学生，还是中学生，可能很容易犯的一个错误是越写越长，真的是这样。而且因为写得长了以后，就容易把握不住，写不好。我们见到最多的有写四五千字的，这是初中生啦。但是小学生写一千字以上的作文比比皆是，当然这有的是事先准备好的。所以六百字的作文，目前可能有点问题，之后很快问题就不大了。谢谢。

主持人：由于时间的关系，我们今天的校园日活动就到这里。现在我们有请叶兆言老师和同学们一起来合照。

穿越乡村的时间

时　间｜ 2019 年 5 月 15 日 10:00—11:20

地　点｜ 吕梁学院

主讲人｜ 贾樟柯

口播：欢迎大家今天来参加我们的校园日活动，今天的主题是“穿越乡村的时间”，我们的嘉宾是贾樟柯导演。开始之前先温馨提示，麻烦大家把手机调成震动或静音。活动进行期间请勿交谈，保持安静，谢谢。

主持人：欢迎大家来到今天吕梁文学季校园日的活动，今天的主题是“穿越乡村的时间”，嘉宾是贾樟柯导演。

穿越乡村的时间

贾樟柯：大家上午好。非常荣幸能够成为吕梁学院的一员，也非常荣幸能够来到吕梁学院跟各位老师、各位同学见面。我是咱们汾阳人，地地道道的吕梁人。这一次吕梁文学季在汾阳和碛口两地举行，我们觉得，吕梁学院是咱们吕梁唯一的一个高校，一定要有一场活动放在吕梁学院。

其实我们可以有很多选择，因为咱们来了四十多位作家，包括余华老师、莫言老师、苏童老师，但是为什么决定派我来吕梁学院呢？是我们的策划团队觉得我是吕梁走出来的，可能我的成长经历、我的阅读经历、我的拍电影的经历，跟这个土地有很密切的关联，可能跟大家成长的背景更加贴近，所以今年第一届就让我来，我也欣然领命。我们的文学总监是著名诗人欧阳江河，我觉得他的安排是非常好的，我也有很多话想跟吕梁的子弟讲。

在筹备文学季的时候，我们做了一些调研，首先就是在我们吕梁，有没有条件来做文学活动？这个条件不是指硬件和交通的条件，因为你看现在咱们高速公路也很发达，住宿条件各方面都很好，但是这个条件指的是文学的条件，就是读者的条件。当时我完全是怀着一个对于故乡的记忆来决策的，因为在我从出生懂事到初中、高中成长的过程里——我是二十一岁离开了吕梁。在二十一年的生活里面，文学一直伴随着我，是我非常重要的一个伙伴。每个年龄段当然有不同的阅读能力和经验，它在不断提升，但是在那个年代，文学一直是我非常重要的一个精神上的愉悦来源。同时，也是在老家，我写下了我的第一行诗，写出了我的第一个剧本。在20世纪八九十年代，有像我这样的有文学需求和冲动的年轻人，我相信今天一定也有很多年轻人会与文学相伴。

另外一方面，我们经过调研发现，咱们吕梁其实有一个“吕梁作家群”，这个“吕梁作家群”我一开始以为只有二三十个人，因为咱们是一个市县区，每个县三四个写作者，那就是四五十个人，但我错了。我看到作家群里的那个数字是将近五百人，而且这五百个作者还在写作，还在发表文章，还有这样一个频繁的文学生活。这让我觉得，这是要办吕梁文学季最重要的土壤和条件。

文学是什么呢？我觉得文学它首先就是我们每个人心事的一种表达，就是我们生长的环境，我们的历史、传统，我们的家庭，我们居住的村庄、街道，我们周遭的亲戚朋友，包括我们自身的生命过程中会遇到非常多的问题，以及遇到非常多的难忘的时刻。文学会让我们的某种心情、某种心事有一个出口，它能记录我们曾经经历过的，特别是激励我们的心灵。我们吕梁是一个有故事的地方，吕梁是一个感情充沛的地方，所以这就能理解为什么在我们十三个区县市的区域里面会集中这么多的作家，这还是在

那个群里的，我相信还会有很多，就像当年我一样，没有什么小伙伴、自己在写的人，我觉得也大有人在。我觉得对于任何一个创作者来说，文学都是我们的起点。

我现在主要是从事电影工作，但是电影和文学的关系是什么呢？有的人说，电影是不是都是改编的小说。电影史上有非常多精彩的电影，都是根据小说改编的。比如说像张艺谋导演的《红高粱家族》、吴天明导演的《老井》，都是根据现代优秀的文学作品改编的。电影是一个叙事的艺术，它有故事的情节，人物的塑造，和文学是相通的。但是更主要的，我觉得不是说直接地去改编这些作品，而是说即使你从事的是绘画工作、音乐工作，或者说即使你从事的是电影工作，你的思维方法，其实它是文学性的方法。

文学首先作为一种思维方法、思维能力，存在于我们每个人的身上。那么充沛的阅读和频繁的写作，它会提升我们思考的能力、思维的能力，它只是未来的终端的出口不一样。电影，比如说我们想要写一段故事，或者说我们想拍某一种人，在酝酿的过程中，这个思维、思考的方法和文学是完全一致的。比如说我在1998年拍的第一个作品《小武》时，我就想拍一种新的人。为什么呢？因为时代在转变，社会在转型，过去传统的生活方式受到了挑战。市场经济大潮冲击而来，传统的人和人之间的关系、人际方法都发生了一种巨大的改变，深处在这样一个改变中的人们，对我来说都是新鲜的人。就好像鲁迅先生去写阿Q，或者去写孔乙己一样，那是属于那个时代的一个人物。那么对于我来说，在我生活的时代，我观察到了这样一个人物，我想写一个在县城里面无所事事的人，他可能从事一个古老的职业，而这个古老的职业在变革里面受到了很大的挑战。一开始我想拍一个裁缝，或者拍一个厨师，大家知道裁缝也好、厨师也好，自古都有人吃饭穿衣。后来我拍了一个小偷，因为小偷他有很多道德的负担，但是同时它也是一个古老的职业，在这样的一个变革的时代里面，作为一个具体的人，他会经历什么？整个构思的过程，其实它都是一个文学性的思维过程。所以我觉得，对于阅读跟写作来说，并不一定说，文学是指向文学的，文学它是指向一切的，它是我们人的一个光辉，我们人只有在能够表达自己、能够理解自己、能够把自己的生存处境讲述清楚的时候，我们的那种尊贵，人的那种光辉，它才能够发射出来。

我本人跟在座的很多同学一样，最初的阅读来自童年，我出生在一个教师家庭，我的父亲是汾阳的一个中学语文老师，我父亲有一个特点，他特别喜欢古典文学，小时候家里面不是那么富有，但是书架上会有一些书，大部分是古典文学的，唐诗宋词、《红楼梦》《水浒传》。我父亲他当然是一个当时的“现代人”，但是他自己并不是很喜欢外国文学，他非常喜欢中国文学，特别是古典文学，所以在我小的时候，还不识字，他就开始教我背唐诗。说实话，其实那个时候，我父亲教我的那些唐诗，我一句都不知道它在讲什么，但是小孩子就能记住。它完全是靠音律、靠节奏，比如说“白日依山尽，黄河入海流”，比如说“行到水穷处，坐看云起时”，六七岁的孩子你怎么能理解这么深的诗意呢？我父亲教我这些唐诗，我觉得它也不是一种展示，因为今天我们看很多家庭教孩子背唐诗，最主要的是家庭聚会的时候，要给邻居读一下，孩子很聪明，会读很多。我父亲就是这样一点一滴地教我，那是我最初的文字接触，我虽然不懂其诗意，但是对于语言的节奏、韵律这样一种印象，埋在了我心里面。

比如说很小的时候，有首唐诗教给我，“夕阳无限好，只是近黄昏”，我是不理解这种诗意的，背会了它之后，它作为音节存在于我的记忆里面。但是我记得我在上小学时，四、五年级的某一天，那个时候“文革”刚结束不久，我父亲正值壮年，我想，我父亲那天一定是因为某个工作上的事情，或者说家庭里的事情，可能心情不是很愉悦。那个时候汾阳的城墙还残留着很大一截，那个城墙就在西门外，站在城墙上，对面就是长途汽车站。那天我父亲就带着我爬了城墙，我们两个人就上了城墙。我父亲平时跟我的话还挺多的，他跟我在一起的时候，常常会告诉我这是什么、那是什么，但那天上了城墙之后，父亲很沉默，他的沉默让我觉得，这是一个特别的时刻，我从来就没有想过他一言不发。坐在这个土堆上，因为城墙的砖已经被拔了，是土的那种，大家可能都知道那种城墙。坐在那个城墙上，看太阳朝西边慢慢地往下降，我突然理解了那首诗，为什么要“驱车登古原”，我理解了我父亲，这就是阅读。我觉得，有时候你跟你自己读过的东西产生共鸣，不是在阅读的那一刹那，而是有可能在很久以后。那些作家的精炼的文字，它们会告诉我们此刻的心情是什么，他帮助我们理解自我，理解我们自己正在经历什么样的情感波动。那一句唐诗，让我在一个小孩子的内心，感受到了一种不一样的情感，而这个情感它具有一种陌生化的感觉，所谓诗意，就在这样一个陌生化里面就产生了。

在那个城墙的下面，就是长途汽车站。汽车站的声音是我小时候是最迷恋的，因为它会有高音喇叭，那条运输线是从太原到军部的公路，那个年代唯一的一条通往黄河的公路，非常繁忙。汾阳汽车站的客运非常密集，站在城墙上，或者说我们在县城里面，经常能听到广播的声音：开往吴城、大武、军渡方向的几号班车马上要发车了，那个声音对我成长非常重要。因为这些地名对我来说，意味着远方。多年之后，我有一个好朋友是临县人，他是以前《中国新闻周刊》的主编，他也写小说。他跟我讲了一个故事，他说，在他小的时候，他妈妈鼓励他说：孩子你好好学习，这一学期你要考好了，妈妈带你去大城市汾阳看一看。我们就在笑，其实跟这个故事一样，我那个时候听到这些地名，我就在想，哪一天我能去远方，远方对我来说就是吴城、大武、军渡，这就是我心里面的远方。那个声音给我留下了很深的印象，我一直想描述那种声音，我一直描述不出来。一直到上大学的时候，有一天我看沈从文先生的短篇小说，这个短篇小说叫作《连长》。这个《连长》里面讲，驻扎在山寨里面的军人，他每天去一个女人家里面闲坐，黄昏时分，远处军营里面的军号吹起来，吹起来之后，在风里面，军号的声音像被撕碎的棉絮，那些棉絮一片一片地、断断续续地飘过来，我觉得这个词语太准确了，这不就是我当时听长途汽车站报站名声音的感觉吗？我觉得我们每个人都有心情，每个人都有心事，但是文学会让我们把这种心情跟心事记录下来，它会让我们的情感、我们经历的情感历程留下痕迹，甚至会让我们这样一个情感历程清晰化，它可能并不一定是一个完整的事件的记忆，也不一定是对一个人全方位立体的认识和理解，它甚至就是这样一个无法言说的，我们没有文学能力的人能感受到，但是表达不出来的这样一种诗意的时刻，所以我觉得在文学里面，我一直分享到的是，我自己的情感、我自己的情绪，怎么样遭遇到别的作家的文学作品，并且产生这样的一种共鸣，它反过来会帮助我理解自我。

那么早期的这种阅读一直持续到我初中的时候，那个时候，我就开始读小说，大家知道，20 世纪 80 年代是一个小说非常繁盛的年代，那个时候娱乐很少，除了看电影，可能就是打打台球，就没有别的娱乐了。文学就是那个年代的娱乐．所以我们办这个吕梁文学季，其实潜在的我内心有一个很大的愿望，就是我觉得在当下，文字阅读或者说整个文学的阅读是被妖魔化的，大家一说读小说、读书就觉得好累，好像是一个很痛苦的事情，这个我是不能理解的。因为在我的成长过程中，阅读一直是一个很愉快的事情。我们先不说它能够带给我们什么样的视野上的开阔，对社会、对人性有怎么样的一个新的理解和认识，即使是打发时间、消遣，阅读也是一个非常愉快的事情。我觉得对我来说，阅读跟打游戏或者打一场篮球，那种愉悦感是没有区别的。为什么今天人们会觉得阅读本身很沉重？我觉得这是对阅读的一种误解。而整个吕梁文学季，我们的创办就是希望通过作家跟读者这样一种近距离的交流，通过线上、线下立体的活动，让更多的作者能够开始阅读，我觉得只要翻开几页纸读下去、读进去，你就进入那个无限宽阔的世界。我们讲，每读一本书就是认识一个新的朋友，每读一本书都是跟一个伟大的头脑在交流，而且这个世界里面的人，他是穿越的，我们既可以跟孔子交流，我们也可以跟当下的作家交流，我们既可以跟中国的作家交流，我们也可以和马尔克斯交流，你会进入一个特别多朋友的环境里面，你去做这样一个精神上的交往。通过吕梁文学季，我觉得就是希望重新提升公众，特别是年轻人的阅读兴趣。而阅读本身，我觉得可能越是对于我们生活条件欠发达的地方就越重要，说直白一点就是穷人家的孩子更需要阅读，当然每一个人都需要阅读。

拿我举例子。在一个小孩子的成长过程中，其实对于社会、对于人的辨识能力是有限的。简单地用一个术语来说，我们是没有反思精神、没有思考能力的。我觉得，我的转变是由一篇小说开始的，这篇小说就是我在初中的时候读到了路遥先生的《人生》，那本小说当时非常风靡。说实话，他当时小说里写的世界，对一个初中生来说，有点遥远，但是小说就在同学里面传，而且那个年代有一个很有意思的情况，就是书它是有一种交通渠道的。虽然我们的学校没有图书馆，但是你会发现每天有各种各样的书在手里面流通。

前天余华老师在讲阅读的时候，他有同样的经验，他说他的手上经常会读没头没尾的书，就已经翻烂了，开头的那几页都已经丢了，后面的几页也丢了，他说丢了前面几页没关系，因为故事随时可以进入。没有后面几页很痛苦，因为一直在想结尾是什么。他一直在开玩笑说，因为丢了后面的几页，培养了他作家的想象力。因为他就一直在想，这个故事是怎么结束的？这个人物最后是怎么样了？所以这样没头没尾的书，在我的初中年代就开始流传了，读了大量的小说。

《人生》的故事写的是陕北，和我们吕梁这边隔河相望，社会环境非常相似。特别是其中有一点，他写到男主角的命运，男主角是山村里面的年轻人，非常有才华，但是他是一个农村户口，他后来到晋城借调来从事他喜欢的文字工作，因为他没有城市户口，所以他最后还得回到农村，就是这样一个小说，他为什么对我的影响特别大呢？是因为我在初中的时候，我们那个年代一个班的定员是四十五个同学，但是我们班差不多有六七十个同学，多出来的同学是哪里来的？都是借读的同学，这些借读的同学，他们来自农村。我本人是县城的，还是吃公粮的，他们都是从农村来的。那么小的孩子，最贪玩的时候，但他们非常刻苦、非常努力，可以说头悬梁、锥刺股，到下午下了课，点一个油灯，那个时候煤油灯还存在，或者点一个蜡烛，就在那里自习，我一开始对他们的刻苦特别不屑。因为我觉得在外面踢足球多好玩，去看录像多好玩，为什么要坐在这里去学？但是看完《人生》之后，我明白一个道理，在那个年代，通过读书来改变命运，特别是通过读书从农村户口变成城市户口，是一个巨大的命运的转折。那么理解了这一点，在很小的那个年纪里面，就知道我们是城市户口，每个月有供应粮，去粮站买粮，白面多少斤、杂粮多少斤买回来。我们一出生就是城市户口，有的同学一出生就是农民，中间就是户籍制度。这里面存在着一种潜在的不合理，我以前从来没有想过，觉得世界就是这个样子。但是通过这个小说，它让我理解了，我们熟视无睹的、我们习以为常的事物里面，其实有很多值得我们去反思的东西。我觉得就是透过这样一个小说，它带给一个孩子小小的反思的能力。今天我们知道已经是逐渐地进入身份证时代，这就是对过去的一个很大的进步，这个时代的改变，很多事情的改变，它虽然缓慢，但是它一定是从反思开始的。如果说社会上所存在的不足，或者说存在的不合理得不到理解和认识，这件事情没有办法改变，而文学艺术家就是具有这样一种超前的观察能力和超前的感受能力的人。

我记得有一句文学名言：文学就是人类的报信者。作家是信使，这个时代发生了什么？是作家、艺术家，当然也包括我们导演，用他们的感受力和表述能力。第一时间传达给大家。这就是我们为什么需要文学——因为我们需要得到我们自己的消息，我们古人讲“不识庐山真面目，只缘身在此山中”，往往我们以为自己生活在这个环境里，我们了解一切，这个不一定的。往往我们身在其中，反而是无法从一个系统性的角度去观察生活发生了什么情况。但是写作有这样的能力，就是我们要照顾好作家，给他们一领域，聆听他们的声音，恰恰是在聆听我们自己的消息，我觉得这是文学一个非常重要的对于每一个人的一个作用。

文学还有另外一个作用，我觉得如果说路遥的《人生》带给我一种反思的能力，同样是诗歌，不同人的诗歌，它带给我一个多角度观察事物的能力，今年我们吕梁文学季的主题叫“从乡村出发的写作”，为什么会起这个题目？因为正当其时，目前整个国家都在进行城市化，千万级的人口，城市越来越大，农村人口流失很严重。从乡村出发的写作，这个乡村的概念，其实是针对城市而言的。比如说我们讲到乡土文学，过去在民国年间或者说在古代，是没有这个概念的，因为整个中国就是一个乡村，整个世界就是一个乡村。就像贝多芬说的：世界就是一个田园。在贝多芬那个时代，“世界是一个田园”，所以无所谓城市和乡村。所以近代工业化以后，一直到现在都是5G时代了，城市一直是在发展。

在吕梁文学季开幕那天的“大家演讲”时，格非老师说了一句话，他说在他们那一代人一开始早期的经验里面，城市是一个陌生的经验，很不习惯城市，很不熟悉城市。那么到了今天，乡村是很一个陌生的经验，很不了解乡村，很不关注乡村，但是乡村它是什么呢？首先它是一种建构，我们中国人传统伦理的所在，就是我们的伦理、我们的人际关系、我们的生活习惯，所有的一切它都带有一种乡村的记忆。

我举一个例子，我说我非常喜欢旅行，我们可以看到旅途里面有非常多的人，如果每个人都有一件行李的话，每个人都有一件什么样的行李呢？这个行李里装的是乡村，装的是故乡。乡村和故乡是可以携带的，因为它不仅是物理意义上的乡村，但是它更可能是心理意义、精神意义上的乡村，所以我们每一代人往上看两三代人都是村里人，所以这种血液里的影响，带给我们的观念，带给我们为人处世的方法，形成我们个体跟这个世界的关系、距离，所有的这些东西，它在我们的内心深处，所以从乡村出发不仅仅是在讲乡村，而是由这个乡村原点扩散出来的整个的目前我们的精神环境。

同样是乡村经验，我的家庭，我父亲是老师，我母亲是商场的售货员，我们家是没有土地的，但是我的姨妈、我的舅舅，我母亲那一边都是村里的农民。特别是到麦收的时候，亲戚朋友都会去支援麦收，割麦子。我记得我第一次割麦子就崩溃掉了。去了田间地头，我的表哥就给了我一把镰刀，然后指着一望无际很漂亮金黄的麦浪，就是诗歌里面以及歌剧里面经常歌颂的金色，他说："这一片属于你，你要把它割掉。"我没割多长时间就昏倒了，真的是挥汗如雨，非常绝望。因为割了很长时间，一抬头只是一个小角，面对你的还是一片金黄色。所以金黄色太充裕，也是一件糟糕的事情。

就是在这样的一个体验里，我们能够读到不同的关于劳动的诗歌。我曾经读到过欧阳江河的一首诗，是写工人的，他说："整个玻璃工厂是一只巨大的眼珠／劳动是其中最黑的部分。"我读了这首诗之后，我觉得对这种劳作的辛苦，我们过去小时候有一句话，农民是在做什么？是在修理地球，这是多绝望的一个词，修理，里面是一个地球，所以它说，劳动是其中最黑的部分，我们在过去听习惯了对劳动的讴歌，但是你第一次对劳动本身的这种体肤之痛，有这样清晰的描述，对我是非常打动的。到后来，我又看到于坚的一首诗，于坚说："劳动使他高于地面，但工具比他更高。高举着锄头，犹如高举着劳动的旗帜。"我觉得也对，人的这种劳作生生不息，人站在地平线上去耕作的时候，是高于地平线的，它让人显得高大。同样是对劳动，我觉得这两首诗都写得非常准确，因为它是事物的一面两体。

通过这样一个关于劳动的诗歌，让我形成了一种多角度思考问题的习惯，任何一件事情有它的阴面、阳面，同样对劳动，你可以去讴歌它，它确实是一个非常伟大的人类生活的基本活动，你也可以去写它的疲惫，因为它确实消耗了我们的精力。我们所讲的农业革命，就是将人困在土地上。过去的人可能自由，我最近看了一个，我觉得是用科幻的手法写的对历史的猜想，说夏朝是没有文字记载的，说夏朝是哪儿？有一种猜想是说夏朝是巴基斯坦，有一种猜想是夏朝是在埃及，它是通过人的移动过来的。因为那个年代，可能人没有固定在土地上，还没有农业革命，还不是这一块地属于你，所谓的时间，就是这样被约束的。因为你有了土地，你要春天种，秋天收。你不能离开的，你要等待收获，所以人都被固定在土地上了。过去人都是移动的，非洲人走着走着，走到中国来，都有可能，就是这样的一个多元化的、多角度的，它其实是不矛盾的，有的人说它是不是很矛盾？其实它不矛盾，它是自然存在的。同样是劳动，我觉得可以这么写，我觉得也可以那么写。但是对于一个少年来说，我觉得我可以多角度地去理解事物，它教会我认识事物的时候，不是停留在一个面，不是停留在一个点，也就是说它让我们不固执，我们一直在讲视野，一直在讲宽阔的视野，这个视野是怎么来的？所谓的视野，就是不固定在一个固执的执念里面，去认为自己的观念就是世界的法则。不认为自己所理解的世界、所看到的世界，就是全部的世界。

余华有一篇小说叫《现实一种》，我觉得这个名字非常好，现实的一种，我们每个人只身处某一种现实。但是我们读了于坚的诗再读欧阳江河的诗，或者说读了欧阳江河的诗再读于坚的诗，就知道现实不止一种，我们了解的仅仅只是一种，但是它不止一种，我们可以从各个角度去理解同样一个事物。

我觉得这样的话，有一个读者，我觉得在我成长的过程中，一开始写的欲望是不强的，因为写作本身并没有那么强烈的诉求，但是阅读通过长时间的阅读，再加上你实际的一种生活感受，慢慢地会有一种写作的热情，因为你听到别人在讲述自己的个体体验、生命体验的时候，你也会调度出你自己的一种生命体验。你也有埋在心里面的想法，即使是一个少年，少年不知愁滋味，那也是一种惆怅，也是会有想表达的时刻。通过阅读，阅读也是最初的写作训练，我们总是从读开始的，通过阅读到高中的时候。开始慢慢地转到写作。

我刚才讲，我在老家写下了第一行诗，而且写作也是很轻松的事情，读写都是很轻松的事情，不是单位领导逼你写材料，抽了两包烟写不出来，那是考验你的写作能力。文学创作它是文学能力，是一种文学的畅快，一种文学的自由。

我应该是在高一的时候，夏天有一天下了大雨，汾阳很奇怪，一到夏天下午两三点，有时候会下雨，下几分钟就停了，天就放晴了，太阳就出来了。有一场雨后，孩子淘气，我们汾阳中学旁边是县教育局，我们一个班的同学就跑到教育局，爬到楼顶去了，楼顶上有一本《朦胧诗选》，可能是被人落下的书，被雨刚打湿。那是我第一次读朦胧诗，我打开那本《朦胧诗选》之后，就被里面的诗句所吸引："卑鄙是卑鄙者的通行证，高尚是高尚者的墓志铭。"包括顾城的、舒婷的，早期的朦胧派诗人的作品都在里面。朦胧诗的得名，就是因为公众看不懂，对于一个高一的学生来说，也看不懂，但是就觉得特别美，你会因为它的不确定性，因为它没有直白的一个道理告诉你，它带给我丰富的联想，然后我那时候就变成一个朦胧诗的爱好者、新诗的爱好者。我觉得对于这个小孩子来说，那时候已经是少年了。

对于一个成长青春期的孩子来说，我觉得他让我开始对不确定性感兴趣，对“一言难尽”感兴趣。我觉得这个世界很多事情，当你无法描述的时候，可能你描述它的无法描述，本身就已经接近这个事物的状态，就是我们过去的这个教育里面，总是黑白分明，总是一清二楚，我们在中学读语文都要划分段落，都要总结中心思想，朦胧诗是很难这样去处理的，但是它写出了当下的一个感受，新诗的产生就是因为生活变化了，生活变化需要新的语言去描写出来，这样就有了新诗。所以读完这些诗之后，有一天我们上课，结果老师没有来，当时是外面刮很大的风，我们班一共二三十个男生，男孩子就聚在一起聊天，我们就说我们成立一个诗社吧，然后就成立了一个叫“沙派”的诗社，因为当时外面在刮沙尘暴，男子汉觉得风沙是很浪漫也很硬的东西，就开始写诗，每个人趴在那儿写了二十多首诗，就充沛地想要表达的愿望，而且我们二十多个写诗的同学里面，大部分没有谈过恋爱，但是那些诗里面大部分是情诗，可见那个年纪对爱情的憧憬有多强烈，所以诗也是我们想象的生活的一种可能性。

写完这些诗之后，就想印出来。那个时候还没有电脑，也没有打印机，我们是用那种蜡纸，拿一个铁笔，就是跟钢笔一样，前面是一个铁的尖，刻在蜡纸上又印，印出来之后装订，装订好之后发现参差不齐，又跑到汾阳的北大照相馆，它有那种裁照相边的刀，我们一本一本切好，我们那本诗集大概印数是六七十本，同学每人一本发下去，我们用这种方法出了两本诗集，我觉得那些诗歌的质量一塌糊涂，连一句诗都记不住了，但是它是一个开始。我觉得对于写作来说，对于创作来说，我们的起步并不是指向于发布的，可能是指向于我们一种生理的需要。也就是那样的一种写作的冲动，它是一种生理需要。当我们一吐为快把它写出来的时候，它是一种释放，所以写作是很愉悦、很轻松的事情。

因为高中写了这么多歪诗，我的数学就特别差，物理也很差，所以我后来选择上了文科。上了文科之后，还是经常偷偷看小说写诗，所以就叫作偏科发展，结果高考就没有考上。高考没有考上之后，那一年夏天让我读了另一本书，我觉得那一次的旅程对我来说至关重要，因为那时还没有去过太原，所以长途汽车站高音喇叭里面的大武、方山、柳林、临县，这些地名对我还是非常有吸引力的远方。我高考结束之后，就一个人离开家，坐了一个长途汽车，就在我们汾阳汽车站，我坐在车里面看汾阳县城在移动，逐渐地远离，熟悉的人一闪而过，逐渐地变成田野，向西而行。就是自汾阳而上，向吕梁而去，这样的一个旅行的过程，这个旅程给了我非常大的一种开阔。

很显然，我知道我考不上大学，考完我自己都没有去估分，我志愿填的是好大学，第一志愿北京大学，第二志愿什么什么大学，我填的全部都是好大学。我父亲很开心，说我儿子很有理想，其实我知道，我填什么都考不上，我就还不如填一个北京大学。这样的话，坐了这个车，可以说是，之前我也旅行过，可能都是。比如说我中学的时候跳霹雳舞跳得特别好，因为跳霹雳舞跳得好的话，我们那儿有一个歌舞团找我去演出，我跟着人家演出旅行过。我父亲也会带我去太原去旅行，一个人怎么去学会买票，没有人提醒你下车，你要看着每一站别坐过了。结果我们坐的那个长途汽车它没有站，随时招手随时就停，我觉得读书是通过文字来理解世界的话，这种行走是我们亲自用身体去触碰这个世界，走着走着就停下来了。停下来之后上来一对母子，他们就坐在车的机器盖的那个地方，车就继续往前面开，开着开着突然那个孩子就感觉有一点智障，那个孩子说："我要喝健力宝，我要喝健力宝。"然后他妈就说："我给你拿健力宝。"他们的

声音足以让整个车厢听到，然后就把健力宝打开，打开之后，旁边就有一个大叔说你中奖了。打开瓶盖中奖了，然后那个老太太就不知道怎么中奖，讨论半天，旁边一个人说，我给你五十块钱，你卖给我。然后另外一个人说一百块钱，然后有人花很高的价钱把健力宝罐买了。当他交易成功之后，突然那个有点傻的孩子，就是喝健力宝的那个人突然就变正常了，说："停！"然后那个车就停了，你发现一帮人就下去了。你会发现，最后买健力宝罐的那个人开始号啕大哭，因为他中圈套了。我们在这样的一个旅途里面，你会看到这样的一个骗局。

车再往前行，我们就到了一个大镇，那个时候不是高速公路，是国道，旁边都是住宅，就会看到上来一个怀孕的父女，很安静，家里人搀着她，然后捂着肚子坐在前面，车往前走，大概开到临县就下来了。我觉得这是一个新的生命要诞生了，一个孩子要出生了，这个母亲是在迎接他的新生儿。我顿时觉得非常圣洁。车又在往前开，可能会上来一堆人，他们都带着黑纱，可能他们参加某一个亲戚的葬礼，他们要回去自己住的地方，这一路上就像一个电影一样，一个人物出场、退场，另外一个人物出场再退场。我们都在一辆行驶的车上，这就是我们的生活，这就是我们自己。我觉得从那个时候开始，我感觉到某种开阔。这种开阔是什么呢？就是你开始意识到存在他者，存在他人，这些他者和他人，你都不跟他说一句话，但是这些他者和他人是和自己有关的，至少我们是在同一辆车上，是在往同一个方向驶去。

我觉得当你内心深处融入这样一种人群里面，你认为你是人群里面的一个，你又能够观察到存在一个东西叫人群的时候，我觉得人就相应来说，它会有一种相对的开阔。而阅读本身、写作本身还有一个非常重要的特点，多少年之后，我把这段经历写成了一篇散文，这个散文叫作《高考之后，放虎归山》。前天我还在碛口朗诵了其中的一个片段，因为这是我至关重要的旅程，也可以说，这个旅程的本身就是我电影的事件。因为多少年之后，我可以拍电影，有能力拍电影，用电影的方法去写作的时候，我觉得我不管写什么样的故事，我都在写那一辆开往吕梁的长途汽车。我电影中的人物会换，就像窗口的这个位置，可能一会儿是一个孕妇坐在那儿，一会儿是一个奔丧的人坐在这儿，一会儿是一个上学的少年坐在那儿，具体的人在变，但是那个车厢，我始终坐在那个车厢里面，它是我离不开的一种归属，离不开的一种精神世界，就是它成为我。

我这才讲到高中，不好意思。那就留着下集讲大学，我接着讲，还没有讲完。我觉得写作是这样的，创作是这样的，我们讲所谓忠于自己的世界，忠于自己的世界很重要，因为忠于自己的世界意味着忠于你自己。每个人都有自己的出身环境，都有自己的成长过程，这个世界，不一定说像我一样，我出生在山西吕梁汾阳，我一直在拍山西，拍吕梁的故事就是忠于自己的世界。而是说你真的感兴趣什么？你在意什么样的人？如果你的精神世界里面，都是苏格拉底，都是尼采这样的人，这就是你的精神世界，你要忠于你的世界。如果你的世界是土地上的这样一些人，你要忠于这个世界。我觉得只有忠于这个世界，我们才有所谓的真知。

我们讲真知灼见，真知是怎么来的？真知是来自于真实的自我，所以整个阅读的过程也好，写作的过程也好，我觉得它是形成一个真实的、结实的自我的一个过程，只有一个坚强的自我，只有一个清晰的自我，我们今天所讲的迷失、浮躁，这些时代的症候，可能只有通过形成一个清晰的、坚强的自我，你才能够抵御它，因为你知道了你是谁、从哪儿来、要到哪儿去。拿我自己举例子来说，我在读北京电影学院的时候，其实也是在一个自我形成的阶段，因为进入北京电影学院看电影一下子变得非常丰富，电影史上所有精彩的电影同时出现在你面前的时候，那个时候我自己早期写的剧本，大部分是类型电影，所谓的类型电影我写过武侠片、写过警匪片，写过离奇古怪的故事，不是说这些故事不好。但是我的直觉上，你总会觉得拍电影，那个时代拍电影，那个年代的电影，银幕世界基本上是这样的一个世界，你天然地觉得要塑造、要写这样的世界才是电影。但是 1997 年的春节我回家，回了汾阳。那一年汾阳是从县升到了县级市，变成了汾阳市，相对应地就是经济开始发展，我们那个主街道，两条街道是明代的建筑，我小的时候就在那儿玩，突然就拆掉了，整个世事变迁突然出现在我面前，之后我就写了一个剧本叫《小武》，所以那个时代对我来说是不吐不快的。更重要的是，我正在经历的事情，我们正在经历的事情，我们正在经历这样的一个巨大的改变，带给所有人生活影响的时刻，为什么我自己没有心思再写古代了？我筹备一个古装片《在清朝》已经有十年时间，我没有拍。为什么呢？因为我一直觉得，当下的感受更重要，往往你内心真正有故事的时候，属于你自己的故事，说得严重一点，那才是性命攸关的事情，我们要先把性命攸关的这些事情讲出来，才能够让我们自我得到一种解放。

同样是阅读和写作，我觉得也带有一个区域对我们塑造的观察。最近几年，我在阅读里面，除了文学阅读之外，也开始大量的看地方志，我家里面有《汾阳县志》，还有汾阳出的县志、通讯，因为它会带给我们非常多的信息，对，成为我们的一种理解。比如说，在过去我第一次知道洗衣机，我是在上小学的时候，那个时候有一个纪录片叫《祖国风貌》，介绍上海生产出来的洗衣机，我觉得那绝对是一个天外来物，这个衣服不是我妈每天用搓衣板在洗吗？怎么还会有一个机器能帮助把衣服洗出来。我一直觉得洗衣机是 20 世纪 80 年代的产物，但是我看《汾阳县志》的时候，汾阳第一代洗衣机是 1921 年有的，是汾阳医院从美国买回来的。那么它就让我去了解这一段历史，包括我读的中学，汾阳中学它是怎么来的？它跟赔款有什么关系？我觉得这些都特别有意思，我觉得阅读自我，就包括阅读地方志，理解我们生活的这个土地发生过什么非常重要。

最后我想要讲一个我父亲的故事，这也是我觉得写作非常重要的原因，这或许也是我变成一个表达者很重要的一个家庭原因。我父亲是一个不折不扣的才子，在我生长过程中，我们汾阳县，只要是我见过的人，跟我说过话的人，他都会有一句话："你父亲特别有才。"我父亲写作特别厉害，但是我父亲没有给我们留下任何的只言片语。有一段时间他一直在写日记，我非常渴望了解那个日记，但是那个日记被我父亲烧掉了。大家都理解了原因，他变成了一个不写作的人，因为害怕，所以变成了一个不愿意把文字留给这个世界的人。但是我觉得他让我们觉得写作有多重要。对我来说，我只能猜想我父亲的经历、我父亲的精神，没有文字，我不知道他具体经历了什么？小到一个个体的家庭，大到一个国家，我们十四亿人口这样的一个中国，我们经历了什么？它是需要文学的。可能我们会留下一本历史书，这本历史书会写很多数据，比如我们写吕梁的 GDP，2018 年发展到了全省第几，它是一个数字，可我们无法感受这个时代，但是文学不一样，电影不一样，它是细节，它是真实的细节，它是个案，它是个体的经验。只有这些，它才能够让我们理解，我们经历过什么。为什么我说，我们经历过什么这么重要呢？因为所谓的记忆，就是我们的根。一个没有记忆的，一个写不出我们心情的民族，是没有根的民族。中华民族之所以生生不息到今天，是因为我们无论在如何极端的环境里面，都有顽强的写作，都有顽强的艺术创造，把我们的记忆留下来，让我们的根更加扎实。脚下的土地，你踩的这个泥巴也要生花，让我们的精神经历有迹可循。让我们的后人，让我们一代一代的人，变成一个有根的人，而不是一个无根的人。谢谢大家。

主持人：我们还是由衷地感谢贾樟柯先生。贾樟柯先生深沉而激情的演讲，饱含了对家乡吕梁、对乡村、对吕梁学院青年学子浓厚的情感。它让我们在此踏上了心灵的回乡之旅。他作为知名导演、知名作家，他是时代的报信者，让我们更加深刻地感受到现代化背景下的乡土的意义。再次感谢贾樟柯先生，感谢文学季主委会。祝愿吕梁文学季越办越好，也祝愿各位来宾、各位朋友幸福安康。再一次感谢贾樟柯先生。

贾樟柯：各位老师同学，谢谢大家。我最后说两句，因为吕梁文学季是第一年办，我们担心没有经验，所以今天的活动比较多集中在汾阳这边。第二届我们一定会有更多的作家、更多的节目会来到咱们吕梁学院，谢谢大家。

莫言研讨会：诺奖之后的莫言

时　间｜2019年5月16日9:30—11:40

地　点｜汾阳中学

嘉　宾｜莫　言　张清华　陈晓明　谢有顺　苏　童　梁晓声　王　笛　李敬泽　王　尧　侯　波　欧阳江河　王春林　李师东　管笑笑

开　场

欧阳江河：这是我第二次和贾樟柯导演一起来到有一百一十三年悠久历史的汾阳中学，今天我特别荣幸的、特别高兴的是，和我们中国文学界最著名的、最重要的文学家、批评家一起来。那么我先隆重地介绍我们的莫言先生，他是2012年诺贝尔文学奖获得者。他写了十几部长篇小说，最重要的有《丰乳肥臀》《生死疲劳》《蛙》等等，很多，我就不一一说了。根据莫言老师小说改编的《红高粱家族》，今天在贾家庄的种子影院也会隆重展映。莫言老师现在是北京师范大学国际写作中心主任。今天跟他一起来的国际写作中心的还有三位他的同事，一位就是我自己，还有一位是我们伟大的小说家苏童老师，还有一位是我们国际写作中心的执行主任，著名的诗人、批评家张清华教授。那么我给大家在这里隆重地宣布一个消息，莫言老师于昨天，也就是2019年5月15日继获得2012年诺贝尔文学奖之后获得吕梁文学奖·年度作家大奖，大家祝贺莫言老师。

现在我把话筒交给我们随行的老校友贾樟柯先生，他我就不多介绍了。

致敬莫言欢迎仪式

贾樟柯： 各位汾阳中学的校友还有老师，非常高兴莫言先生能够来到咱们的学校，来到我的母校，我们全家都是汾阳中学的校友，这个学校我想不管是在校读的，还是毕业很多年的，对学校都特别有感情，但是在汾阳中学一百一十三年的历史上，今天是一个非常重要的时刻。因为这是第一位诺贝尔奖得主来到我们的母校。让我们用热烈的掌声欢迎莫言先生。

莫言： 同学们，我跟我的同行们非常荣幸地来到了贾樟柯导演的母校，来参观、来学习，我们真正地享受到了从来没有享受到过的夹道欢迎，这种盛大的热情的接待，这不仅仅是我个人的感受，刚才我的好几个同行都在说，从来没有受到过如此隆重的待遇。刚才在路上，我和校长和书记一起走，我说这样搞会不会耽误了孩子们上学呢？你们校长说，是他们自己要跑来的，不是我让他们来的。这句话是真还是假呢？我相信校长说的是真的，是吧？没有一个孩子愿意老在教室里待着不出来活动的，我看到你们青春的、健康的身体和你们的笑脸，感觉到我们的学校确实是贯彻好了德智体全面发展的方针，不仅为我们培养出了一代又一代的英才，还培养出了富有创造力的社会栋梁。所以吕梁文学季能够有一场活动，在我们一百多年历史的汾阳中学来举行，也是文学季本身增加了光彩，增加了青春的色彩，因为一切事业都是由年轻人来发起、由青年人来做的，一切的希望都在年轻人身上。我想起了许多年前，我们的开国领袖毛泽东在莫斯科接待中国留学生的时候说过：世界是你们的，也是我们的，但是归根结底是你们的。你们青年人朝气蓬勃，好像早晨八九点钟的太阳，希望寄托在你们身上。这是我背得很熟的一段毛主席语录，转赠给你们，希望寄托在你们身上。

欧阳江河：现在我介绍一下今天一起来到汾阳中学，和同学们见面的一些文学界的各位作家和批评家，因为接下来我们会有一个讨论会。讨论会因为会场很小，同学们就没办法在现场参加了，但是在这里所有的参与者，我们会议的参与者，现在都在舞台上，我大概介绍一下大家。这位是李敬泽先生，作家李敬泽，他是中国作家协会副主席、中国作家协会书记处书记，也是著名作家、著名批评家，中国当代文学的掌门人，现在我们欢迎李敬泽先生。

李敬泽：我也是山西人，我们家在芮城，但是我早就知道汾阳有个汾阳中学，所以我特别羡慕同学们，因为你们能在这么好的学校学习，同时我也羡慕你们是贾导的校友，祝愿你们中出现更多好的作家、好的艺术家，我相信会出现的，会继续越来越多地出现，谢谢你们。

欧阳江河：谢谢李敬泽老师的期望，我已经看到了未来的贾樟柯。下面我一一介绍，我从这边开始，这边这一位是著名批评家、北京大学中文系系主任陈晓明先生，希望你们中间有些人成为他的学生。我们昨天还在说，北京大学一百年，就是从陈独秀到陈晓明。这边这一位是王笛老师，他是昨天和莫言老师一起获得年度非虚构类作家大奖的获得者，王笛老师现在是澳门大学的杰出教授，曾经是美国一所大学的历史系教授，也是旅美历史协会的会长，主要是用英文写作的，第一本中文写作就得了一个大奖。

莫言老师身边的这一位是我们大家尊敬的、我想好多同学读过他的书的梁晓声老师，来点掌声。梁晓声老师昨天获得了年度小说奖，就是咱们首届吕梁文学季的年度小说奖。这位是苏童老师，刚才已经给大家介绍了，他最重要的身份是我的同事，著名小说家，这两天也在展映根据他的小说改编的电影，苏童老师我就不说了，最有人气的作家。这边这一位是谢有顺老师，著名批评家，中山大学的教授、博士生导师，也希望在座的同学们成为他的学生，他很年轻。后边这一位张清华老师，我刚才已经介绍了，他是我的领导，他是北京师范大学文学院的副院长，北京大学国际写作中心执行主任、著名批评家、诗人，也是著名的朗诵家。

这一位李师东先生是中国青年出版社社长，是资深的批评家。这位是王尧老师，他是来自江南的批评家，是江苏省作协副主席、苏州市作协主席、苏州大学文学院的学术委员会主席，也希望我们在座的同学们去他的学校读书，他也是博士生导师。这位是王春林老师，他是你们山西大学文学院的教授、著名批评家，大家也可以报考他的研究生。这位是侯波老师，这是昨天新出炉的获得首届吕梁文学季马烽文学奖的得主，是著名作家，大家可以去找他的小说读。

现在我把话筒再交回给贾樟柯导演。

贾樟柯：特别谢谢各位同学和老师的热情，我们这样一个简短而又庄重、热烈地致敬莫言先生的仪式就到此结束。下面嘉宾可以移步到咱们的二礼堂进行“诺奖之后的莫言”研讨会，也请同学们带着今天的记忆回到课桌旁，好好学习。谢谢！

莫言研讨会：诺奖之后的莫言

欧阳江河：现在开始本届吕梁文学季的最后一个活动。我们之所以这样考虑，是因为希望用一个不对公众的、我们内部自己关于文学的讨论会，来为文学季收尾。这个讨论会我们把它围绕莫言老师在获得诺贝尔奖以后，他热闹了几年之后，被外界打扰了几年之后，潜心创作，于2018年集中井喷式地发表了一批题材各异、风格各异的文学创作的年度现象。

那么我们回到文学的讨论，我们希望回到文学，就像莫言老师在获了诺贝尔奖文学的最高的奖项之后、荣誉之后，又回到他的老本行，他的本质，他作为文学家、作家的这样一个本质，没有停止写作。所以这个也就是说，我们想围绕这一个，不仅是我们提出诺奖之后的莫言，不仅是讨论莫言老师的，不仅仅是他的作品本身呈现出来的文学质量和文学风格的变化和文学的转型等等，还包括了莫言老师获得诺贝尔奖之后，得到了文学最高的荣誉之后，好像没有什么再获得的，只有什么呢？只有他自己，回到作为文学家的自己，回到写作本身，所以我们的讨论还有这样一个想法在里面。因为莫言老师获奖的时候才56岁，他的写作生涯还长得很，所以我想我们这个讨论我觉得有多重意义在里面。现在我把话筒交给我们这一场讨论会的主持人，张清华老师，我刚才已经介绍过他了。

张清华：其实欧阳江河老师可以一直主持下去，因为他是非常杰出的

主持人，而且是整个咱们这一场首届吕梁文学季的总策划、总设计师，刚才你们都见证了他的风采，但是因为他持续工作时间太久，嗓子都快哑了，所以就特地让我来分担他的工作，很荣幸主持接下来这个时段的活动。刚刚我们随同莫言老师一起经历了毕生从未经历过的荣耀，如此巨大欢迎场景，让我们感慨很多。我们跟随莫言老师所经历的，就是文学所经历的这样一个场景。感谢在座的各位远道而来的专家、朋友们，也感谢汾阳中学的老师和同学们，让我们有这么好的一个场所，来研讨莫言老师获诺奖之后他的创作。那么今天这个会很特别，特别在哪儿呢？虽然我们在座的这些人开过无数的研讨会，但是今天还是很不一样的，一个因为莫言老师在座是我们研讨的一个很大的压力，那么还有另外几位杰出重要的作家也在，梁晓声老师也是我们尊敬的作家、前辈。还有我们苏童老师，都是特别重要杰出的作家。所以我们这个研讨的语境，就很复杂。还有这么多的同学在座，关键是还有那么多的摄像机。我看到摄像机，心里面总是发抖的。当然其他老师经历的阵仗多，所以他们从容。所以我们就在这样的一个环境下开始研讨。

这一次吕梁文学季的主题叫作“从乡村出发的写作”，我认为这是一个非常好的题目，它不只是这次活动的一个主题，它应该也是新文学的一个很重要的主题。那么新文学诞生一百年，大家回忆一下，新文学是从哪儿出发的？看上去是从北京大学、从大城市展开的新文学运动，但是新文学的创作它就是从乡村出发。鲁迅先生，大家心目当中最杰出的代表，他的鲁镇其实就是乡村。鲁迅写得最生动最重要的那些人物，也都是乡村人物，阿Q、祥林嫂、孔乙己、闰土这样众多的鲜活的人物都是从乡村开始的。新文学有一个特别重要的主题，就是中国人、中国的知识分子，中国的作家重新发现乡村。那么中国传统社会的文学家们很少写到乡村，写到田园诗才会写到乡村，小说几乎没有写乡村的，这个很奇怪。我们是一个农业社会，但是没有人写乡村，这是因为什么呢？因为没有一面镜子，这面镜子就是世界，在中国作家在中国的知识分子获得了世界视野之后才重新发现乡村，发现我们这个民族落后了，那么这是整个20世纪以来，五四以来中国的知识分子面临的最大挑战。那么如何改变？如何反思？如何重建？这就是他们的一个很重要的事。

所以从乡村出发的写作，其实贯穿了一个世纪，一直到莫言老师这儿，我觉得他也是从乡村出发的，他是当代中国作家从乡村出发写作的一个典范。他身上，他的文字当中一直负载着他的家乡，他是从他的家乡走出来的，负载着他的全部信息，当然也是中国农业社会的全部信息、中国当代社会的全部信息，走向了读者，走向了世界，也走向了世界性的承认。那么他得奖了以后，我个人觉得他经过了很长时间的一个调整，刚才欧阳老师讲到他有几年被打扰，这是难免的，但是他作为一个作家，他能够重新走回他写作的状态，我认为是特别重要的，因为有些说法叫诺奖魔咒，很多人获得诺奖之后就写不了，写不了有很多原因。莫言老师也同样面对这样一个可能存在的困境，但是我想他摆脱这个困境的办法就是回到家乡，返乡。那么这个返乡我认为不只是一个世俗伦理上的亲情的返乡，也是现实意义上的返乡。也就是当他回到故乡，才能够更真切地感受到现实，因为现实不是每天夹道欢迎，现实是非常真实的日常生活，包括底层人民的生活状况。每当他回到故乡，我想他就会找回这个现实。我想也有从哲学意义上的返乡，就是海德格尔所反复强调的那个返乡，就是一个人精神的那种指归。这个我就不展开，不占用时间，我只是想做一个简短的开场，接下来我就有请各位批评家的同行、同仁来做重要的发言，最后我们在请梁晓声老师来给我们谈感想。首先我们邀请北京大学中文系主任、著名的评论家，当代文学的首席老师陈晓明老师先来做发言。

陈晓明：今天很荣幸来到汾阳中学，汾阳中学人杰地灵，能够出贾樟柯这样世界级的导演，今天又迎来了莫言先生，我相信汾阳中学一定能够创造出更加伟大的故事，我也非常荣幸今天能够在汾阳中学来讨论莫言，来讨论莫言先生最近几年的创作。我知道这个场合特别的隆重，也特别的重要，所以我还准备了一个稿子，因为时间关系，我就选择重要的来念一下，因为这样的话节省一点时间。

我这个题目，就是因为他最近发表的小说《故乡人事》，里面有一篇小说叫《左镰》，所以我用了这个来做题目。

自2012年获得诺贝尔文学奖以来，各方面都期盼莫言有新作问世。莫言也确实是沉寂了数年，也就是说，用刚才江河先生的话来说是受到各方面的打扰有几年，终于不负众望，近几年在《收获》《十月》等文学杂志上，连续发表了十多篇作品，包括短篇小说、诗歌和戏剧。对这些作品仁者见仁智者见智，有不同的理解和评价。但对读者和研究者来说，无疑都是值得重视的文本。探讨这些文本，不只是关于莫言新的写作成功，也是理解莫言与当代文学重建的有意味的关系。莫言获奖之后的作品的特点，就是以回忆故乡往事为主，与当下若即若离。

刚才张清华先生所说的返乡这一概念非常的重要，也非常的到位。他从海德格尔的返乡到莫言的返乡，我觉得这是一部精神史，非常有深意。莫言的写法含蓄，风格趋向于写实，文字极为朴素，这与他过去长篇小说的铺陈狂放的风格相距甚远，与他过去的长篇小说内力张狂也有所区分。

2017年9月，莫言在《收获》《人民文学》分别发表了《故乡人事》和《锦衣》，我们没有必要对自由随性惯了的莫言，做新的起源学的读解。这两篇作品不过是莫言酝酿不久的作品而已。《故乡人事》系列由三篇简短的小说构成，重写往事记忆。莫言也在诺奖的典礼上做了答谢词，把自己定义为说故事的人。这三篇故事都是直击本色，因为写了一篇作文，老地主所发生的本身纠葛。只写孙敬贤的命运遭际，阶级斗争进入乡村伦理中发生的矛盾，凸显出的是乡村的人事和人性，我一个小学生借助现代观念，可以在作文里把孙敬贤贬义，但是在劳动中，孙敬贤却是劳动能手，我怎么也甩不开身后的老地主，虽然他有病痛，不停地呻吟，但是割麦却是一把好手。别看是一篇精短的小说，莫言还是说故事的能手，不谙小说的趣味。他又扯上和地主媳妇摘棉花的故事，前者承受着历史的压力，后者却是乡村始终遇到的人情世故，前者是乡村在现代矛盾中的分裂场景，后者则是中国乡村永远抹不去的人文温情。尽管后者总是夹杂着乡村粗俗的体温，乡村落入这种粗俗，且生活真实也无法谈起，篇幅虽短，但是小说的时间跨度、历史感以及张力十足，尤其是那种朴实和生活味沉厚，都是可以看到莫言一贯表现的那种执拗的人物性格，乡村邻里的恩恩怨怨以及故事里的蹊跷，故事自有一番风情。

《左镰》却是一篇地道的小说，而且这种是在不经意间闪现出来的，小说会围绕着圈子，然后不经意地进入故事的核心。这里故事讲到的铁匠来村里打镰刀的故事，讲到几个淘气少年在河边扔石头的故事，中间插入因为扔石头被父亲打的故事。田奎用左手使镰刀，右手上把一个钩子勾走，这个细节就足以触目惊心。问题出在田奎的右手怎么没了，小说有一句田奎说的话："自从我爹剁了我的手，我就什么都不怕。"可以想象这个独生子遭到刘老三告状的后果，父亲竟然剁掉儿子的手谢罪。这惊人一笔，却是藏在看蛇的细节。田奎带我去看坟墓里的一条大蛇，我尤其问到他头上有罐子吗？这一条蛇由不得人想到鲁迅的作品，蛇是鲁迅小说散文多次提及的形象，其义丰富复杂，最典型的就是蛇，如果考虑到莫言在2003年发表的内容，就知道莫言这里的坟墓和蛇绝对不是凭空而来的，可想而知剁掉田奎的手,对于地主和田奎本人来说都如同觉醒自知。因为不仅是这个，还有右手上的钩子，他把生命的长痛用铁器给固定下来，命运是如此安排，多年后嫂子的妹妹欢子嫁了两处，她的丈夫都死了，作家不只是说出故事，不只是创造形象和发现细节，更重要的是创造意向。欢子克死了两个丈夫之后，岁数也很大了，回到乡村。后来有人告诉田奎说欢子回来了，田奎也是很大岁数，因为他砍掉了右手没有人嫁给他，一直单身。然后人家问他，田奎欢子回来了要嫁人，你说谁敢要？田奎说我敢要。竟然是因为他的哥哥告状，被砍掉了右手，最后他们的命运结合在一起。

所以莫言的《故乡人事》，鲁迅的这些作品也不为过，一样的记忆故乡，一样的苍凉，一样的笔法，重现过它的莫言，确实秉持着鲁迅的现实主义精神，他的技艺笔法和风格都更加紧密地承顺上了鲁迅的文脉。这部剧虽然没有标明是什么剧，也无法看出文学性剧本，这部剧的年代背景与茶馆的主题也可以归结为是大清朝的命运，这部剧的戏剧因素非常活跃，莫言一直在戏剧方面很是自信，他热爱戏剧，深谙中国民间戏剧的精要，这些主题虽然老道，官府腐败、民不聊生，官逼民反，各方冲突加剧社会变革，莫言并不会去表现时代冲突，他把戏剧拉到生活，拉回到民间日常生活的婚丧嫁娶，其戏剧核心价值在于假死，和公鸡成婚，地皮王宝气压民女，故事悲喜交合，悲剧的大框架装进喜剧的戏剧关系，掌柜病死，所有这些悲惨之际，但是莫言硬是生生把它做成了戏剧，一只公鸡就把整个戏剧的气氛给点拨起来了。戏剧手法十分的灵活，而且做到自然而然，顺势而为，苦中作乐，趣味横生。莫言的小说深得戏曲之重，不管是情节的关节处，还是场面，经常发出表演性，使得人物叙述和语言始终生机勃勃，小说的高妙处也在戏剧，低阶处也在戏剧，戏剧性既是文学内在精神的活跃因素，也是文学把握生活的丰富性和广阔性的外向。后来才会把莎士比亚视为所有杰出作家的父亲，在这个意义上，莫言的小说是把中国民间戏剧的艺术养料，当然也是对世界优秀艺术经验的领会，形成了他内涵丰富、有张力的表现方法。就这部戏剧作品而言，莫言以小说的笔法为戏剧，既刻画了人物为中心，由人物的性格带动情节的发展，戏剧剧本《高粱酒》对原小说做了较大的改动，基本的格局未变，上升为了这一块，戏剧性和表演性因素都十分重要，莫言在此验证了自己的戏剧天分，就这两天莫言还发表了《等待摩西》等作品。前两篇小说以细仿俄罗斯作家名字写的，再以宗教人物名字来写诗中的游人，作为对家乡亲人意识的追尾倒也是各有奇妙。文章中有独特之处，下面又回到莫言的风格，节外生枝的机制和插科打诨的戏谑平分秋色，小说有棱有角，特别有趣。特别要提到那篇《天下太平》，那个时候引来了各路人马来解救，如同一出戏剧，这个冲突的解决方法，也说出了当今时代社会和解的方案。莫言的小说惯用小爱来作为角色，既能显示出反常的经验，又能用于欢笑的欢乐，思想与智慧常于打闹中反复地甄别。

莫言重现文坛把这些问题都演绎了一番，还有诗歌里的惊诧不已。《雨中散步的人》，这些诗不过是率先制作，但确实是写眼中所见、心中所想，貌似脱口而出，看似找到文学，却又妙语连珠。所谓诗性或者诗句的关联逻辑走的都是点石成金，句子与句子不断地编译、折断、翻转，体现出快乐。

这首诗写七位诺贝尔奖获得者和他的交往和友谊。这个题材的难度是非常之高的，但是写得非常的真挚，这等于是莫言打油诗的才华，或许打油诗是诗中最难写好的才华，众所周知莫言能驾驭这种文体，这儿首诗写得朴实，或细说，自成一个妙句。总之莫言重现文坛，发表了一系列的作品，虽然属精短之作，也篇篇可圈可点。我们也可以把他和过去的作品进行对比，或许有这样那样的不满足，甚至也可以说还有其他的作品还要区别于他早期的优秀之作，但是这样的批评无济于事，作家在不同时期会有不同的作品，莫言换个写法也未尝不可。莫言的作品与其说丰满，不如说更加的内敛直接，但是力道还是在那里，那篇总言读了就令人揪心。它能说出中国乡村的故事，以他特有的方式、特有的真实。德国老作家说，任何人要想谈论中国，都应该先去读莫言的书，这话固然首先是对西方人说的，但我认为对中国人未尝不是。莫言过去反复用五节棍写作，他有很大的场子，率性而为，汪洋之色。诺贝尔奖颁奖委员会对他的评价有言，中国以及社会何曾被如此史诗般地席卷，现在此诗的狂潮已经褪去，他回归故里，他用《左镰》写作。我也知道莫言的左书，他早就练就了这一手。

好的，我发言完了，谢谢大家。

张清华：陈晓明老师他是理论的天马行空，一般都是用那种方式发言，但是今天他就非常不同寻常，做了一个非常精彩的细读，可见他对这些作品是非常喜欢、非常认真地做了分析，特别精彩。就是因为他是为了节省时间，用了很快的速度，把这一篇文章读完了，实际上应该是一场精彩的细读课，需要一个小时的时间最好。感谢！他还给我们节省了时间。我们接着请李敬泽老师做一个发言，李敬泽老师虽然是很大的领导，但是他是一位杰出的批评家，记得我们去年在北师大开的研讨会，他做了一个非常精彩的发言，今天我们再听听李敬泽老师的想法。

李敬泽：我本来说跟清华讲，说去年我们在北师大开会的时候，我们几个都参加了。但是有顺、王尧、春林他们不在，所以今天应该是让他们多讲，所以我要把时间留给他们。简单地说两句，就是说其实这样一个题目叫作“诺奖之后的莫言”，也有意思，也没意思。有意思在于它确实是个陈述，它确实是诺奖之后的莫言，确实如此。同时这里也确实包含着一个我们大家的判断，我们大家的什么判断呢？就是说，在获得诺贝尔奖这样的一个客观地说非常重要的荣誉之后，那么我们大家还是认为这会给每一个作家、任何一个作家都会构成一个考验，有的时候荣誉的压力也很大的。这个是我们大家的一个判断。同时就我个人来说，就是说我们来以己度人，来推测一下，推想一下，其实这肯定就莫言本身而言也是面临很大的压力。那么现在经过了这几年，这些作品从 2017 年开始，可以说是恢复了一个活跃的、重上正轨的创作，我们都很替他高兴。同时在这个过程中，在这两年的创作中，我们也确实可以看到，如果说存在着那样的考验和挑战的话，那么老莫已经克服了这个问题。这个克服的办法，刚才陈晓明也做了非常深入的分析。我觉得看了这些作品之后，我印象之深的其实就是两点，一点就是说老莫依然保持着对此时此刻的中国现实生活、对我们此时此刻复杂经验的高度敏感。我觉得这个其实是很难得的，因为我们大家都看了刚才的这个欢迎场面，一个人身处在这种场面，也能够保持这一份敏感，这其实是非常难的。另外一方面给我印象至深的就是说，老莫在艺术上，这两年他写了戏剧的内容，我觉得这其实恐怕对于老莫来说，以前有时候我们会觉得这是有意为之，游戏笔墨。那么我觉得现在看来，应该不是一个有意为之的事，而是一个深思熟虑的艺术方向。作为深思熟虑的艺术方向，老莫他是从一开始讲是从乡土出发的，我想他可能说要通过这样的人间戏剧的这个路径更有利地回到乡土，回到我们这个大地。在这个意义上说，我觉得这也是特别值得注意的一个，老莫在创作上特别值得注意的选择，这样一个决断。所以甚至我是满怀期待，我相信在这样的一个创作方向上，在他现在给确定的一个创作方向上，我觉得能够感觉得到，我也满怀期待，老莫在这个方向上还有很大的野心。我认为他可能仅仅是在做准备，为他很大的野心做准备。我就说这么多。然后把时间留给大家。

张清华：李敬泽老师刚才的发言虽然时间不长，但是我认为他抓住两个特别重要的两个方面，一个就是对现实的敏感性，这一点我是深有同感，再一个就是，他在人类样式的选择上更多选择了戏剧，这和陈晓明老师刚才谈到的戏剧性，我认为也是吻合的。莫言老师是一位迷恋戏剧和戏剧性的作家，我觉得这是一个特别重要的一个特点，一直以来就是他的创作当中有非常强烈的戏剧性的倾向，这使得他的小说具有独一无二的那种特色。我记得李敬泽早在世纪之交出来之后就有了一个反映，写了一篇文章，我觉得他当时的判断，就是它是一部伟大的小说，其实就是基于莫言先生高度的戏剧性和文类方面的特异性而言，我觉得李敬泽对这个文学的这种判断力实在是非常敏锐。接下来我们就有请王尧老师，苏州大学的教授，也是长江学者，我们同行里边特别杰出的一位。

王尧：谢谢。刚才陈晓明说完之后，我觉得也很难发言了，两位讲得非常的宏观，也有微观。我想莫言获奖其实在很大程度上是改变了我们当代文学研究的一种方法。获诺奖这件事，确实就如刚才李敬泽所讲的，对个人生命不能承受之重。我们整个学界和批评界和读者反映，这是处于非常紧张的状态。我大概认为莫言首先不是一位作家来赋予的，就是说在莫言得诺贝尔奖之后，特别是近四十年处于一个中间的位置，但是获得诺奖之后更加确认了他的重要性。

根据我的观察，我感觉到我们今天的当代文学批评和当代文学事业里面莫言还有另外一个意义。我首先要说莫言作为当代文学史研究的一种方法，他也有着特别重要的意义。我觉得莫言获奖之后经过这么多年的沉寂、沉淀，他还有一个非常重要的事，莫言获奖之后有一些时间的平静，随着时间的推移，有一些东西是曾经的。

我在几次会议和一些文章里也听到有一些人说，当时就有一种谬论说，莫言这个奖是奖给翻译家的，这是一种很无知的，与之本真差距很大的一种说法。因为莫言的小说翻译比较早的就有法文版。其实瑞典华夏学院比较早的是法文版，英文本最早的也不是美国学生译出来的。

因为诺贝尔奖的评审委员，在设一个人作家奖获奖之前，是要看瑞典文本的，所以马悦然也曾经翻译过莫言的中短篇小说，让这些评委来看。所以通过时间的推移，连续下来解密就是说，我们过去有一些人的误解，或者说我把它称之为谬论，逐渐得到一些澄清，所以我就想要在这里补充两点。

因为大家讲莫言的时候，比较多的讲到他的民间写作和野性、生命力等等，我觉得近几年莫言的创作，其实也在恢复一种人文传统，莫言小说、散文、诗歌、戏剧的这样一个文人性或者人文性，我觉得今天研究莫言是需要的。比如说在这个问题上，莫言是跨领域的，我们文学界在讨论莫言作品的时候，都在讨论他的书法。今天有几位书法大师都在，包括欧阳江河老师都在，你仔细看莫言的书法，可以看到中国的文人传统在莫言身上的这一种回顾。所以他的书法的结构与他的小说、散文、戏剧，以及与他的性格有许多关联的地方。

因为书法界的人，书法界所谓的书法家，一般的太多了，莫言的书法出现的时候，有一些人他心里是明白的，莫言的书法，他的文人气，他的诗歌性，所以这是走文人的传统，所以我想莫言的文章恢复了一种文人传统，因为在他自己的这样一个写作里面，就已经没有文体的界线了，本来是文体的结构，所以这是我想要表达的第三点。

第四点就是近些年的创作，其实他从未中断过和故乡的联系，如果讲重返的话，我觉得未必准确，我觉得是重构自己的故乡，也重构自己与故乡的关系。北师大之所以把莫言称为伟大的校友，是因为他的学位是鲁迅研究院和北师大联合授予的，但是莫言的论文不是重载故乡，而是超越故乡，所以我觉得不仅仅是重载，还有重构，这当中也包括超越。

其中在解读莫言笔下的乡村的时候，有两点，我是比较在意的。一个就是莫言还原了乡村斑驳陆离这样的一个复杂的感觉，第二个就是他还原了或者说重构了乡村的人文结构，乡村的人文性。多少年来我们是被改造掉的，我们小时候也是在乡下长大的，因为我体会特别深。多重的原因，我们对乡村的改造，不仅仅是春天的问题，是我们整个对乡村的人文有一个比较大的改革。从莫言的故乡、人士以及他的小说，他重新把乡村那样一个被我们抽象了的，或者说事实上所存在的斑驳陆离的生活和人文结构重新地赋予了一下，这是一个非常大的贡献，这不是简单地按照传统话语的对立，也不是一种都市里对乡愁的缅怀，这与之前是有一些区别的。

我觉得莫言重新从乡村出发的写作，我觉得是斑驳陆离的写作，我觉得莫言能够把人文结构的复杂性寻找和复原、还原出来，我觉得这是非常重要的贡献。

讲到人文传统和人文性的时候，我也希望提出莫言的诗歌，我们讲到的大起大落，我们有一种非常从容的心态，从以前的绚烂回到宁静，我觉得这不仅是内心世界的变化，其实也是莫言文学趣味非常重大的变化。在这个过程中，莫言叙述的文字跟过去有比较大的差异，所以我觉得如果要讨论第二个话题的话，其实就是说，莫言对现代汉语写作的贡献，我觉得也是需要我们来重新认识的。

近年以来，莫言在《上海文学》发表的小说，我觉得这也是我们需要加以讨论的。这个就是我刚才所讲的，文人传导和文人写作是有关系的一种题材。

回顾一下当代作家的写作，我简单地梳理一下关于笔记体小说这件事情，大概是这样的。“文革”结束之后比较早的就是人，但是这个人艰苦，又长期在苏州生活，所以当时的笔记体小说受到大家的注意，但是由于他比较多的生活格局，一直没有特别大的反响。第二部就是汪曾祺先生和阿城，因为阿城在做知青的时候，他自己跟我讲，他把小的东西是写在一个纸盒上的。汪曾祺比较多地在自己的文章里谈到笔记体小说，而且他也写了一些。

但是汪曾祺基本上也是重写的古代的笔记体小说，原创性不是很强，因为在他自己的小说里面写着对什么什么的改写，这个问题涉及刚才所讲的，莫言此时此刻对中国这样一个复杂的生活和当代保持一种敏感。

我觉得莫言就是让笔记体小说获得了一种当代性，它不是说对于我们大量丰富的小说改写的，而是从乡村出发，通过自己的想象来把笔记体这样一个小说激活了。所以我觉得，这也是我们这些小说当中非常重要的内容。如果我们往回追溯，大家可能有印象，就是莫言获奖以后，他接受采访的时候，他讲到了他与蒲松龄的关系，我们也可以从这个小说里面来讨论，把莫言与蒲松龄的关系，再有一个创造性的转化。我想从这些传统的情况来看，莫言近几年的创作，给我们留下了非常大的这样一个产生的空间。诺贝尔奖没有把他压垮，又激活了他。正如前面讲到，所有这些也可能是他以后那些宏大的基础作品的一个草稿，一个初稿也有可能。所以我们非常期待，这几天和莫言兄在一起的时候，他原来自由自在的这样一个状态，这是非常好的，这对中国当代文坛来讲，是一个非常好的事情。我借这个机会来表达一下自己的想法，谢谢。

张清华：刚才王尧先生的发言非常丰富，特别重要的一点，我认为就是关于返乡与重构故乡这样的一个关系，这个讨论我认为是很有见地的。再一个他说在他重构故乡的过程中也重构了他自己的形象，这让我们想起最近的这几篇小说里他都有一个自己的角色。这个角色是面对人事的变迁、沧海桑田般历史的演化所表现出的那种宽容，甚至是有某种无奈，这样的一种态度。这个态度它表现出也类似于无数我们的前辈，中国传统文人面对社会历史变化所表现出来的那种态度，这里头有非常深的意愿，用口语是无法阐释的，这个我是比较赞同。还有一点就是他的这种美学上的变化，当然跟他心态上的写作方法和写作心态上的变化有关系，包括笔记体的这种使用，这都表现出某种和中国传统文化之间要打通某种关系的一个意愿。我认为过去他和民间的文化联系更多，但是现在我觉得他又多了一个维度，就是自觉不自觉地和传统的文人之间建立联系，我觉得这也是一个极大的丰富，我这也是在王尧老师的发言基础上做的一个阐释，不一定对。我们接着有请我们批评家行业里的青年才俊，虽然这么说不一定合适，这个是按照年龄来说，谢有顺老师在批评家里面是非常老资格的。

谢有顺：谢谢，非常高兴有机会在这里发言，并且向莫言老师表达致敬。确实大家都讲了，获了诺奖之后再进行写作的那种难度和压力可想而知。但是，获了诺奖之后，莫言老师也有不少的获奖机会，在广东也主持过他好几次的演讲，感觉到他的状态非常好，我觉得这是特别需要向他表达致敬的。

这就让我想起他刚得诺奖的时候，就有记者不断地来追问我，为什么是莫言？我往往是先反问他们，为什么不是莫言？如果不是莫言，那你告诉我，中国有哪一个作家比莫言更合适得这个奖？批评也不能空谈，你要举出反证，就是不单要否定，还要肯定，就好比金庸去世之后，也有很大的争议，有记者来问我，我说了一个判断，我说金庸至少是《红楼梦》之后创造了最多为老百姓耳熟能详的人物的作家。你不同意我的这个观点，你也要举出反证。谁创造了比金庸更多普通老百姓都能随口说出十个、二十个、三十个、六十个人物来，包括莫言老师也做不到，就是你要提出反证，证明为什么不是。

那么记者就沿着我的话题就问到我，莫言小说得奖，你觉得他的小说最重要的特点是什么？当时因为匆匆地我们也是概括了，他自己也说不仅是用头脑写作，还要用眼睛写作，还要用耳朵写作，甚至还要用舌头写作，所以你读莫言的小说，比中国任何一个作家的小说，他的色彩、他的味道、他的声音更丰富。你想一个作品中如果充满着声音、色彩、味道，而且是如此具体入围的声音、色彩和味道，整个文学所呈现出来的丰富性，那样一种对我们的感染力是完全不一样的。说实话，现在对小说的故事的要求导致越来越多作家其实都在设计情节，都在一个悬念接着一个悬念地往前奔，也没有作家意识到叙事需要有像大海一样宽阔，也需要有像小溪一样的节奏的搭配，但是你读莫言的小说还是有很多意外的东西。我觉得这得益于他把自己的感官解放，彻底打开之后，他对世界的感知是全身性的，这不是仅仅用头脑写作，是用自身的感官在写作，所以要说身体写作，为什么莫言老师是最好的身体写作，一个器官的参与。

第二点我觉得莫言老师小说的特点就是语言驳杂，这个语言是一个人的标识，我们常常会用标准的普通话，甚至会用另外一种作家来要求莫言的语言。莫言之所以有今天的影响力，在于他有这样一种气势磅礴的，这样一种各种东西都杂在一起，而且是快速完成一部作品这样的一种写作方式，当然也形成了他自己的语言风格。这种语言风格不仅有大家熟识的普通话，甚至也有很多的方言，甚至也掺杂了很多的古语，我们就发现莫言老师所说的有一把刀很锋利，他说的是风快，像风一样快。说一个女孩子长得漂亮，不是说长得漂亮，而是说长得奇俊，这样的词出现，其实使得他的语言在驳杂的同时，也有非常多其他的要素，我觉得这也形成了莫言他特有的风格，就像苏童老师的语言是一种风格，莫言老师的语言是另外一种风格，这两者之间其实有很大的差异，但是都各自构成了各自的写作的标识。

第三点我说到他的精神体量庞大，我是特别看重这一点的，看莫言老师的作品，你会觉得他的宽阔、庞杂，视野的延展，你会觉得他的整个体量是庞大的，这不单只是说，他几十年可以写几十万字的长篇小说，而是他整个精神气息透露出来的，让你觉得这是一个大作家，这个大作家他就有大的格局。我个人是更看重那些格局大、有明显破绽缺点的作家，我也不愿意看到格局小，但是精致优美的作家，因为我觉得两者的前景是完全不一样的，所以很多的作家他没有这样的眼界和格局，其实他起点高，可能走得也很有限。

这就让我想起很多年前，我陪一个很有名的中国的作家，在西安的时候，贾平凹请我们去参观好几平方米的贾平凹文学艺术馆，参观完了之后，这个作家就给我讲，他说只有老贾这样体量的作家，给他建这么大的一个馆，这里面才有东西摆。同样有一个地方愿意给我建几千平方米的文学馆，我摆什么进去？我的版本就这么几本，我的货架真书就那么几章，我也不会写字，我也不会画画，我也没有收藏，你给我几千平方米，我能够摆什么呢？像贾平凹这样的，不单西安有，别的地方还有，它有书法、有画画，有几千种的版本，各种获奖证书，还有其他的收藏，再把他的其他东西搬进去的话，再来几个馆都放不下，这就是体量。

你有了这种体量之后，才会有那种格局。我觉得莫言小说里面这种精神体量我很看重。当然他的特点很多，我们由此就想到莫言得诺奖，我在深思一个问题，就不能够简单地称之为新文学的声音，我们每个人都是新文学的信徒，莫言之所以能得奖，我觉得恰恰是对新文学传统的一种扩大，他不仅仅是吸纳了要素，而且还接受了古代的传统，比如说戏剧，比如说像《聊斋志异》《儒林外史》等等很多民间的说书等等。他是把新文学的传统扩大了的作家，我觉得这个也是非常的重要，也是今天莫言写作受到世界关注的重要的原因。甚至它的获奖都不是普通的声音，不单是一种单一的语言的声音。获奖之后莫言的状态，当然我相信他也一直在谋划一些大的东西，刚才大家也分析这些发表出来的作品，可能都是一个草稿，但是我依然看到有几个点是我觉得特别值得提及的，我读了莫言的这些新作，尤其是他的几篇小说之后，有三个点我印象很深。第一点就是他依然有一个精神的着迷点，其实他这样的作家很容易就被喧嚣和热闹影响之后，这个人可能是散的，但是我还是能够感受到莫言那种精神的着迷点。他在书写和观察要超越的乡村，乡村是他的根据地，也是他的着迷点，特别是他加入的眼光，我觉得这样对乡村的理解和认知，给了我们一些新的想象，这是莫言第一个让我觉得很有意思的地方。

第二个我觉得他比以前更加平静之后明显显得宽阔，我能感觉到他的文字的平静和冷静，包括那一种看待世界自我方式的一种平静感，我也觉得是莫言写作里面很重要的一个新的迹象。因为我们知道他的写作是很热闹、狂放的、喧嚣的，有一种迫不及待有很多话要表达，现在你明显感觉到他那种节制、平静，由此变得宽阔。获诺奖之后，莫言最大的变化是书法，我也知道他列了碑，他有很多字写得特别好，但是我真心觉得那样一种平静之后的从容，那种宽阔，通过他纸上的书写，就能够看得出来，他的小说叙事里面的那种冷静，那种简约，那种欲言又止，包括他写的一些短章，不是我们一下就期许的长篇大论。

多年前我给莫言提到过，我是觉得写作那种热闹、游戏、好玩其实都是表象，最终走得更远、更让你显得重要的是那种压抑不住的、让人能体察到的庄重之心，这种庄重之心使得作品不打滑不油滑，因为幽默和油滑之间的边界是非常微妙的，一不小心就油滑了，一不小心就打滑了，如何守住这样的一份庄重之心特别的重要。莫言的叙事和语言能力我们知道可以滔滔不绝，可以气吞万里，但是滔滔不绝气吞万里往往会有打滑的时候，这就要看他早期的书法作品，欧阳老师是专家，一打滑气韵就不一样，为什么莫言老师的书法进步很大，我觉得是达到了一种境界，我觉得是纸上不打滑之后的那种庄重，笔和纸对话的庄重，那份对字的深情其实也贯穿到他的写作之中。我觉得这是莫言老师写作之后给我巨大的冲击。这份庄重之心会让自己当作被审判的对象，被关照的对象，包括对写作、对世界，甚至对书法都有这样一颗前所未有的庄重之心，我觉得这颗贵重的庄重之心能够写出大的作品，而且整个的写作的格局还会更大，会飞得更高，这是我谈的对莫言的一些看法。谢谢。

张清华：谢谢，谢有顺讲得非常精彩，也非常到位。尤其后边说的这几点，我觉得是深得我心，我是觉得非常认同。接下来各位发言就要控制一下时间。我们接下来有请春林。

王春林：今天能来参加这个诺奖之后的莫言这个研讨会感到非常的荣幸。就是在诺奖之后莫言的创作我个人的体会和感觉，我觉得有这么 4 个特点可能需要注意。

首先第一个方面就叫作文体的多元，从 2017 年重新复出的莫言，我们发现他有一个非常突出的特点，文学文体的丰富性，短篇小说、戏剧、诗歌三管齐下，齐头并举，这是第一个特点。文体的多元性，尤其这里面要值得注意的是，我原来的印象中，我的记忆之中，他原来好像没有写过诗歌，或者说没有公开发表过诗歌，然后他就写了对现代文学大师致敬的这一组诗歌，我觉得这一组诗歌典型的特点，我是诗歌的门外汉，我在这里也想简单地说一下，就是以叙事来作为重要的表现手段。比如说有一首就是写给奈保尔的诗歌，为什么是奈保尔的腰呢？因为奈保尔的腰不好，所以这里面是这样写的，他到意大利去领奖的场景开始写起的。“上台领奖时，我看到奈保尔腰上捆一条宽皮带，他坐着跟我握手，他太太说他的腰不好，男人的腰不好确实是个问题，当然女人腰不好也是个问题。”你看都是叙事，其实这里边是还有别的意味的。你看他接下来就不仅写到了奈保尔，确实又写到了另外一位杰出的诗人，瑞典的特朗斯特罗姆，他说我是第 29 届得主是特朗斯特罗姆，他获得了 2011 年诺贝尔文学奖，2012 年我跟上了，这当然是巧合。

这里面，其实已经写出了，某种不可捉摸的那样一种命运的感觉。当然那个诗歌的标题叫作《腰不好》，当然他后来又写到腰，到 2015 年的时候，奈保尔来到中国，再一次跟莫言见面，莫言还是注意到他的腰。前年他来过中国，腰的问题更为严重，算一算他也是八十五岁的人，能来一趟不容易，需要注意的是什么呢？在注意到奈保尔腰不好的同时，莫言也在他的这首诗歌当中，对他的文学作品，尤其是对奈保尔的精神世界，进行了一种深刻的理解和表达。我喜欢他的《米格尔大街》，这样的小说我可以写，他的游记好，而且多，这个比较难学。有人说他是恶魔，我觉得这话有点过。他的坏是被夸张了，他的好是被掩盖了。“一个在举世瞩目的讲堂上敢写妓女的人，怎么可能是个坏人？”这一段外面上看是在写奈保尔到底是好人还是坏人，我觉得一方面他是要写出人性的某种复杂性，尤其是这里边的这句话，“一个在举世瞩目的讲堂上敢写妓女的人怎么可能是一个坏人？”我觉得这一句里面的诗眼，是一种佳句、佳作。如果把这样的诗句和奈保尔的腰不好联系起来，那就表现了一种莫言先生的这种人道主义深刻的悲悯的情怀。

当然他其他的诗里面也有很多令人赞赏的佳句，比如说写给特朗斯特罗姆的《爬树》。“雪原漫漫，留下的踪迹是最好的事，你坐着轮椅出现在大厅里，你的唯一胜过过往，你不言不语，白发凌乱、目光忧伤。”我觉得这样的诗句，都是难得一见的佳句，都对特朗斯特罗姆内在的精神世界进行了深刻地表达和捕捉，有一种尖锐的力量，所以这是我要表达的第一个意思，就是文体的多样性，而且注意是诗歌创作。而诗歌创作里面人道主义悲悯情怀的表达，这是引人注目的，这是第一点。

第二点是他的民间化的特点，这个民间化的特点突出地表现在他的戏剧创作上，尤其是那样一个戏剧。要想讨论他的戏剧创作有一个大的背景，就是当代文学史的书写。如果大家注意一下，你就可以发现我们的当代文学史是一个不完整的文学史，从文体上来说有一个缺陷，就是戏剧化的当代文学史的书写，不管是陈思和的教材，还是冯之成的教材，还是陈晓明的《当代文学总操》，我觉得里头都有一个明显的缺陷，忽略了戏剧的这个部分。如果从这样的前提出发，我觉得莫言先生坚持写戏剧，首先有一个问题平等的意义。虽然我们无法预知、无法判断莫言戏剧的写作能够多大程度上改变这种不合理。所以光是这种书写思维本身，就突出地体现了他的民间化的色彩。至于在这个剧本中具体的特点，由于时间关系我就不展开说了。里面一些情节的设置，像公鸡和人的那种情感的表达，人和公鸡举行婚礼等等，这样的情节很显然让我们联想到《聊斋志异》。这是第二个特点，民间化的特点。

第三个特点，我以为虽然形式上是借助了戏剧这样的一种本土化、民间化的文学文体，但是它非常深刻地传达出了现代启蒙的精神价值立场。第三点就是启蒙，莫言小说里面的启蒙，某种意义上不光是他后来的《故乡人事》也罢，刚才的那个短篇小说，我觉得里面的精神内核恐怕都是启蒙二字。今年是五四周年走过了一百年的历程，一百年中国留下了非常重要的精神遗产，其中非常重要的一个症结就是启蒙的尚未完成，到现在我们的启蒙也是一个值得关注的问题。所以在这个意义上，莫言的故乡的书写，其实在很大程度上是在向鲁迅先生致敬，是在以鲁迅先生为代表的启蒙传统的致敬。我们当下的中国尤其需要启蒙这种东西。

第四点不管是他的戏剧创作也罢，还是小说创作也罢，在最近的这些作品当中，我就能够深刻地感觉到一种人道主义的情怀的重要。正如同我在陈晓明老师的小说里面，所深刻感受到的人道主义悲悯的情怀一样。所以我就想起了雨果，雨果是一个伟大的作家，是一个伟大的人道主义者，我有一个判断和观念，我认为任何一个伟大的作家，他首先必须是一个伟大的人道主义者，他必须对人有充分的尊重，然后才可能对人有丰富的充分的表达。在这个意义上，我觉得莫言就是这样一个伟大的作家，我就说这么多。谢谢。

欧阳江河：刚才王春林老师的发言准备得非常充分，有一个厚厚的稿子，因为时间的原因就没有完全讲述出来，希望你发表出来之后大家再拜读。接下来有请李师东老师，我们先让做评论的老师先讲。

李师东：莫言老师的早期作品给我印象非常深刻，那个时候读莫言的

《聪明的红萝卜》等一系列的作品，那个时候印象非常深刻，确实是我们文坛里面出现的一种新的感觉方式，一种新的生命气息。后来这种感觉方式越来越庞大博大，到后来又发现那时候的莫言他的文字才华、文化本身的想象力，到了一个非常高端的程度。在接着读《檀香刑》的时候，《檀香刑》我是认认真真地读了一遍，发现《檀香刑》有一个什么呢？这个时候莫言是变化了，在总体的结构上，这个时候有一个重心，但是在每个章节里面都是那么的活泼有变化，这么一个诺奖之前的创作过程，但是感觉到莫言之前的心态是非常起伏的，是剧烈波动的。去年莫言的短篇小说、诗歌、戏剧，又是另外一种心态，刚才大家也说得非常充分了，我的感觉，他的这种心态是什么呢？如果莫言还是按照他那种《生死疲劳》的那种方式写的话，或者说在获了诺奖之后，这个小说肯定是另外一种状态，可能就完全飞起来了。这个时候在不断打扰的进程中，莫言一边在用他的左手写字，另外一方面还是从他的故乡里面，从他的精神家园里面找到自己沉下心来的这么一个立足点，这么一个想法。所以我就想，现在的话，有一定的文学的创作经历的作家，实际上是在不断地重写自己，不断地去重写自己的过去、自己的根枝。莫言的作品还是以前创作的技术，重构也好，重写也好，是一种重新的本质。我们现在看到的是一些气息，不是一个整体，就像我们拍了一幅画，他可能非常磅礴，但是我们要看到他的戏，而且这个戏还没有连贯性，这里面就有一种感觉是什么呢？他有一种综合性的尝试，因为过去这种写作是人文的，是更具有传统东方智慧的这么一种理解和领悟上面在做一个大的文章，现在突出的是一些气息，尽管这些气息本身还不构成一个本体，期待着莫言老师更大的、更精彩的作品问世，就说这么多。

张清华：谢谢师东老师，到他这儿，今天我们在座的批评家的发言可以告一段落了，但是我们占用的时间有点多了。接下来有请几位作家老师谈一谈他们的想法。有请梁晓声老师。

梁晓声：非常惭愧，诺奖之后莫言的这些作品，我没有读过，但关注到一部，有一些散文和随笔发在或者说转在读者上，但是那一个时期我自己也在写长篇，寄给我的刊物我都很少读到，但是我觉得对于写作这件事，我好像越来越把它看得非常的寻常。我经常觉得一个作家写作就跟在街头街角开一家包子铺、馄饨铺一样，你可以一直开了好多年，有些熟悉的人很放心地到你这儿来吃早点，包子的形式你无论怎么样，它就是那个样子，但是至少要保证食材的安全性。另外也不欺客。所以回到小说，我们放到文化的大口袋里面，我们在文化的大口袋里面翻找各种各样的文学现象，我们看到这样的文化作品，它还是配在文化的大作品里。那么这个作家总是要超越自己，但其实总是很难。谁都想要把鞋子做得更好，但是最后虽然有新的材料，也不过做得更舒适一点，所以鞋子还是鞋子。所以我觉得未来的读者对于作家的这一点，其实是会给予一定的体谅的。我们不会这样要求唱歌的歌星，一辈子就唱那几首歌，那么大家实际上听的话，他的嗓音也不会变化，作家也有很多自身的局限性，每一个人也都想要超越，其实想要超越是很难的。我们来读李白的诗的时候，你读得多了，也会发现，气韵都是相似的。一直努力、认真地写作，就已经非常不错。这一种平常性，我觉得是可敬的，但是刚才李敬泽和陈晓明谈到的那一点很重要，用李敬泽的话是依然保持着对于我们现实生活的关注的敏感性。

我就想起，不知道莫言还记不记得，我跟莫言好像已经认识得比别人要早一些，那时我在北京电影制片厂，还没有分房子，住在办公室，莫言因为什么事住在北影旁边的一个招待所里，招待所有一个军队的干部是老黄，现在是少将了，我前不久还见过他，他就带着莫言到我们那儿串门去了，那时我又比他年纪大一点，又比较早地得了一些奖，以老大哥的资格来跟他谈了几句文学，但是我记得我当时说过一句话，那时好像只是看了《红高粱家族》和《透明的红萝卜》，我说我觉得，莫言你像中国文坛的梵高，莫言当时非常矜持地表示谦虚，但是也没有嘚瑟。我觉得现在看来的话，在风格上他其实也还是有着这样的一种感觉，你要比梵高好得多了。我也同意作品中有传统文学的那种影响，其实《聊斋志异》对他的影响更大一点，我后来看《聊斋志异》就发现，《生死疲劳》的开篇几乎就像《聊斋志异》中的短篇《三生》，《三生》就讲他不服还要还阳，第一次成为猪，第二次成为犬，第三次成为蛇，比如说成为蛇的时候就被马车碾为三段。这个人为什么不服，我觉得是有这种原因的，我觉得无论是对于历史的、现实的，总是有着自己人道的一些体会。所以这一点我觉得是非常棒的。《天堂蒜薹之歌》是现实的，《蛙》也是现实的，我觉得尤其《蛙》意义更重一点，我们放开二胎和三胎，现在我们有第二个娃、第三个娃的人，都要感谢一下莫言，我觉得在放开之前，在讨论一个孩子的弊端和当时农村计划生育的种种现象的时候，文学作品中相对少，后来突然出来了一部长篇小说就是写这个事的，在之后若干年，这个政策放开了还要鼓励生三胎，我觉得他们是要感谢你的，所以我相信莫言在以后还会给我们提供一些非常好的有人文影响的一些作品，我就简短说这些，谢谢大家。

张清华：谢谢梁晓声老师，他最近也出了一部《人世间》（三卷本）的一部大作品，我们也借机向他祝贺。我们有请苏童老师，苏童老师一般上午是不起床的，他今天坐在这儿是难能可贵。

苏童：我简单说几句，因为时间不多，我也没有做什么准备，因为谈老莫也不需要做准备。大家其实心里都特别清楚莫言的状态，现在我用八个字形容，他其实就是“头顶桂冠，身披枷锁”的人，这是一种不可否认的处境。这种处境不管是作家还是谁，很少有人会碰到这样的处境，所以很多感受莫言有，我们没有，我们只能够设身处地地去想象，想象他的这样的状态。在这种状态下，他所有的写作其实都是把那只手从枷锁里探出来这样写作，要把这个枷锁打碎，要把桂冠摘下，恐怕真不是那么容易。因为莫言的创作当初杀气腾腾冲上文坛，他是以他的狂野、以他的侵略性，或者说在小说里面的暴动，所以给我们留下这么深刻的印象。这和他的身体、他的素质，年轻时代干的事有很大的关系。

今天对于莫言来说，我自己觉得他在酝酿第二次革命，他是需要第二次革命的，所以这是对于莫言的，我觉得我可以懂别的同行，我特别能明白他们将要干什么、他们在想什么，只有莫言，我们只是一种揣度，因为他的境遇与我们太不一样了。所以关于莫言的写作，这几年我注意到，因为大家都研究得特别透彻。其实莫言现在，他甚至在诗歌上，我真的挺喜欢他的诗，尤其是《飞机跑道》的那个。在诗歌上、在戏剧上、在小说上的诸多尝试，我觉得都是他在探索某一次革命的事业，所以他重新在摸索自己，我所接受到的就是这个信息。我就说这么多。

张清华：等一会儿，你的揣测就会有答案，让莫言老师回答一下。接下来我们有请王笛先生。

王笛：谢谢，在座的都是文学大家，我是来自这个领域之外的，所以在这儿来主要是学习。但对莫言老师的著作，我也读了不少，其实我只能谈谈我的感想，谈不上分析。从莫言老师的小说，可以看到，我觉得实际上也在写一部历史。如果读了《生死疲劳》，你能感觉到，在大的变革时代，改革的那种疾风骤雨下的命运。我们写历史的人，受到历史的局限，对于过去、对于革命，对于感言有很多不能发掘深入，而且受到阶级斗争理论，受到政治的干扰，但是很多像我读了莫言的著作以后，我能感觉到，我们好多想要展示的东西是由文学家来展示的。其实对于关注乡村，我们知道共产主义革命，中国共产党的胜利就是从乡村开始的，但是我们过去知识分子、我们的学者对乡村缺乏了解，实际上在20世纪20年代到30年代有相当一批知识分子，但是受到西方社会学的影响，他们最早要到乡村去进行调查，还有20世纪二三十年代的乡村建设运动等等，这些都为我们认识农村提供了非常重要的资料，但是我们的历史学家，对他们的成果并不重视。不了解过去的农村，虽然过去要档案，要官方的记载才是历史的资料，才能够为历史学家所使用，其实不对的。我们知道档案的官方的资料存在很大的问题，我们不知道它产生的情况，不知道里边有多少真实的东西，但是文学家通过他的眼睛，通过他的思考，所展示的那种社会、文化、个人的经历，实际上从另外一个角度提供了非常珍贵的文本，为我们历史学家来了解过去，来了解中国乡村，来了解中国的社会问题提供非常重要的依据，所以我很认为以后莫言先生的作品不仅仅是文学界要讨论的，其实历史学界也要深入讨论。

张清华：谢谢王笛老师。我们有请中国艺术研究院青年研究员管笑笑来讲几句。

管笑笑：我没有做太多的准备，我就简单谈一下莫言老师的创作，其实现当代以书斋命名的笔记的集子不多，莫言老师最近发表的笔记，故事非常简短，也颇有古意。从某种程度上，可以说是重返，或者说是再述了中国古代民间小说的传统，但是也有一些现代的因子和色彩，有的小说比如说在情节上、故事上的安排，也不同于传统的笔记小说讲究情节故事的完整性。

另外我想，虽然莫言老师更为大家所知的是他的中篇小说，尤其是长篇小说，但是我们可否把近期发表的《一斗阁笔记》和他早期的长篇小说创作联系起来系统地来看，他在20世纪90年代初发表了一系列的短篇小说，也是讲的奇人异事之多，也是有古代笔记小说的影子。虽然那个时候没有像《一斗阁笔记》以刻意的斋名，给一个特定的称呼，但是我想他在短篇小说创作方面，我想是有他自己的一个追求和一个规划的。

那么另外我又想到了，他这些年来的书法，因为莫言老师，大家都知道他也没有专门学过书法，不是书法专业科班出身的，他写书法纯粹是作为一个写作者、一个文人对笔墨的天然的亲近。就像这些年来欧阳江河老师是在用这种笔墨，中国传统的文具来写新闻文作的一些非常有创造性的常识。

我看莫言老师有一些书法作品，其实本身就是一个短篇小说，我印象不是很深。我在听了各位大家都在讨论《一斗阁笔记》比较多，但是我想我们应该把这个时间的轴线拉得更长一点，联系到他一直以来的短篇小说创作，并且联系上他的书法创作。因为我想这些年，大家一直在讨论网络文学的问题和传统的文学有什么不同，那是因为网络文学之所以会引起比较广泛的讨论，是因为它是一种全新的书写的介质，用键盘来写作，现在很多的作家甚至是评论家，大家都拿起了我们传统的笔墨开始写作进行评论，我想是否可以提供给我们一个新的思考的角度，笔墨不同于我们现在的键盘，也不同于钢笔和铅笔。这种介质的不同，会给我们的文体带来什么样的影响？我谈得不充分，谢谢大家。

张清华：谢谢笑笑给我们提供了新视角。好像我们最后时间留给莫言老师的有不到十分钟，只有八分钟时间了。

莫言：两分钟就足够了。首先非常感谢大家百忙当中从各个地方坐飞机、坐火车赶到汾阳中学来讨论我。来了以后，我感觉还是收获很大，尽管浪费了大家的时间，但是对我个人来讲，确实是很占便宜。

每个评论家，每一个作家朋友都发表了精彩的、简短的、非常有见地的发言，有很多字眼都让我感觉到惊心动魄，现在恨不得到书房里坐下来去奋笔疾书，赶快用写作来证明一些。我觉得一个作家所有的感受，实际上基本上都来自他的写作。也就是说农村有话讲：在哪里跌倒的就在哪里爬起来，是吧？一个作家如果在某个方面跌倒了，爬起来的唯一办法就是用笔写作，然后来证明自己不是这样的人，或者说来证明自己过去存在误解的某些地方。

梁晓声记忆力如此之好让我吃惊，这件事情过去三十年了，就是1987年我在招待所里面写《天堂蒜薹之歌》的时候，确实有一个人带我去看他，他的描述的细节都是准确的。但是有一个细节，我当时一见他，我非常冲动地把他给抱了起来。他立刻高声地喊叫：“我的腰不好。”后来我想，我写奈保尔的腰不好，潜意识里面也是因为梁晓声老师说他的腰不好。所以奈保尔的腰不好，是个问题。梁晓声老师的腰不好，也是个问题。过了这么多年，他的腰明显地好了。他的《人世间》一百多万字，我也认真地读完了。尤其是早期的那帮年轻人，去郊区排队买猪肉还是买粉条，这些城市下层的青年人，在“文革”后期那样的一种友谊，真是让人感动。后来看到周家的老大当了厂里的党委书记,面临着一个老革命,身上绑着炸药，要跟他来同归于尽的时候，这个地方也让我感动。

所以这样一部《人世间》一百万字的小说，其实是考验了梁晓声老师这样一个老作家顽强的写作的毅力和对生活的热情，以及他坚持了许多年的、他的作品一以贯之的正义感。其他作家和评论家的话我都记到书上了，至于你们的哪一句话感动了我，我还是不说为妙。

非常感谢，也感谢在座的媒体朋友，感谢汾阳中学为我们提供了这么有历史感的一个场所，这样的一场讨论会，在我个人的历史上，也将是难以忘记的，谢谢。

主持人：非常感谢大家。

【首届吕梁文学季获奖名单】

“吕梁文学奖”

年度作家奖：莫言

年度小说奖：梁晓声《人世间》

年度非虚构作品奖：王笛《袍哥》

年度诗歌奖：于坚《大象十章》（组诗）

年度山西作家奖：张平《重新生活》

“马烽文学奖”

侯波《胡不归》

【首届吕梁文学季荣誉得主说】

我感觉到在某种意义上，贾家庄的历史就是中国农村的历史的缩影。我相信随着时间的推移，贾家庄不仅仅是汾阳的贾家庄，也不仅仅是吕梁的贾家庄，也不仅仅是山西的贾家庄，而且是中国的，是地球上的贾家庄。

感谢评委会把这么一个奖项给我，我本来想要说我是一个老作家，我知道大家奖给我，是带着安慰我、鼓励我的性质，我一定把大家对我的这种奖励作为一种再努力的鞭策。

——“吕梁文学奖·年度作家”得主　莫言

这是我所参加过的最特别、最不寻常的一次文学活动，很乡村、很工业，很文学、很文化，也很现代。山西我来得很少，70 岁时的一部写着很辛苦的作品居然在山西得了奖。我这一代作家曾经是文学青年的时候，谁没受过两个中国当代文学最主要的流派——山药蛋派和白洋淀派的影响？

我想对贾樟柯导演和我们当地的干部们提一个建议，能不能在中国的哪一个地方做一个人文电影研讨基地？我突然觉得这个地方是最适合的，原因之一是这里有贾樟柯。我希望以后我能以电影观众的身份到这里来，参加关于中国的和世界的人文电影的研讨会。

——“吕梁文学奖·年度小说”得主　梁晓声

非常兴奋今天来到文学大家聚集的场合，因为我是一个历史学家，平时接触的都是做历史的，所以我感到特别骄傲。中国实际上一直有文史不分家的传统，但近几十年来，我们的历史研究越来越接近于科学研究，现在我的这个尝试，是要把历史的写作回归人文。

《袍哥》是一部微观史著作，也就是微观的事实。过去我们的历史写作，大多是面向英雄人物，我的这一部作品是想为我们的下层人写历史。必须要知道我们一般民众的思想和他们的经历和经验，这样的历史才是一部完整的历史。

——“吕梁文学奖·年度非虚构类作品”得主　王笛

我非常看重这个奖，因为这个奖突出了“乡村”这个词。在 20 世纪的世界文明中，发生在中国地方的乡村世界观被遮蔽在黑暗里，引领这个世界的世界观是工业化文明的世界观。所以我觉得吕梁文学奖非常重要，它是一种在东方发生的更深刻的、有意义的世界观时刻。

——“吕梁文学奖·年度诗歌”得主　于坚

在文学创作和文学受众不断受到冲击和围剿的今天，吕梁文学季这个具有创意的文学活动来得非常及时，也非常超前。它大大鼓舞了作家的写作和文学的士气，也给了文学一个更加美好的向往和前景。

能获得这份荣誉，我感到无比荣耀和兴奋。它对我来说，是十分重要的一个奖项和一分收获。

——“吕梁文学奖·年度山西作家”得主　张平

我小学四、五年级时就读过马烽老师的《吕梁英雄传》，它是我的文学启蒙书。今天能获得这个奖，我觉得是一种缘分。我用今天获得的这个奖，向马烽老师表示崇高的敬意。

——“马烽文学奖”得主　侯波

首届吕梁文学季组委会

指导单位

中共山西省委宣传部

中共吕梁市委、市政府

山西省文联

山西省作家协会

中共汾阳市委、市政府

主办单位

汾阳市贾樟柯艺术中心有限公司

协办单位

山西贾家庄腾飞旅游开发有限公司

临县碛口古镇

名誉主席

廉毅敏　中共山西省委常委、宣传部部长

主　席

李正印　山西省政协副主席、吕梁市委书记

执行主席

王立伟　吕梁市市长

委　员

郭　健　山西省文联党组书记

杜学文　山西省作协党组书记、主席

任　忠　中共吕梁市委常委、宣传部部长

郭震威　吕梁市政府副市长

吕文平　吕梁市文化和旅游局局长

郭红波　中共汾阳市委书记

吴晓东　中共汾阳市委副书记、市长

贾樟柯　国际作者和作曲者协会联合会（CISAC）副主席、贾樟柯艺术中心创始人

邢万里　汾阳市贾家庄村党委书记

梁嘉艳　贾樟柯艺术中心首席执行官

万佳欢　贾樟柯艺术中心首席内容官

首届吕梁文学季顾问团

阿　来　四川省作家协会主席，茅盾文学奖、鲁迅文学奖得主，代表作《尘埃落定》《空山》。

曹文轩　北京大学教授，北京作家协会副主席，国际安徒生儿童文学奖得主，代表作《草房子》《根鸟》。

陈晓明　北京大学中文系主任，教育部“长江学者”，北京作家协会副主席，鲁迅文学奖得主，代表作《无边的挑战：中国先锋文学的后现代性》《中国当代文学主潮》。

程光炜　中国人民大学教授，中国当代文学研究会副会长，“中国第二届批评家奖”得主，代表作《艾青传》《文学讲稿：八十年代作为方法》。

迟子建　黑龙江省作家协会主席，茅盾文学奖、鲁迅文学奖得主，代表作《额尔古纳河右岸》《伪满洲国》。

格　非　清华大学教授，北京作家协会副主席，茅盾文学奖、鲁迅文学奖得主，代表作《江南三部曲》《望春风》。

韩少功　海南省文联名誉主席，美国纽曼华语文学奖得主，代表作《马桥词典》《爸爸爸》。

韩石山　曾任山西省作家协会副主席，《山西文学》主编，代表作《边将》《徐志摩传》。

贾平凹　中国作家协会副主席，茅盾文学奖、鲁迅文学奖得主，代表作《废都》《秦腔》。

李敬泽　中国作家协会副主席、书记处书记，代表作《青鸟故事集》《会饮记》。

孟繁华 沈阳师范大学特聘教授、中国文化与文学研究所所长，鲁迅文学奖得主，代表作《孟繁华文集十卷》。

莫　言 中国作家协会副主席，北京师范大学特聘教授，诺贝尔文学奖、美国纽曼华语文学奖、茅盾文学奖得主，代表作《红高粱家族》《丰乳肥臀》。

苏　童 北京师范大学特聘教授，英士曼亚洲文学奖、茅盾文学奖、鲁迅文学奖得主，代表作《黄雀记》《妻妾成群》。

西　川 北京师范大学特聘教授，联合国教科文组织阿齐伯格奖修金、瑞典玄蝉诗歌奖、鲁迅文学奖得主，代表作《深浅》《唐诗的读法》。

谢有顺 中山大学教授，中国小说学会副会长、广东省作家协会副主席，教育部青年“长江学者”，广东省“珠江学者”特聘教授，代表作《成为小说家》《文学及其所创造的》。

叶　辛 中国作家协会副主席，上海社科院文学研究所所长，上海大学文学院院长，金狮荣誉奖得主，代表作《蹉跎岁月》《孽债》。

余　华 北京师范大学特聘教授，意大利格林扎纳·卡佛文学奖、美国巴恩斯－诺贝尔新发现图书奖得主，代表作《活着》《许三观卖血记》。

翟永明 诗人，意大利 CEPPO PISTOIA 国际文学奖得主，代表作《女人》《在一切玫瑰之上》。

张　平 中国文联副主席，茅盾文学奖得主，代表作《抉择》《天网》。

张清华 北京师范大学教授、文学院副院长、国际写作中心执行主任，中国当代批评家奖得主，代表作《中国当代先锋文学思潮论》《文学的减法》。

他们心目中的乡村

阿　来　待从头收拾旧山河。

陈晓明　乡村是离我们越来越远的昨天，是在我们的诉说里变得清晰的地方。

格　非　一春梦雨常飘瓦。

葛水平　故乡不是旅游的去处，是寄放灵魂的地方。

谷　禾　在我看来，乡村既不意味着悲苦、凋敝、落伍，更不是工业文明车轮下的桃花源，而是一个古老民族几千年积淀形成的文明的伦理、秩序。

韩　东　乡村是我们的来路，是精神之根，是回望之地，如今也成了某种关于未来的应允。乡村犹在，脚下的土地却正漂移远去。

韩石山　最好的乡村，都在我的记忆里。

何同彬　我扛着乡村如我的棺椁，我扛着乡村如我的哀伤，我扛着乡村如我的厌恶。

何　嵗　乡村是最真实的家园，我们应该用最真诚的心去对待。

黄　灯　无论城市化进程如何推进，乡村始终是我永恒的精神退守之地。

季亚娅　乡村是别在灵魂上的一枚徽章。

贾樟柯　只有离开故乡，才能获得故乡。

李敬泽　我们古老，乡村年轻。

潞　潞　存在的庇护所，语言的乌有之乡。

吕　新　乡村即童年，或曰故乡。

莫　言　心中的乡村在我心中。

欧阳江河　种子落地无声。

邱华栋　乡村是最后的诗意栖息地。

石一枫　乡村里藏着那个我们日渐忽略但却必须看到的庞大的中国。

斯继东　乡村让我爱恨交加。

苏　童　乡村是我们每个人的故乡。

王　尧　乡村是锄头落地的声音，不是乡愁吟唱的诗。

吴　越　万物循环之所。

西　川　久矣不闻鸡鸣。

谢有顺　乡村是保存记忆和创造记忆的地方。

叶　扬　乡村，神秘复杂又可爱可悲。

叶兆言　乡村应该越来越漂亮。

尹学芸　是母亲。是根。是精神。是灵魂。也是爱人。

于　坚　乡村是一种世界观。在全球化的今天，这种世界观意味着某种挽救之道。

张清华　乡村不只是出发的地方，也是归来的地方。

张锐锋　乡村是历史的塑造者，它贮存着国家和民族的记忆，闪烁着永恒诗意和灵感光芒。

张石山　梦里家山，文明渊薮。

（排名不分先后）

欧阳江河（1956—）

诗人，批评家。北京师范大学特聘教授，博士生导师。

其创作实践深具当代特征，在同时代人中产生了广泛的、持续的影响，被视为 20 世纪 80 年代以来中国最重要的代表性诗人之一。

应邀赴全球五十多所大学及文学中心讲学、朗诵。其诗作被译成英语、法语、德语、西班牙语、俄语、意大利语等十多种语言。

出版作品

中文诗集

《谁去谁留》《如此博学的饥饿》

《大是大非》《长诗集》等

外文诗集

德语《玻璃工厂》《快餐馆》《凤凰》

英语《重影》《凤凰》

法语《傍晚穿过广场》

阿拉伯语《埃及行星》

西班牙语《谁去谁留》

随笔集

《站在虚构这边》

获奖经历

2010 年，第九届华语文学传媒大奖年度诗歌奖

2016 年，第十四届华语文学传媒大奖年度杰出作家奖

2016 年，英国剑桥大学诗歌银叶奖

B o k s
北岳好书

从乡村出发的写作

选题策划 | 贾新田　　责任编辑 | 李向丽　　复　　审 | 张　丽
终　　审 | 刘卫红　　书籍设计 | 张永文　　印装监制 | 郭　勇
投稿邮箱 | bywycbs@126.com